大秦帝國

第六部 上卷

帝国烽烟

孙皓晖 著

中信出版集团 | 北京

图书在版编目（CIP）数据

大秦帝国．第六部，帝国烽烟．上卷 / 孙皓晖著．—北京：中信出版社，2016.7（2025.1 重印）
ISBN 978-7-5086-6414-9

I. ①大… II. ①孙… III. ①长篇历史小说—中国—当代 IV. ① I247.5

中国版本图书馆 CIP 数据核字（2016）第 151040 号

大秦帝国
著者：　孙皓晖
出版发行：中信出版集团股份有限公司
（北京市朝阳区东三环北路 27 号嘉铭中心　邮编　100020）
承印者：　河北鹏润印刷有限公司

开本：787mm×1092mm 1/16　　印张：17.5　　字数：261 千字
版次：2016 年 7 月第 1 版　　印次：2025 年 1 月第 23 次印刷
书号：ISBN 978-7-5086-6414-9
定价：598.00 元（全 17 册）

献给中国原生文明的光荣与梦想

目录

第三章　杀戮风暴

第四章　暴乱潮水

楔子

沙丘湖畔一片静谧。

自来以夏风闻名的避暑胜地大陆泽，忽然停止了天地吐纳，声息皆无，闷热平静得令人心慌。残月一钩，碧空如洗，浩瀚星河伸向无垠的旷远。城堡行宫外的重甲骑士营地中，云车望楼的点点军灯闪烁若天上星辰。茫茫沙丘营地，唯有城堡寝宫的灯光明亮依旧。寝宫门外的两队矛戈斧钺甲士笔直地挺立着，黑森森甬道直达巍巍然城门。三丈六尺高的黑色大纛旗沉沉垂在城门箭楼，旗面上斗大的白色“秦”字静静地蜷伏在黑丝峰谷若隐若现。城堡内外的篝火坑早已经捂上了厚厚一层半干半绿的艾草，徐徐弥漫出覆盖整个城堡行宫的驱赶蚊虫的淡淡青烟。

丞相李斯在城堡外弥漫着的烟气中沉重地徘徊着，不时向城堡内焦虑地张望。说不清缘由，李斯只感心头一阵阵悸动，莫名其妙地生出一种前所未有的惊恐，全身毛发几乎都要立将起来。倏地，李斯心头电光石火般闪亮——必须立即见到皇帝，皇帝一定有事！可刚刚迈开大步，李斯又突然站定了。仅凭一种莫名的直觉贸然闯入行宫，在素来不言怪力乱神的秦国君臣眼里岂非大是荒诞？更何况行宫一片平静，皇帝并没有召见自己，又能有何种突然事体？即或在惊恐慌乱之中，李斯依然确信：病中的皇帝一旦有事，第一个召见的必然是自己，以皇帝陛下的强毅，没有召见自己自然意味着不会有事。身为帝国首席主政大臣，又兼大巡狩总执事，是不能无端失态的。尽管李斯告诫着自己停住了脚步，可是，莫名其妙的心悸却丝毫没有减弱。几乎是下意识地，李斯抬头仰望星空，扫视着紫微垣星区，想找见那颗对应于君王的帝星。突然，李斯发现那颗高居于九天中央的历来闪射着强烈光芒的大星已经变得暗淡微弱，几乎被一天星云淹没了。猛然一个激灵，李斯一身冷汗涔涔冒出，不禁用力揉了揉自己的眼睛……

陡然之间，飓风乍起，天地变色。

山川呼啸中，大陆泽畔的雪白沙滩骤然卷起了一道道白色巨龙，弥天而起的白沙尘雾片刻间湮没了方才还灿烂闪烁的残月朗星，大湖林木行宫整个陷入了混沌黑暗之中。日间浓荫可人的湖畔森林，在飓风席卷中激荡出连绵不断的长啸。行宫城堡内外，顷刻间天翻地覆。骑士营地的牛皮帐篷被一片片连桩拔起，一张张牛皮一件件衣甲满天飞旋，怪异得如同陷入了黑色大蝙蝠群的洞窟。城门箭楼的串串军灯噼啪炸响着破裂，倏忽飞入了无垠的高天暗夜之中。驱赶蚊虫的一坑坑艾草篝火一扫上天，火星连绵如漫天飞舞的流萤，又于顷刻间杳无踪迹。城门箭楼的黑丝大纛旗狂暴地撕扯着拍打着又粗又高的旗杆，终于，大纛旗裹着粗壮的旗杆猛烈晃动着轰然翻倒。那面以帝国功业交织成的“秦”字大旗轰隆隆张开飘起，在高天狂舞一阵，突然不偏不倚地正正覆盖了皇帝寝宫的屋顶。所有的灯光都在飓风中熄灭了，唯有皇帝寝宫的一片红光闪烁着，恍如一叶孤舟上的渺渺桅灯……在猝不及防的风暴中，天空滚过阵阵惊雷，天河开决暴雨白茫茫瓢泼而下，沙丘行宫顿成一片汪洋。横亘天际的电光骤然划破长空，一声炸雷撼天动地，一片数百年老林齐刷刷拦腰而断。树身燃起的熊熊大火中，可见一条粗长不知几许的黑色大蟒在凌空飞舞中断裂成无数碎片，散落抛撒到雨幕之中，狰狞的蟒蛇头颅不偏不倚地重重砸在了陀螺般旋转的李斯身上……

飓风初起之时，入梦酣睡的甲士们便在凄厉的牛角号中裸身跃起，嗷嗷吼叫着向行宫城堡奔拥而来。巡狩大将杨端和赤裸着上身，紧紧抱着一棵大树连连大吼发令。光膀子甲士们立即挽起臂膀，结成了一个巨大的方阵，在阵阵惨白的电光雨幕中齐声嘶吼着“赳赳老秦，共赴国难”的老誓，激溅着泥水蹚向了城门洞开的行宫。

“丞相何在？大天变！”胡毋敬白发散乱嘶声大叫着跌撞过来。

“老奉常！大风起于何方？”李斯抓着腥臭沉重的蛇头趴在地面大喊。

“乾位！风起乾罡之位！”胡毋敬抱住一辆铁车费力地喊了一句。

“陛下——！”李斯骤然变色，一跃起身大喊着向城堡奋力冲去。

“护持丞相！护持列位大人！”杨端和带着一个赤膊方阵卷了过来。

奋力冲进皇帝寝宫，将士大臣们都惊愕得屏住了气息。

赵高趴在皇帝身上。皇帝倒在地上，一片殷红的血从公文长案直洒到胸前。皇帝圆睁着那双令人望而生畏的大眼，眼珠几乎要爆出了眼眶。赵高紧紧抱着皇帝嘶声哭喊着：“陛下醒来啊！风雨再大，小高子都替陛下挡着！陛下放心，陛下嘱托的事，小高子会办好的啊……陛下，你闭上眼睛啊！小高子怕你的眼睛……陛下，你闭上眼睛啊！”少皇子胡亥也抱着皇帝身躯哭喊着……一身泥水的李斯骤然一个激灵，浑身一软几乎要瘫了过去。极力定住心神，李斯一个踉跄大步扑了过来，猛然扒开了赵高，跪伏在了皇帝身侧。李斯试图扶皇帝起来，可是，当他双手触摸到皇帝身体时，一阵奇异的冰凉使他惊恐莫名了——皇帝的眼睛依旧放射着凌厉的光芒，身体却已经冰冷僵硬了。心头电闪之间，李斯倏地站起一声大吼：“老太医何在？施救陛下！”

一阵连绵不断的传呼中，杨端和带着一队光膀子甲士从寝宫外的一根石柱下将两名老太医搜索了出来，护进了寝宫。泥污不堪失魂落魄的老太医踉跄走出风雨天地，这才骤然清醒过来。看了看一脸肃杀的李斯，又看了看倒在厚厚地毡上的皇帝，两人立即明白了眼前的情势，一齐跪伏在了皇帝身侧。饶是宫外风雨大作，两位老太医还是依着法度，吩咐内侍扶开了哀哀哭嚎的少皇子胡亥，谨慎仔细地诊视了皇帝全身。当两位老太医一交换眼色正要禀报时，李斯断然一挥手道：“先依法施救！”两位老太医骤然噤声，一人立即打开医箱拿出银针，一人立即推拿胸部要害穴位。大约半个时辰之内，两位太医连续对皇帝进行了三次全力施救。

“禀报丞相：皇帝陛下，无救了……”老太医颓然坐倒。

“陛下，陛下真走了，走了。”赵高一脸木呆，梦呓般喃喃着。

“不是有方士丹药么！”李斯一声大吼。

“禀报丞相：方士走了，丹药毁了……”老太医嘶声喘息着。

“赵高！还有没有方士丹药！”李斯猛力扯过赵高，脸色骤然狰狞。

“丞相不信，赵高毋宁追随陛下……”木然的赵高一伸手，倏地拔出了李斯腰间的随身短剑，顶在了自己肚腹之前。杨端和一个箭步过来夺下短剑，一声怒喝道：“赵高大胆！回丞相问话！”赵高号啕一声扑拜在地大哭起来：“丞相列位大人，果有方士之药，赵高何须等目下施救啊！赵高追随皇帝三十余年，原本是要跟皇帝去的啊！赵高活着，是奉皇帝严令行事啊！丞相列位大人，赵高纵灭九族，也不敢迟延施救陛下啊！……”

李斯欲哭无泪脸色灰白，剧烈地一个摇晃，颓然倒在了皇帝身边。两位太医大惊，几乎同时扑来揽住了李斯，一人掐住了人中穴，一人银针便捻进了脚掌的涌泉穴。片刻之间，李斯睁开了眼睛，一把推开太医，猛然扑住了皇帝尸身一声痛彻心脾的长哭：“陛下！你如何能走啊！……”哭声未落，旁边的顿弱一步抢来抱住了李斯，低声急促道：“丞相不能张声！目下你是主心骨，主心骨！”李斯心头一紧，猛然大悟，倏地挺身站起一挥手厉声下令：“杨端和封闭寝宫！所有入宫之人齐聚正厅，听本相号令！”

杨端和奋然一应，大步走到寝宫廊下高声发令：“铁鹰剑士守住行宫城门！不许任何人再行进入！凡在宫内者，立即进入正厅！军令司马行号：宫外人等集结自救，不需进宫护持皇帝！风雨之后，列阵待命——！”随着杨端和的连续军令，一排排牛角号凄厉地响彻行宫，穿破雨幕，飞出城门；一队队最精锐的铁鹰剑士挽着臂膀蹚进了暴风雨幕，开入了水深及腰的城门洞下，铁柱一般扎住了行宫城堡的进口出口。牛角号连响三阵之后，城堡外遥遥传来连绵不断的欢呼：“皇帝大安！万岁——！”与此同时，冲进行宫城堡的大臣将士们也齐刷刷聚在了寝宫正厅，一排排光膀子夹杂着一片片火把与一片片泥水褴褛的衣衫，密匝匝延续到风雨呼啸的廊下，杂乱不堪又倍显整肃。杨端和大踏步过来一拱手道："禀报丞相：号令贯通，内外受命，敢请丞相发令！"

"敢请丞相发令！"寝宫内外的将士大臣一声齐应。

"好！本相发令，所有人等完令之后立即回到寝宫！"

"嗨！"大厅内外一声雷鸣。

"中车府令赵高会同两太医，立即护持陛下安卧密室。赵高派精锐内侍严密守护密室，任何人不得擅入！"李斯的脸上苍白得没有一丝血色，第一道命令平静而严厉，显然在片刻之间已经有所思虑了。见赵高带着两名太医与两名内侍抬走了皇帝尸身，李斯继续发令："老奉常与郑国老令，督导寝宫吏员立即清理皇帝书房，悉数诏书文卷，一体妥善封存！"将士大臣们都知道，这是最最紧要的一项事务，皇帝对帝国未来大事的安排几乎必然地包含在诏书文卷之中，自当由德高望重的大臣共同清理，以为相互制约而确保不生意外。丞相李斯能在匆忙急迫之中如此依法妥善处置，足见公心至上。是故，李斯话音落点，将士大臣们人人肃然点头，从方才那种天塌地陷悲怆欲绝中相对恢复了过来。胡毋敬与郑国一拱手领命，立即领着皇帝书房的吏员们大步去了。李斯浑然无觉，继续发令道："典客顿弱率所部文吏，立即对进入寝宫之将士悉数登录，确保无一人在风雨止息前走出寝宫！卫尉杨端和率全部行营司马，总司沙丘宫内外自救，务使人马减少伤亡！"嗨嗨两声，顿弱与杨端和大步去了。

"其余将士，全数走出寝宫，聚集车马场！"

将士们还在惊愕之中，李斯已经大踏步走向寝宫宫门，从光膀子将士们闪开的甬道中走进了茫茫雨幕。当此危难之时，秦军将士们立见本色，不管明白与否，立即挽起臂膀护卫着丞相走进了气势骇人的大风大雨之中。李斯长发飞舞，突然嘶哑着嗓子奋激地振臂长呼起来："九原大捷！胡虏驱除！上天长风激雨，贺我大秦千秋万岁——！皇帝万岁——！"皇室将士们大为感奋，光膀子一片齐刷刷举起，在大雨狂风中岿然不动，山呼海啸般的声浪压过了滚滚雷霆："九原大捷——！大秦万岁——！皇帝万岁——！”顷刻之间，城堡外连绵呼应，内外交汇的奋激声浪与风雨雷电交织成一片天地奇观。

曙色初显。风停了，雨住了。

天空又变得蓝汪汪无边无际，稀疏的小星星在天边闪烁着。一个多时辰的狂风暴雨，将大陆泽畔的壮阔行宫激荡得面目全非一片狼藉。林中积水过膝及腰，水上漂浮着相互纠缠的旗帜衣甲树枝头盔兵器牛马以及五颜六色的侍女彩衣。除了内外奔走自救的杨端和与一班行营司马在城堡外号令善后没有归来，其余夜来入宫的大臣与将士们都聚在了行宫城堡内的车马场。几位大臣被将士们围在了仅存的三五辆残破的战车前，尽管哗哗流水浸过了膝盖，却没有一个人挪动脚步。谁都明白，此刻将要做出的才是最为重要的决断。

残破的战车前，李斯伫立在混浊的哗哗流水中，凝视着一大片目光炯炯的大臣将士，双腿不禁一阵阵发抖。此刻，李斯第一次感到了自己肩负的担子是何等沉重，也第一次明白地感受到“领政首相”这四个字的山岳分量。也就是在这一瞬间，李斯突然明白了嬴政皇帝超迈古今的伟大。因为，李斯深深地知道，皇帝在三十余年的权力生涯中遇到的每一次挑战都是生死攸关的，而皇帝从来都是毫无惧色地沉着应战，以无与伦比的大智大勇激励着无数追随他的臣下与将士……而今皇帝去了，支撑帝国广厦的重任第一个便压到了自己这个丞相肩上，李斯啊李斯，你害怕了么？你担当不起么？

“诸位！”李斯勇气陡增，一步跨上战车高声道，“今日事发突然，唯我等将士臣工皆在当场，是以须共同会商，议决对策。国家危难在即，我等将士臣工，皆须戮力同心！”全场立即便是一声秦人老誓：“赳赳老秦，共赴国难！”声浪尚在激荡回旋，李斯已经高声接上，“目下非常时刻，当取非常对策。李斯身为首相，要对大秦兴亡承担重责。诸位在场亲历，同样须为大秦承担重责！据实审量，李斯以为：目下当秘不发丧，并中止北上九原，宜全力尽速还都。一切大事，皆等回到咸阳再议。本相之策，诸位以为如何，尽可说话！”

“老夫赞同丞相对策！”胡毋敬与郑国一齐呼应。

“在场任何人，不得泄露皇帝病逝消息！”顿弱高声补充。

“中车府令以为如何？”李斯肃然盯住了赵高。

“在下，赞同秘不发丧。只是……”

“只是如何？说！”李斯前所未有地冷峻凌厉。

“随行将士臣工甚多，若有求见陛下者，不知丞相如何应对？”

“此事另行设法，先决是否秘不发丧。”李斯没有丝毫犹疑。

“老夫以为，天下复辟暗潮涌动，猝然发丧难保不引发各方动荡。就实而论，秘不发丧并尽速还都，确为上上之策！”职司邦交的顿弱再次申述了理由。

“我等赞同秘不发丧！”全场将士齐声呼应。

“好！”李斯一挥手道，“第二件事：径取直道速回咸阳，可有异议？”

“此事得征询卫尉，方为妥当。”赵高小心翼翼地说了一句。

“急召杨端和！”李斯立即决断。

顿弱一挥手，最擅机密行事的邦交司马立即快步蹚水出了车马场。全场人等铁一般沉默着，等待着，没有一个人说话，没有一个大臣提出新的议题。大约顿饭时光，光膀子散发的杨端和大步赳赳来到，听李斯一说事由，立即拱手高声道：“目下还都，当以军情择路。取道中原，路径虽近，然有两难：一则得返身两次渡河，恐不利陛下车驾；二则山东乱象频发隐患多多，沿途难保不受骚扰迟滞回程！若从沙丘宫出发，经井陉道直抵九原直道，再从直道南下甘泉、咸阳，则路虽稍远，然可确保安然无事！”

“卫尉赞同九原直道，诸位如何？”李斯高声一问。

“我等赞同！”全场一吼。

“好！”李斯断然下令，“今日在场将士，由卫尉统率全数护卫帝车，不再归入旧部！一应行装整肃，由典客署吏员督导，皆在行宫内完成，不许一人走出行宫！诸位大臣并中车府令，立即随老夫进入寝宫密室，备细商议还都上路事宜！”李斯话音落点，全场嗨的一声轰鸣，将士大臣们蹚水散开了。

一进密室，几位大臣都一齐瘫坐在了粗糙的石板草席上。素来关照诸般细节极为机敏的赵高也木然了，只矗在圈外愣怔着。直到李斯喘息着说了声：“水”，赵高才醒悟过来，连忙俯身扯了扯密室大书案旁一根隐蔽的丝绳，又连忙拉开了密室石门。片刻之间，两名侍女捧来了两大陶罐凉茶。赵高给每个大臣斟满一碗，说了句这是赵武灵王行宫，一切粗简，大人们将就了，又矗在一边发愣。李斯汩汩饮下一碗凉茶，抹了抹脸上泥水，疲惫地靠着大书案道：“赵高，你只是中车府令，依法不当与闻大臣议事。然，此前陛下已经命你暂署符玺与皇帝书房事务，巡狩行营还都之前，你也一起与闻大事议决。来，坐了。”见其余四位大臣一齐点头，一脸木然的赵高这才对李斯深深一躬，坐在了最末位的一张草席上。

“两位老令，皇帝书房情形如何？”李斯开始询问。

“禀报丞相，”奉常胡毋敬一拱手道，“文卷悉数归置，未见新近诏书。”

“赵高，皇帝临终可有遗诏？”李斯神色肃然。

“有。然，皇帝没有写完诏书，故未交特使……”

“目下存于何处？”

“在符玺事所。”

“既是未完诏书，老夫以为回头再议不迟。”老郑国艰难地说了一句。

“对！目下要务，是平安还都！”杨端和赳赳跟上。

“也好。”李斯心下一动，点头了。从风雨骤起冲进城堡寝宫的那一刻起，李斯的心底最深处一直郁结着一个巨大的疑问：皇帝在最后时刻为何没有召见自己？是来不及，还是有未知者阻挠？若赵高所说属实，那就是皇帝没有召见自己，已开始书写遗诏了，而遗诏未曾书写完毕，皇帝就猝然去了。果然如此，则有两种可能：一则是皇帝有意避开自己这个丞相，而径自安置身后大事；二则，皇帝原本要在诏书写完后召见自己安置后事，却没有料到暗疾骤发。若是前者，诏书很可能与自己无关，甚或与自己的期望相反；若是后者，则诏书必与自己相关，甚至明确以自己为顾命大臣。李斯自然期望后一种可能。然则，诏书又没写完，也难保还没写到自己皇帝已猝然去了。果然如此，自己的未来命运岂非还是个谜团？当此之时，最稳妥的处置是不能纠缠此事，不能急于揭开诏书之谜，而当先回咸阳安定朝局，而后再从容处置。

“还都咸阳，最难者莫过秘不发丧。”李斯顺势转了话题。

“此事，只怕还得中车府令先谋划个方略出来。”顿弱皱着眉头开口了。

“老夫看也是。别人不熟陛下起居行止诸事。”胡毋敬立即附和。

“中车府令但说！我等照办便是！”杨端和显然已经不耐了。

“在下以为，此事至大，还当丞相定夺。”赵高小心翼翼地推托着。

“危难之时，戮力同心！赵高究竟何意？”李斯突然声色俱厉。

“丞相如此责难，在下只有斗胆直言了。”赵高一拱手道，“在下思忖，此事要紧只在三处：其一，沿途郡守县令晋见皇帝事，必得由丞相先期周旋，越少越好。其二，皇帝正车副车均不能空载，在下之意，当以少皇子胡亥乘坐六马正车，当以皇帝龙体载于中央辒凉车；皇帝惯常行止，在下当向少皇子胡亥备细交代，万一有郡守县令不得不见，当保无事。其三，目下正当酷暑，丞相当预先派出人马，秘密买得大批鲍鱼备用。”

“鲍鱼？要鲍鱼何用？”胡毋敬大惑不解。

“莫问莫问。”郑国摇头低声。

“老夫看，还得下令太原郡守搜寻大冰块。”顿弱阴沉着脸。

“好。顿弱部秘密办理鲍鱼、大冰。”李斯没理睬老奉常问话，径自拍案点头道，“皇帝车驾事，以中车府令方略行之。我等大臣，分署诸事：卫尉杨端和，总司护卫并行军诸事；奉常胡毋敬并治粟内史郑国，前行周旋沿途郡县，务使不来晋见皇帝；典客顿弱率所部吏员剑士，署理各方秘事并兼领行营执法大臣，凡有节外生枝者，立斩无赦！中车府令赵高，总署皇帝车驾行营事，务使少皇子并内侍侍女等不生事端。老夫亲率行营司马三十名并精锐甲士五百名，总司策应各方。如此部署，诸位可有异议？”

“谨遵丞相号令！”

“好。各自散开，白日归置预备，夜半凉爽时开拔。”

疲惫的大臣们挣扎着站了起来，连久历军旅铁打一般的杨端和也没有了虎虎之气，脸色苍白得没了血色。李斯更是瘫坐案前，连站起来也是不能了。赵高连忙打开密室石门，召唤进几名精壮内侍，一人一个架起背起了几位大臣出了行宫。

是夜三更，一道黑色巨流悄无声息地开出了茫茫沙丘的广阔谷地。

这是公元前 210 年的七月二十二日深夜。

第一章 权相变异

一　南望咸阳　一代名将欲哭无泪

连接两封密书，大将军蒙恬的脊梁骨发凉了。

旬日之前，胞弟蒙毅发来一封家书，说他已经从琅邪台“还祷山川”返回咸阳，目下国中大局妥当，陇西侯李信所部正在东进之中；皇帝陛下风寒劳累，或在琅邪歇息些许时日，而后继续大巡狩之旅。密书最后的话语是耐人寻味的：“陛下大巡狩行将还国，或西折南下径回秦中，或渡河北上巡视长城，兄当与皇长子时刻留意。”蒙恬敏锐过人，立即从这封突兀而含混的“家书”中，嗅到了一股不寻常的气息。没有片刻犹豫，蒙恬立即来到了监军皇长子扶苏的行辕。

自去岁扶苏重新北上，皇帝的一道诏书追来，九原的将权格局发生了新的变化。变化轴心，在于扶苏不再仅仅是一个血统尊贵的单纯的皇长子，而已经成为皇帝下诏正式任命的监军大臣了。列位看官留意，整个战国与秦帝国时代，大将出征或驻屯的常态，或曰体制，都是仅仅受命于君王兵符的独立将权制。也就是说，主将一旦受命于君王而拜领兵符，其统军号令权是不受干预的，军中所有将士吏员都无一例外的是统兵主将的属员，都得无条件服从主将号令。其时，监军之职完全是因人而异的临时职司，在整个战国与秦帝国时期是极少设置的。监军之普遍化或成为定制，至少是两汉三国以后的事情了。此时，始皇帝之所以将扶苏任命为九原监军，本意并非制约蒙恬将权，而是在皇帝与事实上的储君发生国政歧见后对天下臣民的一种宣示方略——既以使扶苏离国的方式，向天下昭示反复辟的长策不可变更；又以扶苏监军的方式，向天下昭示对皇长子的信任没有动摇。蒙恬深解皇帝意蕴。扶苏更体察父皇苦心。是故，九原幕府格局虽变，两人的信任却一如既往，既没有丝毫影响军事号令，更没有任何的龃龉发生。唯一的不同，只是扶苏的军帐变成了监军行辕，格局与蒙恬的大将军幕府一般宏阔了。

虽然如此，蒙恬还是忧心忡忡。

蒙恬之忧，不在胡人边患，而在扶苏的变化。自重回九原大军，扶苏再也没有了既往的飞扬激发，再也没有了回咸阳参政期间的胆魄与锋锐。那个刚毅武勇信人奋士的扶苏，似乎莫名其妙地消失了。蒙恬与将士们所看到的，是一个深居简出郁闷终日且对军政大事不闻不问的扶苏。有几次，蒙恬有意差遣中军司马向扶苏禀报长城修筑的艰难，禀报再次反击匈奴的筹划进境，或力请监军巡视激励民力，或请命监军督导将士。可扶苏每次都在伏案读书，每次都是淡淡一句："举凡军政大事，悉听大将军号令。"说罢便再也不抬头了。蒙恬深知扶苏心病，却又无法明彻说开。其间顾忌，是必然地要牵涉皇帝，要牵涉帝国反复辟的大政，甚或要必然地牵涉出储君立身之道。凡此等等，无一不是难以说清的话题。蒙恬纵然心明如镜，也深恐越说越说不清。毕竟，蒙恬既要坚定地维护皇帝，又得全力地护持扶苏，既不能放弃他与扶苏认定的宽政理念，又不能否定皇帝秉持的铁腕反复辟长策。两难纠缠，何如不说？

更何况，蒙恬自己也是郁闷在心，难以排解。

扶苏回咸阳参政，非但未能实现蒙恬所期望的明立太子，反而再度离国北上，蒙恬顿时感到了空前沉重的压力。其时，帝国朝野都隐隐将蒙恬蒙毅兄弟与皇长子扶苏看做一党。事实上，在反复辟的方略上，在天下民治的政见上，扶苏与蒙氏兄弟也确实一心。李斯姚贾冯劫顿弱等，则是铁腕反复辟与法治天下的坚定主张者。以山东人士的战国目光看去，这便是帝国庙堂的两党，李斯、蒙恬各为轴心。蒙恬很是厌恶此等评判，因为他很清楚：政道歧见之要害，在于皇帝与李斯等大臣的方略一致，从而使一统天下后的治国之道变成了不容任何变化的僵硬法治。此间根本，与其说皇帝接纳了李斯等人的方略，毋宁说李斯等秉持了皇帝的意愿而提出了这一方略。毕竟，一统帝国的真正支柱是皇帝，而不是丞相李斯与冯去疾，更不会是姚贾冯劫与顿弱。皇帝是超迈古今的，皇帝的权力是任何人威胁不了的。你能说，如此重大的长策，仅仅是皇帝接纳了大臣主张而没有皇帝的意愿与决断么？唯其如此，扶苏政见的被拒绝，便也是蒙氏兄弟政见的被拒绝。蒙恬深感不安的是，在皇帝三十余年的君臣风雨协力中，这是第一次大政分歧。更令蒙恬忧虑的是，这一分歧不仅仅是政见，还包括了对帝国储君的遴选与确立。若仅仅是政见不同，蒙恬不会如此忧心。若仅仅是储君遴选，蒙恬也不会倍感压力。偏偏是两事互为一体，使蒙恬陷入了一种极其难堪的泥沼。想坚持自己政见，必然要牵涉扶苏蒙毅，很容易使自己的政见被多事者曲解为合谋；想推动扶苏早立太子，又必然牵涉政见，反很容易使皇帝因坚持铁腕反复辟而搁置扶苏。唯其两难，蒙恬至今没有就扶苏监军与自己政见对皇帝正式上书，也没有赶回咸阳面陈。蒙毅也一样，第一次在庙堂大政上保持了最长时日的沉默，始终没有正面说话。然则，长久默然也是一种极大的风险：既在政风坦荡的秦政庙堂显得怪异，又在大阳同心的君臣际遇中抹上了一道太深的阴影，其结局是不堪设想的。目下，尽管蒙恬蒙毅与扶苏，谁都没有失去朝野的关注与皇帝的信任，然则，蒙恬的心绪却越来越沉重了。

蒙恬的郁闷与重压，还在于无法与扶苏蒙毅诉说会商。

扶苏的刚正秉性朝野皆知，二弟蒙毅的忠直公心也是朝野皆知。与如此两人会商，若欲抛开法度而就自家利害说话，无异于割席断交。纵然蒙恬稍少拘泥，有折冲斡旋之心，力图以巩固扶苏储君之位为根本点谋划方略，必然是自取其辱。蒙恬只能恪守法度，不与扶苏言及朝局演变之种种可能，更不能与扶苏预谋对策了。蒙恬所能做到的，只有每日晚汤时分到监军行辕“会议军情”一次。说是会议军情，实则是陪扶苏对坐一时罢了。每每是蒙恬将一匣文书放在案头，便独自默默啜茶了。扶苏则从不打开文书，只微微一点头一拱手，也便不说话了。两人默然一阵，蒙恬一声轻轻叹息：“老臣昏昏，不能使公子昭昭，夫复何言哉！”便踽踽走出行辕了……然则，这次接到蒙毅如此家书，蒙恬却陡然生出一种直觉——不能再继续混沌等待了，必须对扶苏说透了。

“公子，这件书文必得一看。”蒙恬将羊皮纸哗啦摊开在案头。

“大将军家书，我也得看么？”扶苏一瞄，迷惘地抬起头来。

“公子再看一遍。世间可有如此家书？”

扶苏揉了揉眼睛，仔细看过一遍还是摇了摇头：“看不出有甚。”

“公子且振作心神，听老臣一言！”蒙恬面色冷峻，显然有些急了。

“大将军且说。”毕竟扶苏素来敬重蒙恬，闻言离开座案站了起来。

“公子且说，蒙毅可算公忠大臣？”

“大将军甚话！这还用得着我说么？”

“好！以蒙毅秉性，能突兀发来如此一件密书，其意何在，公子当真不明么？依老臣揣摩，至少有两种可能：一则，陛下对朝局有了新的评判；二则，陛下对公子，对老臣，仍寄予厚望！否则，陛下不可能独派蒙毅返回关中，蒙毅也断然不会以密书向公子与老臣知会消息，更不会提醒公子与老臣时刻留意。老臣之见：陛下西归，径来九原亦未可知。果真陛下亲来九原，则立公子为储君明矣！”

“父皇来九原？大将军何有此断？”扶苏骤然显出一丝惊喜。

“公子若是去岁此时，焉能看不出此书蹊跷也！”蒙恬啪啪抖着那张羊皮纸，“这次大巡狩前，公子业已亲见陛下发病之猛。这便是说，陛下这次大巡狩，原本是带病上路，随时可能发病，甚或有不测之危。蒙毅身为上卿兼领郎中令，乃陛下出巡理政最当紧之中枢大臣，何能中道返国？只有一种可能，奉了陛下的秘密使命！还祷山川，不过对外名义而已。然则，既有如此名义，便意味着一个明白的事实：陛下一定是中途发病，且病得不轻。否则，以陛下之强毅坚韧，断然不会派遣蒙毅返回咸阳预为铺排。蒙毅书说，国中大局妥当。这分明是说，蒙毅受命安置国事！蒙毅书说，李信率兵东来。这分明是说，蒙毅受命调遣李信回镇关中！陛下如此处置，分明是说，陛下忧虑关中根基不稳！陛下既有如此忧虑，分明是说，陛下觉察到了某种可能随时袭来之危局！公子且想，这危局是甚？老臣反复想过，不会有他，只有一处：陛下自感病体已经难支……否则，以陛下雄武明彻，几曾想过善后铺排？陛下有此举措，意味着朝局随时可能发生变故。公子，我等不能再混沌时光了！”

“父皇病体难支……”扶苏的眼圈骤然红了。

“身为皇子，家国一体。”

“不。有方士在，父皇不会有事，不会有事。”扶苏迷惘地叨叨着。

“公子，目下国事当先！”蒙恬骤然冷峻了。

“大将军之意如何？”扶苏猛然醒悟过来。

“老臣之意，公子当亲赴琅邪，侍奉陛下寸步不离。”

“断断不能！”扶苏又摇手又摇头，“我离咸阳之时，父皇明白说过，不奉诏不得回咸阳。此乃父皇亲口严词，扶苏焉得做乱命臣子？再说，父皇身边，还有少弟胡亥，不能说无人侍奉。我突兀赶赴琅邪，岂不徒惹父皇恼怒，臣工侧目……”

“公子迂阔也！”蒙恬第一次对扶苏生气了，啪啪拍着书案道，“当此之时，公子不以国家大计为重，思虑只在枝节，信人奋士之风何存哉！再说，陛下秉性虽则刚烈，法度虽则森严，然陛下毕竟也是人，焉能没有人伦之亲情乎！今陛下驰驱奔波，病于道中，公子若能以甘冒责罚的大孝之心赶赴琅邪行营，陛下岂能当真计较当日言词？老臣与陛下少年相交，深知陛下外严内宽之秉性。否则，以陛下法度之严，岂能处罚公子却又委以监军重任？公子啊，陛下将三十万大军交于你手，根本因由，认定公子是正才。公子若拘泥迂阔，岂不大大负了陛下数十年锤炼公子之苦心哉……”

“大将军不必说了，我去琅邪。”扶苏终究点头了。

“好！公子但与陛下相见，大秦坚如磐石！”蒙恬奋然拍案。

可是，蒙恬万万没有料到的是，午后上道的扶苏马队，在当夜三更时分又返回九原大营了。当扶苏提着马鞭踽踽走进幕府时，正在长城地图前与司马会商防务的蒙恬惊讶得话都说不出来了。待蒙恬屏退了左右军吏，扶苏默然良久，才低声说了一句："我心下混沌，不知父皇若问我如何得知父皇患病消息，我当如何作答？"蒙恬皱着眉头哭笑不得，一个如此简单的问题竟能难倒这个英英烈烈的皇子，昔日扶苏安在！蒙恬一直没有说话，只在幕府大厅里无休止地转悠着。扶苏也一直没有说话，只在案前抱着头流泪。直至五更鸡鸣，草原的浩浩晨风穿堂而过，吹熄了大厅的铜人油灯，远处的青山剪影依稀可见，蒙恬终于艰难地开口了："公子犹疑若此，误事若此，老臣夫复何言……"一句话没说完，蒙恬已经老泪纵横，径自走进了幕府最深处的寝室。

……

蒙恬心头的阴云尚未消散，上郡郡守的特急密书又到了。

上郡郡守禀报说：皇帝陛下的大巡狩行营一路从旧赵沙丘西来，业已从离石[1]要塞渡过大河进入上郡，目下已经接近九原直道的阳周段[2]；行营前行特使是卫尉杨端和的中军司马，给郡守的指令是：皇帝陛下须兼程还国，郡守县令免予召见，只需在沿途驿站备好时鲜菜蔬猪羊粮草即可。郡守请命，可否报知九原大将军幕府？两特使回答，不需禀报。郡守密书说，因上郡军政统归九原大将军幕府统辖，上郡粮草专供九原大军，输送皇帝行营后必得另征大军粮草，故此禀报，请大将军作速定夺。

"怪矣哉！陛下进入上郡，何能不来九原？"

灯光摇曳，心念一闪，此前由蒙毅密书引发的种种忧虑立时一齐扑到心头。蒙恬一边拭着额头冷汗，一边大步焦躁地转悠着，思绪翻飞地推想着种种蹊跷迹象背后的隐秘。陛下既然已经从琅邪动身西来，连续渡过济水与大河，其意图几乎肯定是要北来九原；行营既然在沙丘驻屯几日，很可能是皇帝病势再度发作了；可是，能接着西进渡河，又已经

---

[1] 离石，战国秦汉时之黄河渡口要塞，在今陕北吴堡（西）与山西离石（东）之间的河段地带。

[2] 阳周，战国秦时河西地带军事重镇，属上郡辖区，秦直道经此南下抵甘泉，在今陕北绥德县西之秦长城地带。

进入上郡，显然便是皇帝病情再度减轻了；病情既轻，开上直道舒缓行进，距九原也不过一日路程，如何却急匆匆又要立即回咸阳？如此行止既不合常理，更不合皇帝宁克难克险而必欲达成目标的强毅秉性，实在大有异常！更有甚者，皇帝即或万一有急务须兼程回咸阳，以皇帝运筹大才，更会提前派出快马特使，急召扶苏蒙恬南下于阳周会合，将大事妥善处置。毕竟，皇帝要来九原是确定无疑的意向，如何能没有任何诏书与叮嘱便掠过九原辖区南下了？皇帝陛下久经风浪，当机立断过多少军国大事，无一事不闪射着过人的天赋与惊人的灼见，如今善后大政，会如此乖戾行事么？

“不。陛下断不会如此乖戾！”

陡然，一个念头电光石火般掠过心田，蒙恬脊梁骨顿时一阵发凉，眼前一黑，不由自主地跌倒在了将案……不知几多时辰，蒙恬悠然醒来，一抹蒙眬双眼，竟是一手鲜血！上天有眼，幸亏方才额头撞在了案角，否则还不知能不能及时醒来。顾不得细想，蒙恬倏地起身大步走进浴房，冲洗去一脸血迹自己施了伤药，又大步匆匆冲出幕府，跨上战马风驰电掣般飞向了监军行辕。

草原的夏夜凉风如秋，大军营地已经灯火全熄，只有一道道鹿砦前的串串军灯在高高云车上飘摇闪烁。夜间飞驰，很难在这茫茫营地中辨别出准确的方位。蒙恬不然，天赋过人又戎马一生，对九原大军与阴山草原熟悉得如同自家庭院，坐下那匹雄骏的火红色胡马，更是生于斯长于斯熟悉大草原沟沟坎坎的良种名马。一路飞驰一路思虑，蒙恬没有对战马做任何指令，就已经掠过了一片片营地军灯，飞进了监军行辕所在的山麓营地。

“紧急军务，作速唤醒公子！”尚未下马，蒙恬厉声一喝。

偌大的监军行辕黑沉沉一片，守着辕门口的艾草火坑躲避蚊虫的护卫司马闻声跳起，腾腾腾便砸进了辕门内的庭院。片刻之间，原木大屋的灯火点亮了。几乎同时，蒙恬已经大踏步走进了庭院，急匆匆撩开了厚重的皮帘。

“大将军，匈奴南犯了？”扶苏虽睡眼惺忪，却已经在披甲戴胄了。

“比匈奴南犯更要紧。”蒙恬对扶苏一句，转身一挥手对还在寝室的护卫司马下令道，“监军寝室内不许有人，都到辕门之外，不许任何人擅自闯入！”

“嗨！”司马挺身领命，带两名侍奉扶苏的军仆出了寝室。

“大将军，何事如此要紧？”扶苏一听不是匈奴杀来，又变得似醒未醒了。

“公子且看，上郡密书！”

扶苏皱着眉头看罢，淡淡道：“大将军，这有甚事？”

“公子！陛下入上郡而不来九原，正常么？可能么？”

“父皇素来独断，想去哪便去哪，有甚……”

“公子，你以为，陛下素来独断？”蒙恬惊愕的目光盯住了扶苏。

“父皇胜利得太多，成功得太多，谁的话也不会听了。”

“公子，这，便是你对君臣父子歧见的省察评判？”

“大巡狩都如此飘忽不定，若是君臣会商，能如此有违常理么？”

“大谬也！”蒙恬怒不可遏，一拳砸上书案，额头伤口挣开，一股鲜血骤然朦胧了双眼。一抹一甩血珠，蒙恬愤然嘶声道，“国家正在急难之际，陛下正在垂危之时！你身为皇长子不谋洞悉朝野，不谋振作心神，反倒责难陛下，将一己委屈看得比天还大！是大局之念么？蒙毅密书已经明告，陛下可能来九原。陛下来九原作甚？还不是要明白立公子为皇太子？！还不是要老臣竭尽心力扶持公子安定天下？！陛下如此带病奔波，显然已经自感垂危！今陛下车驾西渡大河进入上郡，却不来九原，不召见你我，咫尺之遥却要径回咸阳，不透着几分怪异么？陛下但有一分清醒，能如此决断么？不会！断然不会！如此怪异，只能说陛下已经……至少，已经神志不清了……”一语未了，蒙恬颓然坐地，面如死灰，泪如泉涌。

“大将军是说，父皇生命垂危？”扶苏脸色骤然变了。

“公子尽可思量。”蒙恬倏地起身，“公子若不南下，老臣自去！老臣拼着大将军不做，也要亲见陛下！陛下垂危，老臣不见最后一面，死不瞑目……”

“大将军且慢！”扶苏惶急地拦住了大步出门的蒙恬，抹去泪水道，“父皇果真如此，扶苏焉能不见？只是父皇对我严令在先，目下又无诏书，总得谋划个妥善方略。否则，父皇再次责我不识大局，扶苏何颜立于人世……”

“公子果然心定，老臣自当谋划。”蒙恬还是沉着脸。

“但有妥善方略，扶苏自当觐见父皇！”

“好！公子来看地图。”

蒙恬大步推开旁门，进入了与寝室相连的监军大厅，点亮铜灯，又一把拉开了大案后的一道帷幕，一张可墙大的《北疆三郡图》赫然现在眼前。待扶苏近前，蒙恬便指点着地图低声说将起来。忧心忡忡的扶苏不断地问着，蒙恬不断地说着，足足一个时辰，两人才停止了议论。蒙恬立即飞马返回幕府，扶苏立即忙乱地准备起来。

黎明时分，一支马队飞出了九原大营。

清晨时分，蒙恬率八千精锐飞骑轰隆隆向上郡进发了。

蒙恬的谋划是三步走：第一步，派王翦之孙王贲之子王离为特使，赶赴阳周，以迎候皇帝行营北上巡视为名，请见皇帝当面禀报九原大捷与长城即将竣工的消息。蒙恬推测，王贲与皇帝最是贴心相得，皇帝素来感念王氏两代过早离世，亲自将年轻的王离送入九原大军锤炼，以王离为特使请见，陛下断无不见之理。第二步，若王离万一不能得见皇帝，则扶苏立即亲自南下探视父皇病情，如此所有人无可阻挡，真相自然清楚。第三步为后盾策应：蒙恬自率八千飞骑以督导粮草名义进入上郡，若皇帝果然意外不能决事，甚或万一离世，则蒙恬立即率八千飞骑并离石要塞守军兼程开赴甘泉宫截住行营，举行大臣朝会，明确拥立扶苏为二世皇帝！蒙恬一再向扶苏申明，这最后一步是万一之举，但必须准备，不能掉以轻心。扶苏沉吟再三，终究是点头了。

王离马队飞到阳周老长城下，正是夕阳衔山之时。

九原直道在绿色的山脊上南北伸展，仿佛一条空中巨龙。夏日晚霞映照着林木苍翠的层峦叠嶂千山万壑，淋漓尽致地挥洒着帝国河山的壮美。年轻的王离初当大任，一心奋发做事，全然没有品评山水之心。王离很明白，皇帝虽然破例特许自己承袭了大父王翦的武成侯爵位，然自己没有任何功业，在早已废除承袭制的大秦法度下，其实际根基仍然是布衣之身，一切仍然得从头开始。故此，王离入九原军旅，其实际军职不过一个副都尉而已。若非王氏一门两代与皇帝的笃厚交谊，论职司这次特使之行是不会降临到他头上的。唯其如此，年轻的王离很是看重这次出使。临行之时，大将军蒙恬与监军大臣扶苏虽然没有明说来龙去脉，精明过人的王离却能从两位统帅的神色中觉察到一股异常的气息——觐见皇帝事关重大，绝非寻常禀报军情。

“大巡狩行营开到！三五里之遥——！”

王离正要下令扎营造饭，远处山脊上的斥候一马飞来遥遥高呼。

“整肃部伍，上道迎候陛下！”

王离肃然下令。沓沓走马，百骑马队立即列成了一个五骑二十排的长方阵，打起“九原特使”大旗，部伍整肃地开上了宽阔的直道向北迎来。未及片刻，便见迎面旌旗森森车马辚辚，皇帝行营的壮阔仪仗迎面而来。突然，王离身后的骑士们一片猛烈的喷嚏声，战马也咴咴嘶鸣喷鼻不已，一人喊了声：“好恶臭！”王离猛力揉了揉鼻头，厉声喝令：“人马噤声！道侧列队！”片刻间马队排列道侧，避过了迎面风头，腥臭之气顿时大减，马队立即安静了下来。王离飞身下马，肃然躬身在道边。

“九原特使何人？报名过来！”前队将军的喊声飞来。

“武成侯王离，奉命迎候皇帝陛下！”

“止队！武成侯稍待。”行营车马停止了行进，一阵马蹄向后飞去。

良久，一辆青铜轺车在隐隐暮色中辚辚驶来，六尺伞盖下肃然端坐着须发灰白的李斯。王离自幼便识得这位赫赫首相，当即正身深深一躬：“晚辈王离，见过丞相。”李斯没有起身，更没有下车，只一抬手道：“足下既为特使，老夫便说不得私谊了。王离，你是奉监军皇长子与大将军之命而来么？”王离高声道：“回禀丞相，王离奉命向陛下禀报二次反击匈奴大捷，与长城竣工大典事！”李斯沉吟道：“武成侯乃大秦第一高爵，原有随时晋见陛下之特授权力。然则，陛下大巡狩驰驱万里，偶染寒热之疾，方才正服过汤药昏睡。否则，陛下已经亲临九原了。武成侯之特使文书，最好由老夫代呈。”王离一拱手赳赳高声道：“丞相之言，原本不差。只是匈奴与长城两事太过重大，晚辈不敢不面呈陛下！”李斯淡淡一笑道：“也好。足下稍待。”说罢向后一招手，“知会中车府令，武成侯王离晋见陛下。”轺车后一名文吏立即飞马向后去了。李斯又一招手道：“武成侯，请随老夫来。”说罢轺车圈转，辚辚驶往行营后队。王离一挥手，带着两名捧匣军吏大步随行而来。

大约走罢两三里地，李斯轺车与王离才穿过了各色仪仗车马，进入了道旁一片小树林。王离与两名军吏走得热汗淋漓，一路又闻阵阵腥臭扑鼻，越近树林腥臭越是浓烈，不禁便有些许眩晕。及至走进树林，王离已经是脚步踉跄了。

沉沉暮色中，小树林一片幽暗。一大排式样完全一样的驷马青铜御车整齐排列着，双层甲士围成了一个巨大的圆阵，将御车围在了中央一片空地，前方甲士借着两排大树肃立，正好形成了一条森严的甬道。

“武成侯晋见——！”甬道尽头，响起了赵高悠长尖亮的特异嗓音。

“臣，王离参见……”话未说完，王离在一阵扑鼻的腥臭中跌倒了。

“武成侯不得失礼！”赵高一步过来扶住王离，惶恐万分地低声叮嘱。

“多谢中车府令。”王离喘息着站稳，重新报号施礼一遍。

“九原，何事？”前方车内传来一阵沉重的咳嗽喘息，正是熟悉的皇帝声音。

“启禀陛下：公子扶苏、大将军蒙恬有专奏呈上。”

“好……好……”御车内又一阵艰难喘息。

赵高快步过来接过王离双手捧着的铜匣，又快步走到御车前。王离眼见御车两侧的侍女拉开了车前横档，睁大眼睛竭力想看清皇帝面容，奈何一片幽暗又没有火把，腥臭气息又使人阵阵眩晕，无论如何也分辨不出车中景象。

“赵高，给朕，念……”

赵高遂利落地打开铜匣，拿出了一卷竹简。一个内侍举来了一支火把。王离精神一振，跨前两步向车中打量，也只隐隐看见了车中捂着一方大被，大被下显出一片散乱的白发。正在王离还要凑近时，旁边赵高低声惶恐道："武成侯，不得再次失礼！"显然，赵高是殷切关照的。王离曾经无数次地听人说起过这位中车府令的种种传奇，对赵高素有敬慕之心，一闻赵高的殷切叮嘱，当即后退两步站定了。此时，王离听赵高一字一顿地高声念道："臣扶苏、蒙恬启奏陛下：匈奴再次远遁大漠深处，边患业已肃清！万里长城东西合龙，即将竣工！臣等期盼陛下北上，亲主北边大捷与长城竣工大典，扬我华夏国威。臣等并三军将士，恭迎陛下——！"

"好……好……"

车中又一阵咳嗽喘息，嘶哑的声音断续着，"王离，晓谕蒙恬、扶苏……朕先回咸阳，待痊愈之日，再，再北上……长城大典，蒙，蒙恬主理……扶苏，军国重任在身，莫，莫回咸阳。此，大局也……"一阵剧烈的咳嗽喘息后，车内沉寂了。

"陛下睡过去了。"赵高过来低声一句。

王离深深一躬，含泪哽咽道："陛下保重，臣遵命回复！"

李斯轻步走了过来，正色低声叮嘱道："武成侯请转告监军与大将军：陛下染疾，长城重地务须严加防范；但凡紧急国事，老夫当依法快马密书，知会九原。"

"谨遵丞相命！"王离肃然一拱。

赵高过来一拱手："丞相，是扎营夜宿，还是趁凉夜路？"

李斯断然地一挥手："夜风清爽，不能耽延，上路！"

一名司马快步传令去了。片刻之间，直道上响起了沉重悠远的牛角号。王离肃然一拱手道："丞相，晚辈告辞！"转身大步走了。及至王离走出树林走上直道，皇帝的大巡狩仪仗已经启动了。夜色中，黑色巨流无声地向南飘去，一片腥臭在旷野弥漫开来。

蒙恬军马正欲开出离石要塞，扶苏与王离飞马到了。

听罢王离的备细叙说，蒙恬良久沉默了。扶苏说，依王离带来的皇帝口诏，他已经不能去晋见父皇了。扶苏还说，父皇体魄有根基，回到咸阳一定会大有好转的。蒙恬没有理会扶苏，却突然对着王离问了一句："你说几被腥臭之气熏晕，可知因由？"王离道："两位随我晋见的军吏看见了，大约十几车鲍鱼夹杂在行营车马中，车上不断流着臭水！”说话间王离又打了一个响亮的喷嚏，显然对那腥臭气息厌恶至深。蒙恬又问：“如此腥臭弥漫，大臣将士，丞相赵高，没有异常？”王离又摇头又皱眉道：“我也想不明白。当真是奇了！丞相赵高与一应将士内侍，似乎都没长鼻子一般，甚事皆无！”蒙恬目光猛然一闪道：“且慢！没有鼻子？对了，你再想想，他们说话有无异常？”王离拍拍头凝神回思片刻，猛然一拍掌道：“对了对了！那仪仗将军，还有丞相，还有赵高，话音都发闷，似乎都患了鼻塞！对！没错！都是鼻子齉齉的！”

“公子，不觉得有文章么？”蒙恬脸色阴沉地看了看扶苏。

“再有文章，只要父皇健在，操心甚来？”扶苏似乎有些不耐。

蒙恬无可奈何，苦涩地笑了笑，不说话了。以蒙恬的天赋直觉更兼内心深处之推测，分明此中疑点太多，王离看到的绝非真相。然则，他没有直接凭据，不能说破。王离亲见皇帝尚在，你能说皇帝如何如何了？毕竟，随皇帝出巡的李斯等大臣个个都是帝国元勋，赵高更是朝野皆知的皇帝忠仆，说他们合谋如何如何，那是一件何等重大的罪名，身为尊崇法治的大秦大将军，岂能随意脱口说出？蒙恬需要的是挑出疑点，激发扶苏，使扶苏刨根问底，他来一一解析。最终，蒙恬依旧想要激发扶苏南下甘泉宫或直奔咸阳，真正查明真相。蒙恬设想的最后对策是：若皇帝已经丧失了断事能力，或已经归天，则扶苏联结蒙毅、李信守定咸阳，他则立即率军二十万南下，一举拥立扶苏即位！可是，这一切，都首先需要扶苏的勇气与决断力，需要父子血亲之情激发出的孝勇之心。只要扶苏怀疑父皇病情，只要扶苏决意澄清真相而必欲面见皇帝，大事才有可能。也就是说，只有扶苏如同既往那般果决地行动起来，蒙恬才有伸展的余地。毕竟，蒙恬的使命是实现皇帝的毕生意愿，拥立扶苏而安定天下。扶苏死死趴着不动，蒙恬能以何等名义南下咸阳整肃朝局？显然，眼前这位性情大变的皇长子监军大臣，似乎一切勇气都没有了，只想铁定地遵守法度，铁定地依照父皇诏书行事，绝不想越雷池半步了。甚或，扶苏对蒙恬的连绵疑虑已经觉得不胜其烦了。当此之时，蒙恬要对已经变得迂阔起来的扶苏，剖析守法与权变的转合之理，显然是没有用了。若咸阳没有确切消息，或皇帝没有明确诏书，目下局面便是只能等待。

“公子先回九原，老臣想看看大河。”

蒙恬一拱手，转身大踏步去了。

登上离石要塞的苍翠孤峰，俯瞰大河清流从云中飞来切开崇山峻岭滔滔南下，蒙恬的两眼湿润了。三十多年前，少年蒙恬义无反顾地追随了雄心勃勃的秦王嬴政，一班君臣携手同心披荆斩棘克难克险，整肃秦政大决泾水打造新军剪灭六国统一天下重建文明盘整华夏，一鼓作气，一往无前，那情形历历如在眼前，活生生一幅大河自九天而下的宏大气象啊！……曾几何时，一片清明的大秦庙堂却变得扑朔迷离了，难以捉摸了。陛下啊陛下，你果然康健如昔，你果然神志清明，何能使阴霾笼罩庙堂哉？！如今，匈奴之患肃清了，万里长城竣工了，复辟暗潮平息了；只要万千徭役民众返归故里，再稍稍地宽刑缓政养息民力，大秦一统河山便坚如磐石也。当此之时，陛下只需做好一件事，明定扶苏为储君，陛下之一生便将是没有瑕疵的大哉一生了。陛下啊，你何其英断，何其神武，如何偏偏在确立储君这件最最要紧的大事上踟蹰二十年不见果决明断？陛下啊陛下，当此之时，你当真撒手归去，大秦之乱象老臣不堪设想啊……

遥望南天，蒙恬心痛难忍，眼眶却干涩得没有一丝泪水。

二　赵高看见了一丝神异的缝隙

一过雕阴要塞，赵高心头怦怦大动起来。

从沙丘上路以来，赵高无一日不紧张万分。若非三十余年在权力风暴中心磨炼出的异常定力，赵高很可能已经崩溃了。皇帝的骤然病逝太不可思议了，一轮光芒万丈的太阳陡地被天狗吞噬了，天地间一片黑暗，谁都不敢轻易抬脚了。只有赵高的一双特异目光，隐隐看到了黑暗中的一丝缝隙，隐隐看到了这一丝缝隙中弥散出的天地神异，心头怦怦大跳着。然则，更令赵高紧张的是，天狗吞日是一时的，若不能在这片时黑暗之中飞升到那神异的天地，阳光复出，一切都将恢复常态，自己将只能永远地做一个皇室宦臣，永远地丧失那无比炫目的神异天地。每每心念及此，赵高便紧张得透不过气来。短短的回归路程，赵高几乎要散架了，夜不能安卧，日不能止步，除了八方奔走应对种种纰漏与急务，还得恰如其分地在李斯等大臣们面前表现出深重的悲痛，还得思绪飞转地反复揣摩内心深处那方神异天地。旬日之间，一个丰神劲健的赵高倏忽变成了一个须发虬结形容枯槁的精瘦人干，每日挑着宽大的衣衫空荡荡水桶般在行营车马中奔走，引来将士大臣们的一片感慨与怜悯。不知多少次，心力交瘁的赵高都要放弃闪烁在心底的神异天地了。可是，每每当他闪现出这个念头时，总有一种神奇的迹象，使他心底掠过一阵惊喜，心头又是勃勃生机。

沙丘宫的风雨之夜，赵高看到了第一丝亮光。

李斯没有要他在大臣们面前立即出示皇帝遗诏，也没有公议皇帝遗诏如何最快处置。李斯以当下危局为理由，将包括皇帝遗诏在内的一应国事，都推到了回咸阳议决。赵高不相信李斯当真在皇帝病逝的那一刻悲怆得昏乱了，没有理事才具了，果真如此，那还是李斯么？李斯的这一决策，使赵高第一次陡然心动，依稀看见了到达那方神异天地的可能。原因只有一个，李斯首相有斡旋朝局之私欲，没有将拥立新皇帝看得刻不容缓！毕竟，皇帝猝然归天，二世皇帝尚未确立，李斯便是权力最大的人物；其时，若李斯秉持法度，要赵高当即公示皇帝遗诏，并当即派特使将皇帝遗诏发往九原，闪烁在赵高眼前的那方神异天地便会立即化为乌有，一切将复归可以预知的常态——扶苏主持大局，帝国平稳交接。所幸者，李斯没有如此处置，慌乱悲怆的大臣们也没有人想到去纠正李斯，一切都顺理成章而又鬼使神差地被异口同声决断了。不。应该说，只有赵高想到了其中的黑洞。可是，赵高不会去提醒李斯，也不会去纠正李斯。因为，精明绝伦的赵高立即从李斯的处置方式中捕捉到了一丝希望——李斯可以不对随行大臣公示遗诏，他便可以不对李斯出示遗诏！而只要皇帝遗诏没有公示，丞相李斯的隐秘忌惮与一己私欲便会持续，丞相府这架最大的权力器械便存在倾斜于赵高天地的可能。至于李斯究竟忌惮何来，李斯的私欲究竟指向何方，赵高完全不去想。赵高只死死认定一点：一个在皇帝猝逝的危难时刻敢于搁置皇帝遗诏的权相，内心一定有着隐秘的私欲，而这一私欲不可能永远地隐藏。

自沙丘一路西来，赵高再次看到了一丝丝亮光闪烁眼前。

皇帝死于盛夏酷暑而秘不发丧，一路须得着意掩盖的痕迹便不可胜数了。而从种种难题的解困之策，赵高则确定无疑地一次次领略了李斯的权变计谋。车载鲍鱼以遮尸臭，是赵高最先提出的应急对策。赵高所说的鲍鱼，不是真正产出珍珠的鲍鱼，而是用盐浸渍的任何鱼类。因盐浸鱼皮，故此等咸鱼原本写作“鞄鱼”。“鞄”字本读“袍”音，然民间多有转音读字，故市井民间多读作鲍鱼之鲍，时日渐久相沿成习，盐浸咸鱼与真正的鲍鱼，都被唤作鲍鱼了。孔子所谓的“如入鲍鱼之肆，久而不闻其臭。”说的便是这种盐浸咸鱼。死鱼以盐腌制，在夏日自然是腥臭弥散。

赵高没有料到的是，咸鱼腥臭夹着尸身腐臭浓烈弥散，大臣将士们根本无法忍受。上路当日，将士们呕吐频发，大队车马走走停停，一日走不得三五十里。次日，胡毋敬与郑国两位老臣连续昏厥三次，顿弱也在轺车中昏昏不省人事，眼看三位老臣奄奄一息。当时李斯立即决断：将三位老臣留在邯郸郡官署养息，入秋时由邯郸郡守护送回咸阳。送人之时，偏偏顿弱陡然醒来，死死抓住了轺车伞盖铜柱，声称不死不离开皇帝陛下，才勉力留了下来。李斯的临机决策大得人心，独赵高却看出了其中隐秘——不送两位老臣回咸阳而偏偏留在邯郸，是有意无意地疏散重臣，使朝中要员不能在行营回归之前聚集咸阳！

更令赵高叫绝的是，李斯与顿弱及两名老太医秘密会商，在当晚扎营起炊时在各营炖煮咸鱼的军锅里不知放置了何种草药，将士大臣竟全数莫名其妙地鼻塞了，甚也闻不到了。后来，辎重营熬制的凉药茶分发各部，将士大臣们日日痛饮，从此便甚事也没有了。李斯的此等机变，是以博大渊深的学问为根基的，赵高自愧弗如，心下生出的感喟是——

只要李斯同心，所有的权变之术都将在无形中大获成功！

阳周老长城会见九原特使王离，是最当紧的一个关节。无论从哪方面说，只要有公心，或有法度信念，李斯都当有不同的处置——或立即奔赴九原会见扶苏蒙恬，或密令王离急召扶苏蒙恬来见，共商危难交接长策。须知，秘不发丧是为防备山东老世族作乱而议决的对策，绝不是针对扶苏蒙恬这等血肉肱股之臣的。然则，李斯并未如此处置，却立即找到赵高密商如何支走王离，并力图不使扶苏蒙恬知道皇帝病逝消息。当时，李斯的说辞是："方今皇帝病逝，九原立成天下屏障。若皇帝病逝消息传入胡地，匈奴必趁机聚结南下！其时，皇长子与大将军悲怆难当，何能确保华夏长城不失！为防万一，当一切如常，国事回咸阳再从容处置！"赵高心明眼亮，立即明白了李斯内心的忌惮所在，也清楚地听出了李斯说辞的巨大漏洞。然则，赵高想也没想便一力赞同了李斯，并立即在片刻之间安置好了一切，将年轻的王离瞒了个结结实实。

若没有李斯的种种异常，赵高断然不敢推出自己的秘密伞盖。

在皇帝身边三十余年，赵高一丝一缕地明白了庙堂权力的无尽奥妙与艰难险危。即便在大阳炎炎最为清明的秦国庙堂，也有着一片片幽暗的角落。这一片片幽暗的角落，是人心最深处的种种恶欲，是权力交织处的种种纽结，是风暴来临时各方利害的冷酷搏杀，是重重帷幕后的深深隐秘。赵高一生，不知多少次的奉皇帝密令办理秘事。赵高秘密扑杀过皇帝最为痛恨的太后与嫪毐的两个私生子，在攻灭邯郸后，又秘密杀光了当年蔑视欺侮太后家族与少年嬴政的所有豪强家族与市井之徒；至于刺探王族元老与权臣隐秘，部署侍女剑士进入黑冰台秘密监视由姚贾顿弱执掌的邦交暗杀等等，更是不计其数了。赵高一生，始终活跃在幽暗的天地里。赵高精通秦法，却从来没有真正信奉过秦法。在赵高心目中，再森严整肃的法治，都由定法的君王操纵着；庙堂权力的最高点，正是一切律法的空白点。在巍巍矗立的帝国法治铁壁前，赵高看见了一丝特异的缝隙。这道特异的缝隙，是律法源头的脆弱——在所有的权力风暴中，只有最高的帝王权力是决定一切的；帝王能改变律法，律法却未必能改变帝王；只要帝王愿意改弦更张，即使森严如秦法也无能为力。

为此，屡屡身负触法重罪的赵高要逃脱秦法的制裁，只有最大限度地靠近甚或掌控君王最高权力。赵高以毕生的阅历与见识，锤炼出了一顶特异的遮身伞盖。

自从皇帝将少皇子胡亥交给赵高，这一独特目标便隐隐地生发了。随着岁月流转，赵高的这顶独特伞盖终于大体成形了。数年之间，赵高教导的胡亥，已经是一个丰神俊秀资质特异的年轻皇子了，虽未加冠，却已经成熟得足可与大臣们会议国政了。为了使胡亥能够坚实地立足于皇子公主之林，赵高以最严厉的督导教给了胡亥两样本领：一则是通晓秦法，一则是皇帝风范。对于苦修秦法，胡亥是大皱眉头的，若非赵高的严厉督导，这个曾被皇帝笑作“金玉其外，实木其中”的荷花公子肯定是一条秦法也不知所以。然对于修习皇帝风范，胡亥却乐此不疲。赵高的本意，是要通过修习皇帝风范祛除胡亥的声色犬马气息，好在将来正正道道地做个大臣或将军。一旦皇帝辞世，胡亥所在便是赵高的归宿。赵高深知，自己与闻机密太多，在扶苏二世的庙堂里是不可能驻足的。令赵高大大出乎意料的是，胡亥并没有真正地修习皇帝的品性与才具，却将皇帝的言谈举止模仿得惟妙惟肖，连声音语调都惊人的相似。一日夜里，赵高正在灯火熄灭的帷幕里折腾一个曾经侍奉过皇帝一夜的侍女，廊下骤然一声咳嗽，赵高立即从榻上跳将下来，跪伏在地瑟瑟发抖。突然一阵哈哈笑声，赵高又吓得大跳起来，一脸诡秘的胡亥正笑吟吟站在面前！赵高又恼怒又惊慌，当即严厉申斥了胡亥，说如此模仿皇帝陛下，要被砍十次头，绝不能教不相关者知道！胡亥惶恐万分地诺诺连声，丝毫没想到自己也熟悉的秦法里，根本就没有十次砍头之罪。

若没有李斯的会商求告，赵高不会贸然推出“皇帝风范”的胡亥。

胡亥，是一个无能而又具有特异天赋的皇子。最要紧的，胡亥是赵高的根基。当那片神异天地在赵高眼前闪烁时，最灿烂的影子便是这个胡亥。如今，从沙丘宫到阳周老长城的短短路程之间，李斯也隐隐约约地走近了这片神异的天地，不时晃动在赵高眼前。然则，赵高无法确切地知道，李斯究竟是否能真正地走入这片天地？毕竟，李斯是位极人臣的法家大才，是帝国广厦的栋梁，是天下最有资望与权势的强臣，要李斯走进赵高心中的神异天地，李斯图谋何等利市呢？官职已经大得不能再大，资望已经高得不能再高，荣耀富贵也已经是无以复加，丞相之职，通侯之爵，举家与皇帝多重联姻；普天之下，除了皇帝，能有几人如同李斯这般尊崇？没有。一个都没有。王翦王贲父子固然比李斯爵位高，然却恬淡孤冷，除了战场统兵，其对国政的实际掌控力远远不如李斯。蒙恬蒙毅兄弟虽一内一外，群臣莫敢与之争，然却距离实际政务较远，与皇族融为一体的根基早已不如李斯家族了；若扶苏做不得二世皇帝，蒙氏兄弟纵然可畏，也不是没有应对之策。如此一个李斯，赵高的那片神异天地能给李斯何等尊荣呢？唯其如此，赵高仍然得继续查勘李斯，得继续结交李斯，得走进李斯的心田，看清那里的沟沟坎坎。

至少，一个突然的消息，使赵高生出了吃不准李斯的感觉。

一个小内侍奉赵高之命，例行向李斯禀报“皇帝病况”，却不经意看到了李斯正与自己的舍人秘密议事。小内侍只听见了“姚贾如何”几个字。待小内侍走近，舍人立即匆匆出帐，随即，帐外一阵急促的马蹄声远去了。赵高心头蓦然一闪，立即断定这是李斯要密邀姚贾北上。姚贾北上做甚？自然是要与李斯合谋对策了。姚贾何许人也？李斯的铁定臂膀，官居九卿之首的廷尉，又曾多年执掌邦交，极擅策划秘事。如此一个人物先群臣而来，岂非李斯心存私欲斡旋朝局的开始？当然，李斯越有私欲，赵高心下越踏实。赵高此时深感不安的是，李斯究竟何事不能决，而要与姚贾会商合谋？李斯的心结在何处？是靠近那片神异天地，还是疏远那片神异天地？赵高唯一能够确定的是，无论姚贾如何主张，李斯的盘算都是根基，不将李斯内心根基探查清楚，一切都落不到实处。至少，在进入甘泉宫[1]之前，应该对李斯心思的趋向有所探查。

赵高没有料到，这个时机是李斯送上门来的。

送走王离，大巡狩行营连夜从直道南下。将及黎明时分，好容易才在一辆皇帝副车中打起鼾声的赵高，突然接到了李斯书吏的传令：丞相正在前方一座山头树林中等候中车府令，须得会商紧急事务。赵高二话

[1] 甘泉宫，秦时行宫，遗址在今陕西省淳化县之甘泉山。

没说，下车飞马赶去了。山风习习的林下空地中，只有李斯一个人踽踽转悠着，几名举着火把的卫士都站在林边道口。赵高提着马鞭走进一片朦胧的树林，第一眼看见的，是李斯腰间的一口长剑。数十年来，这是赵高第一次看见李斯带剑，心下不禁怦然一动——杀心戒心，李斯何心？赵高走过去深深一躬，不说话了。幽暗的夜色中，李斯沙哑的声音飘了过来："老令，行营将过义渠旧地，这几日行程有何见教？"赵高思忖间一拱手道："高无他议，唯丞相马首是瞻！"李斯没有一句赞许，也没有一句谦辞，默然转悠片刻，突然道："咸阳宫今夏储冰几多？"赵高思绪电闪，一拱手道："禀报丞相，赵高尚未与给事中互通，不知储冰如何。然则，以赵高推测：皇帝出巡，只怕储冰会有减少。"李斯叹息了一声，语气透着几分无奈："若储冰不够，国丧之期足下如何维持？"赵高依旧是拱手道："高无他意，唯丞相马首是瞻！"李斯肃然道："老夫欲使皇帝行营驻跸甘泉宫，发丧后再回咸阳，足下以为如何？"赵高小心翼翼地道："如此，丞相可尽快处置遗诏事，高无他议。"李斯却道："议决遗诏事，至少得三公九卿大臣聚齐方可。目下宜先行安置好陛下，再相机举行朝会！"赵高心头猛然一跳，当即一拱手高声道："甘泉山洞凉如秋水，正宜陛下，丞相明断！"李斯一点头，赵高一拱手，两人便各自去了。

将近午时，一夜行进的将士车马在泥阳[1]要塞外的山林河谷中扎营了。

各营各帐起炊造饭时，同时接到了行营总事大臣李斯的书令——丞相奉皇帝口诏，各营歇息整肃，午后申时整装进发，直抵甘泉山之甘泉宫驻跸。

---

[1] 泥阳，战国秦时城邑，因在源自陇东的泥水下游的北岸，故名，大约在今陕西旬邑县西北地带。

三　残诏断句　李斯的勃勃雄心燃烧起来了

廷尉姚贾接到密书，星夜赶到了甘泉宫。

这座行宫城邑，坐落在泾水东岸的甘泉山。当初建造之时，因此地林木茂密河谷明亮，故有了一个官定名称——林光宫。然则，此地更有山泉丰沛多生，甘泉山之名人人皆知。是故，秦川国人不管官府如何名称，只呼这座行宫为甘泉宫。久而久之众口铄金，林光宫之名反倒淡出，朝野皆呼甘泉宫了。甘泉宫原本是一片庭院的小行宫，始皇帝在灭六国大战开始之前对北方匈奴极为警觉，派蒙恬坐镇九原郡河南地的同时，也将北出咸阳二百余里的甘泉山小行宫扩建为颇具规制的城邑式行宫，以备国难之时驻跸甘泉宫督导对匈奴作战。这座行宫城邑周迴十余里，沿山脊筑起石墙，山麓隐蔽处建造砖石庭院（宫殿），道道山泉下的冬暖夏凉的洞窟，都被依势改建为隐秘坚固的藏兵所在，外观并不如何壮阔，实际却极具实战统帅部之功效。灭六国之后，秦直道是以甘泉宫（林光宫）为起点直达九原。为此，甘泉宫依然持续着总监北方战事的职能，依然是戒备森严。

轺车方停，姚贾被专一在宫外道口迎候的行营司马领进了一座隐秘的庭院。司马的口信是，丞相诸事繁剧，请廷尉大人先行歇息精神。姚贾心知肚明，微微一笑径自沐浴用饭去了。饭罢，刚刚摆脱咸阳酷暑闷热的姚贾，又在这谷风如秋的幽静庭院大睡了半日，直到暮色沉沉才醒了过来。用过晚汤，已经是月上山头，仍不见李斯消息，姚贾不禁有些迷惑了。毕竟，李斯绝不会一封密书召他来甘泉宫避暑。

“大人，请随我来。”将近三更，那个司马终于来了。

在一道山风习习明月高悬的谷口，姚贾见到了李斯。那个腰悬长剑的枯瘦身影在月光下静静地伫立着，如同一尊冰冷的石雕，弥散出一种令人不安的气息。姚贾心有所思，轻轻地咳嗽了一声。枯瘦的身影蓦然转身，良久没有说话。姚贾深深一躬道：“敢问丞相，可是长策之忧？”李斯猛然大步过来拉住了姚贾双手，用力地摇着：“廷尉终是到了！来，过来坐着说话。”说罢拉着姚贾便走，在一座山崖下一片雪白的大石上停了下来。机敏的姚贾早已经看得清楚，谷口已经被隐蔽的卫士封锁，这片白岩无遮无挡又背靠高高石崖，清凉无风，幽静隐秘，任谁也听不到这里的说话声。唯其明白，姚贾心头愈发沉重。李斯身为领政首相，素来以政风坦荡著称，即或在当年杀同窗韩非的政见大争中也从未以密谋方式行事，今日如何这般隐秘？姚贾心下思忖着坐了下来，拿起旁边已经备好的水袋，啜着凉茶不说话了。

“目下情势不同，廷尉见谅。”李斯坐在了对面，勉力地笑了笑。

“外患还是内忧？”

“且算，内忧。”

“敢请丞相明示。”

“廷尉，这山月可美？”李斯望着碧蓝夜空的一轮明月。

“美得冰凉。”

“设若国有危难，廷尉可愿助李斯一臂之力？”

“赳赳老秦，共赴国难。”姚贾念诵了一句秦人老誓，却避开了话根。

“廷尉，若陛下病势不祥，足下当如何处之？”李斯说得缓慢艰涩。

“丞相！”姚贾大惊，“陛下当真病危？”

“方士害了陛下，陛下悔之晚矣！……”

“目下，陛下病势如何？”姚贾哽咽了。

“上天啊上天，你何其不公也！”李斯凝望夜空，泪水溢满了眼眶。

“丞相明示！陛下究竟如何了？”姚贾突然站了起来。

李斯很明白，姚贾身为廷尉，依据秦法对所有的王公大臣有勘定死因之职责；对于皇帝之死，自然也有最终的认定权；所谓发丧，对帝王大臣而言，就是经御史大夫与廷尉府会同太医署做最终认定后所发布的文告。这里，御史大夫通常是虚领会商，廷尉府则是完成实际程式的轴心权力。在所有大臣中，对任何人都可以在特定时日保持皇帝病逝之机密，唯独对廷尉不可以保密；因为，从发丧开始的所有的国丧事宜，事实上都离不开廷尉府的操持。事实是，任何国丧，都是廷尉府介入得越早越好。李斯之所以用密书方式将姚贾召来，除了姚贾与自己素来同心共谋，还有一个原因，便是姚贾的廷尉职司实在太过重要了。默然片刻，李斯也站了起来。

“廷尉，皇帝陛下，归天了！……”李斯老泪纵横。

“何，何时？何地？”

“七月二十二日，丑时末刻，旧赵沙丘宫……”

“陛下！……”姚贾失声痛哭，浑身颤抖着瘫坐在地。

李斯猛然拔剑，奋力向一方大石砍去，不料火星四溅，长剑当啷断为两截。李斯一时愕然，颓然掷去残剑，跌坐于大石上双手捂脸哽咽不止。姚贾却已经抹去泪水止住哭声，大步走过来道：“丞相，陛下可有遗诏？”李斯一脸沉郁道：“有。在赵高的符玺事所。”姚贾惊讶道：“没有发出？”李斯皱着眉头将当时情形说了一遍，末了道：“山东复辟暗潮汹汹，只能秘不发丧，速回咸阳。不发丧，如何能发遗诏？”姚贾道：“丞相可知遗诏内容？”李斯摇头道：“遗诏乃密诏，如何开启方合法度，老夫尚未想透。”姚贾愣怔片刻，猛然道：“行营从九原直道南来，扶苏蒙恬没有前来晋见陛下？”李斯道：“王离做特使，前来迎候陛下北上九原，被赵高技法支走了。”姚贾大是惊讶：“赵高技法？赵高何能支走王离？”李斯长叹一声，遂将那日情形叙说了一遍，末了道：“这件事，老夫深为不安。庙堂宫闱，似有一道黑幕……”这一夜，李斯与姚贾直说到山月西沉，方才出了谷口。

次日午后，姚贾探视典客顿弱来了。

姚贾与顿弱之间渊源可谓久矣。同被秦王延揽，同掌邦交大任，同为帝国九卿，同善秘事谋划。最大不同是两处，一则家世不同，二则秉性不同。姚贾家世贫贱，父亲是大梁看守城门的一个老卒，被人称为“大梁监门子”；是故，姚贾是凭自己的步步实干进入小吏阶层再入秦国的。顿弱却是燕赵世家，名家名士，周游天下而入咸阳的。就秉性而言，姚贾机变精明长于斡旋，与满朝大臣皆有良好交谊；顿弱却是一身傲骨，不屑与人滥交，公事之外只一味揣摩百家经典。在帝国大臣中，几乎只有姚贾与顿弱能够说得上有几分交谊。今春皇帝大巡狩，原定也有姚贾随行，却因李斯提出廷尉府牵涉日常政务太多不宜积压，皇帝才下诏免去了姚贾随行。如此一来，顿弱便成为随行皇帝大巡狩中唯一通晓山东老世族的大臣，原先从事邦交秘密使命的黑冰台也事实上全部交顿弱统领了。皇帝猝然病逝，顿弱病体不支却死也不离开行营，李斯多少有些不安了。

姚贾踏进典邦苑的时分，顿弱正在扶杖漫步。

一道飞瀑流泉下，坐落着典邦苑。这是甘泉宫的独特处，因依着战时秦王统帅部的规制建造，各主要官署都建造有专门的公务庭院。执掌邦交的官署所在，便叫做典邦苑。幽静的山居庭院里，顿弱扶着竹杖踽踽独行，雪白的散发宽大的布衣，身躯佝偻步履缓慢，远远望去分明一个山居老人。

“顿子别来无恙乎！”姚贾遥遥拱手高声。

“姚贾？”顿弱扶杖转身，一丝惊喜荡漾在脸上苍老的沟壑里。

“顿子，看！这是何物？”

“目下不宜饮酒，足下失算了。”顿弱的惊喜倏忽消失了。

“谁说酒了？此乃健身药茶，顿子失算也！”姚贾朗声大笑。

“噤声！笑甚？药茶有甚好笑？”顿弱板着脸。

“哎——你这老顿子，不酒不笑，还教人活么？”

“莫胡说，随老夫来。”顿弱点着竹杖径向瀑布下去了。

姚贾心头顿时一亮——顿弱清醒如常！两人同掌邦交多年，诸多习惯都是不期然锤炼出来的。譬如但说大事，总要避开左右耳目，且要最好做到即或有人听见也不能辨别连贯话音。目下，顿弱将他领到瀑布之下，水声隆隆，对面说话如常，丈余之外却不辨人声，足见顿弱心智如常绝没有迟钝麻木。两人走到瀑布下，相互一伸手作请，不约而同地背靠高高瀑布坐在了距离最近的两方光滑的大石上。顿弱顺手背后一抄，一支盛满清清山泉水的长柄木勺伸到了姚贾面前，随之一声传来：“不比你那药茶强么？”姚贾握住木勺柄腰，低头凑上木勺汩汩两大口，抬头笑道：“果然甘泉，妙不可言！”

“你既来也，自是甚都知道了，何敢屡屡发笑？”顿弱显然不高兴了。

“顿子何意？我知道甚？”

“姚贾若以老夫为迂阔之徒，免谈。”

“顿弱兄……如此，姚贾直言了。”

“愿闻高见。”

“请顿子援手丞相，安定大秦！”

“如何援手？敢请明示。”

“以黑冰台之力剪除庙堂黑幕，确保丞相领政，陛下法治之道不变！”

姚贾说得很是激昂。顿弱却看着远山不说话。默然良久，顿弱的竹杖点着姚贾面前的大石缓缓道：“庙堂究竟有无黑幕，老夫姑且不说。老夫只说一件事：依据秦法，黑冰台只是对外邦交之秘密力量，不得介入国政。否则，黑冰台何以始终由邦交大臣统领？天下一统之后，陛下几次欲撤去黑冰台，奈何复辟暗潮汹汹而一再搁置。本次大巡狩之中，大肆追捕山东复辟世族，黑冰台尚未起用。陛下亦曾几次对老夫提及，秦政奉法，黑冰台该当撤除了……”

“陛下可曾颁了撤台诏书？”姚贾有些急迫。

“老夫劝告廷尉，也请廷尉转告丞相。”顿弱回避了姚贾问话，点着竹杖正色道，“治道奉法，秦政之根基也；纵然国有奸佞，亦当依法剪除；大秦素有进贤去佞传统，只要几位大臣联名具奏弹劾不法，蛀虫必除，庙堂必安！”

“姚贾只是虑及万一。顿子主张，自是正道。”

“无非赵高在宫而已，有何万一之虑？”顿弱很不以为然。

“赵高能使胡亥以假乱真，恐非小事。”

“老夫明说了。”顿弱一跺竹杖，霍然站了起来激昂高声道，“以皇帝陛下奠定之根基，一百个赵高，一百个胡亥，也兴不起风浪！陛下之后，大秦危难只有一种可能：丞相李斯有变！只要丞相秉持公心，依法行事，任谁也休想撼动大秦！赵高，一个小小中车府令，纵然在巡狩途中兼领了陛下书房事务，又能如何？只要召扶苏、蒙恬两大臣还国，召郎中令蒙毅来行营收回皇帝书房事务，你便说，赵高能如何？目下之事，老夫想不通！行营已到甘泉宫，丞相为何还不急召扶苏蒙恬？秘不发丧，那是在沙丘宫，老夫也赞同。如今还能秘不发丧？纵然秘不发丧，难道对皇长子，对大将军，也是秘不发丧？怪矣哉！丞相究竟是何心思！……”突然，顿弱打住了。

“顿弱兄，误会了。”姚贾正色道，“变起仓猝，丞相纵有缺失，也必是以安定为上。兄且思忖，丞相与陛下乃大秦法政两大发端，丞相若变，岂非自毁于世哉！至于没有及时知会九原，只怕是虑及万一。毕竟，边塞空虚匈奴南下，其罪责难当……”

“老夫失言，廷尉无须解说。”顿弱疲惫地摇了摇手。

“姚贾一请，尚望顿弱兄见谅。”

“廷尉但说。”

“今日之言，既非政事，亦非私议……”

“老夫明白，一桶药茶而已。”

“如此，姚贾告辞。”

“不送了。足下慎之慎之。”

匆匆走出典邦苑，姚贾驱车直奔丞相署，李斯却不在行辕了。

李斯欲会赵高，赵高欲会李斯，两人终于在望夷台下相遇了。

望夷台者，甘泉宫十一台之一也。咸阳北阪原有望夷宫，取意北望匈奴日日警觉之意。甘泉宫既为对匈奴作战而设，自然也有了一座望夷台。这座高台建造在一座最大山泉洞窟的对面孤峰之上，高高耸立犹如战阵中云车望楼。登上望夷台顶端，整个甘泉山俯瞰无遗，那条壮阔的直道展开在眼前，如巨龙飞出苍翠的大山直向天际。李斯与赵高在台下不期相遇时，两人都有瞬间的尴尬。赵高指着那道巨大的瀑布说，要找丞相禀报陛下安卧所在，好让丞相安心。李斯打量着望夷台说，要向赵高知会发丧日期，好让中车府令预为准备。立即，几乎是不约而同地，两人都说望夷台说话最好。及至登上巍巍高台，残阳晚霞之下遥望巨龙直道壮美山川，两人却都一时无话了。

“丞相，但有直道，驷马王车一日可抵九原。”

“中车府令驭车有术，老夫尽知。”李斯淡漠地点头。

“丞相又带剑了？”赵高目光殷殷。

“此剑乃陛下亲赐，去奸除佞。”李斯威严地按着长剑。

“这支金丝马鞭，亦陛下亲赐，在下不敢离身。”

“足下与老夫既同受陛下知遇之恩，便当同心协力。”

“丞相与陛下共创大业，在下万不敢相比！”赵高很是惶恐。

“发丧之期将到，老夫欲会同大臣，开启遗诏。”李斯切入了正题。

“在下一言，尚请丞相见谅。”赵高谦卑地深深一躬。

“你且说来。”

“在下之意，丞相宜先开遗诏，预为国谋。”

“中车府令何意，欲陷老夫于不法？”

“丞相见谅！”赵高又是深深一躬，“沙丘宫之夜，丞相原本可会同随行大臣，当即开启遗诏。然，其时丞相未曾动议，足见丞相谋国深思。在下据实论事：陛下遗诏未尝写就，说是残诏断句，亦不为过；既是残诏，便会语焉不详，多生歧义；若依常法骤然发出，朝野生乱，亦未可知。为此，在下敢请丞相三思。”

“也是一说。”李斯淡淡点头。

“丞相肩负定国大任，幸勿以物议人言虑也！”赵高语带哽咽再次恳请。

“也好。但依中车府令。”思忖片刻，李斯终于点头了。

“丞相明断！”赵高一抹泪水扑倒在地，咚咚叩首。

瞬息之间，李斯大感尊严与欣慰。皇帝在世之时，赵高官职爵位虽不甚高，却是人人敬畏的人物。对于常常照面的大臣们，赵高不卑不亢，从来不与任何人卑辞酬答。只有在皇帝面前，赵高自甘卑贱，无论皇帝如何发作，赵高都忠顺如一。对大臣扑拜叩首，对于赵高，是绝无仅有的。就目下境况而言，李斯可以不在乎赵高是否敬重自己，然却不能不在乎目下的赵高是否会听命于自己；若赵高要公事公办，将已经封存的皇帝遗诏径自交传车发出，任谁也无权干涉；果真如此，李斯便该正当发丧，正当安国，不再作任何斡旋之想，即或扶苏即位贬黜自己，也只能听天由命了。然则，若赵高信服自己，听命于自己，则事情大有可为也！至少，李斯可在遗诏发出之前，最大限度地安置好退路，不使扶苏与自己的昔日歧见成为日后隐患；更佳的出路则是，通过拥立新帝而加固根基，进而继任丞相，辅佐新帝弘扬大秦法政，成为始皇帝身后的千古功臣。果能如此人臣一生，李斯何憾！所幸者，赵高对自己的敬重超出了预料，赵高所敦请自己要做的事情也恰恰符合了自己的心愿，岂非天意哉！在这片刻之间，李斯已经完全忘记了自己对姚贾提起的宫闱黑幕。那时，李斯从另外一个路径揣摩赵高——封存遗诏不发，以谋个人晋身之阶，奸佞之心可见！如今，赵高敦请自己先行开启遗诏，这便是一心一意地依附了自己。李斯的内心评判是：这才是真正的赵高面目，清醒地权衡出目下的权力轴心，并立即紧紧地依附于这个轴心。此时，李斯已经不需要对赵高做出道德的评判。李斯深深地知道：在大政作为中，只有最终的目标能指向最高的道德，而对任何具体作为的是非计较，往往都会诱使当事者偏离最高的为政大道。李斯所秉持的最终目标，是坚持始皇帝身后的大秦法治，是确定无疑的为政大道。唯其如此，任何依附于李斯者，都符合最高的大政大道，都无需去计较其琐细行径的正当性。

李斯疏通了自己的精神路径，也疏通了赵高的行为路径。

山月初上时分，赵高将李斯领进了一座守护森严的山洞。赵高说，这便是甘泉宫的符玺事所。李斯曾久为秦王长史，也曾亲掌秦王符玺。其时，天下所谓“李斯用事”，一则是指李斯谋划长策秦王计无不用，二则便是指李斯执掌秦王书房政务并符玺事所。符玺者，兵符印玺也。符玺事所者，昔日秦王兵符印鉴，今日皇帝兵符印玺之存放密室也。任何兵力调动，都得从这里由君王颁发兵符；任何王书诏书发出，都得从这里加盖印玺。是故，符玺事所历来是皇室命脉所在，是最为机密的重地。虽则如此，然就职事而言，帝国时期的符玺事所并未成为独立的大臣官署，既非九卿之一，也非独立散官，而只是郎中令属下的一个属官署。从秦王嬴政到始皇帝时期，执掌符玺事所的大臣先后有三人：王绾、李斯、蒙毅。赵高目下执掌符玺事所，只是在蒙毅离开大巡狩行营后的暂领而已。论资望，李斯是内廷大臣的老资格，丝毫不担心赵高在遗诏封存上故弄玄虚。饶是如此，李斯却没有在这甘泉宫住过，更没有进出过甘泉宫的符玺事所，不知这甘泉宫符玺事所竟设在如此坚固深邃的洞窟之中，心头委实有几分惊讶。

“天字一号铜箱。”一进洞窟，赵高吩咐了一声。

洞壁两侧虽有油灯，两名白发书吏还是举着火把，从洞窟深处抬出了一只带印白帛封口的沉重的铜箱。铜箱在中央石案前摆好，赵高从腰间皮盒掏出了一把铜钥匙，恭敬地双手捧给了李斯。虽未进过这甘泉宫石窟的符玺事所，然李斯对王室皇室的符玺封存格式还是再熟悉不过，瞄得一眼，便知这是极少启用的至密金匮。古人所谓的周公金匮藏书，便是此等白帛封存的大铜箱（匮）。依照法度，此等金匮非皇帝亲临，或大臣奉皇帝诏书，任何人不得开启。今日，赵高将始皇帝遗诏封存于如此金匮，李斯立即看透了赵高心思：任何人都无论如何不能说赵高做得不对，然任何人也都无法开启此匮，除非赵高愿意听命；因为，皇帝不在了，任何人都不会有皇帝诏书，而赵高却可以任意说出皇帝如何遗嘱此匮开启之法，可以任意拒绝自己想拒绝的任何人开启金匮。当然，赵高若想拒绝李斯，只怕李斯会同大臣议决开启遗诏，也得大费一番周折。当此情势，赵高自请李斯开启金匮，且拱手将钥匙奉送，宁非天意哉！李斯清楚地知道，纵然大臣奉诏而来，打开金匮还得符玺事所之执掌官员。因为，此等金匮有十余种锁法开法，任谁也难以准确地预知目下金匮是何种开法。执掌吏员捧上钥匙，乃皇帝亲临的一种最高礼仪而已，并非要皇帝亲自开启。而今，赵高对自己已经表示了最高的敬奉，李斯足矣！

“中车府令兼领符玺，有劳了。”李斯破例地一拱手。

“在下愿为丞相效劳。”赵高最充分地表现出内廷下属的恭敬。

小心翼翼地撕开了盖着皇帝印玺的两道白帛，小心翼翼地反复旋转钥匙打开了金匮，又小心翼翼地拿去了三层丝锦铜板，好容易显出了一方黑亮亮的木匣，赵高这才对李斯肃然一躬：“丞相起诏。”李斯熟知此中关节，对着金匮深深一躬，长长一声吟诵：“臣李斯起诏——！”双手恭敬地伸入金匮，捧起黑亮亮木匣出了金匮，放置到了金匮旁的石案上，又对赵高一拱手：“烦请中车府令代劳。”赵高上前对黑匣深深一躬，啪地一掌打上木匣，厚厚的木盖"嘭"的一声弹开。赵高又对李斯一拱手："丞相启诏。"李斯明白，这个"启"不同于那个"起"，立即一步上前，一眼瞄去，心头悚然一惊——一卷渗透着斑斑血迹的羊皮纸静静地蜷伏着，弥漫出一片肃杀之气！

"陛下！老臣来也……"李斯陡然哽咽了。

"丞相秉承陛下遗愿，启诏无愧！"赵高赳赳高声。

电光石火之间，李斯的精神转换了，李斯不再是未奉顾命的大臣，李斯变成了谋划长策而从来与始皇帝同道同心的帝国栋梁。如此李斯，启诏何愧哉！心思飞动间，李斯捧出了那卷血迹斑斑的羊皮纸，簌簌展开在眼前——

以兵属蒙恬，与丧会咸阳而葬……

"陛下——！"李斯痛彻心脾地长哭一声，颓然软倒在冰凉的石板上。

倏忽醒来，望着摇曳的灯光，李斯恍惚若在梦中："这是何处？老夫如何，如何不在行辕？"旁边一个身影立即凑了过来，殷切低声道："丞相，在下私请丞相入符玺事所。丞相无断，在下不敢送回丞相。"刹那之间一个激灵，李斯的神志恢复了。李斯双手一撑霍然坐起道："赵高，屏退左右。"赵高一声答应，偌大的洞窟顿时没有了人声。李斯从军榻起身站地，这才看见洞窟中已经安置好了长谈的所有必备之物。石案上饭食具备，除了没有酒，该有的全都有了；石案两厢各有坐席，坐席旁连浸在铜盆清水中的面巾都备好了。李斯一句话没说，刚要抬步走过去，赵高已经绞好面巾双手递了过来。李斯接过冰凉的面巾狠狠在脸上揉搓了一番，一把将面巾摔进了铜盆，板着脸道："中车府令何以教李斯？说。"赵高肃然一躬道："丞相错解矣！原是赵高宁担风险而就教丞相，焉有赵高胁迫丞相之理？赵高纵无长策大谋，亦知陛下之大业延续在于丞相。赵高唯求丞相指点，岂有他哉！"

"中车府令，难矣哉！"良久默然，李斯长叹了一声。

“敢问丞相，难在何处？”

“遗诏语焉不明，更未涉及大政长策……”李斯艰难地沉吟着，“再说，此诏显是陛下草诏，只写下了最要紧的事，也还没写完……老夫久为长史，熟知陛下草诏惯例：寻常只写下最当紧的话，然后交由老夫或相关大臣增补修式，定为完整诏书，而后印鉴发出。如此草诏断句，更兼尚是残诏，连受诏之人也未写明……”

“丞相是说，此等诏书不宜发出？”

“中车府令揣测过分，老夫并无此意！”

“丞相，在下以为不然。”沉默一阵，赵高突然开口了。

“愿闻高见。”李斯很是冷漠。

“如此草诏残诏，尽可以完整诏书代之。”赵高的目光炯炯发亮，“毕竟，陛下从未发出过无程式的半截诏书。更有一处，这道残诏无人知晓。沙丘宫之夜风雨大作时，在下将此残诏连同皇帝符玺，曾交少皇子胡亥看护，直到甘泉宫才归了符玺事所。如此，在下以为：皇帝遗诏如何，定于丞相与赵高之口耳。丞相以为如何？”

“赵高安得亡国之言！非人臣所当议也！”李斯勃然变色。

“丞相之言，何其可笑也。”

“正道谋国，有何可笑！”李斯声色俱厉。

“丞相既为大厦栋梁，当此危难之际，不思一力撑持大局，不思弘扬陛下法治大业，却径自迂阔于成规，赵高齿冷也！早知丞相若此，在下何须将丞相请进这符玺事所，何须背负这私启遗诏的灭族大罪？”

“赵高！你欲老夫同罪？”李斯愕然了。

“丞相不纳良言，赵高只有谋划自家退路，无涉丞相。”

“你且说来。”李斯一阵思忖，终于点头了。

“洞外明月在天！赵高欲与丞相协力，定国弘法，岂有他哉！”

“如何定国？如何弘法？方略。”

“丞相明察！”赵高一拱手赳赳高声，“始皇帝陛下已去，然始皇帝陛下开创的大政法治不能去！当今大局之要，是使陛下身后的大秦天下不偏离法治，不偏离陛下与丞相数十年心血浇铸之治国大道！否则，天下便会大乱，山东诸侯便会复辟，一统大秦便会付诸东流！唯其如此，拥立二世新帝之根基只有一则：推崇法治，奉行法治！举凡对法治大道疑虑者，举凡对陛下反复辟之长策疑虑者，不能登上二世帝座！”

“中车府令一介内侍，竟有如此见识？”李斯有些惊讶了。

“内侍？”赵高冷冷一笑，“丞相幸勿忘记，赵高也是精通律令的大员之一。否则，陛下何以使赵高为少皇子之师？赵高也是天下大书家之一，否则，何以与丞相同作范书秦篆？最为根本者，丞相幸勿相忘：赵高自幼追随皇帝数十年，出生入死，屡救皇帝于危难之中。丞相平心而论，若非始皇帝陛下有意抑制近臣，论功劳才具，赵高何止做到中车府令这般小小职司？说到底，赵高是凭功劳才具，才在雄迈千古的始皇帝面前坚实立足也！功业立身，赵高与丞相一样！”一席话酣畅淋漓，大有久受压抑后的扬眉之象。

“中车府令功劳才具，老夫素无非议。”李斯很淡漠。

“丞相正眼相待，高必粉身以报！”

“大道之言，中车府令并未说完。”李斯淡淡提醒。

“大道之要，首在丞相不失位。丞相不失位，则法治大道存！”

“老夫几曾有过失位之忧？”

“大势至明，丞相犹口不应心，悲矣哉！”赵高嘭嘭叩着石案，“若按皇帝遗诏，必是扶苏称帝。扶苏称帝，必是蒙恬为相。赵高敢问：其一，丞相与蒙恬，功劳孰大？”

“蒙恬内固国本，外驱胡患，兼筹长策，功过老夫。”

“其二，无怨于天下，丞相孰与蒙恬？”

“政道怨声，尽归老夫，何能与天下尽呼蒙公相比。”

“其三，天赋才具，丞相孰与蒙恬？”

“兵政艺工学诸业，蒙恬兼备，老夫不如。”

“其四，得扶苏之心，丞相孰与蒙恬？”

“蒙恬扶苏，亦师亦友，老夫不能比。”

“其五，谋远不失，丞相孰与蒙恬？”

“不如……足下责之何深也！”李斯有些不耐了。

“以此论之，蒙恬必代丞相总领国政，丞相安得不失位哉！”

“也是一说。”默然有顷，李斯点了点头。

“更有甚者，扶苏即位，丞相必有灭族之祸。”

“赵高！岂有此理！”李斯愤然拍案。

“丞相无须气恼，且听在下肺腑之言。”赵高深深一躬，殷殷看着李斯痛切言道，“始皇帝陛下千古伟业，然也有暴政之名。若扶苏蒙恬当国，为息民怨，必得为始皇帝暴政开脱。这只替罪羊，会是何人？自然，只能是丞相了。丞相且自思忖：天下皆知，李斯主行郡县制，开罪于可以封建诸侯之贵胄功臣；李斯主张焚书，开罪于华夏文明；李斯主张坑儒，开罪于天下儒生；而举凡刑杀大政，丞相莫不预为谋划，可说件件皆是丞相首倡。如此，天下凡恨秦政者，必先恨丞相也。其时，扶苏蒙恬杀丞相以谢天下，朝野必拍手称快。以蒙恬之谋略深远，以扶苏之顺乎民意，焉能不如此作为哉！”

“大道尽忠，夫复何憾？”李斯的额头渗出了晶亮的汗珠。

“丞相何其迂阔也！”赵高痛彻心脾，“那时只怕是千夫所指，国人唾骂。普天之下，谁会认丞相作忠臣，谁会认丞相为国士？”

“中车府令明言！意欲老夫如何？”突然地，李斯辞色强硬了。

“先发制人。”赵高淡淡四个字。

“请道其详。”

“改定遗诏，拥立少皇子胡亥为帝。”

“胡，胡亥？做，二世皇帝？”李斯惊得张口结舌了。

“丞相唯知扶苏，不知胡亥也。”赵高正色道，“虽然，少皇子胡亥曾被皇室选定与丞相幼女婚配。然在下明白，丞相很是淡漠。根本因由，在于丞相之公主儿媳们对胡亥多有微词，而丞相信以为真也。在下就实而论，少皇子胡亥慈仁笃厚，轻财重士，辩于心而拙于口，尽礼敬士；始皇帝之诸子，未有及胡亥者也。胡亥，可以为嗣，可以继位。恳请丞相定之，以安大秦天下也……”猛然，赵高再次扑拜于地，连连叩首。

“你敢反位拥立！”李斯霍然起身，“老夫何定？老夫只奉遗诏！”

“安可危也，危可安也。丞相安危不定，何以成贵圣？”

“老夫贵为圣人？赵高宁非痴人说梦哉！”李斯喟然一叹，继而不无凄凉地长笑一阵，泪水不期然弥漫了满脸，“李斯者，上蔡闾巷之布衣也！幸入秦国，总领秦政，封为通侯，子孙皆尊位厚禄，人臣极致，李斯宁负大秦，宁负始皇帝哉！足下勿复言，否则，老夫得罪也！”

“秋霜降者草花落，水摇动者万物作。”赵高并没有停止，相反地却更是殷切了，“天地荣枯，此必然之效也，丞相何见之晚也！”

“赵高，你知道自己在说甚也！”李斯痛楚地一叹，“古往今来，变更储君者无不是邦国危难，宗庙不血食。李斯非乱命之臣，此等主张安足为谋！”

“丞相差矣！”赵高也是同样地痛心疾首，说的话却是全然相反，“目下情势清楚不过：胡亥为君，必听丞相之策；如此丞相可长有封侯而世世称孤，享乔松之寿而具孔墨之智。舍此不从，则祸及子孙，宁不寒心哉！谚云，善者因祸为福。丞相，何以处焉？”

“嗟乎！”李斯仰天而叹老泪纵横，“独遭乱世，既不能死，老夫认命哉！”

“丞相明断！……”赵高一声哽咽，扑拜于地。

……

天将破晓，李斯才走出了符玺事所的谷口。

手扶长剑踽踽独行，李斯不知不觉地又登上了那座望夷台。山雾弥漫，曙色迷离，身边飞动着怪异的五光十色的流云，李斯恍若飘进了迷幻重重的九天之上。今日与赵高密会竟夜，结局既在期望之中，又在意料之外。李斯所期望者，赵高之臣服也。毕竟，赵高数十年宫廷生涯，资望既深，功劳既大，与闻机密又太多，若欲安定始皇帝身后大局并攀登功业顶峰，没有此人协力，任何事都将是棘手的。这一期望实现得很是顺利，赵高从一开始便做出了只有对皇帝才具有的忠顺与臣服，其种种谦卑，都使李斯很有一种获得敌手敬畏之后的深切满足。然则，李斯没有料到，赵高所付出的一切，都是以最后提出的拥立胡亥为二世皇帝为条件的。始皇帝二十余子，李斯与几位重臣也不是没有在心目中排列过二世人选，尤其在扶苏与始皇帝发生政见冲突的时候。但无论如何排列，少皇子胡亥都没有进入过李斯的视界，也没有进入任何大臣的视界。一个历来被皇子公主与皇族大员以及知情重臣们视为不堪正道的懵懂儿，以皇子之身给李斯做女婿，李斯尚且觉得不堪，况乎皇帝？胡亥若果真做了大秦皇帝，天下还有正道么？李斯纵然不拥立扶苏，也当认真遴选一位颇具人望的皇子出来，如何轮得到胡亥这个末流皇子？那一刻，李斯惊愕得张口结舌，根基尽在于此也。纵然赵高极力推崇胡亥，李斯还是怒斥赵高“反位拥立”。然则，便在此时，赵高淡淡漠漠地露出了狰狞的胁迫——舍此不从，祸及子孙！李斯既与赵高一起走进了符玺事所，一起私开了最高机密的皇帝遗诏，便注定将与赵高绑在一起了。

老泪纵横仰天长叹的那一刻，李斯是痛切地后悔了，后悔自己走进符玺事所前，太失算计了。两人同在望夷台时，李斯真切地感到了赵高的臣服，尤其当赵高第一次扑在地上叩首膜拜时，李斯几乎认定赵高已经是自己一个驯服的奴隶，而自己则是赵高的新主人了。那一刻，李斯是欣慰有加的。当赵高主动提出开启遗诏预为谋划时，李斯的评判是：赵高是真心实意地为新主人谋划的，对李斯如同对先帝！此前，李斯自然也在谋划如何能先行开启遗诏。李斯唯一的顾虑是，赵高不认可自己；而只要赵高认可自己，当然最好是臣服于自己，一切不足虑也。为此，李斯在真切感到赵高的臣服后，几乎是不假思索地跟赵高走进了那座洞窟。

在满朝大臣中，李斯是以心思缜密而又极具理事之能著称的。事实上，数十年理政处事，李斯也确实没有失误过一次。为此，非但举国赞誉，李斯也是极具自信的。长子李由向父亲求教理事之才，李斯尝言：“理事之要，算在理先。算无遗者，理事之圣也！”李由问，父亲理事自料如何？李斯傲然自许曰：“老夫理事，犹白起将兵，算无纰漏，战无不胜也！”便是如此一个李斯，竟只算计到了赵高自保求主，却没有算计到赵高也有野心，且其野心竟是如此的不可思议，要将自己不堪正道的懵懂学生推上帝位！更感痛心者，李斯面对如此不可思议的野心，竟没有了反击之策，而只能无可奈何地接受了。

“李斯，执公器而谋私欲，必遭天算也。”

“不。李斯只有功业之心，从无一己私欲！”

一个李斯颇感心虚，一个李斯肃穆坚定，相互究诘，不知所以。以公器公心论之，李斯身为领政首相兼领大巡狩总事大臣，在皇帝猝然病逝之时能启而不启遗诏，能发而不发遗诏，听任赵高将遗诏封存，如此作为，焉能不是私欲使然哉！然则，李斯之所以不假思索地如此处置，果真是要谋求个人出路么？不是，决然不是！那一刻，李斯的第一个闪念便是：若发遗诏于九原而扶苏继位，始皇帝的新文明与法治大政是无法延续下去的，唯其如此，宁可从缓设法；若能与扶苏蒙恬达成国策不变之盟约，再发遗诏不迟也。要说这也是私欲，李斯是决然不服的。毕竟，帝国文明的创制浸透着李斯的心血，李斯可以毫无愧色地说，只有他与始皇帝是帝国新文明的创制轴心！任何人都可以在某种程度上轻忽帝国文明是否改变，唯独李斯不能。这是李斯内心最深处的戒备，也是李斯对扶苏蒙恬的最忌惮处。虽然，李斯也有权位后路之虑，然那种丝缕轻飘的念头，远非维护帝国新文明的理念那般具有坚实根基。毕竟，李斯已经封侯拜相位极人臣，对青史评判与功业维护的信念，已经远远超过了维持个人官爵的顾忌。

在符玺事所第一眼看见始皇帝残诏，李斯的功业雄心便骤然勃勃燃烧了起来。他看到的前景是：只要他愿意，他便可以拟出正式的皇帝遗诏，另行拥立新帝，坚实地维护帝国新文明！甚或，在新帝时期，他完全可以登上周公摄政一般的功业最巅峰！果真如此，李斯将不负始皇帝一生对自己的决然倚重，为大秦河山奠定更为坚实的根基，使帝国文明大道成为华夏历史上永远矗立不倒的巍巍绝壁。那一刻，李斯被这勃勃燃烧的雄心激发了感动了，面对血迹斑斑的残诏，念及始皇帝在将要登上功业最巅峰时撒手归去，不禁痛彻心脾……如此一个李斯，责难他有私欲，公平么？

是的，从此看去，可能不公平。另一个李斯开口了，然则，赵高胁迫之下，你李斯居然承诺共谋，这不是私欲么？明知胡亥为帝，无异于将帝国新文明拖入未知的风浪之中，你李斯为何不抗争？你没有权力么？你没有国望么？你没有兵力么？你没有才具么？你事权俱有，可是，你还是答应了赵高。这不是私欲么？若是商君在世，若是王翦王贲在世，会是这样么？如此看去，要说你李斯没有私欲，公平么？青史悠悠，千古之下，李斯难辞其咎也……

且慢！肃穆坚定的李斯愤然了。此时，老夫若不权宜允诺，焉知赵高不会举发李斯威逼私启遗诏之罪？其时，李斯将立即陷入一场巨大的纷争漩涡；而赵高，则完全可能倒向扶苏一边，交出遗诏，发出遗诏，使扶苏为帝；果然扶苏为帝，蒙恬为相，李斯能从私启遗诏的大罪中解脱么？显然不能。更有甚者，扶苏蒙恬当国，必然地要矫正帝国大政，必然地要为始皇帝的铁血反复辟开脱，以李斯为替罪牺牲品，而使“暴秦”之名得以澄清。那时，李斯获罪可以不论，然帝国文明变形，也能不论么？不能！老夫活着，老夫领政，尚且能与胡亥赵高周旋，除去赵高而将胡亥变为虚位之帝，亦未可知也。也就是说，只要老夫矗在庙堂，帝国文明便不可能变形！若非如此，老夫何能心头滴血而隐忍不发？春秋之程婴救孤，公孙杵臼问曰：“立孤与死，孰难？”程婴曰：“死易，立孤难耳。”今李斯不死，畏死乎？非也，隐忍而救帝国文明也！这是私欲么？

“如此，公以赵高胡亥为政敌耶？”心虚的李斯低声问。

“然也！”肃穆的李斯果决明晰。

“公将设策，以除奸佞乎？”

“自当如此，否则国无宁日。”

“果能如此，世无老夫之李斯也！”

“谓予不信，请君拭目以待。”

朝阳升起在苍翠的群峰时，李斯的目光重新明亮了，李斯的自信重新回来了。大步走下望夷台，李斯登上轺车直奔姚贾的秘密庭院。

四　眩晕的胡亥在甘泉宫山林不知所以

赵高匆匆走进阴山宫时，胡亥正在亭下与几个侍女做坊间博戏。

侍女们全然像坊间婢女一样，偎伏在胡亥的腿上肩上，兴致勃勃地看着一个扮成贵胄公子的中年侍女与少皇子杀枭[1]，惊呼着笑叫着喧嚷一片。赵高远远望了一眼，立即下令几个内侍武士守在了寝宫入口，不许任何人进来。片刻部署妥当，赵高大步过来厉声呵斥道："此乃皇帝寝宫！不是坊间市井！"侍女们闻声大惊，倏地站起正要散去，却见一排执法内侍已经从林下森森然逼了过来。赵高一挥手下令："尔等诱使皇子博戏，一体拿下，全数囚禁饿毙！"侍女们个个面色青白，纷纷盯住了亭下枯坐的胡亥。胡亥却低头不语。侍女们顿时颓然倒在了草地上，没有一个人向赵高求告，一个个默默地被执法内侍们架走了。

"老师，这，这……"胡亥终于站了起来，终于走了过来。

"公子随我来。"赵高径自走进了寝宫东偏殿。

胡亥惶恐不安地跟了进来，低着头一句话不说。赵高却一脸急迫道："公子何其荒诞不经也！目下虽未发丧，可几个要害重臣谁不知情？更不用说还来了一个姚贾！当此之时，公子竟能做坊间博戏？传将出去，岂非大祸临头！公子如此不思自制，终将自毁也！"

"老师，我，知错了。"胡亥喃喃垂首，一副少不更事模样。

"公子啊公子，你叫老夫操碎心也！"赵高的眼中闪烁着泪光。

"老师，胡亥不，不想做皇帝……"

"岂有此理也！"赵高捶胸顿足，"险难之际，岂能功亏一篑哉！"

"做皇帝，太，太难了。"

"老夫业已说服李斯，何难之有？"赵高的语气冰冷坚实。

"丞相？丞相，赞同老师谋划？"胡亥惊讶万分。

"老夫奉太子之命会商，李斯敢不奉令！"

---

[1]　杀枭，春秋战国博弈游戏之一，类似后世军棋，以杀死对方之"枭"者为胜。

“老师，胡亥还不是，不是太子。”

“不。公子切记：自今日始，公子便是大秦太子！”

“老师，这，这……”胡亥搓着双手，额头渗出了涔涔汗水。

“公子如此失态，焉能成大事哉！”赵高很有些不高兴了。

“老师……胡亥，只是心下不安。可否，许我告知父皇……”

“此举倒也该当，公子且去。”赵高一点头又叮嘱道，“然则无论如何，公子不能走出寝宫，更不能再度嬉闹生事。发丧之前，最是微妙之际，公子定要慎之又慎！公子但为皇帝之日，何事不能随心所欲？不忍一时，何图长远哉！”胡亥认真点头。赵高说声老夫还要巡查寝宫，一拱手匆匆出了偏殿。胡亥望着赵高背影，长长地出了一口气，抹了抹额头汗水，从东偏殿偏门悄悄出去了。

甘泉山最幽静的一片小河谷里，坐落着东胡宫。

甘泉宫周围近二十里，有十二座宫殿十一座台阁，其功能、名称均与对胡战事相关。这东胡宫便是谋划辽东对胡战事的一座小幕府，昔年常驻着十几个国尉府的司马，四面墙上挂满了东胡地图，一切有关辽东战事的消息都在这里汇集。而那座最大的阴山宫，则是谋划对匈奴主力战事的行宫幕府，灭六国之后才改成了皇帝寝宫。在灭六国后的十余年里，帝国君臣忙得连轴转，皇帝除了几次大巡狩，都守在咸阳埋首山海一般的天下急务，几乎所有的关中行宫都没有帝国君臣的足迹了。唯甘泉宫不同，因地处九原直道必经之路，便成了事实上的一座皇家驿站。皇帝北上九原巡视，必在甘泉宫驻跸几日。九原直道修筑时期，更有郑国、王贲的行辕长期驻足甘泉宫。直道竣工之后，则不时有过往大臣因秘事留宿。纵然如此，甘泉宫依旧是大显冷清，最深处的宫殿台阁显然地有了人迹罕至的荒冷气息。而东胡宫，则是最为荒冷的一处。在甘泉山十二宫里，东胡宫最小，地处甘泉山最为阴寒的一片河谷，纵是炎炎夏日也凉如深秋。正是这一特异处，李斯与赵高共商，将始皇帝的遗体秘密安置在了东胡宫，在发丧之前又设置了秘密灵堂。

胡亥心绪很乱，很想对父皇禀报一番自己的想法。

虽身为少皇子，胡亥却从未出过咸阳宫，自然也没有来过甘泉宫。

然则，胡亥对甘泉宫的这座东胡宫，还是烙印在心头的。少时，胡亥便听乳母断断续续地悄悄说过一些故事。故事说，胡亥的母亲原本是一个东胡头领的小公主，因部族战败族人流散，小公主流落燕国。后来，小公主又随胡商进入了秦国，被胡商献给一个秦国大臣做了女仆。后来不知如何，小公主便进了咸阳宫。两三年后，小公主又被总掌内宫事务的给事中分派到了甘泉宫，在甘泉宫里，小公主成了东胡宫的侍女头目。故事还说，那年秦王北上九原，巡视了甘泉宫的所有宫殿幕府，暮色时分进入东胡宫，直到次日清晨才出来。乳母说，小公主后来有了身孕，才被给事中入册为秦王妃，重新回到了咸阳宫。那年秋天，小公主生下了一个小王子。小公主对乳母说，王子生日她记得很清楚，是乙亥年丁亥月亥时生的。后来，小公主上书驷车庶长署，说少王子“生逢三亥，母为胡女，请名为胡亥。”驷车庶长转呈小公主上书于秦王，忙得不可开交的秦王不晓得看了没看，便以例照准了。可是，在胡亥长到一岁多时，小公主却又请命回到了甘泉宫，依旧住进了人迹罕至的东胡宫。三五年后，已经是皇帝的秦王再来甘泉宫时，东胡小公主已经死了。乳母说，她与小公主只是在咸阳宫相处过年余时日，这些故事都是听小公主说的。小公主临走时叮嘱说，要她权且当做故事，将来说给小王子听，记住记不住由他了。

乳母说的故事，胡亥记得很清楚，始终烙印在少年心头。

对亲情，胡亥素来很淡漠。从呱呱坠地到一天天长大，胡亥没有过母爱，也没有过父爱，唯一可以算作亲人的，只有每个皇子都专有的一个乳母，与每个皇子都专有的一个老师。少年胡亥的一切衣食起居与行止，都是乳母照料的；后来，又加进了老师赵高。如同每个皇子公主一样，胡亥自幼就有一个小小的人际防护圈。除了极其罕见的父皇会见、考校学业等公事聚集，胡亥极少与皇子公主们共处，更无共享兄弟姊妹天伦之乐的机会，相互陌生得如同路人。在所有的皇子公主中，除了皇长子扶苏认识所有的兄弟姊妹外，其余皇子公主，都认不全自己的血肉同胞。因为母为胡女、师为内侍等胡亥无法选择的天定缘由，胡亥在诸皇子中更显落寞，更生疏于自己的皇家兄弟姊妹，除了大兄长扶苏，胡亥几乎没有一个可以相互说得几句话的兄弟姊妹。还在懵懂无知的孩童时期，胡亥便知道一个说法：自己的命相不好。那也是乳母悄悄说给他的。乳母说，小公主当年流着泪说，亥属猪相，少王子同占三亥，终将非命也！胡亥记得很清楚，乳母末了悄悄说："公主通巫术，不忍见少皇子非命，故此才早早去了。"后来，胡亥将乳母的话说给了老师赵高。赵高却大笑了好一阵子，拍案慨然道："胡人巫术何足论也！皇帝陛下从不言怪力乱神，却成就了千古大业，与命相何干！少公子只听老夫督导，来日必成为大秦能臣无疑，何言非命哉！"也就是从那一刻起，胡亥真正地依附了赵高。

只有对父皇，胡亥的敬畏是无以言说的。

固然，父皇没有皇子们期盼的亲情关爱的抛洒，然则，父皇的皇皇功业却是如雷贯耳连绵不断地填满了皇子们的岁月。每逢大捷大典，咸阳宫必大为庆贺，皇子公主们也必全数出动踏歌起舞。一次又一次，年年不知几多次。在少年皇子胡亥的心目中，上天源源不断地将人世功业塞给父皇，只能说父皇是神，父皇是最得上天眷顾的真正的天子！唯其如此，无论父皇如何记不得自己，也没与自己说过几次话，胡亥都对父皇有着无以言状的敬畏与感佩。大约只有在这一点上，胡亥与所有的兄弟姊妹一样，笃信父皇的威权，膜拜父皇的神异，崇敬唯恐不及，从来没有过想要冒犯父皇的丝毫闪念……开春之时，老师设谋使胡亥随父皇出巡，胡亥简直快乐得发晕了。那天，他在咸阳宫的胡杨林下咿咿呀呀地不知唱了多少支歌，虎虎生风地不知舞了多少次剑，煞有介事地不知背诵了多少遍秦法，而这一切的一切，都是他准备献给父皇，博得父皇一笑的。老师说，陛下劳累过甚，只有少皇子能给陛下欢悦，但使陛下一日大笑几次，少皇子天下功臣也！这番话，胡亥非但听进去了，而且牢牢刻在了心头。胡亥别无所长，然对取悦父皇却是乐此不疲，甚或，为此而模仿父皇的言谈举止，胡亥都是孜孜不倦的。能让父皇开怀大笑，胡亥甚事都愿意做。甚至，胡亥曾经想过，要拜那个滑稽名士优旃[1]为

[1] 优旃，先秦幽默名臣之一，有两优旃：一优旃为春秋滑稽名家优孟之后，一优旃为战国末期因慕优旃之名而同名的秦国滑稽名臣。

师，专门做一个既能取悦父皇又能谏言成名的能臣。可是，老师赵高却给胡亥当头浇了一盆冷水：“公子才智于优旃远矣！若为滑稽之士，必早死无疑！”

老师赵高给胡亥讲了一则亲见的故事：昔年，还是秦王的陛下听一臣之言，欲将秦川东部全数划做王室苑囿，以驯养群兽野马；数名臣子谏阻，秦王皆大怒不听。此时，旁边身矮不过三尺的侏儒优旃，腆着肥肥的肚腹上前，昂昂高声道：“秦王圣明！若是秦东皆为苑囿，秦国必多猛兽鹿马。若六国来攻，放出漫山遍野群兽鹿马冲将过去，敌必大败无疑！如此可省数十万大军，何乐而不为也！”秦王愣怔片刻，又哈哈大笑一阵，立即下令废除了这道王命。末了赵高冷冰冰一句道：“若遇难题，公子可有如此才思？”

胡亥打消了做滑稽名家的念想，对父皇的崇敬奉献之心却丝毫未减。

沙丘宫的风雨之夜，胡亥是亲见父皇死去的唯一皇子。那日黎明，胡亥一觉醒来见父皇书房灯火依旧，睡眼惺忪地提着丝袍，兴冲冲跑进了父皇书房。便在那一刻，胡亥惊恐得几乎昏厥了过去——迎面一股鲜血喷出，父皇眼睁睁看着他，直挺挺地倒了下去！在老师赵高哭喊着扑上去时，胡亥也扑了上去……任风雨大作雷电交加，胡亥都没有放开父皇的身躯。后来，父皇被安置在寝帐卧榻，胡亥又扑上去紧紧抱住了父皇身躯，任谁也拆解不开。三日三夜，胡亥不吃不喝地抱着父皇，任父皇的身躯在自己怀中渐渐变冷渐渐发出了异常气味，胡亥依旧死死抱着父皇不放。若非老师赵高对胡亥施放了迷药，胡亥被内侍们生拉硬扯地掰开了臂膊，胡亥很可能便随着父皇去了……后来，胡亥守护着父皇的身躯上路了，任驷马王车中腥臭扑鼻，胡亥的面色如同死人般苍白，却依旧是寸步不离地守护着父皇。那时，胡亥获得了生平最大的尊严，老师看着他哭了，丞相看着他哭了，所有知情大臣看见他，都哭了。在九原直道的阳周段，老师在暮色之中唤醒了他，要他假扮父皇声音支走王离特使，他想也没想便照着做了。那时候，胡亥只有一个心思，为了父皇安心，他甚事都可以做，假若需要，他会毫不犹豫地为父皇去死。

胡亥的改变，源于老师赵高的开导与威逼。

在进入甘泉宫的当夜，老师又施放了迷药，将胡亥从安置父皇的冰冷的东胡宫背了出来。胡亥醒来时，山月已经残在天边了，曙色已经隐隐可见了。榻边没有侍女，只有老师赵高守着。赵高关切地问他清醒没有，他没有说话，却点了点头。老师说有件大事要对他说，让他饮下了一壶冰凉的山泉水，又让他服下了一盏太医煎好的汤药。胡亥精神了，站起来了，老师这才说话。那一夜的对话，如同天边那一抹怪异的云霞，至今清晰犹在眼前耳边。

“皇帝陛下走了！”老师先自长长一叹，眼眶中溢满了泪水。刹那之间胡亥的一颗心怦然大动，几乎又要放声恸哭了。老师赵高沉着脸道：“危难在即，公子如此儿女态，何堪大事！”胡亥对这个老师，素来敬畏有加。老师赵高教他学问才具，对他的督导极为严厉。自从父皇为他定了这位老师，老师便奏明父皇，将他与乳母及两名侍女一起搬进了老师在皇城里的官署庭院。老师与乳母侍女事先约定：他对少皇子的教习，任谁也不能干预，否则不做胡亥老师。乳母侍女个个都知道赵高是追随皇帝数十年的功臣，功劳才具声望，至少在皇城这片天地里显赫得无人可以比肩，自然是诺诺连声。从此，胡亥告别了在乳母侍女照抚下的孤独而自在的懵懂岁月，开始了令他倍感吃力的少年修习。他清晨贪睡不起，老师会用那支金丝马鞭抽打卧榻四周，直到他爬起来梳洗。他一捧起法令典籍便大感头疼，不是打瞌睡，便是找出种种理由逃脱一日学业。老师在父皇身边忙得昼夜连轴转，却总是有机会在他无法预料的时刻出现，只要他没有写完当日秦篆，或没背诵过当日律令条文，老师便一定会将他关进府邸密室，直到他在老师再次出现时连连哭喊饿了渴了，老师才放他出来。他练剑常常偷懒喊累，老师便派一只凶猛灵异的獒犬看守着他，他只要在不该累的时候停了下来，那只猛犬便会冲过来将他扑翻在地呜呜怒吼，吓得胡亥毛骨悚然一身冷汗，爬起来泥土不掸便呼呼挥剑。如此反复无数，胡亥终于不再折腾自己了，老师说学甚便学甚，老师说如何学便如何学，再苦再累也咬着牙关强忍了。虽则如此，胡亥也明白一点，老师百般呵护着自己。没有老师，他不会走进父皇的视界。没有老师，他在深广的皇城便是一片飘荡的树叶，随时可能被人踩在脚下。一次，一个老内侍不许他踏进那片他最喜欢的胡杨林去练剑，还冷着脸咕哝了一句甚话。这时，老师出现了，一马鞭便将那名老内侍抽得滚出了丈余远。胡亥清楚地记得，老师显出了从未见过的粗莽凶悍，用金丝马鞭刮着老内侍的鼻梁狠狠地说，给我悉数知会皇城宫人，但有欺侮蔑视少皇子者，老夫活撕了他人皮！从此以后，只要胡亥在皇城游荡，所有的内侍侍女对他都礼敬有加。第一次，胡亥有了皇子的尊严。也是从此之后，胡亥对老师有了一种难以言说的依赖敬畏之情，心头每每闪出"假父"两个字。胡亥知道，那是父皇当年对长信侯嫪毐的叫法，早已经在皇城被列为第一禁忌了，否则他真的会对老师喊出那两个字来。胡亥总觉得，老师真该做他的假父，老师虽是内侍之身，却是天下罕见的雄杰……

"老师但说，我听便是。"胡亥忍住了欲哭的酸楚。

"陛下发病猝然，少公子已经濒临危境也！"见胡亥圆睁着两眼发愣，赵高忧心忡忡道，"陛下只给长公子留下了一道诏书，对其余皇子公主没有只言片语，没有封王封侯。届时，长公子回咸阳做了二世皇帝，而少皇子没有尺寸立足之地，为之奈何？"胡亥有些惊讶，也有些释然，摇着头道："秦政不封建，原本如此。父皇依法行事，不封诸子，老师何可私说者！"赵高缓缓摇头道："老臣所言本意，此等情势可变也，非私说陛下之过也。少皇子且想：皇帝突兀病逝而尚未发丧，方今天下权力与社稷存亡，皆在少皇子、老臣及丞相三人耳。老夫本心，愿少皇子起而图之也。少皇子，做君抑或做臣，制人抑或制于人，岂可同日道哉！"胡亥大感意外，愣怔良久摇头道："废兄立弟，不义也。不奉父诏而畏死，不孝也。因人之功，无能也。三者逆德，只怕天下不服，身败名裂，社稷不血食……"胡亥不敢直面斥责过甚，只是沉重地诉说着那样做的后果。赵高却连连摇头，慷慨激昂的话语叫胡亥心惊肉跳："少皇子差矣！汤武革命，天下称义，不为不忠。卫君杀父，史载其德，不为不孝。大行不小谨，盛德不辞让。做事顾小而忘大，后必有害。狐疑犹豫，后必有悔。断而敢行，鬼神避之，后有成功！愿皇子听老臣谋划，以成大事！"那时，胡亥眼见老师第一次如此目光炯炯奋然激烈，心头一时怦怦大跳，既觉无法拒绝老师，又觉此事太过不可思议，长长一声叹息道：“今日巡狩行营尚在半道，父皇尚未发丧，岂能以此等事体扰乱丞相哉！”老师却倏地起身，断然拍案道：“时乎时乎，间不及谋！嬴粮跃马，唯恐后时！”显然，老师要他当机立断先发制人，其急迫之心令胡亥心头一阵酸热——老师身为一介老仕宦，若非虑及学生身后，所图何来也！

那一刻，情非得已，胡亥只有答应了。

然则，胡亥无论如何都没有想到，老师居然真的说服了丞相！

老师带来的这个大大出乎意料的消息，使胡亥顿时眩晕了懵懂了，一时竟不知是喜是忧。方才为几名侍女活活饿死而生出的郁闷，早已飘散到九天之外去了。此刻塞满心头的，有惊愕有惶恐有喜悦有担忧有疑虑有奋然，种种思绪纷至沓来，胡亥总算第一次知道了甚叫做打翻了五味罐不知酸甜苦辣涩，一路念叨着晃悠着不知所以了。噫！丞相居然能赞同拥立我胡亥做皇太子，怪矣哉！先前，丞相连小女儿嫁我胡亥都不屑说起，今日如何能这般转向？丞相究竟是先认了我胡亥这个女婿而拥立我这个皇子，还是先认了我这个皇太子而后再认我做女婿？胡亥啊胡亥，你知道么？你准定不知道。是也是也，丞相的心思你却如何知道？不可思议，不可思议。胡亥漫无边际地转悠着，兀自念叨着，念叨得最多的便是这四个字——不可思议。对于丞相李斯，胡亥原本是奉若天神的。父皇是神圣，丞相也是神圣。王翦蒙恬功劳固大，丞相则功劳更大，毕竟丞相领政，是与父皇一起执掌庙堂一起运筹决断的，任何臣子都无法与丞相相提并论。唯其如此，当初丞相对将女儿嫁给胡亥的冷漠，胡亥也自甘卑下地接受了。在胡亥看来，天神一般的丞相不愿将女儿嫁给他这个一无所长的落寞皇子，实在是太正常了；果真丞相愿意了，胡亥倒是要大大惊愕了。唯其如此，李斯这个丞相竟能赞同拥立他为皇帝，不是不可思议么？如此不可思议的事体，如何不让胡亥百思不得其解？更有甚者，如此一个天神丞相，如何能被老师这个还未进入大臣之列的中车府令说服了？老师也是神圣么？或者，老师比神圣还更是神圣……

以胡亥的阅历与心智，这件事实在太费解，实在太深奥了。

酒醉般晃悠进东胡宫，疲惫眩晕的胡亥抱着幽暗大厅里的灵牌瘫倒了。胡亥再也没有力气向父皇禀报了，烂泥般倒在石板地面呵呵笑着呼呼大睡了。直到掌灯时分，一名进来换牺牲祭品的老内侍才发现了蜷伏在灵堂帷幕下的胡亥，连忙飞一般禀报了赵高。赵高丢下公事大步赶来，亲自将胡亥背走了。临走时，赵高对东胡宫总事厉声下令，谁敢私泄少皇子今日之事，杀无赦！

五　李斯开始了别出心裁的才具施展

秋风乍起，车马穿梭，甘泉宫醒来了。

第一个醒来的，是丞相李斯。自与赵高在符玺事所一夜相谋，李斯的心绪很快地明亮了起来。赵高有拥立胡亥的目下算计，李斯便没有再度推进大秦文明新政的远图么？仔细盘算起来，老夫便是拥立胡亥为帝，胡亥又能如何？能阻挡老夫实施新政？显然不能。胡亥没有通晓大政的肱股大臣。非但不能，且必将授予老夫更大的权力。因为，没有任何人可以掌控庞大复杂的文明新政，没有任何人可以掌控汪洋恣肆的天下大局；只有李斯坐镇的丞相府，能通盘运筹天下政令使之畅通；若没有李斯撑持，十个赵高也稳定不了天下大局。果真如此，届时老夫放开手脚盘整天下民生[1]，再创文明新政，何负陛下遗愿，何负天下苍生哉！思虑透彻，李斯顿觉郁闷全消，心头不期然渗出一丝冷笑，赵高也赵高，你自以为算计了老夫，安知给了老夫一架功业天梯耶？

心意一定，李斯第一个与姚贾会商。

开始，李斯并不想将全部真情对姚贾托出，不是疑虑姚贾，而是实在没有必要。大政重臣之间，只需主轴协同便了，无须追求琐细真实。如此庙堂法则，姚贾焉能理会不得？李斯说给姚贾的情势是：陛下临终

[1]　民生，先秦语，见《左传·宣公十二年》：“民生在勤，勤则不匮。”

之时，将遗诏交付与少皇子胡亥；赵高坚持说，陛下要将帝位传承给胡亥，因此请求李斯奉诏拥立胡亥；李斯没有亲见遗诏，只能据赵高所言，临机赞同了拥立胡亥；最终究竟如何，李斯欲与姚贾商议后再行定夺。末了，李斯特意坦然说明："廷尉为九卿之首，贾兄与斯多年交谊，兄若不为，斯何为哉！"

"不见遗诏，此事终难服人也！"沉吟良久，姚贾只说了一句话。

李斯心下明白，姚贾已经认准了皇帝遗诏是要害，且显然没有相信李斯所说的未见遗诏之言。思忖之间，李斯岔开了话题，拍案慨然道："自灭六国，我等竭尽心力创制文明新政，毕生心血尽在此矣！然则，终因种种纠缠，有所为，亦有所不能为也。譬如，秉持法治而以铁腕应对复辟暗潮事，若没有一班人无端干预，岂能使焚书令有名无实哉！岂能使坑儒铁案搅成暴政之嫌哉！而今陛下已去，若无强力衡平，那一班人定然会以《吕氏春秋》为本，大行宽政缓法之王道。其时也，山东复辟暗潮汹汹大起，天下臣民皆以先帝与你我为暴虐君臣，大秦文明新政安在哉！你我毕生心血安在哉！"

"如此说，丞相是要真心拥立胡亥了？"姚贾很有些惊讶，"至于遗诏究竟如何，丞相已经不想问了？"面对见事极快的一代能臣姚贾，李斯情知不能深瞒，否则便将失去这位最重要大臣的支持。片刻沉吟，李斯喟然一叹："贾兄何其敏锐也！李斯两难，敢请贾兄教我。"李斯站了起来，向姚贾深深一躬。

"奉诏行事，天经地义，丞相何难？"姚贾连忙扶住了李斯。

"拥立胡亥，未见遗诏；拥立扶苏，秦政消散。不亦难哉！"

"如此说，陛下有遗诏？"姚贾仍然咬着轴心。

"有。残诏。"

"丞相亲见？"

"正是。"

"残诏？以陛下之才？"

"兵属蒙恬，与丧会咸阳而葬……"李斯一字一顿地念着，停顿了。

"就此两句？"姚贾惊愕地期待着。

“此，天命也！”李斯喟然长叹泪光莹然。

“可是说，此诏有三残？”良久默然，姚贾断定李斯所言无虚，遂判案一般掰着指头道，“其一，给何人下诏，不明；其二，全部遗愿，未完；其三，未用印玺，不成正式。如此残诏，当真是千古未见也……”

“廷尉明断。”李斯拍案，“依据法度，此等诏书素来不发。”

“若依此诏，朝局将有三大变。”姚贾目光烁烁发亮，依旧惯常性地掰着指头，“其一，扶苏继位皇帝；其二，蒙恬掌天下兵权；其三，蒙毅执掌皇城政务……然则，丞相还是丞相，丞相倒是无须忧心也。”

“贾兄至明，何周旋于老夫哉！”李斯淡淡一笑，“蒙恬掌兵，一时计也，贾兄焉能不知？九原大军之中，尚有个武成侯王离。将兵大权交于王氏之后，领政相权交于蒙恬之手，廷尉重任交于蒙毅之手，如此转换，这残诏布局方算成矣！贾兄大才，可曾见过如此神异手笔：淡淡两句，厘定乾坤？”

“蒙毅？任廷尉？”姚贾脸色有些难堪。

“当年，蒙毅勘审赵高之时，陛下已经有此意了。”

“如此说，陛下善后，将我等老臣排除在外？”姚贾脸色更难堪了。

“此中玄机，各人体察也……”李斯淡淡一句，言犹未了却不说话了。

两人对坐，默然良久，谁也没有再说话。在李斯看来，对于颇具洞察之能的姚贾，到此为止足矣，至于本人如何抉择，用不着多说，更不宜说透。在姚贾看来，李斯已经将最轴心的情形真实，更将另一种庙堂架构清晰点出，到此为止足矣，用不着究诘背后细节。月上中天的时分，李斯站起来，一拱手默默地走了。姚贾没有留，也没有送，愣怔枯坐直到东方发白。

次日午后，姚贾刚刚醒来，便接到丞相府庶务舍人送来的一卷官书，敦请姚贾搬到廷尉别署。姚贾立即注意到，官书是以“丞相兼领皇帝大巡狩总事李斯”的名义正式送达的书令。也就是说，这是一件公事，姚贾将从李斯的私行隐秘安置中走出来，正式入住甘泉宫特设的九卿别署庭院。显然，此举含意很是清楚，姚贾只要住进廷尉别署，处置皇帝丧葬的大政公事便要开始了。依着当时的浩浩战国遗风，姚贾有两个显然的选择：一则是以未奉正令而来为由，立即返回咸阳待命，并不会开罪于李斯；一则是将密行化作公务，立即入住廷尉别署而开始公事，亦属正常。也就是说，姚贾愿否与李斯携手，这是第一个实际而又不着痕迹的轻微试探。姚贾立即意会了，李斯这个试探很是大度，也很是老到，既给了姚贾充分的抉择自由，又向姚贾透露出一种隐隐的意图——后续大业，李斯并不强求于任何人，志同则留，志不同则去。

“好。搬过去再用饭。”散发未冠的姚贾淡淡应了一句。

搬入幽静宽敞的山泉庭院，姚贾从隐秘行径的些许郁闷中摆脱出来，心绪大见好转。用过午膳，姚贾在山泉林下漫步良久，暮色降临方才回到庭院。姚贾预料，夜来李斯必有大事会商，晚汤后便正式着了冠带，在庭院中漫步等候。孰料月上中天，门外动静全无，姚贾陡然生出了一种莫名烦躁，便索性大睡了。次日清晨梳洗之后，姚贾正欲径自游山，丞相府的侍中仆射却到了。

侍中，原本是西周官号，职司为侍奉于天子殿中也，故名。秦帝国之侍中，亦称丞相史，则是开府丞相的属官，无定员，几类后世的秘书处。侍中职司，主要是往来于丞相府与皇帝政务书房以及各种朝会之间，代丞相府禀报各种政务于各方，同时主理丞相府一应书令公文。侍中署的长官，是侍中仆射。今日侍中仆射亲自前来，自然是正式公事无疑。姚贾虽然不耐李斯如此一紧一松颇具玄虚的方式，却依旧正了衣冠迎到了厅堂。

丞相府的书令只有两行：“着廷尉姚贾入丞相行辕，会商大巡狩善后诸事。”姚贾瞄得一眼，不禁皱起了眉头，看了看侍中仆射。孰料那个侍中仆射恭敬地捧过了一卷竹简之后，便低头垂首站在旁边不说话了。一时间，姚贾觉得李斯颇有些诡异。以常心论之，此前试探尚属正道，此次试探，则有些不可思议了。当此之时，最急迫的大事莫过于皇帝发丧，而发丧第一关，便是廷尉府主持勘验皇帝正身而确定皇帝已经死亡。为此，所谓的大巡狩善后诸事，分明便是这件实际大事，岂有他哉！更何况，李斯已经在第一次会见时明白对姚贾告知了皇帝病逝消息，何以丞相府书令不做一道公文下达，而要隐藏在会商之中或会商之后？如此闪烁行事，真叫人哭笑不得也。

然则，一番推究之后，姚贾的心渐渐沉下去了。李斯如此做法，只能说是再次做最实际的试探——姚贾究竟愿否与李斯同道？若姚贾“奉命”赶赴丞相行辕，则李斯必然正式出具书令，进入发丧事宜；若姚贾不入丞相行辕，不为李斯同道，则李斯与姚贾间的一切密谈均成为无可举发的孤证。也就是说，只要李斯不愿意承认，姚贾便无法以阴谋罪牵涉李斯，更无法传播密谈内容而引火烧身，姚贾只能永远将那两次密谈闷在心里。如此看去，后续之延伸路径便很是清楚了：姚贾若不欲与李斯同道，则李斯肯定要推迟皇帝发丧，直到找出能够替代姚贾的廷尉人选。因为，没有廷尉主持，皇帝发丧无法成立；除非先行立帝，更换廷尉，再行发丧。而李斯果然敢于如此作为，便只有一种可能，此前已经达成了必要的根基——李斯已经与赵高胡亥合谋，做好了先行立帝的准备！果真如此，姚贾面前的路便只有一条了，若不与李斯赵高胡亥同道，则很可能出不了这甘泉宫了……心念及此，姚贾有些愤然了。他本来已经要与李斯同道了，李斯当真看不出来么？不会，以李斯之能，不可能没有此等辨识；否则，李斯何以密书独召姚贾入甘泉宫？李斯如此行事，更大的可能则在于：此事太过重大，李斯不敢掉以轻心，不敢轻信于任何人……

“走。”姚贾不愿意多想了。

偌大的丞相庭院空空荡荡，不见任何会商景象。得知姚贾前来，李斯快步迎出了廊下，遥遥深深一躬：“贾兄见谅，老夫失礼也。”姚贾淡淡一笑一拱手，却没有说话。走进正厅，李斯屏退左右，又是深深一躬：“贾兄，此事太过重大，老夫无奈矣！”姚贾这才一拱手笑道：“斯兄鱼龙之变，贾万万不及也，焉敢有他哉！”李斯第一次红了脸，连说惭愧惭愧，一时竟有些唏嘘了。姚贾见李斯不再有周旋之意，心下踏实，遂一拱手道：“丞相欲如何行事，愿闻其详。”李斯不再顾忌，低声吩咐了侍中仆射几句，便将姚贾请进了密室。直到夕阳衔山，两人才匆匆出了密室。

旬日之间，甘泉宫车马如流了。

先是御史大夫冯劫亲率太医令与相关重臣，飞车赶赴甘泉宫，会同廷尉姚贾，立定了国丧勘验署，而后正式拜会丞相行辕。李斯召集了大巡狩随行大臣及相关人等，在丞相行辕与国丧署大臣正式举行了朝会。李斯先以大巡狩总事大臣身份，对皇帝于大巡狩途中猝然病逝事宜做了详尽禀报。赵高以皇帝临终时刻唯一的近侍臣子身份，禀报了皇帝发病的诸般细节，同时禀报了皇帝临终三诏。赵高禀报说，皇帝临终之时，留下了两道事先拟好的遗诏，交赵高封存于符玺事所；赵高收好诏书，皇帝业已吐血，留下的最后一道口诏是："山东动荡不定，取道九原直道返，秘不发丧，遗诏交丞相，会同诸大臣朝会施行。"赵高涕泪唏嘘地说，皇帝陛下话未说完，便抵案归天了。那日，胡亥作为唯一的随行皇子，两太医作为最后的施救者，都一一做了眼见实情的禀报。最后，典客顿弱与卫尉杨端和禀报了当时由丞相李斯主持的对策议决。全部朝会，除郑国与胡毋敬因病留邯郸未到，所有的情形都有清楚的禀报，也都被史官完整地录写下来。

朝会完毕，勘验署三方大员进入了供奉皇帝尸身的东胡宫。经两个时辰的繁复勘验究诘，姚贾主持的大员合署终于确证：皇帝因暗疾突发而身亡，并无他因。之后，御史大夫冯劫会同三方大员连夜会商，对朝会禀报与勘验文书做出了正式论定，由廷尉姚贾拟就官文呈报丞相。次日清晨，两件三方连署的官书便报到了丞相行辕。

李斯恢复了领政丞相身份，立即开始了连续作为。

李斯先行郑重拜会了冯劫、姚贾与太医令三大员，提出了"立即下书咸阳并邯郸，召三公九卿同来甘泉宫议决国丧事宜"的主张。冯劫很是不以为然道："丞相多此一举也！以大秦法度，先君薨去太子未立，丞相便是暂摄国政之决策大臣。目下法定勘验已毕，官文已报丞相，丞相有权批定是否发丧，何需惊天动地将一班大臣弄来甘泉宫？再说，冯去疾、蒙毅、李信三大员镇守咸阳，能轻易离开么？"李斯肃然正色道："冯公差矣！陛下乃超迈古今之帝王，今猝然病逝，又有两道遗诏未发，此所谓国疑之时也。三公九卿同来甘泉宫，一则会商，二则启诏，其间若有疑义，正当一并议决之。主少国疑之时，该当坦荡理政，此当国之要也，何能以鞍马劳顿避之？以镇守咸阳免之？”姚贾在旁点头道：“在下倒是赞同丞相之策。冯公啊，善我始皇帝之后，非同寻常也！”冯劫皱眉道：“如此说，扶苏是九原监军大臣，蒙恬是列侯大将军，也该召来同议了。”姚贾忧心忡忡道：“此两大员须当慎之。九原，那可是北边国门也！”李斯面色凝重地思忖了一阵，终于拍案道：“陛下在世时尝言，‘九原国门，不可一日无将也。’目下，万里长城正在合龙之际，匈奴诸胡正在秋掠当口，九原大军压力甚大，大将确实不宜轻动。冯公但想，当年灭六国大战何等酷烈，陛下尚从未调蒙公南下，况乎今日？匈奴但闻陛下离去，势必全力犯我，其时两统帅不在其位，预后何堪设想哉！”冯劫一挥手道：“也是一说！不召便不召，不需说叨了。”李斯却是少见的耐心，手指叩着书案缓缓道：“不召两将，并非不知会两将。老夫当同时发出官文，备细知会甘泉宫诸事，之后再度知会三公九卿议决诸事；蒙公与长公子若有异议，必有快马回书……”

“行行行，不需叨叨了。”冯劫不耐地打断了李斯。

“冯公总是将庙堂当做军营。”姚贾淡淡地揶揄了一句。

“当此危难之际，老夫如履薄冰，诸公见谅也！”李斯沉重地叹息一声。

“丞相真是！”冯劫倏地站起慨然高声道，“陛下纵然去了，还有我等老臣，莫非撑不起这片天不成！老夫今日一句话撂在此地：谁敢不从始皇帝遗诏，谁敢不从丞相调遣，老夫第一个找他头来！鸟！大秦有国法，危难个甚，谁敢反了不成！”

“慎言慎言，冯公慎言。”李斯连忙过来摁住冯劫坐了下去，转身走到厅中对三人深深一躬道，“李斯蒙诸公同心定国，不胜心感也！大事既定，老夫便去打理，告辞。”

“这个老李斯！官越大胆子越小。”冯劫看着李斯背影嘟哝一句。

“举国重担尽在丞相，难矣哉！”姚贾喟然一叹。

“也是，难为老丞相也！”冯劫的一双老眼溢满了泪水。

李斯回到行辕，立即拟就书令发往咸阳邯郸。三日之后，咸阳的冯去疾、蒙毅、章邯等与邯郸的郑国、胡毋敬都陆续飞车赶到了。次日清晨，甘泉宫正殿举行了三公九卿朝会，由丞相李斯主持；中车府令赵高、少皇子胡亥、皇帝大巡狩随行太医及太医令等相关散官，旁列与闻。参与朝会的三公是：左丞相李斯、右丞相冯去疾，御史大夫冯劫；此时王贲已逝，太尉未补，故缺一公；朝会九卿是：廷尉姚贾、郎中令蒙毅、治粟内史郑国、典客顿弱、奉常胡毋敬、卫尉杨端和、太仆马兴、宗正嬴腾、少府章邯。全部三公九卿，除去病逝的王贲，全数与会。从法度说，正式大朝会还当包括所有侯爵大臣将军与重要郡守县令，以及诸如博士仆射等中央散官。然则，作为日常决事定制，三公九卿与皇帝组成的朝会便是轴心决策的最高规格。且天下大事多发，三公九卿能如今日这般全部到齐，已经是很不容易了。因此，大臣们都明白，今日朝会乃皇帝缺席的非常朝会，在新皇帝即位之前，今日朝会所作的一切决断都将是有效国策，都将决定帝国的未来命运。

"诸位大人，"李斯站在帝座阶下的中央地带，一拱手沉痛地开口了，"今日朝会，行之于甘泉宫而非咸阳，皆因非常之期也。非常者何？皇帝陛下于大巡狩途中，业已弃我等臣民而去也！……"一言未毕，大殿中哭声暴起，李斯老泪纵横摇摇欲倒。三公前座的冯劫一步抢来扶住了李斯，沉声道："丞相如此情态，何以决大事！"又转身连声大喝，"哭个鸟！要不要朝会了！都给老夫坐好！听丞相说话！"这御史大夫的职司便是总监百官，更兼冯劫忠直公正秉性火暴，一阵吼喝，大殿中顿时肃然一片。李斯勉力站定，声音嘶哑颤抖道："当此之时，我等三公九卿，当协力同心，依据法度，安定大秦。唯其如此，今日朝会第一件大事，便是御史大夫禀报皇帝正身勘验事，之后议决是否发丧。"说罢，李斯对冯劫一拱手，站到了一边。

"诸位，"冯劫从案头捧起了一卷竹简，声音凄楚，"业经老夫官署会同廷尉府、太医署三府勘验认定：始皇帝陛下，确因暗疾骤发，薨于沙丘……这，三府勘定的官书……廷尉，还是你来……"冯劫老泪纵横语不成声，将竹简交给了姚贾。

姚贾离座，接过竹简展开，一字一字沉重地读着："御史大夫府、廷尉府、太医署三府合勘书：三府得皇帝行营总事大臣李斯书令，知皇帝异常而薨，遂赶赴甘泉宫合署勘验。业经三府依法反复勘验正身，一致判定：皇帝积年多劳，暗疾深植，大巡狩至琅邪发病，曾遣郎中令蒙毅还祷山川，祈福于上天；其后，皇帝巡狩西来，途中发病三次；七月二十二日，行营驻跸沙丘宫，皇帝夜来不眠，书罢遗诏，口诏未完，吐血而薨……其时，两随行太医多方施救，未果……大巡狩行营总事大臣李斯，会同随行大臣，遵奉皇帝口诏，议决，秘不发丧而还……三府合署论定：皇帝薨因明确，行营善后无误；国丧如何发布，由摄政丞相决断。大秦始皇帝三十七年，秋八月。”

“诸位大人，可有异议？”李斯抹着泪水问了一句。

“我等，无异议……”殿中一片哽咽。

“在下一问。”蒙毅突兀站起，高声一句引得举殿惊愕，“敢问三府合勘署：始皇帝陛下口诏，何人受之？随行太医可在当场？行营取九原直道而还，显然是舍近求远，何能言善后无误？”

“姚贾作答。”冯劫对姚贾挥了挥手。

“在下遵命。”姚贾对冯劫一拱手，转身面对群臣道，“郎中令所言，亦是三府勘验时所疑。业经查证：陛下伏案劳作完毕，已是寅时初刻四更将罢，随行太医煎好汤药之后正在小憩，中车府令赵高侍奉汤药；陛下正欲服药，猝然吐血，赵高欲唤太医，被陛下制止；陛下随即口诏，口诏未完，陛下已薨……以法度而论，赵高一人所述口诏，确为孤证；然陛下夤夜公务已成惯例，赵高一人侍奉陛下也是惯例。故，合署勘验取赵高之言。郎中令，此其一也。其二，取道九原而不走河内大道，一则有陛下遗命，二则有山东动荡之实际情形。如此情势，不知姚贾可算说清？”

“姑且存疑。”蒙毅沉着脸坐了回去。

“甚话！”冯劫不悦拍案，“山东复辟暗潮汹汹，疑个甚来！”

“冯公，还是教郎中令直接询问赵高的好。”李斯一脸忧色。

“不用！”冯劫拍案高声，“都说！还有无异议？”

“无异议。”其余大臣人人同声。

“好！孤议不问。丞相继续大事！”冯劫慨然拍案。

李斯无奈地摇了摇头，对蒙毅一拱手道：“公有异议，待后也可质疑于老夫。当此非常之时，冯公秉持大义，老夫勉力为之了，尚望足下见谅。”见蒙毅目光直愣愣没有说话，李斯拱手一周高声道，“诸位，三府勘验完毕，定论明白无误。朝会议决，亦无异议。老夫依法宣示：大秦始皇帝，业已薨去……然则，此时国无储君，尚不能发丧。立储发丧之前，诸位大臣亦不能离开甘泉宫。此，万般无奈之举也。诸位大人，可有异议？”

“丞相是说，国丧之密绝不可外泄么？”冯劫高声问。

“正是。主少国疑，李斯不能不分外谨慎。”

“非常之期，在下以为妥当！”姚贾第一个附和了。

“在下，无异议。”大臣们纷纷哽咽点头。

“好。”李斯含泪点头，转身对殿口的甘泉宫总事一点头，“进午膳。”

“如何如何，在这里咥饭？”冯劫第一个嚷嚷起来。

“国难之际，大事刻不容缓，老夫得罪诸位大人了。”李斯深深一躬。

“好了好了，何处吃喝不都一样？”冯去疾瞪了冯劫一眼。

“也是，不早立储君，万事不宁也！”寡言的郑国叹息了一句。

甘泉宫总事带着一班内侍侍女，抬进了一案又一案的锅盔肥羊炖。李斯游走食案之间高声道：“国丧未发，哪位若欲饮酒，得在三爵之内，以免误了饭后朝会。”冯劫顿时红了脸高声道：“你这丞相甚话！国丧未发，便是皇帝没薨么？老夫不饮酒，谁敢饮酒！”一脸沉郁的大臣们纷纷点头。李斯连忙一拱手道：“冯公息怒。老夫也是情非得已，恐诸位老军旅耐不得有肉无酒也，见谅见谅。”大臣们遂不再说话，人各一案默默地吃喝起来，全然没有了秦人会食的呼喝豪气。一时饭罢，片刻啜茶间大殿已经收拾整肃，司礼的侍中仆射便高声宣示朝会重开。

“诸位，国不可一日无主。立储朝会，至为重大。”

李斯肃然一句，举殿静如幽谷。李斯从自己的案头捧起了一只铜匣，语气万分沉重地开口了：“大巡狩行营至于平原津时，皇帝陛下给了老夫一道诏书，书匣封口写就‘朕后朝会开启。’老夫手捧之物，便是皇帝诏书。此时诏书未开，老夫先行对天明誓：无论皇帝遗诏如何，李斯皆不避斧钺，不畏生死，决意力行！老夫敢请，两位冯公监诏。”

骤然之间，举殿大是惊愕。三公九卿大臣们都知道的是，皇帝留有两道遗诏，皆在赵高掌管的符玺事所封存；可没有一个人知道，皇帝给丞相李斯还有一道遗诏！李斯本是帝国领政首相，皇帝有遗诏于李斯毫不足怪，假若没有遗诏于李斯，反倒是奇怪了。大臣们惊愕的是，皇帝遗诏于李斯，自当李斯本人亲启，为何要李斯当着朝会开启？是皇帝怀疑李斯可能谋私么？一时惊愕之下，竟良久无人说话，连李斯亲请监诏的冯劫、冯去疾也默然不语了。

“老丞相既已明誓，还是自家开了。”直率的冯劫终不忍李斯被冷落。

“两公监诏，秉公护国，何难之有哉！”李斯有些不悦了。

“如何？监诏了？”冯劫对邻座的右丞相冯去疾低声一句，见冯去疾已经点头站起，遂霍然离座一拱手高声道，“好！老夫与右丞相监诏。”两人走到李斯面前，对着铜匣深深一躬。冯去疾肃然站定。冯劫上前接过了诏书铜匣，放置在了今日特设在帝座阶下的中央位置的丞相公案上，对旁边肃立的冯去疾点了点头。冯去疾面对大臣们高声一句道：“诏书外制无误。”显然，这是报给所有大臣听的，是说该诏书的存放铜匣与封匣白帛以及印鉴等皆为真实。之后，冯劫拿起了案头备好的文书刀，割开了带有朱红印玺的白帛封条，原先被封条固定的一支细长的铜钥匙赫然呈现眼前。冯劫拿起钥匙，打开了铜匣。旁边冯去疾又是一声通报：“匣制封存如常，启诏。”冯劫拿去了最上层的一张小铜板，又拿去了一层白绢，这才捧起了一个带有三道铜箍的筒状物事。旁边冯去疾高声道：“尚坊特制之羊皮诏书，开诏。”冯劫大手一顺，两道薄片铜箍便滑落在了匣中。冯劫展开了黄白色的细薄羊皮，一眼未看便肃然举在了冯去疾眼前。冯去疾仔细打量片刻，高声通报道：“始皇帝手书，印玺如常，宣示诏书——！”冯劫遂将诏书翻过，一点头，高声念诵道：“朕若不测，李斯顾命善后，朝会，启朕遗诏安国。诏书完毕。”

殿中依然是静如幽谷。大臣们对皇帝以李斯为顾命大臣，丝毫没有任何意外，若皇帝没有以丞相李斯为顾命大臣，反倒是大臣们不可思议的。李斯执意以监诏之法开启诏书，显然是在国疑之期秉持公心，虽显异常，大臣们也全然体察其苦心。大臣们多少有些意外的是，顾命大臣如何只有李斯一个人？依照常理与朝局实情，至少应该是李斯与大将军蒙恬、御史大夫冯劫三人顾命安国，而今只有李斯一人，似乎总有些不合始皇帝陛下的大事赖众力的政风秉性。然无论如何，诏书既是真实的，谁又能轻易提出如此重大的疑虑？毕竟，始皇帝信托丞相李斯，谁都认定是该当的，能说此等信托是过分了？

“遗诏已明，敢请丞相继续朝会。”二冯一拱手归座。

“先帝将此重任独托李斯，老夫愧哉！”李斯眼中闪烁着泪光喟然一叹，“老夫解陛下之心，无非念及，李斯尚能居中协调众臣之力而已。立储、立帝两件大事一过，天下安定，老夫自当隐退，以享暮年治学之乐也……”

“国难之际，丞相老是念叨自家作甚！”冯劫不耐烦了。

李斯悚然一个激灵，当即一拱手正色道：“御史大夫监察得当，朝会立即回归正题。”说罢转身一挥手，“中车府令、兼领大巡狩行营皇帝书房事赵高，出封存遗诏于朝会。”李斯着意宣示了赵高的正职与行营兼职，显得分外郑重。毕竟，仍有并不知晓皇帝大巡狩后期随行臣工职事更迭的大臣，如此申明，则人人立即明白了皇帝遗诏由赵高封存而不是由郎中令蒙毅封存的缘由，心下便不再疑惑了。

随着李斯话音，赵高带着两名各推一辆小车的内侍，走出了帝座后的黑玉大屏，走到了帝座阶下的李斯中央大案前，停了下来。赵高上前，先对李斯深深一躬，再对殿中大臣们深深一躬，这才转过身去对两名内侍挥手示意。两名内侍轻轻扯去了覆盖车身的白绢，两辆特制的皇室文书车立即闪烁出精工古铜的幽幽之光。两内侍各自从文书车后退几步，肃立不动了。

赵高一拱手道：“符玺事所封存之皇帝遗诏到，敢请丞相启诏！”

“老夫之意：此遗诏，由御史大夫与郎中令会同监诏。”

“臣等无异议。”大臣们立即赞同了李斯的主张。

“如此，御史大夫请，郎中令请。”李斯对冯劫蒙毅分别遥遥一拱。

“又是老夫。”冯劫嘟哝一句离座挥手，“老夫只看，蒙毅动手。”

蒙毅没有推辞，离座起身对李斯冯劫一拱手，走到了文书铜车前。蒙毅与三公九卿中的所有大臣都不同，出身名将之家而未入军旅为将，自入庙堂便任机密要职，先做秦王嬴政的专事特使，再做长史李斯的副手长史丞，再做始皇帝时期的郎中令兼领皇帝书房事务，长期与闻署理最高机密，对宫廷事务洞悉备至。而三公九卿中其余大臣却不同，王贲冯劫冯去疾杨端和章邯嬴腾马兴七人，出自军旅大将，素来不谙宫廷机密事宜；郑国胡毋敬两人，一个太史令出身，一个水工出身，职业名士气息浓厚，更对种种庙堂奥秘不甚了了；姚贾与顿弱两人倒是颇具秘事才具，却因长期职司邦交，也对皇城内务不甚精通。也就是说，全部三公九卿之中，只有李斯、蒙毅具有长期职司庙章政事的阅历，对最高机密形成的种种细节了如指掌。目下，李斯已经是顾命大臣主持朝会，自然不会亲自监诏。只有蒙毅监诏启诏，才是最服人心的决断。李斯主动提出由蒙毅冯劫监诏，大臣们自然是立即赞同了，并实实在在地对李斯生出了一种敬佩。就实而论，蒙毅也是三公九卿中对此次朝会疑虑最重的大臣，此刻既有李斯举议，蒙毅自然不会推辞。蒙毅自信，任何疑点都逃不过他久经锤炼的目光。

一眼望去，两辆文书车是甘泉宫的特有物事，大巡狩行营的符玺事所以轻便为要，自不会有此等重物。当然，蒙毅是不会纠缠此等枝节的。毕竟，皇帝遗诏从小铜匣装上文书车，只是一种行止转换而生出的礼仪之别，远非其中要害。蒙毅所要关注的，是遗诏本身的真实性。

“启盖。”蒙毅对大臣座区外的两名书吏一招手。

这两名书吏是郎中令属下的皇帝书房文吏，是蒙毅的属官，也是每次朝会必临大殿以备事务咨询的常吏，本身便对一应皇城文书具有敏锐的辨识力。两人上前一搭眼文书车，相互一点头，便各自打开了铜板车盖，显出了车厢中的铜匣。蒙毅对冯劫一拱手，两人同时上前打量，不禁同时一惊。

“有何异常？”圈外李斯的声音淡淡传来。

“诏书封帛有字！”冯劫高声道。

“冯劫糊涂！封帛岂能没字！”座中冯去疾有些不耐。

“有字？念了。”廷尉姚贾淡淡一句。

“好！老夫念了。”冯劫拍着文书车高声道，“第一匣封帛：朝会诸臣启诏。第二匣封帛：储君启诏。蒙毅，可是如此两则？”

“是。”蒙毅认真地点了点头。

“敢问郎中令，如此封帛何意耶？”座中胡毋敬远远问了一句。

“列位大人，”蒙毅对坐席区一拱手道，“这是说，两道遗诏授予不同。第一道遗诏，授予丞相领事之三公九卿朝会，目下当立即启诏。第二道遗诏，授予所立储君，当由新太子启诏行之。”

“诸位对郎中令所言，可有异议？”李斯高声问。

“无异议！”大臣们异口同声。

“如此，敢请两位开启第一道遗诏。”李斯向冯劫蒙毅一拱手。

冯劫大步上前，在文书车前站定，做了动口不动手的监诏大臣。蒙毅走到车前深深一躬，俯身文书车一阵打量，见一切都是皇室存诏的既定样式，细节没有任何疑点。蒙毅双手伸进了车厢，小心翼翼地将铜匣捧了出来。一捧出车，蒙毅将铜匣举过了头顶，着意向铜匣底部审视了一番。此刻，蒙毅有了第一个评判：这只铜匣是大巡狩之前他亲自挑选出的存诏密匣之一，铜匣底部的“天壹”两字是老秦史籀文，谁也做不得假。蒙毅对冯劫一点头，冯劫的粗重嗓音立即荡了出去：“密匣无误——！”

然则，蒙毅并没有放松绷紧的心弦。他将密匣放置到文书车顶部拉开的铜板上，仔细地审视了封帛印玺。封匣的白帛没错，略显发黄，是他特意选定的当年王室书房的存帛，而不是目下皇帝书房玉白色的新帛。印玺也没错，是皇帝大巡狩之前亲自选定的三颗印玺之一的和氏璧玺，印文是朱红的阳文“秦始皇帝之玺”。蒙毅记得很清楚，这颗和氏璧大印是皇帝的正印，所谓皇帝之玺，便是此印。大秦建制之时，是蒙毅征询皇帝之意，将原先的和氏璧秦王印改刻，做了皇帝的玉玺。因材质天下第一，此印盖于丝帛或特制皮张之上，其印文非但没有残缺，且文字隐隐有温润光泽，比书写文字更具一种无以言传的神秘之感。然则，这颗皇帝之玺却有一个常人根本无从发现的残缺密记，那是制印之前皇帝与蒙毅密商的结果。蒙毅犀利的目光扫视过旧帛上的印面，立即从玉玺左下方的最后一笔的末端看到了一只展翅飞翔的鹰；即或颇具书写功力之人，也会将这一笔看成印文书写者的岔笔或制印工师的异刀技艺，即或将它当做意象图形，谁也说不准它究竟应该是何物，只有皇帝与蒙毅，知道它应该是何物。目下既是正玺，蒙毅心头方稍有轻松。

“封帛印玺无误——！”冯劫的声音又一次荡开。

蒙毅终于拿起了文书刀，轻重适度地剥开了封帛。在小刀插进帛下的第一时刻，蒙毅心中怦然一动！不对，如何有隐隐异味，且刀感颇有黏滞？蒙毅很清楚，皇室封存文书皆用鱼胶，也便是鱼鳔制成的粘胶。惯常之时，鱼胶主要用于制弓，《周礼·考工记》云：“弓人为弓……鱼胶耳。”此之谓也。然封存文书为求平整坚固，不能用面汁糨糊，故也用鱼胶。寻常鱼胶封帛，既有坚固平整之效，又有开启利落之便。蒙毅不知多少次地开启过密封文卷，历来都是刀具贴铜面一插，封帛便嚓地开缝；再平刀顺势一刮，密匣平面的封帛便全部开启；再轻刮轻拉，密匣锁鼻的封帛便嚓啦拉起；两道交叉封帛的开启，几乎只在片刻之间。可目下这刀具插进封帛，显然有滞涩之感，且其异味令人很是不适，足证其不是正常鱼胶。大巡狩之前，皇帝书房的一应物事都是蒙毅亲自料理的，三桶鱼胶也是蒙毅亲自过目的，如何要以他物替代？

“敢请御史大夫。”蒙毅向冯劫拱手示意。

冯劫已经从眉头深锁的蒙毅脸上看出了端倪，一步过来俯身匣盖端详，鼻头一耸皱眉挥手：“甚味儿？怪也！”蒙毅心思极是警觉，对大臣座区一拱手道：“敢请卫尉，敢请老奉常。”大臣们见冯劫蒙毅有疑，顿时紧张得一齐站了起来——这遗诏若是有假，可真是天大事端也！原本若无其事的李斯也顿时脸色沉郁，额头不自觉渗出了涔涔汗水。卫尉杨端和已经扶着步履蹒跚的胡毋敬走了过来，两人随着冯劫手势凑上了封帛。一闻之下，壮硕的杨端和茫然地摇着头：“甚味，嗅不出甚来。”胡毋敬颤动着雪白头颅仔细闻了片刻，却一拱手道：“冯公明察，此味，好似鲍鱼腥臭……”

“如何如何？鲍鱼腥臭？一路闻来，我如何嗅不出？”杨端和急了。

“老夫尝闻，行营将士大臣曾悉数鼻塞，足下可能失味了。”

“那便是说，封帛是用鲍鱼胶了。”蒙毅冷峻得有些异常。

“敢问丞相，此事如何处置？”冯劫高声问李斯。

李斯拭着额头汗水勉力平静道：“遗诏封存符玺事所，中车府令赵高说话。”

“赵高，当殿禀报。”冯劫大手一挥虎虎生威。

原本站在圈外的赵高大步过来，一拱手高声道：“禀报列位大人：沙丘宫先帝薨去之夜，暴风暴雨，几若天崩地裂，其时沙丘宫水过三尺，漂走物事不计其数。在下封存诏书之时，原本鱼胶业已没有了踪迹，无奈之下，在下以宫中庖厨所遗之鲍鱼，下令随行两太医赶制些许鱼胶封诏。在下所言，行营内侍侍女人人可证，两名太医可证，少皇子胡亥亦曾亲见，在下所言非虚！”

“也是。”胡毋敬思忖道，“那夜风雨惊人，老夫大帐物事悉数没了。”

“且慢。”蒙毅正色道，“此前三府勘定发丧之时，论定云：沙丘宫之夜，皇帝先书遗诏，后有口诏。敢问中车府令，皇帝书定遗诏，其时风雨未作，如何不依法度立即封存遗诏？”蒙毅语气肃杀，大臣们骤然紧张起来。

“禀报郎中令。”赵高平静非常，“皇帝素来夤夜劳作，书完遗诏已觉不支，在下不敢离开。其时，在下只将诏书装进了铜管，皇帝便开始了口诏，没说几句骤然喷血了，便薨去了，便风雨大作了……在下非神灵，何能有分身之术？”

蒙毅默然了。赵高所言，不是决然没有疑点。然则，要查清此间细节，便须得有种种物证人证；至少，皇帝书诏的时刻要有铜壶刻漏的确切时辰为证，否则无以举疑。然则，当时不可能有史官在皇帝身旁，纵有也不会做如此详细的记录，若非廷尉府当做重大案件全力勘察，何能一时清楚种种确切细节？

“郎中令，还有勘问处否？”李斯在旁边平静地问。

“目下没有了。”蒙毅淡淡一句作答。

“冯公意下如何？”李斯又对冯劫一问。

“启诏！”冯劫大手一挥。

蒙毅再不说话，文书刀割开了黏滞的鲍鱼胶，钥匙打开了铜匣，掀开了匣中覆盖的第一层白绫，又熟练地拉开了第二层铜板，这才捧出了一支铜管。对这等铜管，大臣们人人都不止一次地接受过，可谓人人熟悉其制式，一看便确定无疑是皇室尚坊特制的密件管。冯劫一声无误宣示，蒙毅便剥开了封泥，掀开了管盖，倾倒出一卷筒状的特制羊皮。蒙毅将黄白色的羊皮双手捧起，捧给了冯劫。

“好。老夫宣诏。”冯劫对诏书深深一躬，双手接过。

举殿寂然无声，大臣们没有一个人回归本座，环绕一圈站定，目光一齐聚向了中间冯劫手中的那方羊皮。眼见冯劫抖开了羊皮，大臣们骤然屏息，等待着那似可预料而又不能确知的决定大秦命运的宣示。不料，冯劫白眉一抖，嘴唇抽搐着却没有声息。

“冯公，宣诏。”李斯平静而又威严。

“好……”冯劫白头微微颤抖着，双手也微微颤抖着，苍老的声音如同秋风中的簌簌落叶，“朕之皇子，唯少皇子胡亥秉持秦政，笃行秦法，敬士重贤，诸子未有及者也，可以为嗣……朕后，李斯诸臣朝会，拥立胡亥为太子，发丧之期着即继位，为二世皇帝……诏，诏书没了。”

大臣们骤然惊愕，大殿中死一般沉寂，李斯也是面色灰白地紧紧咬着牙关。蒙毅倏地变色，一步抢到冯劫身边，拿过了诏书端详。没错！皇帝手书是那般熟悉，连那个“帝”字老是写不成威严冠带状的缺陷也依然如故！[1] 印玺也没错，尚坊羊皮纸也没错。怪也！皇帝陛下失心疯了？何能将帝位传给胡亥？何能不是扶苏？一时之间，蒙毅捧着诏书思绪如乱麻纠结，全然蒙了。举殿良久默然，所有的大臣也都蒙了。

“陛下——！”李斯突然一声恸哭，扑拜在蒙毅举着的遗诏前。

大臣们一齐拜倒，一齐恸哭，一齐哭喊着先帝与陛下。然则，在哭喊之中谁都说不出主张来。丞相李斯是奉诏立帝的顾命大臣，大臣们能跟着李斯拜倒哭喊，实际是将李斯的悲痛看做了与自家一样地对皇帝的

---

[1] 秦篆之“帝”字，上部若天平冠，下部若张开之袍服，字像颇具威严肃杀之气。

遗诏大出意料，甚或可说是大为失望地痛心；然则，毕竟李斯只是恸哭而没有说甚，谁又能明白喊将出来？以始皇帝无与伦比的巨大威望与权力，纵其身死，大臣们依然奉若天神，谁能轻易疑虑皇帝决断？就实而论，此时的大秦功臣元勋们毕竟有着浓烈的战国之风，绝非盲从愚忠之辈，若果然李斯敢于发端，断然提出重议拥立，并非没有可能。李斯不言，则意味着李斯虽则痛心，却也决意奉诏。而无论发生哪一种情形，对此时的帝国大臣们都是极其严峻的。此时李斯未发，情形未明，哀哀恸哭的大臣们谁也不能轻易动议。

“诸位，老夫认命矣！”

李斯颤巍巍站了起来，嘶声悲叹一句，拱着双手老泪纵横道，“惜乎老夫明誓在先，无论陛下遗诏如何，老夫都将不避斧钺，不畏生死，决意力行……而今，陛下以少皇子胡亥为嗣，老夫焉能不从遗诏哉！焉能背叛陛下哉！焉能背叛大秦哉……”一言未了，李斯跌倒在地，额头不意撞上铜案，顿时鲜血满面……大臣们惊呼一声拥来，甘泉宫大殿顿时乱成了一片。

李斯醒来时，已经是暮色时分了。大臣们依然肃立在幽暗的大殿围着丞相李斯，没有一个人说话，也没有一个人就座。李斯开眼，终于看清了情形，示意身边两名太医扶起了自己。李斯艰难地站定，一字一顿道：“帝命若此，天意也，夫复何言？目下，大秦无君无储，大是险难矣！愿诸公襄助老夫，拥立少皇子胡亥……敢请诸公说话。”

大殿中一片沉重的喘息，依然没有人应答。

“诸公，当真要违背遗诏？……”李斯的目光骤然一闪。

“遗诏合乎法度。廷尉姚贾赞同丞相！”突兀一声，打破了沉寂。

“老臣赞同。”胡毋敬一应。

“老臣赞同。”与李斯交谊深厚的郑国一应。

“老臣亦赞同。”章邯一应，这是第一个将军说话。

眼见冯劫等一班将军出身的大臣与蒙毅、顿弱都不说话，李斯一摆手道：“何人不欲奉诏？实在说话！”将军出身的一班大臣们还是不说话，蒙毅顿弱也依旧铁一般沉默着。李斯思忖片刻，断然挥手道：“如此，老夫以顾命大臣之身宣示：朝会议决，拥立少皇子胡亥为大秦太子，返咸阳后即位为帝！返归咸阳发丧之前，由廷尉姚贾监宫：悉数大臣不得离开甘泉宫一步，违者依法拘拿！朝会，散。”一语落点，李斯径自转身走了。

“老丞相！……”冯劫猛然一声，震荡大殿。

李斯没有回身，步履蹒跚地摇出了幽暗的殿口。

难堪的沉默中，姚贾走了，郑国走了，胡毋敬走了，章邯思忖一阵也走了。透窗的夕阳将幽幽大殿割成了明暗交织的碎片，离奇的光影中镶嵌着一座座石雕般的身形。冯劫、冯去疾、马兴、嬴腾、蒙毅、顿弱六人静静地伫立着，相对无言。不知何时，夕阳落山了，光影没有了，大殿中一片沉沉夜色……

第二章 栋梁摧折

一　三头合谋　李斯笔下流出了始皇帝诏书

在令人难堪的冷落中，胡亥坐上了太子大位。

尽管在拥立大典上，李斯将“奉诏”两字重重地反复念诵，大臣们的冷淡还是显然的。没有整齐的奉诏声，没有奋然的拥戴辞，甚至，连最必须的对太子政见方略的询问也没有人提出。整个大殿除了奉常胡毋敬作为司礼大臣的宣诵声，一切都是在一片沉寂中完成的，没有任何隆重大典都会具有的喧喧祥和。胡亥加冠之后，机变的李斯特意忧心忡忡地申明：“今日奉诏拥立太子，适逢非常之期，诸位大臣伤于情而痛于国，哀哀不言拥戴太子，此等忠心，上天可鉴也！之后若有长策，诸位必当如常上奏，太子必当尽速会商决断。如此君臣聚心，天下必将大安矣！”依照拥立太子大典的素常礼仪，最后一道程式必是太子宣示国策政见。然则，李斯却在自己说完之后宣布了散朝，并未请胡亥宣示。司礼大臣胡毋敬也没有异议，大臣们更是一片默然。如此这般，隆重的大典幽幽散了。

李斯刚刚回到丞相行辕，门吏报赵高请见。李斯心绪很是灰暗，点了点头坐着没动。赵高匆匆进来深深一躬道：“太子有请丞相，会商大事。”李斯沉着脸道：“今日大典境况，中车府令知安国之难乎？”赵高恭敬道：“唯其艰难，方见丞相雄才大略。在下景仰丞相。”李斯心下略觉舒坦，矜持道：“足下颇具才情，以为老夫今日处置如何？”赵高一拱手道：“大局而论，丞相处置极是得体。”“如此说尚有不足？”李斯颇具揶揄地一笑。赵高道：“细处之不足，在于丞相底气不足。最大错失，没有请太子宣示国策政见。”李斯脸色一沉道：“足下平心而论，太子有国策，有政见么？老夫也想请他宣示，只怕他自取其辱。”对行将即位的储君如此傲慢，这在李斯当真是生平第一次。赵高目光冷冷一闪道：“时至今日，丞相依然将太子作庸才待之，何能一心谋国？赵高纵然不才，然可担保：太子今日备好了国策政见宣示，轴心八个字，‘上承先帝，秉持秦法’。丞相以为如何？”李斯淡淡笑道：“既有此番准备，何不预告老夫？”赵高一拱手道：“此乃大典必经，在下何能想到丞相绕开程式？”李斯目光一闪道：“足下当知，太子素常声望欠佳。大典绕开这道程式，乃老奉常建言，非老夫主见也……乾坤之变，老夫勉为其难也！”赵高道：“丞相半道犹疑……”

“莫聒噪也。走。”李斯打断了赵高，霍然起身了。

胡亥的居所在一处山坳宫殿，幽静冷落不下于东胡宫。赵高亲自为李斯驾车赶来的时候，天色堪堪过午，正在林下漫步的胡亥在辚辚车声中快步迎来，遥遥便是深深一躬。刹那之间，李斯不禁大是感奋，心头蓦然掠过了当年第一次面见秦王政时礼遇情形——李斯布衣入秦，生当两帝尊崇，何其大幸哉！感奋之际，李斯没有如同第一次晋见秦王政那般恭敬奋然地行礼，而是安坐轺车坦然受了胡亥一礼。与此同时，车前的赵高与车下的胡亥却浑然不觉，一个飞身下车殷殷扶住了李斯两臂，一个快步前来再度肃然一躬，从另一边扶住了李斯。

“太子如此大礼，老夫何敢当之也。”李斯淡淡一笑并没有脱身。

“丞相如周公安国，亥焉敢不以圣贤待之？”胡亥谦恭温润。

“中车府令尝言，太子慈仁笃厚，不虚此言也！”李斯坦然地奖掖后进了。

“长策大略，尚请丞相多多教诲。”

“太子尽礼敬士，何愁天下不安也！”终于，李斯舒畅地大笑了。

进入正厅，胡亥恭敬地将李斯扶进了左手（东）坐案，自己却不坐北面的主案，而是坐进李斯侧旁的一张小坐案前，俨然要谦恭地聆听圣贤教诲。仅此一举，李斯大有“帝师”尊严之快慰，一时觉得胡亥大有贤君风范，如此一个后生帝王，自己的小女儿果真嫁了他做皇后倒也是好事。心念之间，侍女捧来了刚刚煮好的鲜茶。胡亥当即离座，从侍女手中接过铜盘，躬身放置到李斯案头，又小心翼翼地掀开白玉茶盅的盖子，一躬身做请，这才坐回了小案。李斯心下奋然，一拱手道：“太子欲商何事？老臣知无不言也！”

“胡亥骤为太子，诚惶诚恐，丞相教我。”胡亥的大眼闪烁着泪光。

“太子欲问，何策安国乎？”李斯气度很是沉稳。

“庙堂鄙我，天下疏我，胡亥计将安出……”胡亥哽咽了。

“天降大任于斯人也，太子何忧哉！”李斯慨然拍案，“若言长策远图，只在十六个字：秉持秦政，力行秦法，根除复辟，肃边安民。简而言之，太子只需凛遵先帝治道，天下无有不安也！若言近策，则只在四字：整肃庙堂。”

“丞相圣明！”胡亥额头汗水涔涔，急迫道，“尝闻鲁仲连少时有言，白刃加胸，不计流矢。胡亥寝食难安者，非长策远图也，卧榻之侧也！”

“太子尚知鲁仲连之说，学有成矣！”李斯气定神闲地嘉许了一句。

“愿闻丞相整肃庙堂之大谋。”一直默然的赵高开口了。

“老夫倒想先听听中车府令高见。”李斯淡淡地笑了。

“如此，在下且作砖石引玉之言。”赵高明知李斯蔑视自己，却似浑然不觉道，“以在下之见，太子已立，大局之要便在使太子顺利登上帝位。唯其如此，目下急务，便是清除另一个潜在太子及其朋党！否则，乾坤仍有可能反转。”

“愿闻其后。”李斯惊诧于赵高的敏锐，神色却是一如平常。

“其后，便是整肃国中三明两暗五大势力。”赵高显然是成算在胸。

“三明两暗？五大势力？”李斯掩饰不住地惊愕了。

“丞相乃庙堂运筹之大才，自不在乎人事琐细也。”赵高先着意颂扬李斯一句，而后叩着书案一脸肃杀道，“首要一大势力，乃扶苏、蒙氏及九原大将朋党。再次，冯去疾、冯劫、李信，再加王翦王贲父子之后的王离及其军中亲信。此两大势力，皆以统兵大将为羽翼，以蒙氏、王氏两大将门为根基，人多知晓，是谓两明。第三大势力，便是丞相、姚贾、郑国、胡毋敬，以及出自军旅的章邯、杨端和、马兴等三公九卿重臣；这方势力以丞相为首，也是朝野皆知，自然明势力也。”

“中车府令之论未尝闻也！暗处两大势力？”李斯听得惊心动魄。

“所谓暗处势力，朝野无视也，非事阴谋也。”赵高侃侃道，“暗处第一势力，乃典客顿弱之黑冰台及全部邦交人马，外加遍布各郡尚未遣散的秘密商社。彼等唯皇命是从，不依附任何朋党。暗处第二势力么，便是皇城、皇室、皇族及内侍政事各署，在下这个中车府也忝居其中……敢问丞相，国中格局，可否大体作如是观？”

惊愕之余，李斯静静地看着啜茶的赵高，良久默然了。赵高的说法，使李斯脊梁骨一阵阵发凉。李斯第一次感到了面前这个雄武内侍的深不可测，一个在国事朝会决策中从来没有说话权力的车马内侍令，竟能对国中政局洞若观火，连他这个丞相也未必想得如此透彻，诚不可思议也！不，自己从来便没有想过人事势力格局，自己的心思只在谋事，从来不知谋人。赵高心有山川之险，令人可畏，令人可厌。蓦然之间，百味杂陈，李斯对当初的抉择生出了一种梦幻般的失落与恍惚……倏地一个激灵，李斯心头电光石火般一闪——待老夫站稳脚跟，定然得除掉这个人妖……

“敢问丞相，整肃五大势力，以何为先？”

见李斯赵高都不说话了，胡亥惶急地打破了沉寂。李斯惊醒过来，打量着这个冠带袍服气象端正的太子，嘴角抽搐着哭笑不得了。这是胡亥自感急迫主动说话，一开口便显出了可笑的荒谬。显然，赵高的事先教导没有预料到如此变局。此前，李斯也隐隐觉察到赵高事事教导胡亥，胡亥的言行举止很可能是赵高这个老师雕琢出来的。纵然如此，李斯也无论如何想不到，胡亥在自家说话时会是如此懵懂。片刻之间，胡亥连方才赵高说的目下急务也忘记了，竟以为要一齐整肃五大势力，更不可思议者，还要问从何方着手。如此懵懂，何以决断大事哉！一时间，李斯苦笑摇头，不知该从何说起了。

“太子悲伤过度，心智恍惚，丞相体察也。”赵高的泪水涌出了眼眶。

赵高言未落点，胡亥哽咽起来：“丞相见谅……”

“老夫愿闻中车府令第一长策。”李斯没有理睬哭泣的胡亥。

“丞相乾坤巨匠，在下何能窥其堂奥？”赵高分外谦恭了。

“中车府令也是大书家，如何将此事独推老夫？”李斯淡淡一笑。

“在下能书，胸中却无文墨，何能与丞相书圣比肩哉！”赵高很是坦荡。

“也好。先出第一策，安定北边，太子即位。”思忖片刻，李斯点头了。

“丞相安国立帝，诚万世之功也！”赵高扑地拜倒在李斯面前。

“丞相护持秦政，父皇九泉之下心安矣！”胡亥肃然长跪，深深一躬。

蓦然之间，李斯的尊严感油然重生，拍案喟然长叹道：“老夫受先帝陛下知遇大恩，位极人臣，敢不效商君护法哉！”说罢，李斯扶案欲起。胡亥立即倏地站起，恭敬地扶着李斯站了起来。“中车府令，明晨来老夫书房。”李斯对赵高一句叮嘱，任由胡亥扶着臂膊出了大厅，登车去了。

明月在天，山影萧疏，甘泉宫的秋夜已经略带寒意了。

丞相庭院最深处的书房彻夜亮着灯火，徘徊的身影直到四更才坐入案前。大才磐磐的李斯，第一次为一件文书犯难了。李斯之难，不在笔端，在心田沟壑之中。就制作而言，这件文书纵然非同寻常，但对于起草过无数秦王书令与皇帝诏书的李斯而言，实在不足以犯难；更兼赵高也是老于此道，两相补正，做成一件无可挑剔的真正的诏书，当是有成算的。李斯之难，在于心海深处总是不能平息的巨大波澜。

以目下时势论，他的这道“皇帝亲诏”的目标，必须使扶苏与蒙恬结束生命。以天道良心论，李斯久久不能提起案头那支曾经运筹天下文明架构的铜管大笔。从心底说，对扶苏，对蒙恬，李斯都曾经是激赏有加的。以扶苏的资质与历练，以扶苏的秉性与人品，以扶苏的声望与才具，都堪称历史罕见的雄主储君；以扶苏为二世皇帝，堪比周成王之继周武王，秦惠王之继秦孝公，帝国无疑将具有更为坚实而波澜壮阔的后续业绩。

蒙恬更不待言，自少年时期与李斯韩非结识于苍山学馆，同窗于荀子大师门下，便一直是李斯的金石之交。当年，李斯能以吕不韦门客之身而被秦王重用，蒙恬起了举足轻重的作用。在大秦元勋中，蒙恬是与少年秦王最早结交的。自与秦王结成少年相知，蒙恬以他独具的天赋与坦荡的胸襟，为秦王引进了王翦，引进了李斯，举荐了王贲，担保了郑国。可以说，没有蒙恬，秦国的朝堂便没有如此勃勃生机人才济济，便没有如此甘苦共尝和衷共济的强大运转力。此间之要，在于蒙恬最容易被人忽视的最大的长处——不争功，不居功，不揽权，不越权，根基最深而操守极正，功劳极大而毫无骄矜，与满朝名将能臣和谐共生如一天璀璨的星辰。在李斯被驱逐出秦国的时候，是蒙恬甘冒风险，将李斯的《谏逐客书》呈到了秦王案头。在李斯遭遇入秦韩非的最大挑战时，李斯因同门之谊而颇为顾忌与韩非争持，其时，是蒙恬在秦王面前一力支持了李斯，批驳了同是学兄的韩非；若无蒙恬支持，李斯没有勇气接受姚贾谋划，径自在云阳国狱处死韩非。在李斯用事的时期，蒙恬身在九原统兵，其胞弟蒙毅却在秦王身边操持机密，做李斯的长史丞；副手蒙毅能始终与李斯协力同心，不能说没有蒙恬的作用。灭六国之后，在创制帝国文明新政的每一长策谋划中，蒙恬也都义无反顾地支持了李斯。而对于功业，蒙恬也素来以大局为重。秦国名将如云，灭六国大战人人争先，而蒙恬身为名将之后，本身又是名将，却一直防守着北边重镇，没有一次力主自己统兵灭国。当最后统兵南下灭齐时，适逢王贲南下更有利，蒙恬立即接受了秦王主张，从巨野泽回兵九原，将灭齐之功留给了王贲。在满朝军旅大将之中，包括军功最为显赫的王氏父子，无论是否与蒙氏一门有渊源关系，都对蒙恬敬重有加。将兵九原十余年，蒙恬对边地军政处置得当，爱民之声遍及朝野，为稳定秦政起到了基石作用。

凡此等等，才有了天下皆呼蒙公的巨大声望……

蒙恬有功于大秦新政，有功于天下臣民。

蒙恬无愧于李斯，实实在在地有恩于李斯。

教如此蒙恬去死，教如此扶苏去死，李斯何能下笔哉！

然则，庙堂逐鹿业已展开，李斯又岂能坐失千古良机？李斯所以愿意起而逐鹿，根基在于自己对自己的评判：李斯功劳虽大，然若李斯就此止步，在秦国重臣眼中，在身后国史之中，李斯便始终是个颇具声名的谋臣而已。所以如此，全部根基只在一处：秦始皇帝的万丈光焰，掩盖了李斯的身影；有嬴政这般秦王这般皇帝，任何功臣的功业足迹都将是浅淡的。李斯不满足。李斯要做商鞅那样的功业名臣——虽有秦孝公在前，青史却只视为商鞅变法！李斯要做周公旦那样的摄政名臣——虽有周成王在前，青史却只视为周公礼治！对目下李斯而言，达此圣贤伟业之境地，一步之遥也。而若退得一步，依据秦法秦政之道，秉承皇帝素来意志拥立扶苏即位，则李斯很可能成为惨遭罢黜甚或惨遭灭族之祸的祭坛牺牲品。赵高固然可恶，然赵高对皇帝身后的变局剖析却没有错：扶苏为帝，蒙恬为相，则必然要宽缓秦政，要寻找替罪羊为始皇帝开脱；其时，这只替罪羊当真是非李斯莫属也。也就是说，要依据皇帝素常意志行事，李斯也相信天下可以大定，但却一定要牺牲李斯！那么，李斯做牺牲的道理何在？公平么？若李斯是庸臣庸才，自是微不足道，作牺牲甚或可以成就名节。然则，李斯恰恰不是庸才。由是，另外一个追问便强烈地在心海爆发出来：若李斯继续当政，继续创造前所未有的功业而使天下大治，便果然不如扶苏蒙恬之治道么？李斯的回答是：不会不如扶苏蒙恬，而是一定大大超越扶苏蒙恬！对为政治国，李斯深具信心。扶苏固然良材美质，然其刚强过度而柔韧不足，则未必善始善终。蒙恬固然近乎完人，然其大争之心远非王贲那般浓烈，则未必能抗得天下风浪。李斯固然有不如扶苏蒙恬处，然论治国领政长策伟略，则一定是强过两人多矣！

唯其如此，一个必然的问题是：李斯为何要听任宰割？

李斯的老师是荀子。当年，李斯对老师的亦儒亦法的学派立场是心存困惑的。直到入秦而为吕不韦门客，为吕不韦秉笔编纂《吕氏春秋》，李斯才第一次将老师的儒家一面派上了用场，体察到丰厚学理带来的好处。后来得秦王知遇，李斯又将老师的法家一面淋漓尽致地挥洒出来，从而连自己也坚执地相信，自己从一开始便是法家名士。李斯不讳言，对于老师荀子的渊深学问与为政主张，他是先辨识大局而后抉择用之的。也就是说，李斯并不像韩非那般固守一端，那般决然摒弃儒家，而是以时势所许可的进身前景为要，恰如其分地抉择立场，给自己的人生奋争带来巨大的命运转机。在李斯的心海深处，对老师的学问大系中唯一不变的尊奉，便是笃信老师的“性恶论”。

与孟子的性善论相反，老师的理念是人性本恶。李斯记得很清楚，老师第一次讲“性恶论”时，他被深深地震撼了。自幼经历的人生丑恶与小吏争夺生涯，使李斯立即将老师的“人性本恶”之说牢牢地钉在了心头。入秦为政，李斯机变不守一端，大事必先认真揣摩秦王本心而后出言，正是深埋李斯心中的“人性本恶”说起到了根基作用。李斯相信，人性中的善是虚伪的，只有恶欲是真实的。是故，李斯料人料事，无不先料其恶欲，而后决断对策。多少年来，李斯能一步步走向人生巅峰，不能不说，深植心田的警觉防范意识是他最为强固的盾牌。

至今，老师的《性恶》篇李斯还能一字一句地背诵出来：

人之性恶。其善者，伪也。

今人之性，生而有好利焉，顺是，故争夺生而辞让亡焉！生而有疾恶焉，顺是，故残贼生而忠信亡焉！生而有耳目声色之欲，顺是，故淫乱生而礼义文理亡焉！然则从人之性，顺人之情，必出于争夺，合于犯分乱理，而归于暴。故，必将有师法之化礼义之道，然后出于辞让，合于文理，而归于治。由此观之，然则人之性恶明矣！其善者，伪也！

今人之性恶，必将待师法然后正，得礼义然后治。今人无师法，则偏险而不正；无礼义，则悖乱而不治……孟子曰：“人之学者，其性善。”曰：是不然！是不及知人之性，而不察人之性、伪之分者也。凡性者，天之就也，不可学，不可事之在天者，谓之性。可学而能，可事而成之在人者，谓之伪。……今人之性，饥而欲饱，寒而欲暖，劳而欲休，此人之情性也。今人若饥，见尊长而不敢先食者，有所让也；劳而不敢求息者，有所代也。子之让父，弟之让兄，子之代父，弟之代兄此二行者，皆反于性而悖于情也。……

凡礼义者，生于圣人之伪，非故生于人之性也。……凡人之欲为善者，为性恶也。夫薄愿厚，恶愿美，狭愿广，贫愿富，贱愿贵，苟无之中者，必求于外。故富而不愿财，贵而不愿艺，苟有之中者，必不求于外。由此观之，人之欲为善者，为性恶也。……凡人之性者，尧舜之与（夏）桀（盗）跖，其性一也；君子其与小人，其性一也。……礼义积伪，岂人之本性也哉！……所以贱于桀（盗）跖小人者，从其性，顺其情，安恣睢，以出乎贪利争夺。故，人之性恶明矣！其善者，伪也！……

尧问于舜曰："人情何如？"舜对曰："人情甚不美，又何问焉！妻子具，而孝衰于亲；嗜欲得，而信衰于友；爵禄盈，而忠衰于君。人之情乎！人之情乎！"……

李斯自然知道，老师荀子作《性恶》篇的本意，是为法治创立根基理论——人性之恶，必待师法而后正！乃老师性恶论之灵魂也。即或对人际交往之利害，老师也在《性恶》篇最末明白提出了"交贤师良友"之说，告诫世人："……与不善人处，则所闻者欺诬、诈伪也，所见者污漫、贪利之行也，身且加于刑戮而不自知者，靡使然也！传曰：'不知其子，视其友；不知其君，视其左右。'靡而已矣！靡而已矣！"也就是说，荀子的性恶论，本意不在激发人之恶欲，而在寻觅遏制人性恶的有效途径。

虽然如此，对于李斯，《性恶》篇之振聋发聩，却在于老师揭示的人世种种丑恶，在于老师所揭示的恶欲的无处不在的强大根基，在于性恶论给自己的惕厉之心。老师在《性恶篇》中反复论证的六则立论，一开始便深深嵌进了李斯的心扉：一则，人性本恶，无可变更；二则，善者虚伪，不可相信；三则，利益争夺，人之天性；四则，人有恶欲，天经地义；五则，圣人小人，皆有恶欲；六则，圣贤礼义，积伪欺世，效法必败。总归言之，老师的《性恶篇》在李斯心中锤炼出的人生理念便是：人为功业利益而争夺，是符合战国大争潮流的，是真实的人生奋争；笃信礼义之道，则是伪善的欺骗，结果只能身败名裂。李斯深信，师弟韩非若不是深刻揣摩了老师的性恶论，便锤炼不出种种触目惊心的权术防奸法则。李斯也一样，若不是以老师的性恶论作为立身之道，也不会有人生皇皇功业。在灵魂深处，李斯从来都坚定如一地奉行着自己的人生铁则。今日，有必要改变么？

……

鸡鸣之声随着山风掠过的时刻，李斯终于提起了那管大笔。

这是蒙恬为他特意制作的一支铜管狼毫大笔。那是蒙恬在阴山大草原的狼群中特意捕猎搜求的珍贵狼毫，只够做两支铜管大笔。蒙恬回归咸阳，一支大笔送给了秦王嬴政，一支大笔送给了长史李斯。当年，李斯曾为这支铜管狼毫大笔感动得泪光莹然。因为，李斯知道蒙恬只做了两支，曾劝蒙恬将这支大笔留给自己。蒙恬却是一阵豪爽的大笑：“斯兄纵横笔墨战场，勾画天下大政，焉能没有一支神异大笔也！蒙恬刀剑生涯，何敢暴殄天物哉！”自那时起，这支铜管狼毫大笔再也没有离开过李斯的案头。每当他提起已经被摩挲得熠熠生光且已经变细的铜管，手指恰如其分地嵌进那几道温润熟悉的微微凹凸，才思源源喷涌而出，眼前便会油然浮现出蒙恬那永远带有三分少年情怀的大笑，心头便会泛起一阵坚实的暖流，是的，蒙恬的笑意是为他祝福的……

此刻，当李斯提起这支狼毫铜管大笔时，心头却一片冰冷，手也不由自主地瑟瑟颤抖起来。蒙恬的影像时隐时现，那道疑惑的目光森森然隐隐在暗中闪烁，李斯浑身不自在，心头止不住一阵怦怦大跳……李斯屏息闭目片刻，心海蓦然潮涌了。

宁为恶欲，不信伪善！

人性本恶，李斯岂能以迂阔待之哉！

功业在前，李斯岂能视而不见也！

扶苏蒙恬当国，必以李斯为牺牲，李斯岂能束手待毙乎！

……

终于，那支大笔落下了，黄白色的羊皮纸上艰难地凸现出一个一个只有始皇帝嬴政才能写出的独特的秦篆——

朕巡天下，制六国复辟，惩不法兼并，劳国事以安秦政。今扶苏与将军蒙恬，将师数十万以屯边，十有余年矣！不能进而前，士卒多耗，无尺寸之功，乃反数上书直言，诽谤朕之所为。扶苏以不得罢归为太子，日夜怨望。扶苏为人子，不孝，其赐剑以自裁！将军蒙恬与扶苏居外，不匡正，安知其谋？为人臣不忠，其赐死！兵，属裨将王离。始皇帝三十七年秋

当最后一个字落下羊皮纸时，李斯的大笔脱手了，噗的一声砸在了脚面上。疲惫已极的李斯颓然坐地，蓦然抬眼，幽暗的窗口分明镶嵌着蒙恬那双森森然的目光！李斯心头轰轰然翻涌，一口鲜血随着山风中的鸡鸣喷了出来……

二　长城魂魄去矣　何堪君道之国殇

大草原的秋色无以描画，无以诉说。那苍黄起伏的茫茫草浪，那霜白傲立的凛凛白桦，那火红燃烧的苍苍胡杨，那横亘天边的巍巍青山，那恬静流淌的滔滔清流，那苍穹无垠的蓝蓝天宇，那无边散落的点点牛羊，那纵使圣手也无由调制的色调，那即或贤哲也无由包容的器局，那醉人的牧歌，那飞驰的骑士，那柔爽的马奶子，那香脆的炒黄米，那只有力士气魄才敢于一搏的篝火烤羊大碗酒……广袤的大草原囊括了天地沧桑，雄奇沉郁而又迤逦妖冶，任你慷慨，任你狂放，任你感动，任你忧伤。

两千二百一十七年前的这一日[1]，草原秋色是一团激越的火焰。

万里长城终于要在九原郊野合龙，整个阴山草原都沸腾了。

巍巍起伏的阴山山脊上各式旌旗招展，沉重悠扬的牛角号夹着大鼓大锣的轰鸣连天而去。阴山南麓的草原上，黑色铁骑列成了两个距离遥远的大方阵。方阵之间的草地上，是赶着牛群马群羊群从阴山南北汇聚来的万千牧民，牛羊嘶鸣人声喧嚣，或火坑踏舞，或聚酒长歌，或互换货色，或摔跤较力，忙碌喜庆第一次弥漫了经年征战的大草原。更有修筑长城已经休工的万千黔首，头包黑巾身着粗衣，背负行囊手拄铁耒，奋然拥挤在雄峻的长城内侧的山头山坡上指点品评，漫山遍野人声如潮。草原的中心空旷地带，正是东西长城的合龙口：自陇西临洮而来的西长城，自辽东海滨而来的东长城，就要在九原北部的阴山草原的边缘地带合龙了。目下，秦砖筑起的长城大墙与垛口已全部完工，唯余中央垛口一方大石没有砌上。这方大石，便是今日竣工大典所要完成的九原烽火台龙口的填充物。此刻，中央龙口与烽火台已经悉数披红，台上台下旌旗如林；烽火台上垂下了两幅巨大的红布，分别贴着硕大的白帛大字，东幅为“千秋大秦，北驱胡虏”，西幅为“万里长城，南屏华夏”。

“蒙公，长城万里，终合龙矣！”

“长公子，逾百万民力，终可荷耒归田也！”

烽火台上，蒙恬与扶苏并肩伫立在垛口，都有着难以言传的万般感喟。短短一个月里，蒙恬已经是须发皆白。扶苏虽未见老相，也是精瘦黝黑一脸疲惫沧桑。自皇帝行营经九原直道南下，王离请见未见虚实，蒙恬扶苏两人便陷入了无以言状的不安。其间，蒙恬接到郎中令府丞的公文一件，说郎中令已经奉诏赶赴甘泉宫，九原请遣返民力事的上书，业已派员送往甘泉宫呈报皇帝。蒙恬由是得知皇帝驻跸甘泉宫，心头疑云愈加浓厚，几次提出要南下甘泉宫晋见陛下，却都被扶苏坚执劝阻了。扶苏的理由很扎实：父皇既到甘泉宫驻跸，病势必有所缓，国事必将纳入常道，不需未奉诏书请见，徒然使父皇烦躁。蒙恬虽感扶苏过分谨慎

[1] 公元前209年。

拘泥，却还是没有一力坚持。毕竟，蒙恬是将扶苏做储君待的，没有扶苏的明白意愿，任何举动都可能适得其反。然则，蒙恬还是没有放松警觉，立即提出了另一则谋划：加快长城合龙，竣工大典后立即遣返百万民力；之后以此为重大国事边事，两人一起还都晋见皇帝。这次，扶苏赞同了蒙恬主张。因为，蒙恬提出了一个扶苏无法回答的巨大疑点："皇帝勤政之风千古未见，何能有统边大将军与监军皇子多方求见而不许之理？何能有遣返百万民力而不予作答之理？纵然皇帝患病不能理事，何能有领政丞相也不予作答之理？凡此等等，其间有没有重大缘由？你我可等一时，不可等永远也。"那日会商之后，两人分头督导东西长城，终于在不到一个月的时日里完成了最后的收尾工程，迎来了今日的长城大合龙。

"万里长城合龙大典，起乐——！"

司礼大将的长呼伴随着齐鸣的金鼓悠扬的长号，伴随着万千民众欢呼，淹没了群山草原，也惊醒了沉浸在茫然思绪中的蒙恬与扶苏。两人肃然正色之际，司礼大将的长呼又一波波随风响彻了山塬："监军皇长子，代皇帝陛下祭天——！"片刻之间，牧民们停止了歌舞，黔首们停止了欢呼，牛羊们停止了快乐的嘶鸣，大草原静如幽谷了。扶苏从烽火台的大纛旗下大步走到了垛口前的祭案，向天一拜，展开竹简宣读祭文："昊天在上，嬴扶苏代皇帝陛下伏惟告之：大秦东出，一统华夏，创制文明，力行新政，安定天下。北边胡患，历数百年，匈奴泛滥，屡侵中国！为佑生民，筑我长城。西起临洮，东至辽东，绵延万里，以为国塞！祈上天佑护，赖长城永存，保我国人，太平久远——！"扶苏悠长的话音尚在回荡，山地草原便连绵腾起了皇帝万岁长城万岁的山呼海啸般的呐喊。

"大将军合龙长城——"良久，司礼大将的传呼又随风掠过了草原。

号角金鼓中，白发苍髯的蒙恬凝重举步，从烽火台大纛旗下走到了待合的龙口前。两名身披红帛的老工师，引领着两名赤膊壮汉，抬来了一方红布包裹的四方大石，端端正正地搁置在龙口旁的大案上。蒙恬向老工师深深一躬，向两赤膊后生深深一躬，向红布大石深深一躬，遂双手抱起大石，奋然举过头顶，长喊了一声："陛下！万里长城合龙也——！"吼声回荡间，红布大石轰然夯进了万里长城最后的缺口……骤然之间，满山黔首举起了铁耒欢呼雀跃如森林起舞，人人泪流满面地呼喊着：“长城合龙了！黔首归田了！”随着黔首们的欢呼，合龙烽火台上一柱试放的狼烟冲天而起，烽火台下的大群牧民踏歌起舞，引来了茫茫草原无边无际的和声——

阴山巍巍　边城长长
南国稻粱　北国牛羊
黔首万千　汗血他乡
牧人水草　太平华章
穹庐苍苍　巨龙泱泱
华夏一统　共我大邦

那一日，蒙恬下令将军中存储的所有老酒都搬了出来，送酒的牛车络绎不绝。大军的酒，牧人的酒，黔首的酒，都堆放在烽火台下积成了一座座小山。万千将士万千牧人万千黔首，人海汪洋地聚在酒山前的草原上，痛饮着各式各样的酒，吟唱着各式各样的歌，大跳着各式各样的舞，天南海北的种种语言汇集成了奇异的喧嚣声浪，天南海北的种种服饰汇集成奇异的色彩海洋，金发碧眼的匈奴人壮硕劲健的林胡人黝黑精瘦的东胡人与黑发黑眼黄皮肤的各式中原人交融得汪洋恣肆，酒肉不分你我，地域不分南北，人群不分男女老幼，一切都在大草原自由地流淌着快乐地歌唱着百无禁忌地狂欢着……

扶苏生平第一次大醉了。在烽火台下喧嚣的人海边际，扶苏不知不觉地离开了蒙恬，不知不觉地汇进了狂欢的人流。几大碗不知名目的酒汩汩饮下，扶苏的豪侠之气骤然爆发了，长久的阴郁骤然间无踪无影了。走过了一座又一座帐篷篝火，走过了一片又一片欢乐流动的人群，扶苏吼唱着或有词或无词的歌，大跳着或生疏或熟悉的舞，痛饮着或见过或没见过的酒，脸红得像燃烧的火焰，汗流得像涔涔的小河，心醉得像草地上一片片酥软的少女；笑着唱着舞着跑着跳着吼着躺着，不知道身在何方，不知道身为何人，不知道是梦是醒，不知道天地之伊于胡底！那一日的扶苏，只确切地知道，如此这般的快乐舒坦，如此这般的无忧无虑，在他的生命中是绝无仅有的。朦朦胧胧，扶苏的灵魂从一种深深的根基中飞升起来，一片鸿毛般悠悠然飘将起来，飘向蓝天，飘向大海，飘向无垠的草原深处……

蒙恬亲自带着一支精悍的马队，搜寻了一日一夜，才在阴山南麓的无名海子边发现了呼呼大睡的扶苏。那是镶嵌在一片火红的胡杨林中的隐秘湖泊，扶苏蜷卧在湖畔，身上覆盖着一层微染秋霜的红叶，两手伸在清亮的水中，脸上荡漾着无比惬意的笑容……当蒙恬默默抱起扶苏时，马队骑士们的眼睛都湿润了。随行医士仔细诊视了一阵，惊愕地说长公子是极其罕见的醉死症，唯有静养脱酒，旬日余方能痊愈。

蒙恬第一次勃然变色，对监军行辕的护卫司马大发雷霆，当即下令夺其军爵戴罪履职，若长公子再有此等失踪事端，护卫军兵一体斩首！那一刻，监军行辕的所有吏员将士都哭了，谁也没有抗辩说大将军无权处置监军大臣之部属。反倒是二话不说，监军帐下的所有吏员将士都摘去了胸前的军爵徽记，不约而同地吼了一句："甘愿受罚！戴罪履职！"

立即南下的谋划延期了。

忧心忡忡的蒙恬只有预作铺垫，等待扶苏恢复。此间，蒙恬连续下达了五道大将军令，将长城竣工的后续事宜轰轰然推开，务求朝野皆知。第一道将令，所有黔首营立即开始分批遣返民力，各营只留十分之一精壮，在大军接防长城之前看守各座烽火台；第二道将令，三十万大军重新布防，九原大营驻扎主力铁骑十万，新建辽东大营驻扎主力铁骑十万，其余十万余步骑将士以烽火台为基数，立即分编为数十个驻长城守军营；第三道将令，所有重型连弩立即开上长城各咽喉要塞段，粮草辎重衣甲立即开始向各烽火台运送囤积，以为驻军根基；第四道将令，修筑长城的黔首民力，若有适合并愿意编入军旅之精壮，立即计数呈报，分纳各营；第五道将令，以九原、云中、雁门、陇西、北地、上郡、上谷、渔阳、辽西、辽东十郡为长城关涉郡，以九原郡守领衔会同其余九郡守，妥善安置并抚恤在修筑长城中死伤的黔首民力及其家园。

五道将令之外，蒙恬又预拟了两道奏章，一道是在北方诸郡征发十万守边军兵，以为长城后备根基；一道是请皇帝下诏天下郡县，中止劳役征发并妥善安置归乡黔首。依据常例，这两道奏章蒙恬该当派出快马特使呈报咸阳，以使皇帝尽早决断。多少年来，这都是奋发快捷的秦国政风，无论君臣，谁也不会积压政事。然则，这次蒙恬却反其道而行之，非但没有立即发送奏章，而且将大将军令发得山摇地动，且有些不尽合乎法度的将令。蒙恬只有一个目的：九原大动静使朝野皆知，迫使咸阳下书召见扶苏蒙恬。若如此动静咸阳依旧无动于衷，那便一定是国中有变皇帝异常，蒙恬便得强行入国了……

恰在此时，皇帝特使到了九原。

“何人特使？”一闻斥候飞报，蒙恬开口便问特使姓名。

“特使阎乐，仪仗无差！”

“阎乐？何许人也？”

“在下不知！”

蒙恬默然了。依据惯例，派来九原的特使历来都是重臣大员，除了皇帝亲临，更多的则是李斯蒙毅冯劫等，这个阎乐却是何人？以蒙恬对朝中群臣的熟悉，竟无论如何想不出如此一个足为特使的大臣究竟官居何职，岂非咄咄怪事？一时之间，蒙恬大感疑惑，带着一个五百人马队风驰电掣般迎到了关外山口。眼见一队旌旗仪仗辚辚逶迤而来，蒙恬既没有下马，也没有开口，五百马队列成一个森森然方阵横在道口。

“公车司马令特领皇命特使阎乐，见过九原侯大将军蒙公——！”

前方轺车上站起一人，长长地报完了自家名号，长长地念诵了蒙恬的爵位军职及天下尊称，不可谓不敬重，不可谓不合礼。熟悉皇城礼仪与皇室仪仗的蒙恬，一眼瞄过便知仪仗军马绝非虚假。然则，蒙恬还是没有下马，对方报号见礼过后也还是没有说话。几乎有顿饭时光，双方都冰冷地僵持着，对方有些不知所措，九原马队却一片森然默然。

“在下阎乐敢问大将军，如此何意也？”

“阎乐，何时职任公车司马令[1]？”蒙恬终于肃然开口。

---

[1] 公车司马令，秦卫尉之属官，职能有四：执掌皇城车马进出，夜巡皇城，夜传奏章，征召公车。虽属卫尉，实为皇城事务的要职之一。

“旬日前任职。大将军莫非要勘验印鉴？”对方不卑不亢。

“特使请入城。”蒙恬冷冷一句。

马队列开一条甬道，仪仗车马辚辚通过了。蒙恬马队既没有前导，也没有后拥，却从另一条山道风驰电掣般入城了。蒙恬入城刚刚在幕府坐定，军务司马便禀报说特使求见。蒙恬淡淡吩咐道：“先教他在驿馆住下，说待公子酒醒后老夫与公子会同奉诏。”军务司马一走，蒙恬立即召来王离密商，而后一起赶到了监军行辕。

扶苏虽然已经醒过来三五日了，然其眩晕感似乎并未消散，恍惚朦胧的眼神，飘悠不定的举止，时常突兀地开怀大笑，都令蒙恬大皱眉头。蒙恬每日都来探视两三次，可每次开口一说正事，扶苏便是一阵毫无来由的哈哈大笑：“蒙公啊蒙公，甚都不好，草原最好！老酒最好！陶陶在心，醉酒长歌——！”明朗纯真的大笑夹着两眶莹莹闪烁的泪光，蒙恬实在不忍卒睹，每次都长叹一声默然不言了。今日不同，蒙恬带来了王离，务必要使扶苏从迷幻中彻底摆脱出来醒悟过来振作起来。

“长公子！皇帝特使到了！”一进正厅，王离便高声禀报了消息。

“特使……特使……”扶苏凝望着窗外草原，木然念叨着似乎熟悉的字眼。

“皇帝，派人来了！父皇，派人来了！”王离重重地一字一顿。

“父皇！父皇来了？”扶苏骤然转身，一脸惊喜。

“父皇派人来了！特使！诏书！”王离手舞足蹈地比划着叫嚷着。

“知道了。聒噪甚。”

扶苏显然被唤醒了熟悉的记忆，心田深深陶醉其中的快乐神色倏忽消散了，脸上重现出蒙恬所熟悉的那种疲惫与郁闷，颓然坐在案前不说话了。蒙恬走过来肃然一躬：“长公子，国之吉凶祸福决于眼前，务请公子清醒振作说话。”扶苏蓦然一个激灵，倏地站起道：“蒙公稍待。”便大步走到后厅去了。大约顿饭辰光，扶苏匆匆出来了，一头湿漉漉的长发散披在肩头，一领宽大洁净的丝袍替代了酒气弥漫的汗衣，冷水沐浴之后的扶苏清新冷峻，全然没有了此前的飘忽眩晕朦胧木然。

“敢请蒙公赐教。”扶苏对蒙恬深深一躬，肃然坐在了对案。

“长公子，这位特使来路蹊跷，老夫深以为忧。”

“敢问蒙公，何谓特使来路蹊跷？”

“公子须知：这公车司马令，乃卫尉属下要职，更是皇城枢要之职，素由功勋军吏间拔任之。卫尉杨端和乃秦军大将改任，其属下要职，悉数为军旅大吏改任。皇帝大巡狩之前，公车司马令尚是当年王贲幕府之军令司马。其人正在年富力强之时，如何能在大巡狩之后骤然罢黜？皇帝陛下用人，若无大罪，断无突兀罢黜之理，而若此等要职触法获罪，我等焉能不知？今日这个阎乐，人皆闻所未闻，岂非蹊跷哉！”

“以蒙公所见，如此特使有何关联？”扶苏的额头渗出了一片细汗。

“人事关联，一时难查。”蒙恬神色很是沉重，“目下之要，乃是这道诏书。老臣揣测，皇城人事既有如此大变，皇帝必有异常……老臣今日坦言：雄主尝有不测之危，齐桓公姜小白雄武一世，安知暮年垂危有易牙、竖刁之患矣！……”

“岂有此理！父皇不是齐桓公！不是！”扶苏突兀地拍案大吼起来。

“老臣但愿不是。”蒙恬的目光冷峻得可怕。

“蒙公之见，该当如何？”扶苏平静下来，歉意地一拱手。

“老臣与王离谋划得一策，唯须公子定夺。”

“王离，你且说。”扶苏疲惫地靠上了身后书架。

“公子且看，”王离将一方羊皮地图铺开在扶苏面前，“各方探知：皇帝行营目下依然在甘泉宫，且三公九卿俱已召去甘泉宫，整个甘泉山戒备森严，车马行人许进不许出。由此观之，朝局必有异常之变！蒙公与末将之策：立即秘密拘押特使，由末将率兵五万，秘密插入泾水河谷，进入中山要道，截断甘泉宫南下之路；而后蒙公统率五万飞骑南下，包围甘泉宫，请见皇帝陛下面陈国事；若有异常，蒙公靖国理乱，拥立公子即位！……”

“若，无异常，又当如何？”扶苏的脸色阴沉了。

“若无异常，”王离沉吟片刻，终于说了，“蒙公与末将自请罪责……”

“岂有此理！为我即位，王氏蒙氏俱各灭门么！”扶苏连连拍案怒形于色。

“公子，此间之要，在于朝局必有异常，已经异常。”蒙恬叩着书案。

“请罪之说，原是万一……”王离小心翼翼地补充着。

“万一？十万一也不可行！”扶苏的怒火是罕见的。

“若诏书有异，公子宁束手待毙乎！”蒙恬老泪纵横了。

“蒙公……”扶苏也哽咽了，“扶苏与父皇政见有异，业已使秦政秦法见疑于天下，业已使父皇倍感煎熬……当此之时，父皇带病巡狩天下，震慑复辟，纵然一时屈我忘我，扶苏焉能举兵相向哉！……蒙公与父皇少年相知，栉风沐雨数十年，焉能因扶苏而与父皇兵戎相见哉！……王氏一门，两代名将，戎马一生，未享尊荣劳顿而去，唯留王离袭爵入军，安能以扶苏进退，灭功臣之后哉！……蒙公蒙公，王离王离，勿复言矣！勿复言矣！……”扶苏痛彻心脾，伏案放声恸哭了。年轻的王离手足无措，抱着扶苏哭成了一团。

蒙恬长叹一声，踽踽去了。

次日清晨，扶苏衣冠整肃地走进了大将军幕府。疲惫郁闷的蒙恬第一次没有鸡鸣离榻，依然在沉沉大睡。护卫司马说，大将军夜来独自饮酒，醉得不省人事，被扶上卧榻时还微微有些发热。扶苏深感不安，立即唤来九原幕府中唯一的一个太医为蒙恬诊视。然则，就在太医走进幕府寝室时，蒙恬却醒来了。蒙恬没有问扶苏来意，草草梳洗之后，便提着马鞭出来了，对扶苏一点头便径自出了幕府。扶苏有些难堪，却又无话可说，只对护卫司马眼神示意，便跟着蒙恬出了幕府。可是，当护卫司马带着军榻与几名士兵赶来要抬蒙恬时，素来善待士卒如兄弟的蒙恬却突然暴怒了，一脚踢翻了军榻，一鞭抽倒了司马，大吼一声：“老夫生不畏死！何畏一酒！”丢下唏嘘一片的士卒们，腾腾大步走了出去。

当驿馆令迎进扶苏蒙恬时，特使阎乐很是愣怔了一阵。

昨日蒙恬的蔑视冷落，已经使阎乐大觉不妙。在这虎狼之师中，蒙恬杀了他当真跟捻死一只蚂蚁一般。阎乐不敢轻举妄动，既不敢理直气壮地赶赴监军行辕或大将军幕府宣读诏书，又不敢将此间情形密报甘泉宫。毕竟，九原并无明显反象，自己也还没有宣示诏书，蒙恬扶苏的确切应对尚不明白，密报回去只能显示自己无能。而这次重大差事，恰恰是自己立功晋身的最好阶梯，绝不能轻易坏事。反复思忖，阎乐决意不动声色，先看看再说，扶苏蒙恬都是威望素著的天下正臣，谅也不至于轻易反叛诛杀特使。

多年之前，阎乐原本是赵国邯郸的一个市井少年，其父开得一家酒肆，与几个常来饮酒的秦国商贾相熟。秦军灭赵大战之前，阎乐父亲得秦商劝告，举家秘密逃往秦国，在咸阳重开了一家赵酒坊。后来，得入秦老赵人关联介绍，阎父结识了原本也是赵人的赵高。从此，机敏精悍的阎乐进入了赵高的视线。三五年后，赵高将阎乐举荐到皇城卫尉署做了一名巡夜侍卫。赵高成为少皇子胡亥的老师后，阎乐又幸运地成了少皇子舍人。除了打理一应杂务，赵高给阎乐的秘密职司只有一个：探查所有皇子公主种种动静，尤其是与皇帝的可能来往。阎乐将这件事做得无可挑剔，将胡亥侍奉得不亦乐乎，赵高很是中意。皇帝大巡狩胡亥随行，阎乐却留在了咸阳，守着少皇子府邸，打理着种种杂务，也探查着种种消息。皇帝行营尚在直道南下时，阎乐便被赵高的内侍系统秘密送进了甘泉宫等候。唯其有阎乐的消息根基，赵高对咸阳大势很是清楚，对胡亥说："咸阳公卿无大事，蒙毅李信无异常，不碍我谋。"甘泉宫之变后，阎乐一夜之间成了太子舍人，惊喜得连自己都不敢相信了。阎乐万万没有料到，更大的惊喜还在后面。

那夜，赵高与胡亥一起召来了阎乐。一入座，赵高沉着脸当头一问："阎乐，可想建功立业？"阎乐立即拱手高声道："愿为太子、恩公效犬马之劳！"赵高又是一问："若有身死之危，子将如何？"阎乐赳赳高声："虽万死不辞！"赵高点头，遂将以皇帝特使之身出使九原的使命说了一番。阎乐做梦也没想过，自己这般市井之徒竟能做皇帝特使，竟能跻身大臣之列，没有丝毫犹豫便慨然应允了。于是，胡亥立即以监国太子之名，宣示了奉诏擢升阎乐为公车司马令之职，并以皇帝特使之身出使九原宣示皇帝诏书。阎乐始终不知道皇帝死活，却很清楚地知道自己该问甚不该问甚，涕泪唏嘘地接受了诏书，却始终没问一句皇帝的意思，而只向赵高请教能想到的一切细节。赵高细致耐心地讲述了种种关节，最要紧的一句话牢牢烙在了阎乐心头："发诏催诏之要，务求扶苏蒙恬必死！”最后，赵高显出了难得的笑意：“子若不负使命，老夫便将胡娃嫁你了。”阎乐一阵狂喜，当即连连叩首拜见岳父，额头渗出了血迹也没有停止。赵高没有制止他，却倏地沉了脸又是一句：“子若不成事，老夫也会叫你九族陪你到地下风光。”

阎乐没有丝毫惊讶，只是连连点头。阎乐对赵高揣摩得极透——阴狠之极却又护持同党，只要不背叛不坏事，赵高都会给追随者意想不到的大利市；假若不是这般阴狠，大约也不是赵高了。那个胡娃，原本是一个匈奴部族头领的小公主，金发碧眼别有情致，可自被以战俘之身送进皇城，一直只是个无所事事的游荡少女。日理万机的皇帝极少进入后宫女子群，这个胡娃也从来没有遇见过皇帝。后来，熟悉胡人也喜欢胡人的赵高，便私下将这个孤魂般游荡的少女认作了义女；一个适当的时机，赵高又请准了皇帝，将这个胡女正式赐给他做了女儿。自从认识了这个胡娃，阎乐大大地动心了，几次欲向赵高请求婚嫁，都没敢开口，以致魂牵梦萦不能安宁。特使事若做成，既成大臣，又得美女，何乐而不为也！若自己不成事而死，活该命当如此；上天如此机遇，你阎乐都不能到手，不该死么？这便是熟悉市井博戏的阎乐——下赌注不惜身家性命，天杀我自认此生也值。

战国疲（痞）民者，大抵如是也。

……

依着对皇子与高位大臣宣诏的礼仪，阎乐捧着铜匣恭敬地迎出了正厅。扶苏与蒙恬一走进庭院，阎乐立即深深一躬：“监军皇长子与大将军劳苦功高，在下阎乐，深为景仰矣！”阎乐牢牢记得赵高的话：依据法度，特使不知诏书内容，宣诏前礼敬宜恭谨。扶苏一拱手淡淡道：“特使宣诏了。”阎乐一拱手，恭敬地诺了一声，便在随从安置好的书案上开启了铜匣，捧出了诏书，高声念诵起来：

朕巡天下，制六国复辟，惩不法兼并，劳国事以安秦政。今扶苏与将军蒙恬，将师数十万以屯边，十有余年矣！不能进而前，士卒多耗，无尺寸之功，乃反数上书直言，诽谤朕之所为。扶苏以不能罢归为太子，日夜怨望。扶苏为人子，不孝，其赐剑以自裁！将军蒙恬与扶苏居外，不匡正，安知其谋？蒙恬为人臣不忠，其赐死！兵，属裨将王离。始皇帝三十七年秋

阎乐虽然始终没有抬眼，声音颤抖如风中落叶，却显然地觉察到了庭院气息的异常。几名随行的司马与护卫都惊愕得无声无息，公子扶苏的脸色急剧地变化着，始而困惑木然，继而惶恐不安，终至悲怆莫名地扑倒在地放声恸哭……白发苍髯的蒙恬则一直惊讶地沉思着，面色铁青双目生光，炯炯直视着阎乐。

“蒙公，此乃陛下亲封诏书……”阎乐一时大见心虚。

“特使大人，老夫耳聋重听，要眼看诏书。”蒙恬冷冰冰一句。

“诺。敢请蒙公过目。”阎乐双手恭敬地递上了诏书。

蒙恬接过诏书，目光一瞄面色骤然苍白了。诏书不会是假的，皇帝陛下的亲笔字迹更不会是假的。毕竟，蒙恬是太熟悉皇帝的写字习惯了。虽然如此，蒙恬还是无论如何不能相信这道诏书是皇帝的本心，除非皇帝疯了，否则决然不会让自己的长子与自己的根基重臣一起去死，不会，决然不会！如此诏书，绝不能轻易受之，一定要南下咸阳面见皇帝……

“敢问蒙公，有何见教？”阎乐不卑不亢。

“老夫要与特使一起还国，面见陛下！”“依据法度，蒙公此请，在下不敢从命。”“阎乐，要在九原乱命，汝自觉行么？”蒙恬冷冷一笑。“在下奉诏行事，绝非乱命。”

“好个奉诏。”蒙恬面色肃杀，“唯其无妄，足下何急耶？”

“蒙公业已亲自验诏，此说似有不妥。”阎乐见扶苏仍在哀哀哭泣，实在吃不准这位最是当紧的人物作何应对，一时不敢对蒙恬过分相逼；毕竟这是九原重兵之地，扶苏更是声望卓著的皇长子，若扶苏也强硬如蒙恬，要挟持他南下面见皇帝陈情，阎乐便想脱身都不能了；那时，阎乐是注定地要自认晦气了，一切美梦都注定地要破灭了……

“蒙公，不需争了。”此时，扶苏终于站起来说话了。

“长公子……”阎乐捧起诏书，却没有再说下去。

“扶苏奉诏……”扶苏木然地伸过了双手。

“且慢！”蒙恬大喝一声，一步过来挡住了扶苏。

“蒙公……我心死矣！……”扶苏一声哽咽。

“公子万莫悲伤迷乱。”蒙恬扶住了扶苏，肃然正色道，“公子且听老臣一言，莫要自乱方寸。公子思忖：皇帝陛下乃超迈古今之雄主，洞察深彻，知人善任，生平未出一则乱国之命。陛下使你我率三十万大军北击匈奴、修筑长城，此乃当今天下第一重任也！陛下若心存疑虑，你我岂能手握重兵十余年耶！诏书说你我无尺寸之功，能是陛下之言么？更有一则，天下一统以来，大秦未曾罢黜一个功臣，陛下又岂能以些须之错，诛杀本当作为储君锤炼的皇长子？岂能诛杀如老臣一般之功勋重臣？今日一道诏书，一个使臣，并未面见陛下，安知其中没有异常之变哉！……公子当清醒振作，你我当面见陛下！若陛下当面明白赐死，老夫何惧哉！公子何惧哉！若陛下万一……你我之死，岂非陷陛下于昏君之境哉！”

“父皇罪我，非一日矣……”扶苏哽咽着，犹疑着。

“蒙恬！你敢违抗皇命么！”阎乐眼见转机，当即厉声一喝。

蒙恬一阵大笑，戟指高声道：“特使大人，老夫之功，至少抵得三五回死罪，请见陛下岂容你来阻挡？来人！扶监军皇长子回归行辕！”司马卫士们一声雷鸣般吼喝，立即风一般簇拥着扶苏出了驿馆庭院。蒙恬转身冷笑道：“老夫正告特使大人，近日匈奴常有骚扰劫掠之举，特使若派信使出城，被胡人掳去泄我国事机密，休怪老夫军法无情！”一言落点，蒙恬腾腾大步去了。阎乐擦了擦额头冷汗，长吁一声，颓然跌坐在了石阶上。

蒙恬扶苏回到幕府，扶苏只一味地木然流泪，对蒙恬的任何说辞都不置可否。蒙恬无奈，只有亲自带着司马护卫将扶苏送回了监军行辕。蒙恬做了缜密的安置：在行辕留下了唯一的太医，又对护卫司马低声叮嘱了诸多事项，严令长公子身边不能离人，若长公子发生意外，行辕护卫将士一体军法是问。诸般安置完毕，蒙恬才踽踽去了。

当夜，蒙恬踟蹰林下，不能成眠。

反复思忖，扶苏似乎是很难振作了，要扶苏与他一起南下也似乎是很难付诸实施了。而若扶苏一味悲怆迷乱，蒙恬一人则孤掌难鸣。蒙毅没有只字消息，国中一班甘苦共尝的将军大臣们也没有只字消息，交谊笃厚的丞相李斯也没有只字消息；一国大政，似乎突然将九原重镇屏蔽在坚壁之外，这正常么？绝不正常！如此情势只能说明，咸阳国政确实有变，且不是小变。而变之根基，只在一处，这便是皇帝果真如齐桓公那般陷入了病危困境，已经没有出令能力了，否则，任何人不能如此乖戾地颠倒乾坤。当此情势，蒙恬反复思谋，自己手握重兵，决意不能任这班奸佞乱国乱政。蒙恬将国中大臣们一个一个想去，人人都是奋发热血的功勋元老，没有一个可能乱国；毕竟，乱国者必有所图，这些重臣果然乱国，其结局只能是身败名裂，重臣们岂能没有如此思量？尽管，蒙恬一时无法断定谁是目下变局的轴心，然有一点似乎是明白无误的：至少，皇帝陛下在某种势力的某种聒噪之下，一时暴怒失心了。当年的秦王嬴政，不就是因了疲惫过甚烦躁过甚之时，被嬴秦元老们鼓噪得发出了荒诞的逐客令么？因太后事连杀七十余人，以致谏者尸身横满大殿三十六级白玉阶，不也是秦王抑郁过甚暴怒过甚么？再想起当年扑杀太后与嫪毐的两个私生子，攻灭赵国后的邯郸大杀戮，每次都是皇帝在暴怒失常下的失常决断。也就是说，皇帝不可能没有失心之时，虽然极少，然毕竟不是永远不可能。几年来，皇帝暗疾频发，暴怒失常也曾有过几次，包括突然掌掴扶苏那一次；据蒙毅说，尤其在方士逃匿之后，皇帝病况愈加反复无常，时常强忍无名怒火郁闷在心；当此情形之下，皇帝也确实可能一时失心而做出连自己也无法控制的荒诞决断。是的，此等可能也是必须想到的……

"目下情势，以先行复请为急务，后策另行谋划。"

终于，蒙恬在纷乱的思绪中理出了头绪。扶苏业已悲怆迷乱，不能指望他做主心骨了；相反，倒是要立即着手保下扶苏性命；只要扶苏不死，便一定能清醒过来，而只要扶苏清醒，则大局便一定能够扭转过来。对此，蒙恬深信不疑。毕竟，扶苏的品格才具声望，无一不是天赋大秦的雄杰储君。唯其如此，便得立即复请，在复请之中等待转机。复请者，就原本诏书再度上书申辩，以请求另行处置也。复请之可行，在于特使无法阻拦，纵然特使阻拦，蒙恬也可以强行为之；譬如大臣在法场高呼刀下留人，而后立即上奏请求重新勘审，而行刑官难以强行杀人一般。如此谋划之要害，在于震慑特使阎乐，使其不能相催于扶苏。而这一点，蒙恬更是放心。不需蒙恬自己出面，只要一个愿意出去，有着拼死护卫统帅传统的老秦热血骑士，是决然不会给阎乐好看的。倒是蒙恬要再三叮嘱这些骑士，不能越矩过分。在复请之间，既可等待扶苏清醒，又可与王离秘密谋划后续重大对策。也就是说，先复请保住扶苏，再谋划后续应对，不失为目下妥善对策。

四更时分，蒙恬踏着秋霜落叶回到了书房。

提起大笔，思绪翻涌，蒙恬止不住的热泪洒满了羊皮纸——

复请诏命书

老臣蒙恬启奏陛下：长城合龙大典之日，突逢特使捧诏九原，赐老臣与监军皇长子扶苏以死罪自裁。皇长子悲怆迷乱，老臣莫知所以，故冒死复请：臣自少年追随陛下，三十余年致力国事效命疆场，深蒙陛下知遇之恩，委臣三十万重兵驱除匈奴之患，筑万里长城以安定北边。陛下尝使皇长子少时入军九原，以老臣为督导重任，辄委老臣以身后之事。臣每思之，无时不奋然感怀。何时不数年，皇长子正在奋发锤炼才德俱佳之际，老臣正在整肃边地之时，陛下却责老臣与皇长子无尺寸之功、无匡正之力，赐老臣与皇长子以死哉！老臣死不足惜，皇长子更欲奉诏自裁。然，老臣为大秦新政远图计，强阻皇长子不死，并复请陛下：扶苏皇长子深孚天下人望，正堪国之大统，今卒然赐死，陛下宁不思文明大业之传承乎！宁不思天下边患之泛滥乎！老臣直言，陛下素常明察烛照，然亦有万一暴怒之误，当年逐客令之误陛下宁忘哉？陛下明察：老臣可死，秦之将军若一天星斗；扶苏不可死，秦之后来雄主唯此一人耳！老臣唯恐陛下受奸人惑乱，一时失察而致千古之恨，故强固复请，敢求免扶苏之死，并明立扶苏为太子，以安定大局。陛下果然明察照准，老臣可当即自裁，死而无憾矣！陛下若心存疑虑，愿陛下召老臣咸阳面陈，或复明诏，老臣当坦陈无讳。

草原长风送来阵阵鸡鸣时，蒙恬搁下了大笔。

原本，蒙恬尚打算给李斯一信，请李斯设法匡正皇帝陛下之误断，然终于没有提笔。在满朝大臣中，蒙恬与王翦、李斯渊源最深。王氏、蒙氏、李氏，既是最早追随秦王的三大栋梁人物，也是帝国时期最为显赫的三大功勋家族。虽说李斯因吕不韦原因多有跌宕，入庙堂用事的时间稍晚，但若以秦王问对为开端，则无疑是秦王早已谋定的庙堂之才。而无论是王翦还是李斯，都是少年蒙恬为少年秦王发掘引荐的。蒙恬的竭诚举才，大大改变了蒙氏家族素不斡旋人事的中立君子之风，使蒙氏家族不期成为秦王新政集团的“制弓鱼胶”。然则，蒙氏声望日隆的同时，也有着常人难以体察的难堪。

这种难堪，恰恰来自于李斯方面。

在帝国三大功勋家族中，蒙氏兄弟与王氏父子坦诚和谐，其笃厚的交谊与不自觉的默契，几乎是水乳交融的。王翦年长，对君对臣对国事，都有进退斡旋之思虑，故在以年轻奋发之士为主的秦国庙堂重臣中，颇显世故之风。然则，蒙恬与王翦交，却始终是心底踏实的。因为，王翦秉性有一种无法改变的根基——对大事绝不让步。也就是说，王翦对非关大局的小事不乏虚与周旋，然对关乎邦国命运的大事，身为大臣的王翦却是最为强硬的。这一点，王贲犹过其父。当年的灭赵灭燕大战，王翦都曾与以秦王为轴心的秦国庙堂决策有过关键问题上的不同决断，每次王翦都坚执不变；灭楚大战更是如此，秦王可以不用老臣，唯用老臣，便得以老臣决事。王翦可以等待，但王翦绝不会退让。这便是蒙恬与王氏父子相交之所以心底踏实的根本原因。蒙恬确信，若王翦王贲父子任何一人在世，甘泉宫之谜都会迅速揭开，甚或根本不会发生。王翦大哥，或许迂回一些，或许平稳一些，但终归不会听任奸佞误国。若是王贲兄弟，则会毫不犹豫地强行进见，谁敢拦挡，王贲的长剑会确定无疑地洞穿他的胸膛。天赋王氏父子于大秦，一大奇观也。灭六国之中，王翦打了所有的大仗长仗，提举国之兵与敌国经年相持，几乎是非王翦莫属。而王贲则打了所有的奇仗硬仗疑难仗，飞骑一旅驰驱万里，数万之众摧枯拉朽，每战皆令人目眩神摇，雷电之战几无一人可与王贲匹敌。战风迥异，政风也迥异。王翦对于国事，可谓大谋善虑，极少关注非关总体之政务。王贲则恰恰相反，从不过问大局，也不谋划大略，只醉心于将一件件交给自己的政事快捷利落地办好。王贲以将军之身而能居三公太尉之职，非独功勋也，亦见才具也。当然，论根基才具甚或功劳，蒙恬做太尉，似比王贲更适合。然则，蒙恬对王贲没有丝毫的嫉妒，反倒是深以此为皇帝用人之明。若为太尉，蒙恬岂有北却匈奴之大业绩哉！……此刻，蒙恬念及王氏父子．心头便是一阵阵悸动，国难在前，无人可与并肩，殊为痛心也！上天早丧王氏父子于大秦，莫非果真意味着天下将有无可挽回之劫难么？

蒙恬与李斯的来往，却有着一种难以言说的隐隐隔膜。

与王翦相比，李斯的斡旋缺乏一种深层的力度。在蒙恬的记忆中，李斯从来没有坚持过什么。无论是长策大谋，无论是庙堂事务，李斯即或明确地申述了主张，只要有大臣一力反对，李斯都是可以改变的。当然，若是秦王皇帝持异议，那李斯则一定会另行谋划，直到君臣朝会一致认同为止。与李斯交，谈话论事从来都很和谐顺当，可在蒙恬心头，却总有一种不能探底的隐隐虚空感。蒙恬是同时结识李斯与韩非的。蒙恬更喜欢孤傲冷峻而又不通事理的韩非，无论与韩非如何争吵得面红耳赤，蒙恬还是会兴冲冲地捧着一坛酒再次去纠缠韩非。根本原因只在一处，韩非胸无城府，结结巴巴的言辞是一团团透明的火焰！后来，当蒙恬看到《韩非子》中解析防奸术的几篇权谋论说时，几乎惊愕得无以言说了——能将权术阴谋剖析得如此透彻，却又在事实上对权术阴谋一窍不通，人之神异岂能言说哉！虽然如此，蒙恬还是喜欢韩非，尽管他后来也赞同了杀韩非……韩非与李斯，是两类人。在蒙恬看来，李斯生涯中最耀眼的爆发便是《谏逐客书》，孤身而去，义无反顾地痛陈秦政错失，一举扭转了刚刚起步的秦国新政濒于毁灭的危境，可谓乾坤之功也。也是从那时开始，李斯奠定了朝野声望，尤其奠定了在入秦山东人士中的巨大声望。应该说，这是李斯人生中唯一的一次坚持。可是，蒙恬从李斯后来的作为中，却总是嗅出一种隐隐的异味：《谏逐客书》并非李斯之本性强毅的体现，而是绝望之时的最后一声呐喊。在帝国文明新政的创制中，李斯确实淋漓尽致地挥洒了大政之才，堪称长策伟略之大手笔。李斯领政，所有大谋长策之功皆归皇帝，所有错失之误皆归丞相府承担，极大维护了皇帝陛下神圣般的威权声望，你能说李斯没有担待？然则，蒙恬却分明地体察到，他对李斯的那种隐隐感觉，王贲也有。那是一次军事会商，蒙恬说到了李斯的主张与秦王一致，王贲的嘴唇只撇了一下而已。王贲一句话也没说，此后也从来没有在蒙恬面前说起过李斯。虽然如此，仅仅是这一撇嘴，蒙恬却明白地感受了王贲的心声。越到后来，蒙恬对李斯的这种不安的感觉便越是鲜明起来。震慑山东复辟的大政论战中，皇帝对六国贵族的怒火显而易见，李斯便立即提出了"以法为教，以吏为师"的焚书令，后来又坚执主张坑杀儒生；其时，李斯对回到咸阳襄助政事而反对震慑复辟过于严苛的扶苏很是冷落；李斯明知一直沉默的蒙恬也是扶苏之见，却从未与蒙恬做过任何磋商……凡此等等，蒙恬都深觉不可思议。以他对李斯秉性才具的熟悉，李斯为政不当有如此铁血严酷之风。然则，李斯一时间如此强硬，强硬得连皇帝陛下都得在焚书令上只批下了"制曰可"三个字的宽缓决断，而不是以"诏曰行"的必行法令批下。李斯如此强硬，实在是一个匪夷所思的突兀变化，蒙恬难以揣测其中缘由，又因不欲牵涉扶苏过深而不能找李斯坦诚会商，这道阴影便始终隐隐地积在了心头……不知从何时开始，蒙恬与李斯的来往越来越少了。甚或，在朝的蒙毅与李斯的来往也颇见生疏了。事实上，蒙恬从军，李斯从政，相互交织的大事又有太尉府，大政会商之实际需要也确实不多。然则，这绝非生疏的根本原因。生疏淡漠的根本，在于李斯对扶苏与蒙氏兄弟的着意回避，也在于蒙氏兄弟对这种着意回避的或多或少的蔑视。蒙恬为此很感不是滋味，可一时找不到合适的时机与李斯叙说。

在这难堪仍在继续的时日，蒙恬从蒙毅的只言片语中得知：皇帝大巡狩之前，李斯的心绪似乎很是沉重。蒙毅揣测，一定是王贲临终时对皇帝说出了自己对李斯的评判，而皇帝一定是对李斯有了些许流露。蒙恬相信蒙毅所说的李斯的郁闷沉重，但却严厉斥责了蒙毅对皇帝的揣测。蒙恬坚信：皇帝绝不会疑忌李斯，纵然有所不快，也不会流露出足以使李斯突感压力的言辞来。这不是皇帝有城府，而是皇帝有人所不及的大胸襟。果然如此，李斯郁闷沉重又能来自何方……

蒙恬没有为此花费更多的心思，纵然百般思虑，依然一团乱麻。这便是蒙恬，料人多料其善，料事多料其难，凡事举轻若重，筹划尽求稳妥第一。唯其如此，蒙恬不善防奸，又很容易将简单之事趋向繁难复杂。此刻，蒙恬的思忖便是各方兼顾：首先，是不能拉扶苏与自己共同复请，而要自己单独复请，以使皇帝对扶苏的怒气不致继续；其次，是自己的复请书又必须主要为扶苏说话，而不是为自己辩护；再次，自己复请期间，必得设法保护扶苏不出意外事端；再再次，当在此危难之际，既不能牵涉蒙毅，也不能牵涉李斯，不能与两人互通消息，更不能请两人襄助；毕竟，自己有可能触犯皇帝，也有可能触犯秦法，牵涉蒙毅李斯于国不利，于蒙毅李斯本人也不利。

……

霜雾弥漫的黎明时分，九原幕府的飞骑特使马队南下了。

清晨卯时，蒙恬将《复请书》副本送到了驿馆特使庭院。阎乐看罢复请书，沉吟了好一阵方沉着脸道："蒙公欲我转呈皇帝，须得有正印文书。"蒙恬淡淡道："上书复请，不劳足下。老夫是要特使知道，九原之行，足下要多住些许时日了。"阎乐突然惶急道："蒙恬，你敢拘押本使么！"蒙恬冷冷道："老夫目下无此兴致。只是足下要自家斟酌言行。"说罢大踏步径自去了。

阎乐望着蒙恬背影，一时心头怦怦大跳。阎乐此刻已经很明白，这件事已经变得难办起来，难办的要害是蒙恬。这老蒙恬久掌重兵，他不受诏你还当真无可奈何。然则，此事也有做成的可能。此种可能在于两个根本：一则是蒙恬依然相信皇帝陛下在世，此点最为要害，否则一切都将面目全非；二则是扶苏远不如蒙恬这般强硬，若扶苏与蒙恬一样强硬，只怕事态也是面目全非。有此两个根基点，大事尚可为之，阎乐还值得再往前走走。

“禀报特使，监军行辕无异常，扶苏昏睡未醒。”

正在此时，阎乐派出的随监吏回来禀报消息了。随监吏者，随同“罪臣”督导诏书实施之官吏也。秦国法政传统：举凡国君派特使下诏，特使有督导诏书当即实施之权；若是治罪诏书，则特使必得亲自监察以诏刑处置，事后将全部情形上书禀报。依此法政传统，阎乐此来为特使，自有督刑之权。然则情势有变，“罪臣”不奉诏而要复请等待重下诏书，特使便有亲自或派员跟随进入“罪臣”官署监察其行迹之权，此谓随监。蒙恬扶苏何许人也，威势赫赫甲士重重，阎乐深恐自保不能，当然不会亲自随监两家；故，只各派出两名随行文吏随监两府。如此依法正常之随监，蒙恬扶苏自然不当拒绝。清晨来向阎乐禀报者，便是随监监军行辕的一名随监吏。

吏员说，监军行辕戒备森严，两名随监吏只能一外一内；外边一人在辕门庭院，只能在两层甲士间转悠；进入内室的他，只能镶嵌在四名甲士之间守候在扶苏寝室之外；寝室之内，只有两名便装剑士与一名贴身军仆、一位老太医。吏员说，直到四更，扶苏寝室尚有隐隐哭泣之声，天将拂晓之时哭声便没了；之后老太医匆匆出来片刻，又匆匆进去了，出来时两手空空，进去时捧了一包草药；至于清晨，扶苏寝室仍无动静。

“清晨时分，蒙恬未去监军行辕？”阎乐目光闪烁着。

“没有。在下揣测：行辕动静，司马会向蒙恬及时禀报。”

“扶苏有无早膳？”

“没有。在下揣测：一日一夜，扶苏水米未沾。”

“好！你随我来。”阎乐一招手，将那个随监吏领进了特使密室。

片时之后，随监吏带着一个须发灰白的老吏匆匆出了驿馆，到监军行辕去了。阎乐的谋划是：对蒙恬无可奈何，索性示弱放手，以示对功勋大臣的敬重，如此或可麻痹蒙恬不找特使纠缠；对扶苏，则要攻其迷乱之时，绝不能放松。

监军行辕的随监吏刚走，大将军幕府的随监吏便回来禀报了。幕府随监吏说，大将军幕府尚算礼遇，他们两人只能在正厅坐待，蒙恬或在庭院转悠，或在书房操持，他两人一律不能跟随不能近前，一夜无事。如此情形阎乐早已料到，听罢只问了一句，方才蒙恬回府没有？随监吏说没有。阎乐立即吩咐随监吏回幕府探查，蒙恬究竟到何处去了？午膳时分，幕府随监吏回报，说裨将王离于大约一个时辰之前进入幕府，与蒙恬书房密会片刻，两人已经带一支马队出幕府去了。片刻之后，阎乐着意撒在城外的吏员禀报说，蒙恬马队向阴山大营去了，王离没有一起出城。阎乐一阵欣喜，心头立即浮现出一个新的谋划。

秋日苦短，倏忽暮色降临。

初更时分，阎乐打出全副特使仪仗，车马辚辚开抵监军行辕。护卫司马拦阻在辕门之外，一拱手赳赳高声道："末将未奉大将军令，特使大人不得进入！"阎乐一脸平和一脸正色道："本使许大将军复请，已是特例。本使依法督诏，大将军也要阻拦么？"护卫司马道："特使督诏，业已有随监吏在，特使大人不必多此一举！"阎乐一亮特使的皇帝亲赐黑玉牌道："本使只在庭院督诏片刻，纵使大将军在，亦不能抗法！若足下执意抗法，则本使立即上书陛下！"护卫司马道："现武成侯正在行辕，容在下禀报。"说罢匆匆走进了行辕。片刻之后，护卫司马大步出来一拱手道："特使请。"

朦胧月色之下，大庭院甲士层层。阎乐扶着特使节杖，矜持地走进了石门。年轻的王离提着长剑沉着脸伫立在石阶下，对走进来的阎乐丝毫没有理睬。阎乐上前一拱手道："陛下以兵属武成侯，武成侯宁负陛下乎！"王离沉声道："足下时辰不多，还是做自家事要紧。"阎乐不敢再硬碰这个从未打过交道的霹雳大将王贲的儿子，一挥手吩咐随行吏员摆好了诏案，从案头铜匣中捧出了那卷诏书，一字一字地拉长声调念诵起来，念到"扶苏为人子不孝，其赐剑以自裁"时，阎乐几乎是声嘶力竭了。诏书念诵完毕，阎乐又高声对内喊道："扶苏果为忠臣孝子，焉得抗诏以乱国法乎！扶苏不复请，自当为天下奉法表率，焉得延宕诏书之实施乎！……"

"够了！足下再喊，本侯一剑杀你！"王离突然暴怒大喝。

"好好好，本使不喊了。赐剑。"阎乐连连拱手，又一挥手。

依着法度，诏书云赐剑自裁，自然是特使将带来的皇帝御剑赐予罪臣，而后罪臣以皇帝所赐之剑自裁。那日因蒙恬阻挠，未曾履行“赐剑”程式，扶苏便被蒙恬等护送走了。以行诏程式，阎乐此举合乎法度，谁也无法阻挠。虽则如此，阎乐将皇帝御剑捧到阶下时，还是被王离黑着脸截了过去，递给了身后的监军司马。阎乐还欲开口，王离却大手一挥，四周甲士立即逼了过来，阎乐只得悻悻去了。

次日清晨，当蒙恬飞马赶回时，九原已经在将士哭声中天地翻覆了。

在城外霜雾弥漫的胡杨林，王离马队截住了蒙恬。王离泪流满面，哭得声音都嘶哑了。王离说，阎乐的赐剑一直在司马手里，他也一直守护在扶苏的寝室之外；夜半之时，阎乐的随监老吏在寝室外只喊了一声“扶苏奉诏”，便被他一剑杀了；分明寝室中没有动静，军仆与太医一直守在榻侧，两名便装剑士一直守在寝室门口，可就在五更鸡鸣太医诊脉的时候，长公子已经没有气息了；王离闻讯飞步抢进，亲自揭开了扶苏的丝绵大被，看见了那柄深深插进腹中的匕首……王离说，惊慌失措的太医在扶苏全身施救，人没救过来，却意外地在扶苏的贴身短衣中发现了一幅字迹已经干紫的血书——

抗命乱法，国之大患。扶苏纵死，不负秦法，不抗君命。

蒙恬捧着那幅白帛血书，空洞的老眼没有一丝泪水。

直到血红的阳光刺进火红的胡杨林，蒙恬依旧木然地靠着一棵枯树瘫坐着，比古老的枯木还要呆滞。无论王离如何诉说如何劝慰如何愤激如何悲伤，蒙恬都没有丝毫声息。人算乎，天算乎，蒙恬痛悔得心头滴血，却不知差错出在何处。阎乐相逼固然有因，然看这干紫的血书，扶苏显然是早早便已经有了死心，或者说，扶苏对自己的命运有着一种他人无法体察的预感。扶苏这幅血书，虽只寥寥几句，其意却大有含义，甚至不乏对蒙恬的告诫。血书留下了扶苏领死的最真实的心意：宁以己身之死，维护秦法皇命之神圣；也不愿强行即位，以开乱法乱政之先河。身为皇帝长子，事实上的国家储君，赤心若此，夫复何言哉！蒙恬实在不忍责难扶苏缺少了更为高远的大业正道胸襟，人已死矣，事已至此矣，夫复何言哉！

蒙恬所痛悔者，是自己高估了扶苏的强韧，低估了扶苏的忠孝，更忽视了扶苏在长城合龙大典那日近乎疯狂的醉态，忽视了覆盖扶苏心田的那片累积了近三十年的阴影。那阴影是何物？是对庙堂权力斡旋的厌倦，是对大政方略与纷繁人事反复纠缠的迷茫，是对父皇的忠诚遵奉与对自己政见的笃信所萌生的巨大冲突，是植根于少年心灵的那种伤感与脆弱……而这一切，都被扶苏的信人奋士的勃勃豪气掩盖了，也被蒙恬忽视了。蒙恬也蒙恬，你素称虑事缜密，却不能觉察扶苏之灵魂的迷茫与苦难，若非天算大秦，岂能如此哉！

直到昨日，蒙恬还在为扶苏寻觅着最后的出路。他飞骑深入了阴山草原，找到了那个素来与秦军交好的匈奴部族，与那个白发苍苍却又壮健得胜过年轻骑士的老头人商定：将一个目下有劫难的后生送到草原部族来，这个后生是他的生死之交，他不来接，老头人不能放他走，当然更不能使他有任何意外。老头人慷慨地应诺了，举着大酒碗胸脯拍得当当响："蒙公何须多言！蒙公生死之交，也是老夫生死之交！只要后生来，老夫便将小女儿嫁他！老夫女婿是这草原的雄鹰，飞遍阴山，谁也不敢伤他！"……蒙恬星夜赶回，便要将迷乱悲怆的扶苏立即秘密送进草原，而后他便与王离率五万飞骑南下甘泉宫了……一切都安置好了，最要紧的扶苏却没有了，人算乎，天算乎！

"蒙公，三十万大军嗷嗷待命，你不说话我便做了！"

在王离的愤激悲怆中，蒙恬终于疲惫地站了起来，疲惫地摇了摇手，喑哑颤抖的声音字斟句酌："王离，不能乱国，不能乱法。唯陛下尚在，事终有救。"王离跌脚愤然道："蒙公何其不明也！长公子已死，阎乐更要逼蒙公死！栋梁摧折，护国护法岂非空话！"蒙恬冷冰冰道："老夫不会死。老夫宁可下狱。老夫不信，皇帝陛下能不容老夫当面陈述而杀老夫。"王离大惊道："蒙公！万万不可！皇帝业已乱命在先，岂能没有昏乱在后……""王离大胆！"蒙恬被王离的公然指斥皇帝激怒了，满面通红声嘶力竭地喊着，"陛下洞察深彻，岂能有连番昏乱！不能！决然不能！"

王离不说话了。

蒙恬也不说话了。

……

三日之后，阴山大草原见证了一场亘古未见的盛大葬礼。

扶苏身死的消息，不知是如何传开的。昼夜之间，沉重呜咽的号角响彻了广阔的山川，整个大草原震惊了，整个长城内外震惊了。正在寻觅窝冬水草地的牧民们中止了迁徙流动，万千马队风驰电掣般从阴山南北的草原深处向一个方向云集；预备归乡的长城民力纷纷中止了南下，万千黔首不约而同地改变了归乡路径，潮水般流向了九原郊野……第三日清晨，当九原大军将士护送着灵车出城时，山峦河谷的情境令所有人都莫名震撼了。霜雾弥漫之下，茫茫人浪连天而去，群峰是人山，草原是人海，多姿多彩的苍黄大草原，第一次变成了黑压压黔首巾与白茫茫羊皮袄交相涌动的神异天地。无边人海，缓缓流淌在天宇穹庐之下的广袤原野，森森然默默然地随着灵车漂移，除了萧瑟寒凉的秋风长啸，几乎没有人的声息。渐渐地，两幅高若云车的巨大挽幛无声地飘近了灵车。一幅，是草原牧民的白布黑字挽幛——阴山之鹰，折翅亦雄。一幅，是长城黔首们的黑布白字挽幛——长城魂魄，万古国殇。蒙恬与王离麻衣徒步，左右护卫着扶苏的灵车。九原大军的三十万将士史无前例地全数出动了，人俱麻衣，马尽黑披。十万器械弓弩营的将士在营造墓地，十万步卒甲士的方阵前行引导着灵车，十万主力铁骑方阵压后三面护卫着灵车。大草原上矛戈如林旌旗如云，辚辚车声萧萧马鸣，在血色霜雾中镌刻出了虽千古无可磨灭的宏大画卷……

巍巍阴山融入了血红的霞光霜雾，茫茫草原化作了血色的海潮激荡。[1]

---

[1] 陕西绥德县城内疏属山巅，有扶苏墓。史家王学理先生之《咸阳帝都记》第九章注释条对其记载是：扶苏墓状作长方形，长 30 米，宽 6 米，高 8 米，墓前石刻“秦长子扶苏墓”六字。城北一公里处，当无定河与大理河交汇处，传为扶苏月下忧国忧民处，名“凉月台”；县南一公里卢家湾山崖壁立，有水从空中落地成泉，传为扶苏自裁处，故名“呜咽泉”。唐诗人胡曾有《杀子谷》诗云：“举国贤良尽泪垂，扶苏屈死戍边时。至今谷口呜咽泉，犹似当年恨李斯。”另，《大清一统志》云，绥德城内有扶苏祠。《关中胜迹图志》卷三十又云：扶苏墓有陕西临潼县滋水村、甘肃平凉东宁县西两处。王学理先生认为，当属纪念性假墓。

三　连番惊雷震撼　汹汹天下之口失语了

虽是秋高气爽，甘泉宫却沉闷得令人窒息。

三公九卿尽被分割在各个山坳的庭院，既不能会商议事，更不能进出宫城。丞相李斯下达各署的理由是完全合乎法度的：先帝未曾发丧，正当主少国疑之时，约束消息为不得已也，各署大臣宜敦静自慎。每日只有一事：大臣们于清晨卯时，在卫尉署甲士的分别护送下，聚集于东胡宫秘密祭奠先帝。在低沉微弱的丧礼乐声中，祭奠时一片默然唏嘘，祭奠完毕一片唏嘘默然，谁也不想与人说话，即或对视一眼都是极其罕见的事。祭奠完毕，人各踽踽散去，甘泉山便又恢复了死一般的沉寂。在整个甘泉宫，只有李斯、赵高、胡亥三人每日必聚，每夜必会，惴惴不安却又讳莫如深，每每不言不语地相对静坐到四更五更，明知无事，却又谁都不敢离去。九原没有消息，对三人的折磨太大了。

三人密谋已经走出了第一步，胡亥已经被推上了太子地位。大谋能否最终成功，取决于能否消除最大的两方阻力：一是事实上的储君并领监军大权的扶苏，二是以大将军之职拥兵三十万的蒙恬。若如此两人拒不受命，执意提兵南下复请皇帝，那便一切都罢休了。因为，目下国政格局，即或是素来不知政事为何物的二十一岁的胡亥也看得明白：政事人事有李斯赵高，谋划应对堪称游刃有余，不足虑也；而对掌控国中雄兵数十万，则恰恰是李斯赵高胡亥三人之短；若蒙恬提兵三十万南下，则李信驻扎于咸阳北阪的十万陇西军也必起而呼应；其时，三人毫无回天之力，注定的，一切都将成为泡影。

“中车府令，可能失算了。”这日五更，最明白的李斯终于忍不住了。

“丞相纵然后悔，晚矣！”赵高的脸色麻木而冷漠。

“若不行，我不做这太子也罢……”胡亥嗫嚅着说不利落。

赵高嘴一撇，李斯嘴角一抽搐，两人不约而同地都没搭理胡亥。

“久不发丧，必有事端。”李斯灰白的眉毛锁成了一团。

“此时发丧，事端更大。”赵高冰冷如铁。

“势成骑虎，如之奈何？”

“成王败寇，夫复何言！”

“功业沦丧，老夫何堪？”

“得失皆患，执意不坚，丞相欲成何事哉！”

对于赵高的冷冰冰的指责，李斯实在不想辩驳了。曾几何时，李斯没有了既往谋国时每每激荡心海的那番为天下立制为万民立命的正道奋发，徘徊在心头的，总是挥之不去的权谋算计，总是不足与外人道的人事纠葛，昔日之雄风何去也，昔日之坦荡何存焉！李斯找不到自己，陷入了无穷尽的忧思痛苦。李斯每日议论者，不再是关乎天下兴亡的长策大谋，而是一人数人之进退得失；李斯每日相处者，不再是昂扬奋发的将士群臣，而是当年最是不屑的庸才皇子与宦官内侍，心头苦楚堪与何人道哉！若蒙恬扶苏看穿了他的那道杀人诏书，李斯岂不注定要陷入万劫不复之境地了？……

李斯没有料到，在自己行将崩溃的时刻，出使九原的阎乐归来了。

扶苏自裁的消息，使这次夜聚弥漫出浓烈的喜庆之情。谁也顾不上此时尚是国丧之时，便人人痛饮起来。不知饮了几爵，胡亥已经是手舞足蹈了。久在皇帝左右的赵高历来不饮酒，今夜开戒，酒量竟大得惊人，一桶老秦酒饮干尚意犹未尽，只敲着铜案大呼酒酒酒。李斯也破天荒饮下十数大爵，白发红颜长笑不已。骤然之间，李斯歆慕的一切又都回来了。功业大道又在足下，只待举步而已。权力巨大的丞相府，倏忽在眼前化作了皇皇摄政王府邸，周公摄政千古不朽，李公摄政岂能不是青史大碑哉！痛饮大喜之余，大谋长策重回身心，李斯立即询问起阎乐，九原善后情形究竟如何，须得立即决断定策。

阎乐禀报说，诸事虽不尽如人意，然也算大体顺当。

当阎乐兴冲冲赶去勘验扶苏尸身时，却被黑压压的甲士吓得缩了回去。无奈，阎乐又来到大将军幕府，想试探蒙恬意欲如何。蒙恬出奇地淡漠，对阎乐也没有任何颜色，只平静地说出了心愿：老夫须得为长公子送葬，葬礼之后老夫可下国狱，请廷尉府依法勘审老夫事。阎乐怒火攻心，然见王离一班大将要活剥了他一般凶狠，阎乐只有无奈地点头了。

阎乐轻描淡写地以极其不屑一顾的口吻，大体说了扶苏的葬礼经过，以及自己不能干涉的种种情形。李斯赵高胡亥，都对阎乐的机变大加了褒奖。阎乐说，扶苏葬礼之后，他凛然催促蒙恬自裁，可蒙恬根本不理睬他的催促。那日清晨，蒙恬大聚各营将军于九原幕府，也邀了阎乐与闻，向王离正式移交兵权。王离接受了兵符印信，第一件事便是对阎乐发难。王离与全部三十多位大将，异口同声地要特使明誓，必须善待自请下狱的大将军，若有加害之心或虐待之举，九原大军必举兵南下除奸定国；最叫阎乐难堪的是，王离派出了自己的族弟王黑率一个百人剑士队护卫蒙恬南下，即或蒙恬入狱，这个百人队也得驻扎在狱外等候。阎乐说，他当时若是不从，九原事无法了结，他只有答应了。

在李斯的仔细询问下，阎乐拿出了蒙恬的最后言行录。

在兵权交接之后，蒙恬对将士们说了两次话，一次在幕府，一次在临行的郊亭道口。在幕府，蒙恬说的是："诸位将军，九原大军是大秦的铁军，不是老夫的私家大军。蒙恬获罪，自有辨明之日，不能因此乱了大军阵脚。万里长城，万里防区，九原是中枢要害也。九原一乱，阴山大门洞开，匈奴铁骑立即会卷土重来！身为大将，诸位该当清楚这一大局。诸位切记：只要陛下神志尚在，老夫之冤终将大白！只要九原大军不乱，华夏国门坚如磐石！因老夫一己恩怨而乱国者，大秦臣民之败类也！"

在九原大道南下的十里郊亭，蒙恬接受了王离与将军们的饯行酒。临上刑车之时，蒙恬对一脸仇恨茫然的将士们说了一番话："将士兄弟们，我等皆是老秦子弟，是秦国本土所生所养，身上流淌着老秦人的热血。数千年来，秦人从东方迁徙到西方，从农耕渔猎部族到草原农牧部族，再到诸侯秦国，再到天下战国，又到一统华夏之九州大邦，如此赫赫功业，乃老秦子弟的热血生命所浇灌，乃天下有为之士的热血生命所浇灌……蒙恬走了，不打紧。然则，你等要守在这里，钉在这里，不能离开一步。不管国中变局如何，只要万里长城在，只要九原大军在，大秦新政泰山不倒！"

听着阎乐禀报，看着书吏卷录，李斯良久无言。赵高一脸的轻蔑冷漠，全然一副意料之中的神色。胡亥则惊愕万分，连连打起了酒嗝，想说想问却又吐不出一个字来。直到五更鸡鸣，还是李斯断然拍案，明白确定了后续方略，这场庆贺小宴才告完结。赵高对李斯谋划连连点头却又漫不经心，反倒是对阎乐着意抚慰褒奖了一番，临出门时拍着阎乐肩膀明白道："后生可畏。回到咸阳，便是老夫女婿也！"阎乐顿时涕泪交流，扑拜在赵高脚下了。

次日，李斯与太子胡亥合署的返国书令颁下了。

三日之后，皇帝大巡狩行营仪仗轰隆隆开出了幽静萧疏的甘泉山，在宽阔的林荫驰道上浩荡铺开南下秦川了。沿途庶民相望风传，争睹皇帝大巡狩还国的人群络绎不绝地从泾水河谷向关中伸展着。关中老秦人皆知，皇帝大巡狩都是从函谷关归秦，这次却从九原直道经甘泉宫南下入咸阳，是第一次从老秦腹地归来。在老秦人的心目中，皇帝的行止都是有特定含义的，这次从北边直下关中腹地，也一定是基于谋国安民而选定的路径。多方揣测众说纷纭，最后的大众认定是：皇帝从甘泉宫沿泾水河谷再入郑国渠大道南下，定然是要巡视关中民生了；毕竟，自灭六国而定天下，皇帝马不停蹄车不歇道地奔波于天下，关照的都是山东臣民，对秦人，尤其对关中所剩无几的老秦人，却一次也没有亲临关照过，也该走这条道了！五月之后，关中老秦人风闻郎中令蒙毅"还祷山川"，便一直纷纷扰扰地议论着皇帝的病情，加之山东商旅带来的种种传闻，关中民心一直是阴晴无定。进入八月，关中秦人得闻皇帝行营已经从直道进入甘泉宫，心下顿时舒坦了许多——能在甘泉宫驻跸避暑，显然是天下无大事也！否则，以皇帝的勤政劳作之风，断不会安居养息。唯其如此，一闻皇帝行营南归，关中老秦人厚望于国忠君守法的古道热肠便骤然迸发了。从泾水郑国渠的渠首开始，家家扶老携幼而来，三百里人潮汪洋不息，皇帝万岁的呐喊声震动山川。最终，虽没有一个人见到皇帝，关中老秦人还是自觉心安了许多。皇帝老了，皇帝病了，只要老秦臣民能为老皇帝祈福祷告踏歌起舞也就心满意足了，皇帝当真出来，人山人海的谁又能看见了？

老秦人没有料到，喜滋滋心情犹在，连番惊雷便当头炸开——

国府发丧，皇帝薨了！

皇帝曾下诏，皇长子扶苏自裁了！

皇帝曾下诏，大将军蒙恬死罪下狱了！

皇帝有遗诏，少皇子胡亥立为太子了！

少皇子胡亥即位，做秦二世皇帝了！

天下征发刑徒七十余万，要大修始皇帝陵墓了！

二世说先帝嫌咸阳宫狭小，要大大扩建阿房宫给先帝看了！

上卿兼领郎中令蒙毅被贬黜陇西领军，功勋望族蒙氏岌岌可危了！

中车府令赵高骤然擢升郎中令，并执“申明法令”之大权，侍中用事了！

陇西侯李信的十万大军不再屯卫咸阳，被调回陇西了！

三公之一的御史大夫冯劫被莫名罢黜，形同囚居！

谁也不知其为何人何功的皇族大臣嬴德，骤然擢升为御史大夫了！

武成侯王翦的孙子王离由一个裨将，骤然擢升为三十万大军的九原统帅了！

丞相李斯开府令权大增，可以不经皇帝“制可”而直颁政令了！

二世胡亥要巡狩天下，示强立威了！

……

快马飞驰使者如梭，连番惊雷在九月深秋一阵阵炸开，关中老秦人蒙了，天下臣民都蒙了。无论是郡县官吏，无论是士子商旅，无论是市井乡野，无论是边陲腹地，无论是生机勃勃的秦政拥戴者还是隐没于山海的六国复辟者，举凡天下臣民，都在这接踵而来的巨大变异面前心惊肉跳，震惊莫名。人们不可思议，人们难测隐秘，人们惊骇莫名，人们感喟不及，人们无由评说，人们茫然无措。广袤九州，无垠四海，以郡县制第一次将诸侯分割的古老华夏连为一个有机整体的帝国天下，第一次出现了弥天漫地的大心盲。事实狰狞如斯，任何智慧都苍白得无以辨析了，任何洞察都闭塞得无以烛照了。始皇帝何其雄健，竟五十岁盛年而亡！始皇帝何其伟略矣，竟下得如此一连串匪夷所思的诏书！长公子扶苏何其大才矣，竟莫名其妙地自裁了！大将军蒙恬何其雄武矣，竟能自甘下狱待死！少皇子胡亥何其平庸矣，竟能骤然登上皇帝大位！御史大夫冯劫何其忠直勋臣矣，竟能在二世即位大典上被骤然罢黜！嬴德何其老迈昏聩矣，竟能骤然位列三公而监政！赵高一个阉宦中车府令，竟能做统领皇帝政务的郎中令！还要执申明法令之权而侍中用事！关中宫殿台阁连绵不断，二世竟然嫌咸阳宫狭小！七十万刑徒云集骊山，丞相府不以为隐患，反以为消除复辟隐患！……

黑变白，白变黑。

天地大混沌了，人心大混沌了。

九州四海臣民在战国末世的一统潮流中锤炼出的所有铁则，所有常识，都惊天动地地大逆转了！天下口碑巍巍然的雄武勋臣，如山般一座座轰然崩塌了。天下皆为不齿的庸才饭袋，如突发之弩箭令人炫目地飞升了！显然大谬的政略决断，一道道皇皇颁行了！除了庶民们久久盼望的宽法缓征没有颁行新政令，一切都在九月这个沉甸甸谷穗入仓的时节神奇地飞旋着眼花缭乱地颠倒了。一时间，人们连“阴阳失序，乾坤错乱”这般话也不敢说了。因为，所有的人都在怀疑，世间还有没有阴阳乾坤这样的天地秩序与治世之道。笃信帝国法治的天下臣民困惑了，松动了。人们分明地看见了一种可能：一种微小而卑劣的渺渺物事，诡异且轻而易举地撬动了巍巍山岳般的新政帝国，庙堂构架已经倾斜得摇摇欲倒，帝国山河正在隐隐然滑向深渊。而这一切，竟然都是在短短的夏秋之交发生的，迅雷不及掩耳，飓风不及举步，整个天下都陷入了巨大无边的梦魇……

汹汹天下之口，寂然失语了。

第一次，天下臣民对功业亘古未闻的始皇帝的国丧，麻木得没有了动静。最是遵奉国政的咸阳市井，连当年吕不韦死去时遍搭灵棚的哀伤祭奠都没有了。乡野没有了送别圣贤帝君的由衷野哭，都会没有了失却雄武天子的失魂悲怆。九州四海，官民一体，都被一种对未知的无形而狰狞的天命的莫名恐惧劫掠了……

这便是公元前210年的深秋时节，天下失语，帝国失魂。一代旷古大帝骤然留下的巨大权力真空，被一场发端于私欲的荒诞政变所填充，轰轰然前行的帝国新政倏忽大变异，华夏大地陷入了前所未有的大迷茫之中。

四　李赵胡各谋　帝国法政离奇地变异

只有李斯赵高胡亥三人的心思，仍在亢奋地旋转着。

三人都不约而同地开始了雄心勃勃的谋划。李斯的信念在做摄政周公，自然谋划的是安定天下的大政长策。也就是说，二世新政如何发端，李斯得真正按照自家的主张拿出整体方略来。没有了目光如炬的始皇帝盯着自己，李斯轻松了许多，大展才具的雄心勃勃燃烧起来。然则，当李斯大笔落下时，笔端却再也没有了那种坚实酣畅的流淌喷发，自以为成算在胸的种种方略倏忽间缥缈起来了。骤然之间，李斯想不出在秉持秦法遵奉始皇帝之外，还能有如何创制新政的长策伟略。而若仅仅如此，自己岂非只能亦步亦趋地效法始皇帝？果真如此，这孜孜以求的如同“商鞅变法”一般的“李斯新政”的名号如何矗立得起？第一次，李斯有了一种独步天下而一筹莫展的空落落之感。再没有皇帝可以事先指点要害了，再没有群才济济一堂的会商激发了；执帝国大政而英才独断，这个念兹在兹的权力境界一朝在手，李斯才具反而不知流散到何处去了。走扶苏蒙恬的宽法缓征之路么？新倒是新，可李斯信誓旦旦地维护秦法秦政，又明白无误地反对扶苏政见，而今，李斯能掌掴自己么？冥思苦想竟日，李斯终归还是无可奈何地长叹了一声，天宽地阔，自己面前的路却只有一条也！

虽则如此，李斯还是将这件别人无法品咂个中滋味的大事，做得虎虎生气。二世胡亥的即位大典上，李斯当殿呈上了一卷《安国新政书》。亢奋得面色通红的胡亥稍事浏览一番，立即依赵高密嘱，当殿批下了三个字：“制曰：可。”李斯要的便是这般形同摄政的尊严与权力，而不是始皇帝时期的当真审阅当真会商。大感欣慰之余，李斯捧书回到丞相府，立即开始了大肆铺排。

李斯的新政方略是十六个字：大尊皇帝，秉持秦法，整肃朝局，示强天下。

这十六个字，在李斯上书中化成了十件具体大事：

其一，以旷古大格局修建始皇帝陵墓，以彰显大秦法政之不朽功业。

其二，集天下刑徒七十万于骊山建墓，以消除刑徒被复辟势力利用之隐患。

其三，独尊始皇帝寝庙为帝者祖庙，大秦天子世代正祭。

其四，关中宫殿未尽者，以阿房宫为要，可扩建重起以宣秦之富强。

其五，外抚四夷，尽征胡人材士，成五万之旅屯卫咸阳，李信军重回陇西。

其六，改蒙恬以北地民力屯卫长城之策，征发中原民力，屯卫渔阳等边郡。

其七，申明法令，以明法大臣赵高为监法用事之臣，查究奸宄不法之徒。

其八，整肃朝政，罢黜冯劫，以皇族大臣嬴德为御史大夫监政。

其九，增丞相府属官，许丞相政令直颁郡县。

其十，二世皇帝当秉承始皇帝政风，巡狩天下，示强政以威服海内。

举凡上述诸事，李斯虽深感器局太小，然落到实处毕竟皆有深意，也就只好罢了。李斯十事之要害，在于整肃人事，以达成李斯掌控国政之实际所求。精明的李斯在备细揣摩了赵高之后，第一次大悟了“结人可成势位”的奥秘。试想，赵高若不将少皇子胡亥这个要害人物掌控手中，纵然欲图宫变，小小中车府令焉能为之？反之，李斯当年若诚心结交扶苏，又岂能因患失权位而拥戴庸才胡亥？又岂能处处受制于一个小小中车府令？人事至要哉！势位至要哉！基于此，李斯的政事举要皆含人事之议。也就是说，每事之议，必给二世胡亥明白举荐担纲此事的人物，说是举荐，实则是要胡亥照本批下，而不能像始皇帝时期那样由皇帝遴选决断任事之人。对此，此时的李斯尚深具信心。

始皇帝陵墓与宫殿重起事，李斯举荐皆由少府章邯统领。公然理由是人人皆知的，章邯将军出身，既能威服刑徒，且精于统辖器用制作之百工，又掌皇室财赋苑囿，便于梳理各方以和衷共济；真实心思李斯却不必说出，章邯是秦军能才大将中唯一拜服李斯者，如九卿文臣之中的姚贾，堪称李斯之左右臂膀。征发胡人材士，则意在将李信的十万陇西军调离咸阳，又使贬黜蒙毅领军陇西有了一个最妥当的说辞，此举乃安定关中之一大要害也。改蒙恬之策，从中原征发民力戍边，则意在向新任九原大将王离施压：你若一切秉承蒙恬之策，则丞相府与皇帝必不能放任！王离乃两世名将之后，又与李斯素来疏远，定要多加制约也。明法举荐赵高，则是李斯与赵高之人事交易耳。赵高与二世一体，其“势位”难以动摇，若不使其得益，势必事事掣肘。为此，李斯非但欣然赞同了二世胡亥在即位大典上唯一的一道封黜诏书：罢黜蒙毅，擢升赵高为郎中令；且又以举荐之法，送给赵高一项更大的权力——申明法令之监法大臣。对李斯而言，此一举两得也：一则换取赵高支持自己统政，二则搬去冯劫这方硬石头。若非如此，则赵高不会支持罢黜冯劫。自然，并非赵高与冯劫同心，而是李斯与赵高都很清楚，冯劫的监政之权对李斯的威胁远远大于对赵高的制约，再以那个对李斯几乎是唯命是从的皇族大臣嬴德代替冯劫，则朝政格局有利于李斯甚矣！

至于丞相政令直达郡县，则是李斯的摄政根基所图。依照大秦法政，开府丞相的领政权依旧有一层制约，这便是任何以丞相府名义颁布的政令，都得有皇帝的制书批示，便是那“制曰：可。”三个字。而李斯所请之直达郡县，便是要不再经过皇帝制书之程式，由丞相府直接号令天下郡县。果能如此，则李斯便能在很短时日内，将自己的长子李由做郡守的三川郡变成李氏部族的根基所在，使李氏之实际威势形同旧时诸侯。小吏出身的李斯，很是看重拥有一方土地而根基极深的旧时世族贵胄，甚或很是看重赫赫仪仗所生发的权力尊严。然则，自从当年那次声威赫赫的车骑仪仗被始皇帝无意发现而露出不悦，李斯立即知趣地收敛了。虽则如此，李斯欲使李氏后世子孙摆脱布衣身份而变成贵胄世家公子的远图，一直深深植根于心海深处。今日大权在握，宁不乘机而为哉！

赵高之思谋所图，则与李斯大相径庭。

不需思谋天下大政，赵高所虑者，尽在扩张权力也。自沙丘宫风雨之夜李斯未开遗诏，一种突发的权力欲望便在赵高心头迅猛地滋生起来，到甘泉宫李斯进入符玺事所，赵高的宫变谋划已经清晰起来了。诸般事端不可思议地顺利，法治铁壁上的那道缝隙已经被赵高完全看清楚了——秦法虽然整肃森严，然则在作为律法源头的庙堂，却有着很大的回旋余地。也就是说，法治风暴的旋转轴心里，有一方法度无法制约的天地，这便是“成法立制，终决于人”的最高程式。也就是说，以皇帝为轴心的庙堂，是天下律法的源头；皇帝的意志，更是庙堂权力分配的源头。常人难以明白的奥秘，在久处幽冥心境的赵高眼里却越来越清晰：无论秦法多么森严整肃，可决定庙堂格局的权力却始终掌控在皇帝位阶，只要不急于改变诸如郡县制之类的涉及天下根基的大法，而只求庙堂权力转移到自己手中，其斡旋余地是极大的。此间根基，便是夺取皇帝之位。

列位看官留意，赵高并没有将皇帝看做任何一个个人，而是看做一种势位。也就是说，在赵高心目中，任何人登上皇帝宝座而拥有势位，都可以改变权力格局，纵然森严整肃如秦法也是无法制约的。如此法治缝隙之下，自己手中恰恰拥有胡亥这个少皇子，宁非天意哉！此间要害，便是确保运筹权力期间天下大政不乱。否则，帝国一朝倾覆，赵高纵然做了皇帝还不是乱军乱民之阶下囚一个？要确保天下服从自己的驾驭，便得有能臣确保最初的大局稳定。成此要害使命，李斯再合适不过也。天赐李斯以大才丞相之位，天赐李斯私欲处世之心，宁非天意哉！前有胡亥开道，后有李斯护卫，赵高之居中图谋岂能不大放异彩？及至扶苏死而蒙恬入狱，赵高已经确信自己的谋划大获成功了，下一步方略只有一个，便是尽可能地拓展权力，尽早地将整个天下装进赵氏行囊！赵高记得，那夜聚酒庆贺扶苏死去时，醉眼蒙眬的自己忽然生出了一丝喜极而泣的悲哀——惜乎赵高无子，只能一世一人穷尽权力，子孙富贵不复见矣！

及至咸阳发丧胡亥即位，赵高的权力运筹已经自觉游刃有余了。

亢奋的胡亥大显憨痴，即位前夜在太子府召见赵高，辞色殷殷，一心要赵高做丞相取代李斯，至少取代冯去疾做右丞相。赵高哭笑不得，很是费了一番唇舌，才说得胡亥点头了：即位大典只擢升赵高做郎中令，其余人事皆听李斯所奏。胡亥好容易明白了赵高反复申明的大势：此时李斯无人可以取代，必须放权任事；此时右丞相形同虚设，老师不能做既招人恨又没有实权的空头丞相；郎中令统领皇帝政事系统，不能仍然被蒙氏把持，要罢黜蒙毅，老师做郎中令名正言顺。赵高很清楚，在扶苏身死蒙恬下狱之后，胡亥对蒙毅已经不惧怕了，不想再整治蒙氏了。然则，赵高不能松心。蒙氏，尤其是几乎曾经要杀掉赵高的蒙毅，是赵高自来的心病，不根除蒙氏，赵高寝食难安。赵高一力坚持，立即罢黜蒙毅，且不能教蒙毅留在关中。胡亥原本想给蒙毅换一个九卿大臣位作罢，可赵高反复申述种种道理，绕得胡亥云山雾罩，又只好点头了。如此不疾不徐，赵高在二世皇帝即位大典上，一举做了郎中令，位列九卿。

回到府邸，族弟赵成与刚刚成为赵高女婿的阎乐，设宴为赵高庆贺，称颂喜庆之情溢于言表。赵高却板着脸道："九卿之位何足论也！老夫少年为宦，追随先帝四十余年死不旋踵，救难先帝不知几多，与闻机密不可胜数；修习法令，力行文字，教习皇子，安定皇城；老夫之功，几同列侯矣！先帝不封赵高，赵高自甘犬马。然先帝已去，天下无人可使老夫服膺也。今日老夫出山，九卿之位小试牛刀耳，何贺之有哉！"一番训诫，赵成阎乐等无不万分景仰，纷纷拜倒受教，赵高这才高兴得呵呵笑了。

目下，赵高谋划的要害是应对李斯，而不是胡亥。

对于李斯，赵高看得越来越透了。在秦王时期，赵高是敬佩布衣李斯的。尤其是李斯奋然向秦王呈上《谏逐客书》时，亲历《逐客令》险象的赵高对李斯简直视若天神了。赵高奉命驾驭王车追赶李斯于函谷关外，奋不顾身地将李斯背着下山，赵高是心甘情愿的。李斯重回泾水工地日夜劳作谋划，朝野有口皆碑，赵高也是景仰唯恐不及的。李斯为长史用事，统领王城政务，孜孜勤政夙夜不息地与秦王并肩操劳，赵高更是日日亲见的。那时候，赵高一心一意地操持侍奉包括李斯在内的秦王书房事务，不仅是尽职尽责，也实实在在地融会着他对秦王对李斯的十二万分的景仰与敬畏。这便是赵高，敬你服你，可为你甘效犬马之劳，不敬你不服你，便会将你踩在脚下。赵高终生甘为秦王嬴政与始皇帝嬴政之悍奴，虽嬴政身后不敢出轻慢之辞，根基在慑服于嬴政皇帝之品性才具也，非独恪尽职守也。而对于李斯，赵高是日复一日地渐渐浸润出另一种感觉的。

虽非大臣，赵高却几乎“参与”了数十年中所有的大大小小的朝会。在繁忙的进进出出的事务操持之中，赵高星星点点地积累起对每个大臣的独有体察。王翦的持重寡言，蒙恬的勃勃生气，王贲的简约直率，尉缭的隐隐玄机，顿弱的滔滔机变，姚贾的精明思虑，郑国的就事论事，胡毋敬的略显迂阔……无论这些大臣们朝会之风如何，都有一个相同处：惊人的坚韧，惊人的固执己见，非反复论争而不能达成同一。渐渐地，赵高不经意地有了一个反复累积反复加固的记忆：李斯是朝会会商中的一个特异人物，极少与人争持，极少固执己见。而李斯每次提出的方略对策，大多总是与皇帝不谋而合，是故，因李斯主张而引发的论争也极少。在赵高的记忆里，似乎除了诸如郡县制与封建制等皇帝特诏下议的几次重大国策，几乎没有过因李斯对策而引发的轴心朝会的论争……当时，赵高心下只有一个评判：李斯机变处世，晓得与皇帝事先会商，确实聪敏也！

后来，李斯的长子李由出任三川郡守，李斯并未力拒；李斯的一个个儿子与皇帝的一个个公主互嫁互婚，李斯也大有欣慰之情，毫无王翦那种越是功高越是自谦的谨慎。后来，李斯彰显威势赫赫的车骑仪仗，被皇帝不经意发现而不悦，李斯因公主儿媳之关系，立即得到宫廷内侍秘密消息，立即收敛了车骑仪仗。皇帝因此大为恼怒，认定此等口舌是非搅扰君臣相处，但却追查不出何人传播消息，遂全数杀了那日跟随的侍从。如此重大事端，李斯却一无承担，听任十余名内侍侍女被杀。巧合的是，那次被杀者大多是赵高委派的亲信内侍侍女。赵高无从发作，便对李斯大为恼恨，第一次对李斯生发出一种异样的警觉：此人以利己为本，善变无情，得小心躲避为是。

那时，赵高对权势赫赫的李斯是无可奈何的。

王翦王贲父子相继离世后，操持完王贲葬礼的皇帝与李斯有一次夜半长谈。那次之后，警觉的赵高第一次从李斯离开皇城的背影步态中，觉察到了李斯的落寞失意。大巡狩中，每日都与李斯相见的赵高，更觉察到李斯的沉重心绪。皇帝与郑国秘密会商，与顿弱秘密会商，李斯都没有与闻；皇帝中途发病，秘密派遣蒙毅返回咸阳预为安置，李斯也不曾与闻；赵高接手皇帝书房事务，李斯也不曾与闻。也就是说，大巡狩途中的李斯，除了挂一个行营总事大臣的头衔，似乎已经隐隐被排除在轴心决策之外了。那时候，赵高是幸灾乐祸的。为了那不明不白死去的几个亲信，赵高等待着李斯这座大山的崩塌……

然则，皇帝突兀地死了，一切都骤然地改变了。

从沙丘宫的风雨之夜开始，赵高不得不重新审视自己对李斯的仇恨了。皇帝没有了，李斯便是巍巍泰山了。无论皇帝临终时李斯如何隐隐失势，毕竟没有成为事实。皇帝驾崩之后，天下厚望依然在李斯。为此，赵高对胡亥说了真话，此事没有丞相合谋，事不可成。那时，赵高对李斯可说只有三四成胜算，毕竟，李斯位极人臣大权在握，很难有使其动心的诱惑物事。赵高反复思虑，选择了未来的危险与可能的功业。说动李斯的方式，赵高很是斟酌了一番。说动李斯，不能从大政功业入手。一则，论大政功业，自己远没有李斯雄辩滔滔；二则，赵高需要李斯认为自己不通国事，也不求功业，而只求保身。然则，赵高又必须将李斯的思绪引向功业。赵高确信，若仅仅是保权保位，而没有未来的皇皇功业诱惑，李斯未必动心。毕竟，扶苏蒙恬以李斯为牺牲替皇帝开脱，只是一种可能，而且是极小的可能，赵高可以夸大这种可能，但不能保证李斯相信这种可能。所以，赵高必须以开启遗诏为由，营造深谋深谈的情境，再以扶苏即位后有可能对李斯形成的威胁入手，做出一心为李斯设谋，同时也为自己后路设谋的两利格局，使李斯最大可能地相信这一结局之成功得利最大者是李斯，从而最终使李斯成为同谋。一心只为李斯而不为自己，必然显得虚假，李斯未必相信；只为自己而不及李斯，看似直奔立帝大格局，然李斯必然会断然拒绝。此间之微妙尺度，尽在赵高心中。赵高按照谋划，在甘泉宫的符玺事所与李斯做了彻谈，合谋成功了。

及至李斯在扶苏自杀前后忧喜无定，赵高几乎是完全把握了李斯。

当阎乐携带李斯制作的假诏书前往九原后，旬日不见消息，李斯忧心忡忡，几次颇见痛悔；而得扶苏自杀消息后，李斯又大喜痛饮，其执意不坚体现得淋漓尽致矣！面对如此李斯，赵高残存的些许景仰与敬畏也都烟消云散了，并油然生发出另一种心境，这便是蔑视与不齿。至此，赵高深信，从庙堂剔除李斯，只剩下最后一段路了。

这段路，便是支持增大李斯权力，使李斯在大展雄才的施政作为中陷进无边的泥沼。赵高之所以确信李斯会陷进泥沼，之所以确信增大李斯权力不会使李斯真正成势而危及自己，其根本之点，在于赵高对李斯两则弱点的深彻把握。其一，李斯为政好大喜功，极善铺排，极重功业口碑。山东士人亦尝言，始皇帝好大喜功。赵高却以为大大不然。始皇帝为政，非但确实有亘古未闻的大器局，且精于聚天下之众力以成事，更有铁志雄心，善激发，善用人，善决断等等常人难以企及的天赋秉性与才具聚于一身，所以谋大事无一不成。且看始皇帝毕生作为，事事石破天惊而无一不恪尽全功，铁铮铮明证矣，何谈好大喜功哉！李斯不然，有皇帝谋划大政之才，而无皇帝实施大政之种种实力。仅仅执意不坚这一点，便使赵高确信：李斯成不得任何真正的功业。善谋者未必成事，此之谓也。更何况，一班元勋零落之后，李斯几乎是独木一柱了，成就功业岂非痴人说梦？然则，李斯早已经自负得忘记了这一切。唯李斯好大喜功，急于在天下臣民中树起“李公安国，功莫大焉”的口碑，便必然地要生发出诸多事端。其时，李斯安能不陷入泥沼，焉能不成为砧板鱼肉矣！

其二，李斯弄权颇显迂阔，私欲既深却又看重名士气度，于权谋之道显得大而无当。赵高认定，欲弄权谋私，便要心黑术厉而不能有名士顾忌，且要舍弃功业之心。李斯不然，心有私欲而半遮半掩，权术谋划则欲做还羞，既欲谋私，又欲谋功，既做小人，又做君子，事事图谋兼得之利，必然事事迂阔不实。假造诏书逼扶苏蒙恬自裁，李斯大大地心有不安，却也依旧做了。罢黜冯劫蒙毅，李斯也老大不忍，还是终究做了。只要李斯依然看重大秦创制功臣的天下名分，依然力图秉承秦政护持秦法，李斯的谋功之志便必将与谋私之实南辕北辙，最终活生生撕裂李斯。一个既矛又盾的李斯，在庙堂权谋运筹中必将左支右绌，既威胁不到赵高，又将层出不穷的漏洞彰显于天下，如此李斯者，不倒不灭岂有天理哉！

种种思虑之下，赵高谋划了两则对策。一则，遵奉李斯，以骄其心。也就是说，赵高要支持李斯的力行新政，要胡亥这个皇帝听任李斯铺排国事，要使李斯实实在在地觉得他的功业之路已经踏上了正途。二则，静观时日，雕琢胡亥。那个刚刚做了皇帝的胡亥，是赵高的根基。没有胡亥，赵高甚也不是。可这个胡亥也二十一岁了，说长不大也长大了，常有匪夷所思之心，常有匪夷所思之说，赵高不得不小心应对了……

三人之中，胡亥图谋者全然不同。

胡亥做梦也没想到，自己竟能做了皇帝！尽管从沙丘宫开始，皇帝梦已经开始了两个月余，胡亥还是云里雾里不知所以。始皇帝方死之日，胡亥被赵高描摹的险境笼罩了心神，终日心惊肉跳，祈求的最好前景，也就是安居一方自保而已。扶苏自裁前，胡亥虽然已经被拥立为太子，然整日眼见赵高与李斯心事重重，更恐惧于赵高描摹的扶苏称帝后的杀身之祸，胡亥夜来常常被无端梦魇吓得失声尖叫，根本没有做太子的丝毫乐趣。直至回到咸阳，在举国发丧的悲怆惊愕中登上了皇帝大位，胡亥还是如芒刺在背不得舒坦，即位大典上大臣们的冰冷目光总是让胡亥心头发毛。如此心境姑且不说，言行举止还得处处受制。朝会散了，不能如同既往那般优哉游哉地与侍女内侍们博戏玩闹，得坐进书房，一卷一卷翻阅那一座座小山般的文书，活活将人镶嵌在文山书海里，憋闷得透不过气息，当真岂有此理！第一夜坐到三更，胡亥无论如何受不住煎熬，鼻涕眼泪纵横流淌，哭兮兮歪倒在硕大的书案上呼呼大睡了。闻讯赶来的赵高大皱眉头，连忙吩咐两名侍女将胡亥背进了寝宫。

不料，次日五更鸡鸣，胡亥正在沉沉大梦中兀自呵呵痴笑，却被督宫御史唤醒了，说有要紧奏章呈进，皇帝得立即批下。尚在懵懂大梦的胡亥顿时怒不可遏，一脚踹翻了御史，自己也坐地号啕大哭，连声哭喊不做皇帝了。已经是郎中令的赵高匆匆赶来，屏退了左右内侍侍女，沉着脸亲自给胡亥穿戴好衣冠，又亲自扶着胡亥走进了东偏殿书房，翻开那卷紧急奏章放置在案头，将铜管大笔塞进胡亥手里，示意胡亥批写诏语。

胡亥懵懂摇头道："写甚？不是有丞相么？"赵高哭笑不得道："陛下，丞相是丞相，皇帝是皇帝，皇帝比丞相大。便是丞相做事，也要皇帝批下准许方可。"胡亥满面愁苦地瞄了一眼奏章，大有不耐道："他说要在陈郡征发民力，戍边渔阳，我能说不行么？"赵高道："陛下是皇帝，自然能说不行。然则，这件事不同，皇帝得说行。""为甚？"胡亥倏地一笑，"不是说能说不行么？"赵高目光一闪道："皇帝要说不行，便没人守护国门了。没人守护国门，匈奴便打来了。匈奴打来，皇帝就没有了。"胡亥惊讶道："皇帝没有了？皇帝做甚去了？""咔嚓！"赵高做了个剑抹脖颈的架势，"皇帝被人杀了。""噢！被谁杀了？"胡亥大是好奇。赵高一脸认真道："被匈奴杀了。"胡亥顿时恍然大悟："噢——，明白了！我是皇帝，他是郡守；郡守接丞相令要征发民力戍边，皇帝要说不行，匈奴便要打过来；匈奴打过来，皇帝便被匈奴杀了。可是？"赵高连连点头："陛下天资过人，大是大是！"胡亥不耐道："如此简便事，奏章却说得这一大片繁杂，真愚人也！"赵高一拱手道："陛下天赋异禀，方能贵为天子，与愚人何计？批下奏章便是了。"胡亥方一提笔，两只大眼一扑闪道："能行两字好写得紧，不难不难。"赵高连忙一拱手高声道："陛下不可！不能写能行！"胡亥很觉聪明地一笑："怪也！说能行又不写能行，写甚？写不行么？"赵高一步过来道："陛下得写'制曰：可。'三个字。此乃皇室公文典则，'能行'不作数。""典则？典则是甚？"胡亥又茫然了。赵高一脸苦笑道："典则，就是法度，就是程式，就是规矩。从皇帝到百官，都得照着来。"胡亥又顿时恍然大悟："噢——！与博戏一般，你走一步，我走一步，走到何处，得有规矩。可是？"赵高连忙点头："大是大是，陛下天赋过人也！"胡亥呵呵一笑又突然大皱眉头道："皇帝规矩，便是天天写'制曰可'三个字。可是？"赵高一拱手道："陛下明察，大体不差，此乃出诏发令之权也。"胡亥连连摇头道："不好不好，甚规矩？谁不能写这三个字，非得皇帝写么？"

赵高脸色一阵青一阵白，终归勉力平静道："这三个字，任何人都写不得，只能皇帝自己写。不能写这三个字者，不是皇帝。"胡亥蓦地惊喜道："老师是说，能写这三个字者，便是皇帝了！"赵高被纠缠得终于有些不耐了，脸色一沉道："陛下若不喜欢写这三个字，那自然是能写这三个字者便是皇帝了。"胡亥蓦然愣怔一阵，费力地品咂着兀自念叨着，大有揣测哑谜一般的童心稚趣："皇帝若不写制曰可，便有人要写制曰可，凡能写制曰可三字者，便是皇帝。可是？"赵高嘴角一阵抽搐，突然一脸恐惧道："陛下若再不写，匈奴马队要来了！"胡亥倏地一惊，连忙道："写写写……写在何处？"赵高过来，指着盖有郡守阳文方印的卷末空阔处道："写。这里。"胡亥不再说话，竭力认真地写下了"制曰可"三个字，像极了赵高的笔法……

胡亥没有料到，随之而来的国葬使他大大地品咂到了做皇帝的快乐。

五　礼极致隆　大象其生　始皇帝葬礼冠绝古今

自九月以至入冬，李斯一直在全力操持始皇帝葬礼。

对于始皇帝国葬，李斯是尽心竭力的。胡亥接纳赵高举荐，发丧之后恭敬地拜李斯为主葬大臣，且颁行了一道诏书：丞相李斯得全权处置始皇帝葬礼事宜，举凡国府郡县官署得一体从命，否则以法论罪。李斯倍感奋然，当即拟就了一卷《致隆国葬书》呈上，胡亥立即批下了"制曰可"三个朱红大字。在春秋战国诸子百家中，将葬礼论说得最透彻的，当属李斯的老师荀子。荀子的《礼论》，其轴心便是论说葬礼。李斯之所以要郑重上书，便是要以老师立论为根基，将始皇帝葬礼操持成有大师学说为根据的亘古未见的盛大葬礼。李斯由衷地以为，这既合始皇帝超迈古今的大器局，也很合目下安国之要义。李斯在上书开首，先大篇引述了老师荀子的葬礼论：

礼者，谨于治生死者也。生，人之始也。死，人之终也。终始俱善，人道毕矣！……故死之为道也，一而不可再得其复也。臣之所以致重其君，子之所以致重其亲，于是尽矣！故，事生不忠厚，不敬文，谓之野；送死不忠厚，不敬文，谓之瘠（刻薄）。君子贱野而羞瘠，故天子诸侯棺椁七重……，使生死终始若一。一足以为人愿，是先王之道，忠臣孝子之极也。天子之丧动四海，属诸侯……若无丧者而止，夫是之谓至辱。

丧礼者，以生者饰死者也，大象其生，以送其死也。故如生如死，如亡如存，终始一也……是皆所以重哀也。故生器文而不功，明器貌而不用。凡礼，事生，饰欢也；送死，饰哀也；祭祀，饰敬也；师旅，饰威也。是百王之所同，古今之所一也，未有知其所由来者也。故，圹垄（陵墓），其貌象室屋也；棺椁，其貌象版盖斯象拂也……上取象于天，下取象于地，中取则于人，人所以群居和一之理尽矣！故三年之丧，人道之至也。复是谓之至隆，是百王之所同，古今之所一也！……三月之殡，何也？曰：大之也，重之也，所致隆也！

列位看官留意，荀子的葬礼说，给后世解读始皇帝陵墓奥秘提供了必须的路径，然却极少为人注意。至少，荀子关于葬礼的四个基本立论，已经被史书记载的始皇帝葬礼与后来的历史发掘与一定程度的科学探测所证实。其一，“大象其生，以送其死”——人之葬礼应当与生前身份相合。这一葬礼法则，决定了始皇帝葬礼与陵墓格局的空前绝后。其二，葬礼以“致隆”为要，不能失之刻薄（瘠）——人之葬礼以死者生前享有的礼遇为本，进而最大限度地隆重化。这一葬礼法则，是始皇帝葬礼与陵墓之所以穷极工程财富之能，而又为当时天下所接受的传统礼治根基，非胡亥李斯赵高的任何权力意志所能一意孤行也。其三，“圹垄其貌象室屋”——死者陵墓及地下寝宫之形制铺排近似于生前行为环境。这一葬礼法则，决定了始皇帝葬礼陵墓的诸如兵马俑军阵等种种盛大气象的现世所本，并非凭空臆想。其四，“上取象于天，下取象于地，中取则于人”——死者地下寝宫应当取诸天地人三象，以尽“人所以群居和一之理”。这一葬礼法则，见诸不同身份之人，可谓天差地别。然，即或庶民葬礼，至少也是当有者都有，庶民墓室上方的砖石上刻画星月以象天也是完全可能的。也就是说，荀子只提供了一种原则，实施之规模大小则取决于死者生前地位。

始皇帝葬礼陵墓依此法则展开，自然是宏大无比。《史记·秦始皇本纪》云：“……以水银为百川江河大海，机相灌输，上具天文，下具地理。以人鱼膏为烛，度不灭者久之……葬既已下，……树草木以象山。”此等地下宏大景象，已经被发掘出的兵马俑军阵，以及尚未发掘而进行的科学探测所大体证实：广袤苍穹星斗罗列，取象于天也；水银为江海河川，取象于地也；兵马俑军阵与庙堂朝会罗列陵城，中取于人也。

后人每每惊叹于始皇帝陵墓气象之瑰丽庞大，多将此等营造谋划之奇迹，本能地归结于秦始皇帝本人的超绝创制之才。其实不然，始皇帝一生劳碌繁忙于国事，五十岁之时骤然死去，无论其心志、其时日，都不可能从容地去铺排身后如此盛大的葬礼。这里只有一种可能：谋划力与想象力几乎与始皇帝匹敌的李斯，以荀子关于葬礼的法则为根基，最极致地营造出了格局惊人的隆盛葬礼，最极致地营造出了冠绝历史的宏大陵墓。合理的历史逻辑是：始皇帝葬礼与陵墓，几乎与始皇帝没有必然关联；人们忽视了后来变得灰蒙蒙的李斯，于是也将人类奇迹之一的始皇帝陵墓，变成了无法破解的奥秘。此乃后话也。

引述荀子之论后，李斯提出了始皇帝葬礼与陵墓的总方略：

> 先帝伟业，冠绝华夏而超迈古今，葬礼陵寝亦当如是也。老臣总司国葬，拟议方略：以荀子葬礼之说为本，大象其生，礼极致隆，陵极宏壮，室极深邃，工极机巧，材极精丽，藏极丰厚。非此，不足以大象先帝之生也！

胡亥批下上书后，李斯立即星夜聚集老奉常胡毋敬属下各署及博士宫全部博士，会商决断国丧与陵墓建造的总体格局。胡毋敬与一班博士对二世批下的李斯上书激赏不止，儒生叔孙通一言以蔽之："丞相既通法家之精要，亦通儒家之礼教，此葬礼方略深合荀儒之厚葬精义，大哉大哉！"于是，三日三夜会商之后，确定了葬礼与后续陵墓建造的总体格局。其中最大的创制，是一致认可了李斯提出的建造地面陵园的方略。

列位看官留意，盖古之中原葬礼者，有墓无园也，有墓无祭也。此所谓"古不墓祭"之说也[1]。也就是说，中原文明的古人，祭祖在宗庙（庶民谓家庙），而不到墓地祭祀；唯其不祭墓地，春秋战国及其之前的中原墓地，都是孤零零墓地而已，没有地面建筑而任其自然湮灭；这也是先秦墓地几乎没有地面痕迹的原因之一。墓地祭祀，原本是戎狄游牧部族之礼仪。因其居无定所，再加财力有限，没有建造固定宗庙家庙之可能，故有年年赶赴墓地祭祀之风习也。秦人自殷商时期进入西部，在戎狄部族海洋中半农半牧奋争数百千年，生存之艰难与戎狄部族无异，自然秉承了墓祭之风。今始皇帝必然有陵墓，秦人也必然要到墓地祭祀，既然如此，孤绝矗立之墓地，则有无以"大象其生"之缺憾。此，李斯创设园寝制之起因也，却非实质目标也。李斯之实质目标，是以可见的宏大的地面城堡式的陵园建造，大张始皇帝之万世不朽——始皇帝不朽，始皇帝庙堂运筹之李斯焉能朽哉！

何谓园寝？寝园也，安寝之园也。也就是说，使死者安寝于地下之地上园囿，便是园寝。李斯谋划的园寝制是：以始皇帝陵墓（山坟）为轴心，建造一座分为内城外城的壮丽城邑，内城周围五里，外城周围十二里，内外城俱有四座城门；其形制规模，远远大于春秋战国"三里之城，七里之郭"的寻常现世城堡；陵园城邑之内，除地下尽行铺排庞大军阵朝会等等宏大格局外，地面山坟一侧同时建造祭祀之宗庙，供皇室与天下臣民入庙祭祀。这一宗庙的正式名称是"寝庙"，也就是建造在陵寝的宗庙。

时当战国末世，在墓地建造宗庙（寝庙），堪称一件改变天下葬礼习俗的全新事物。李斯既创设园寝宗庙，本意自非仅仅供天下臣民自发地

---

[1] 古不墓祭之说，见《续汉书·祭祀志》。

流水祭祀，而是要成为一种祭祀定制，成为皇家正宗祭祀礼仪。为此，建造陵墓城邑一开始，李斯便特意与老奉常胡毋敬联名上书，请尊始皇帝寝庙，以始皇帝陵寝之宗庙为祭祀正宗所在。二世胡亥自然是立即写了“制曰可”三个大字，并破例将李斯胡毋敬上书发下让群臣议决。这大约是二世胡亥唯一的一次“下群臣议事”了。此时的大臣们已经是人心惶惶了，自然是无一异议。于是，主持议决的李斯与胡毋敬归总上书，明确定制为：“今始皇为极庙，四海之内皆献贡职，增牺牲，礼咸备，毋以加。天子仪当独奉始皇庙，以尊始皇庙为帝者祖庙。”自此，皇帝陵寝宗庙制正式确立。也就是说，自始皇帝陵墓开始，庙祭与墓祭合二为一了。相沿后世，华夏民族的墓祭风习日渐弥漫，终将清明节约定俗成为一年最为隆重的祭祀日。

自始皇帝园寝制创立，历代皇室相沿承袭渐成定制。后世史家对园寝制演变的解释是：“汉氏诸陵皆有园寝者，承秦所为也。前庙后寝，以象人君前有朝后有寝也。庙以藏主，四时祭祀。寝有衣冠，象生之具以荐新。”[1] 此乃后话。

自九月以至大雪飘飘的冬日，李斯一直深陷在连绵不断的盛大葬礼中。

要做的事情太多了，要颁行的政令太多了。若非李斯极善理事，任谁在这人心惶惶的时日也料理不清这头绪极其庞杂的种种事务。曾经总理过百万民力大决泾水的李斯，将一切礼仪细务俱交老奉常胡毋敬处置。李斯自己则只盯住两处要害不放：一则是葬礼总铺排与陵墓总格局，一则是须得即时解决的陵墓工程难点。第一则要害，关乎“礼极致隆”能否做到“大象其生”，自然得李斯亲决亲断。第二则要害，关乎庞大的园寝工程之成败，诸多难点虽是最为实际的细节，却恰恰得李斯亲自过问。

为决陵墓工程之难，李斯请出了交谊笃厚的郑国。

郑国已经耳背了，眼花了，苍老得步履维艰了，已经对国事不闻不问了。李斯高声大嗓，费力地比画着喊话一番。郑国好不容易听清了李斯来意：一则，这是大工师用武之地，非郑国莫属；二则，只要郑国坐

[1] 见《宋书·礼志》。

镇指点要害，余皆不问。思忖良久，这个酷好治水且一生醉心于揣摩工程的老水工，终于应了：“不涉国事，老夫走走看看。”当日，李斯立即将郑国秘密而隆重地护送到骊山工地，护送进章邯幕府，这才长长地出了一口粗气，心下稍见轻松了。李斯力邀郑国出山，自然非郑国通晓葬礼，而是郑国极擅解决工程之难。李斯确信，没有郑国这个千古奇才，这个亘古未见的地下大工程无法令人放心。

果然，有郑国坐镇，陵墓工程的诸多难点逐次一一解决了。

第一则，郑国立即改变了章邯平均使用工匠的做法，指点章邯法则：将八成皇城尚坊的能工巧匠集中编为大工营，率三万精壮刑徒，专一致力各种地下工程；其余两成尚坊工匠，率全部郡县工匠与数万民力，专一致力地面寝庙与制陶工程；剩余全部数十万刑徒，皆以施工官吏分部统领，分别致力于排水、取土、运土及石料砖料木料等各种原材料的采集输送。章邯依法施为，工效大见增长，一时连连大呼：“老水工运筹营造，神也！”

第二则，石料采集地的确定。始皇帝陵墓工程浩大，地下石料用量之巨犹过地面，从何方采石是一个很大的难题。郑国也不踏勘，探水铁尺远远伸出，敲打着章邯坐案后的地图，声音苍老高拔，生怕别人听不见：“玉料，取蓝田玉！材质粗韧，坚实耐磨。其余石料，泾水甘泉口山岩！石白，石坚，万世不足毁也！”章邯立即实施，分出二十万刑徒专一采石运石。至此，整个关中腹地渭水两岸日夜火把烛照天地，黑压压人群车马川流不息；未出旬日，沉重的拖拉巨石的号子声，遂变成了撼人肺腑的号子歌——运石甘泉口，渭水为不流，千人一唱，万人相钩！……据《关中胜迹图志》并《长安志》记载：始皇陵东南二里处（在当时园寝之内），尚有形似巨龟的佷石矗立，石高一丈八尺，周长十八步（秦步六尺，大体当今二十余米）；此佷石“置之骊山，至此不复动”。佷者，音同狠，意同狠；佷石者，狠石也，足见其庞大无伦。此等巨石开凿运输令人惊叹无由也！唐人皇甫湜题有《佷石铭》云：“佷石苍苍，骊山之傍。镵朴砻瘢，巋然四方。……发石北山，言礎于墓。故老相传，以佷名之。自昔太古，不封不树。有葛于沟，有薪于野。后圣有作，缘情不忍。为之棺椁，其在唐虞……视兹佷石，炯戒千春！”

第三则，取土之地的确定。骊山本身为山坟，其土不可取。然园寝为土木工程，用土量极大，焉能无取土之地？老郑国这次倒是坐着高车在骊山周遭转悠了几日，回来用探水铁尺敲打着地图道：“骊山东去，园寝外十余里，新丰水北岸有一土山，土色上佳。”章邯立即分出三万刑徒，赶赴新丰水土山昼夜取土。后世《水经注·渭水注》云：造陵取土，这座土山被挖成了一片巨大的深坑，其地淤深，水积成池与新丰水通，鱼虾生出。故此，后人将大坑呼之为鱼池，将新丰水呼之为鱼池水。

第四则，地下开凿之两难终归解决。始皇帝陵地下寝宫气象宏大，开凿尤为艰难。难点之一，骊山地下泉水丰沛，且多有温泉，凿地数丈便有泉水横流喷涌，要开凿数十丈之深简直无从着手。郑国乃天赋绝世水工，精于水事更精于水性，踏勘揣摩旬日，便谋划出一个施工方略：塞以文石，致以丹漆，锢水泉绝之而后开凿。

由于史料行文的简约，后世已经无法具体地知道这一方略究竟是如何具体实施的了。我们仅能大体描述为：用花纹巨石累积筑墙，并辅以铁条锢之，堵水墙外涂抹某种类似丹漆（红漆）的涂料，以堵塞缝隙渗漏，而后继续开掘。在此施工方略之下，连续凿过三层地下泉流（穿三泉），也成功堵塞了三层地下泉流（下锢三泉）。

此时，地下开凿突然遇到了一种奇异的境况。

《汉旧仪》描述这种状况为：“已深已极，凿之不入，烧之不燃，叩之空空，如天下状！”这便是第二个最大的难点：地下岩石层。举步维艰的郑国，被章邯亲自带领护卫甲士用军榻抬下了地下工地。火把之下，郑国全部踏勘了叩之空空的地下石层，最终长叹了一声：“天工造物，老夫无奈矣！目下之势，只能旁行开凿。欲图再深，无望也。”回到地面，章邯立即将郑国决断上书禀报了丞相府。李斯立即上书二世胡亥，请以郑国之法行事：可广不可深。二世胡亥请教赵高之后，批下了似乎颇有主见的两行文字：“制曰：凿之不入，烧之不燃，其旁行三百丈乃止。”

至此，始皇陵的庞大地下工程终止了深掘，不再求穷极于地了。

工程诸难决断之后，李斯最后的忙碌，是统筹谋划始皇陵地下寝宫的格局并全部藏物。李斯原定的葬礼总方略中，有“藏极丰厚”一则。在李斯看来，地下寝宫之藏物也必得做到“大象其生”，既满足始皇帝对天下珍奇的赞赏喜好，又彰显一统帝国拥有九州四海的惊人财富。因陵寝藏物须直接取之于皇室府库，李斯为此专门上书胡亥，请以皇室府库之三成财富藏入先帝陵寝。胡亥这次没有就教赵高，立即独断批下，其语大是惊人：“制曰：先帝国葬宜厚宜丰，举凡先帝生前所涉器用珍奇财货，一体从葬！先帝后宫非有子者，出焉不宜，皆从死！”

李斯接到诏书，心下大是不安了。

财富珍奇，厚藏可也。这人殉，可是早在战国初期便已经废除的骇人旧制，如何能再现于大秦新政？更有一端，战国废除人殉者，秦献公发端也，今复人殉，既有倒行逆施之嫌，更有亵渎先祖之嫌，岂非荒诞绝伦之举哉！尽管，胡亥诏书的实际所指李斯也清楚：是让曾经侍奉先帝寝室而没有生子的嫔妃侍女一体从死，而不是教后宫所有女子一体殉葬。纵然如此，大约也是百数上下甚或数百人等，何其酷烈矣！李斯本想谏阻，如同当年之《谏逐客书》一样奋然发声。可李斯思谋良久，还是打消了谏阻之心。毕竟，自己是主葬大臣，极尽隆盛而大象其生，是自己一力主张的；况且，胡亥的理由是侍奉先帝的女子放还民间是不宜的，毕竟不能说完全没有道理；而放还后宫之六国女子，恰恰又是李斯的后续新政之一，此时为后宫女子而谏阻，后续整肃后宫事势必胡亥不悦。当然，更为根本的是，李斯想要最大限度地减少自己走向摄政的阻力，便必须在某些不关涉大政的小事上容让胡亥；今恢复人殉固然骇人听闻，然毕竟不关涉后续大政，认真计较起来，刚刚达成默契的君臣际遇便很可能就此夭折……终于，李斯没有上书谏阻。在天下最需要李斯胆略的时候，历史却没有留下如同《谏逐客书》一般的雄文。李斯不置可否，对人殉保持了沉默，只全力以赴地操持地下寝宫格局与物藏种类了。

始皇帝陵之格局与丰厚物藏，历代多有记载，几则具有代表性的描述是：

《史记·秦始皇本纪》云：“（始皇陵）穿治骊山……穿三泉，下铜而致椁，宫观、百官、奇器珍怪，徙藏满之。令匠作机弩矢，有所穿近者辄射之。以水银为百川江河大海，机相灌输，上具天文，下具地理。以人鱼膏为烛，度不灭者久之。”这则记载中，值得注意者是“人鱼”一物。《史记正义》引《广志》云：“鲵鱼声如小儿啼，有四足，形如鳢，可以治牛，出伊水。”可知，这人鱼便是今日陕南犹有的娃娃鱼。又引《异物志》云：“人鱼似人形，长尺余，不堪食。皮利于鲛鱼，锯材木入。项上有小穿，气从中出。秦始皇冢中以人鱼膏为烛，即此鱼也。出东海中，今台州有之。”由此可知，当时此等人鱼尚有多处产地，捕捞虽难，然终不若后世那般珍奇。

《汉书·刘向传》云：“始皇葬于骊山之阿，下锢三泉……石椁为游馆，人膏为灯烛，水银为江海，黄金为凫雁。珍宝之藏，机械之变，棺椁之丽，宫馆之盛，不可胜原。”

《汉书·贾山传》云：“始皇死，葬乎骊山……下彻三泉，合采金石，冶铜锢其内，漆涂其外，被以珠玉，饰以翡翠，中成观游，上成山林。”

《水经注·渭水注》云：“秦始皇大兴厚葬……斩山凿石，下锢三泉，以铜为椁。旁行周回三十余里。上画天文星宿之象，下以水银为四渎百川五岳九州，具地理之势。宫观、百官、奇器、珍宝充其中。令匠作机弩，有所穿近，辄射之。以人鱼为灯烛，取其不灭者久之……项羽入关，发之，以三十万人三十日运物不能穷！关东盗贼，销椁取铜。牧人寻羊烧之，火延九十日不得灭。”

此外，尚有《太平御览》引述多种史料之描述，也还有《晋书·载记七》对石季龙盗掘始皇陵而取铜柱铸器的描述等。举凡后世所记述，大体皆以《史记》为根本衍生，其中诸多条则，后世皆不敢相信，每每多有质疑。譬如藏物极厚到何种程度，史家每每质疑项羽盗墓时“三十万人三十日运物不能穷”的财富规模。直至当代，始皇陵之地面城邑早已荡然无存，而地下发掘多有成果，科学探测亦部分证实史料记载之后，人们依然不敢相信，如此庞大辉煌的奇迹能在两千多年之前创造出来。而历史必将证实：去秦帝国百年的司马迁的记述是大体无误的，后人今人之种种质疑，大多是丧失历史想象力的结果而已。

六　天下孜孜以求的二世新政泡沫般飘散了

因国葬而颇显冷落的年关一过，疲惫已极的李斯重新燃起了一片心火。

还在去冬第一场大雪落下的时节，李斯已经开始筹划来年开春后的皇帝大巡狩了。二世胡亥与始皇帝不可同日而语，李斯自不会对其巡狩天下抱有何等奢望。李斯只存一个心思：使二世胡亥的大巡狩，成为宣示新一代大政的开端，使自己重新整肃天下的政令能借势铺开。唯其如此，李斯谋划的大巡狩路径很简单：沿始皇帝东巡的主要路径东进，主要部署三个驻跸宣政点，一则滨海碣石，一则越地会稽，一则辽东长城；如此三点所经地域，大体已将事端多发的要害郡县包揽无余了。

其所以主张二世开春立即东巡，是李斯已经从纷至沓来的郡县文书中敏锐地嗅出了一丝异常气息——天下已经开始生发流播种种神秘流言了！有一则托名楚南公的流言，看得李斯心惊肉跳："楚虽三户，亡秦必楚！"显然，天下人心已经如隐隐大潮四面动荡了。虽然，李斯不能确切地预知此等大潮将酿成何等风暴，也不能确切地预知自己的新政能否平息这隐藏在广袤华夏的暗潮动荡。然则，李斯确切地直觉到：得立即实施新政，得立即整肃郡县民治，将长城、始皇陵、直道驰道等大型工程尽快了结，将二世欲图再度修建的庞大的阿房宫设法中止，使民力尽快回归乡里，使农耕渔猎商旅等诸般民生大计，尽早地正常流转起来；诸多重大弊端若不尽快矫正，天下汹汹之势便将很难收拾！

整肃此番大局，李斯倍感艰难。

最根本处，在于天下大势已经发生了一种极其危险的两大潮流融合，时移也，势易也。秦灭六国前后，天下始终激荡着四大潮流：期盼天下一统的潮流，拥戴大秦文明新政的潮流，天下庶民渴求结束战乱而安居乐业的潮流，山东六国老世族的反秦复辟潮流。在一统六国的连绵大战时期，在帝国大政创制初期，始终是前三大潮流始终紧密地融合一体，结成了浩浩荡荡的天下主流大势。那时候，秦军作战如摧枯拉朽，秦政实施如江河行地，天下臣民“欢欣奉教，尽知法式”；其时所谓复辟暗潮，星星点点而已，几乎被呼啸而来的统一新政大潮淹没得无影无踪了。然则，随着帝国大政全力以赴地倾注于盘整华夏河山消弭南北边患，天下庶民的生计被忽视了。万千黔首有了土地，有了家园，却不能安居乐业；南海北国屯卫戍边，种种工程连绵不断，土地荒耕了，家园萧疏了，商旅凋敝了，人民的怨声也渐渐地生发了，天下民心对帝国大政的热切向往也不期生发出一种冷漠。当此之时，山东老世族的复辟暗潮乘机涌动了，刺杀皇帝、散布流言、兼并土地、鼓荡分封，搅乱天下而后从中渔利之图谋昭然若揭。

至此，埋首于大力盘整华夏的始皇帝终于警觉了，终于看到了离散的民心被复辟暗潮裹挟的危险。依始皇帝后期的谋划：几次大巡狩严厉镇抚山东复辟暗潮之后，土地兼并的恶流已经大体被遏制；紧接的大政方略，便该是长城、直道竣工，两大工程之民力返乡归田；与此同时，惩治兼并世族与缓征缓工的法令紧随其后。以始皇帝之才具威权勤奋坚韧，以大秦庙堂之人才济济上下合力，果能以如此方略施政，天下大势完全可一举告定，从此进入大秦新政的稳定远图期。

然则，不合始皇帝骤然病逝，一切都因庙堂之变而突兀地扭曲变形了！原本已经根基溃决而陷于山海流窜的六国世族，骤然没有了强大的威慑，又悄悄地重新聚拢了，死灰复燃了。原本已经精疲力竭的民众，将最后的一丝希望寄托在了新皇帝身上，或者说，也隐隐约约地寄托在了老丞相李斯身上。孰料大大不然，渴盼归乡的百余万长城直道徭役，被李斯下令暂缓归乡，转至直道未完路段抢工并同时屯卫北边长城；已经归乡的部分民力，又被各郡县重新征发，匆忙应对庞大的骊山陵工程，还要启动更大型的阿房宫工程。大秦庙堂陷入了湍流飞转的权变漩涡，顾不得民生大计了。倏忽大半年，惩治兼并、缓征缓工等于民有利的政令，竟一样都没有颁行。……凡此等等，天下庶民岂能不大失所望，岂能不与复辟暗潮愤然合流？李斯很清楚，民心之势一旦向反秦倒秦的复辟暗潮靠拢，天下大格局便行将翻转了，大秦便危机四伏了，再不认真整饬，只怕是始皇帝在世也来不及了。

应该说，大半年来每一项政令的为害后果，李斯都是清楚的。然则，每一道政令，李斯都不得不颁行郡县。李斯认定，当此情势，只能如此，遗留之后患，只有转过身来弥补了。国丧期间，长城不加固屯卫行么？直道不尽快完工行么？始皇帝陵减小铺排行么？不行，都不行。更根本的是，李斯若不秉承始皇帝强力为政的传统，李斯便自觉会陷入被自己攻讦的扶苏蒙恬一党之于民休息泥沼。为此，李斯必须彰显自己是秦政秦法之正宗，否则，李斯便不能在与赵高胡亥的较量中占据上风！也就是说，此时的李斯，已经无暇将天下民生作第一位谋划了。李斯目下能做的，只是说动了二世胡亥稍缓阿房宫工程。若此工程不缓，当真是要雪上加霜了。

艰难之次，举国重臣零落。目下的李斯，已经没有一个可与之并肩携手的干才操持大政了。姚贾自是才具之士，可大半年来骤然猛增的刑徒逃亡、民众逃田、兼并田土，以及咸阳庙堂接踵而来的罢黜大臣，罪案接踵不断，廷尉府上下焦头烂额连轴转，姚贾根本不可能与李斯会商任何大谋。右丞相冯去疾，承揽着各方大工程的善后事宜，一样地连轴转；更兼冯去疾节操过于才具，厚重过于灵动，一介好人而已，很难与之同心默契共谋大事。除去姚贾，除去冯去疾，三公九卿之中，已经没有人可以默契共事了。三公之中，最具威慑力的王贲早死了，最具胆魄的冯劫下狱了，新擢升的御史大夫嬴德虚位庸才不堪与谋；李斯一公独大，却无人可与会商。九卿重臣同样零落：胡毋敬、郑国、嬴腾三人太老了，几乎不能动了；杨端和、章邯、马兴三人大将出身，奉命施为可也，谋国谋政不足道也；顿弱心有怏怏，称病不出；最能事的蒙毅又是政敌，下狱了；新擢升的郎中令赵高，能指望他与李斯同心谋政么？……当此之时，临渴掘井简拔大员，李斯纵然有权，人选却谈何容易！为此，李斯对大巡狩尚有着另一个期望：在郡守县令中物色干员，以为日后新政臂膀。

……

“大巡狩事，朕悉听丞相谋划。”

当李斯将奏疏捧到熟悉的东偏殿书房时，二世胡亥很是直率，未看奏疏便欣然认可了。及至李斯说罢诸般事宜谋划，胡亥一脸诚恳谦恭道：“朕在年少之时，又初即大位，天下黔首之心尚未集附于朕也。先帝巡行郡县，示天下以强势，方能威服海内。今日，我若晏然不巡行，实则形同示弱。朕意，不得以臣下畜天下，朕得亲为方可。丞相以为如何？”

“陛下欲亲为天下，老臣年迈，求之不得也。”

李斯不得不如此对答，心下却大感异常。李斯全权领政，这原本是三人合谋时不言自明的权力分割，如何大政尚未开始，二世胡亥便有了“不得以臣下畜天下”之说？若无赵高之谋，如此说辞胡亥想得出来么？尽管赵高这番说辞已经是老旧的“天子秉鞭作牧以畜臣民”的夏商周说法，然其中蕴含的君王亲政法则，却是难以撼动的。胡亥既为二世皇帝，他要亲自治理天下，李斯纵然身为丞相，能公然谏阻么？原先三人合谋，也并未有李斯摄政的明确约定，一切的一切，都在默契之中而已。如今的胡亥，眼看已经开始抹煞曾经的默契了，已经从大巡狩的名义开始做文章了，李斯当如何应对？一时间，李斯脊梁骨发凉，大有屈辱受骗之感。然则，李斯还是忍耐了。李斯明白，这等涉及为政根本法则的大道说辞，无论你如何辩驳都是无济于事的，只能暂时隐忍，以观其后续施为。若胡亥赵高果欲实际掌控丞相府出令之权，李斯便得设法反制了；若仅是胡亥说说而已，则李斯全然可以视若无闻，且又有了一个“曾还政于天子”的美名，何乐而不为哉！

就实而论，李斯直到此时，对于赵高的权力野心还处于朦胧而未曾警觉的状态。李斯固然厌恶赵高，然却从来没有想到一个素未参政的宦官有攫取天下大政权力的野心；至于这种权力野心实现的可能，李斯则更没有想过。李斯对权力大局的评判依旧是常态的：胡亥是年轻皇帝，即位年岁恰恰同于始皇帝加冠亲政之时，胡亥的亲政想法是天经地义的，也是该当防范的。因为，胡亥不知天下政道为何物，听任其亲为，天下必将大乱。而身为宦官的赵高，做到郎中令位列九卿，已经是史无前例的奇闻了，要做领政天下的丞相，纵鬼神不能信也，况乎人哉！李斯毕竟正才大器，纵陷私欲泥坑，亦不能摆脱其主流根基所形成的种种特质。非独李斯，一切先明后暗半明半暗的雄杰人物，都永远无法逃脱这一悲剧性归宿。洞察阴暗之能，李斯远远逊色于师弟韩非。然则韩非如何？同样深陷于韩国的阴暗庙堂，同样无可奈何地做了韩国王族的牺牲……正是这种正才陷于泥污而必然不能摆脱的致命的迂阔懵懂，使李斯在人生暮年的权谋生涯中一次又一次地失却了补救机会，最终彻底地身败名裂了。

举国惶惶之中，春日来临了，大巡狩行营上路了。

这是公元前209年，史称二世元年的春二月。

除了没有以往皇帝出巡的人海观瞻，大气象似乎一切都没有改变。只有李斯明白，大巡狩行营已经远非昨日了。郎中令赵高成了总司皇帝行营的主事大臣，赵高的女婿阎乐与族弟赵成，做了统领五千铁骑护军的主将；李斯仍然是大巡狩总事大臣，事实上却只有督导郡县官员晋见皇帝之权了；随行的其余重臣只有两位：右丞相冯去疾，御史大夫嬴德；留镇咸阳的重臣，竟只有卫尉杨端和、老奉常胡毋敬与少府章邯领衔了。

对于镇国重任，李斯原本举荐了九卿首席大臣之廷尉姚贾。可二世胡亥却在李斯奏疏上批了一句："制曰：廷尉国事繁剧，免其劳顿，加俸千石。"李斯哭笑不得，带着诏书去见姚贾，叮嘱其多多留心咸阳政事。姚贾却一脸阴沉，良久无言。李斯颇觉不解，再三询问。姚贾方才长叹了一声："大秦庙堂劫难将临，丞相何其迂阔，竟至依旧如此谋国谋政哉！"李斯大惊，连连问其缘由。姚贾却良久默然了。李斯反复地劝慰了姚贾一番，叮嘱其不必多心，说他定然会在大巡狩途中力行新政安抚郡县。至于庙堂人事，李斯只慨然说了一句话："二世疑忌之臣尽去，纵然擢升几个亲信，何撼我等根基乎！"姚贾蓦然淡淡一笑，打量怪物一般静静审视了李斯好一阵，最终离席站起，深深一躬，喟然叹道："姚贾本大梁监门子也，布衣入秦，得秦王知遇简拔，得丞相协力举荐，终为大秦九卿之首，姚贾足矣！自去韩非起，姚贾追随丞相多年，交谊可谓深厚。姚贾能于甘泉宫与丞相深谋，唯信丞相乾坤大才也！……然屡经事端，姚贾终归明白：大道之行，非唯才具可也，人心也，秉性也，天数也！……国政之变尽于此，丞相尚在梦中，姚贾夫复何言哉！"

说罢，姚贾一拱手径自去了。

姚贾的感叹，在李斯心头画下了重重一笔，却也没能动摇李斯。

出得咸阳，每过一县，李斯必召来县令向二世胡亥备细禀报民治情形。胡亥听过内史郡几县，便经赵高之手下了一道诏书："朕不会郡县，民治悉交丞相。"李斯喜忧参半颇多困惑，遂问："陛下曾云要亲为天下，不会郡县，焉得决断大政？"赵高摇头喟叹道："丞相明察，陛下已将国事重任悉交丞相，丞相正当大展政才矣，何疑之有乎！"李斯心中大石顿时落地，慨然一拱手道："如此，敢请郎中令禀报陛下：老臣自当尽心竭力安定郡县，陛下可毋忧天下也！"赵高一脸殷殷地将李斯称颂了一番，便告辞去了。

自此，李斯分外上心，每遇易生事端之郡县，必带新任御史大夫嬴德与一班精干吏员赶赴官署，查勘督导政务，一一矫正错失。即或皇帝行营已径自前行，李斯人马已经拖后一两日路程，李斯依旧不放过一个多事之地。如此一出函谷关，李斯便忙得不可开交了。

第一个三川郡，李斯滞留忙碌了三日三夜。

对于李斯而言，三川郡之特异，在于郡守李由恰恰是自己的长子。这三川郡，原本是周室洛阳的王畿之地。自吕不韦主政灭周，三川郡便是秦灭六国精心经营的东出根基之地。直到始皇帝最后一次大巡狩，三川郡都是力行秦法最有效、民治最整肃的老秦本土的门户大郡。而三川郡郡守李由，也一直是被始皇帝多次褒奖的大治郡之楷模郡守。然则，短短大半年之间，这三川郡竟不可思议地乱象丛生了。自山东刑徒数十万与各式徭役数十万大批大批地进入关中造陵，毗邻关中的三川郡便成了积难积险的"善后"之地。难以计数的无法劳作的伤病残刑徒，都被清理出来，滞留关外三川郡；追随探望刑徒与徭役民力的妇孺老少们，络绎不绝地从东北南三方而来，多以三川郡为歇脚探听之地，同样大量滞留在三川郡；洛阳郊野的道道河谷，都聚集着游荡的人群，乞讨、抢劫、杀戮罪案层出不穷；洛阳城内城外动荡一片，三川郡守李由叫苦不迭，连番上书丞相府，却是泥牛入海般没有消息。

"如此乱象，如何不紧急禀报？"一进官署，李斯便沉下了脸。

“父亲！由曾九次上书丞相府……”李由愤愤然。

“呈给右丞相了？”李斯大皱眉头。

“这是父亲立定的法度，三川郡事报右丞相府，不能呈报父亲……”

“好，不说此事。只说三川郡如何靖乱！”李斯很是严厉。

“父亲，只要派来万余甲士，三川郡平乱不难！”

“如何不难？你能杀光了伤残刑徒与妇孺老幼？”

“至少，将滞留人等驱赶出三川郡。”

“岂有此理！别郡不是大秦天下么？一派胡言！”

“如此，听父亲示下。”

“妥善安置，就地化民。八个字，明白么！”

“父亲是说，出郡县之财力安置滞留人口？”李由大为惊讶。

“当此之时，唯有此法，不能再行激荡民乱！”

“父亲，秦法不救灾……”

“此非救灾，是救乱，是定大局！”

“父亲，李由明白！”

之后，李斯巡视了三川郡府库，给三川郡守李由写下了一道丞相手令：“特许三川郡以府库财货粮秣并官府占地安置民力，迅即平盗。”精明的李由从与父亲的断续交谈中，已经觉察出父亲处境的艰难，自感稳定三川郡对于父亲的重要，接令之后立即全力实施。李斯临走之时，李由的郡守官文已经到处张挂，四野流民已经有了欣喜之色。李斯料定，大巡狩回程之时，三川郡必将有大的改观。毕竟，李由是自己的儿子，不会轻慢大事。届时，三川郡民治将成为天下平定的楷模，李由也可擢升于庙堂，成为李斯的左右臂膀。

三川郡之后，李斯马不停蹄地进入了陈郡。

这陈郡正当旧楚要地，北与旧韩之颍川郡毗邻，正是当年扶苏秘密查勘土地兼并黑潮的重点地域之一，也是历来的事端多发地，李斯不得不分外留心。当日住进陈城，李斯立即快马出令，召来了颍川郡守，将两郡政事一并处置。两郡守禀报说：目下土地兼并黑潮确有回流，然尚在掌控之中；原因是徭役民力未归乡里，秘密游荡的老世族想买土地也很难找到当家男人。目下两郡之难，是无法落实李斯早已经发出的征发令，征不齐闾左之民的千人徭役之数。李斯下令随行书吏认真查阅了两郡民籍，逐县逐乡做了统计，倒也是明明白白地呈现着各县各乡出动的徭役民力，闾左可征发者至多数百人而已。

“敢问丞相，渔阳戍边……非，非这千人之数么？”陈郡郡守虽小心翼翼，然心中愤懑却也是显然的，“长城竣工之后，本说民力归乡……今非但不归，还要再行征发……”

“田无男丁，家无精壮，亘古未闻也！”颍川郡守却是不遮不掩。

“目下非常之时，郡守何能如此颓丧？”李斯板着脸，“新君即位，主少国疑，屯戍北边正当急务。若匈奴趁机南下，天下重陷战乱之中，孰轻孰重？”

“但有蒙公在，何有此忧也！”颍川郡守叹息一声。

“大胆！”李斯厉声一喝，“先帝诏书，岂是私议之事！”

两郡守一齐默然了。若依秦法，李斯身为丞相，是完全可以立即问罪两位郡守的，更兼御史大夫嬴德在场，缉拿两郡守下狱是顺理成章的。但李斯没有问罪，更没有下令缉拿，而是忧心忡忡地长叹了一声：“国家艰危之时，政事难免左右支绌也！老夫体察郡县之难，纵有权力亦不愿任意施为……然则，身为大臣，足下等宁坐观成败而不思尽力乎？”

“愿奉丞相令！”两郡守终归不再执拗了。

“老夫之见，”李斯第一次将政令变成了商榷口吻，“先行确认两名屯长，郡尉县尉护持，逐县逐乡物色闾左民力，能成得八九百之数便可发出。两位以为如何？”

“闾左屯长最难选，得后定。”颍川郡守面色难堪。

“也好，先定人数。”

“颍川郡，至多四五百人。”

“陈郡如何？”李斯黑着脸。

“陈郡虽大，从军人口多，闾左丁壮至多也是三五百。”

“便是说，两郡差强凑够千人之数？”

“难……”两人同声，欲言又止。

“再难也得千人之数。至少，不能少于九百人！”

“丞相，闾左之民最好不……”

“违令者国法从事！”李斯无奈，疾言厉色了。

“谨遵丞相令！”两位郡守终究领命了。

陈城一过，李斯立即南下项县。这项县乃陈郡南部大城，原本是楚国名将项燕的根基封地，项燕战死之后，项氏部族后裔虽大部转往江东隐匿，然在此地亦多有出没，历来是始皇帝东巡的镇抚地之一。二世不知此间根底，径自观赏山水而去，李斯却不能不留心。李斯没有要陈郡郡守随行，亲自率领护卫马队查勘了项城，并备细询问了县令，得知项氏部族很长时期没有在项城出没，项氏族人几乎已经在陈郡南部销声匿迹，李斯这才放心东去北上了。

进入泗水郡，李斯着重查勘了沛县。

年余之前，泗水郡守曾急书禀报丞相府，李斯又立即禀报了始皇帝：当时的泗水亭长刘邦率数百民力西赴徭役，途经芒砀山，民力多有逃亡，那个刘邦索性放走了其余民力，自己也畏罪隐匿不出，郡县查无音讯。当时李斯本欲彻查，然始皇帝却将其纳入次年大巡狩一体解决而没有单独查处。然则，次年大巡狩，也未查出这个山海流窜的刘邦的隐匿地点。今次东来，李斯想要清楚地知道，这个小小亭长究竟如何了？

到得泗水郡城，李斯同时召来砀郡郡守与追捕盗寇的郡尉，会同备细查问。两郡尉禀报说，两郡郡卒在芒山砀山之间搜寻多次，均未察觉刘邦踪迹。只闻当地民人传闻，说芒砀山深处常有怪异云气，五色具而不雨，必有奇人隐之。泗水郡郡守又禀报说，砀山下有一吕姓民户，其小女名吕雉，尝与人入山，但往云气聚集处走去，便能遇见山野怪人，疑为刘邦等流窜者，然追捕之时，又一无所见。李斯听罢禀报，一时默然不语了。两郡守郡尉则是异口同声，要追捕刘邦不难，但发两万甲士入山，必得刘邦死活之身！

“此等山野传闻，不足为凭据也。”

李斯终究没有大举操持。一则聚兵发兵皆难，秦军主力三大块，一在九原，一在陇西，一在南海，除此之外便是屯卫咸阳的五万新征发的北胡材士；郡县捕盗军兵，郡不过千县不过百，聚集十数郡郡兵搜捕一个逃亡亭长，显然是小题大做，动静太大了。只要大局安定，一个亭长逃亡，除了老死山林又能如何？于是，李斯马队离开了泗水郡东来，兼程追赶行营，终于在抵达吴越之前与皇帝行营会合了。

二世胡亥没有询问李斯后行巡视郡县之意，李斯也便打消了禀报的念头。好在除了警戒与提醒，也确实没有必须通过皇帝诏书的大事。行营进入江东，李斯又率亲信吏员离开皇帝行营，紧急查勘吴中治情。这吴中乃是会稽郡治所城邑，濒临震泽（今太湖），是楚国项氏后裔的活跃之地。上年春始皇帝最后一次大巡狩，对秘密聚集在江水下游各城邑的六国老世族大肆搜捕，复辟世族们遭受重创，一时都作鸟兽散了。那时李斯也在行营坐镇总事，清楚地知道顿弱与杨端和始终没有觅得项氏踪迹。当时，连同始皇帝在内的巡狩君臣，人人大觉惊诧。

然则，就在去冬今春的大雪时节，李斯却接到了关中栎阳令一份紧急密报：查得项燕之子项梁携侄子项羽秘密进入关中，以商旅之身住栎阳的渭风古寓，私行勾连迁入咸阳的山东旧世族。一月之后，二人被栎阳县尉缉拿下狱，因咸阳廷尉府公事滞留太多，故未立即押解咸阳。不料关押未及旬日，项梁叔侄突兀失踪。经查，乃栎阳狱吏司马欣受泗水郡蕲县狱吏曹咎之托，私放罪犯潜逃。目下司马欣已经被下狱，请丞相府会同廷尉府下书泗水郡，立即缉拿曹咎。东出巡狩之前，李斯查询了廷尉府，得知逮捕[1]令已发下，泗水郡与蕲县等地尚无回报。李斯进入吴中，便是要查勘此事。

“禀报丞相，自逮捕令发下，项氏早，早已在吴中遁形了。”

见丞相亲临，会稽郡守很是紧张，说话都有些不利落了。李斯下令召来郡尉县尉一起禀报，各方也都众口一词，说项氏开春以来再也没有出现在江东各地。李斯颇为疑惑，备细查问了项氏后裔原先在江东的作

---

[1] 逮捕，秦汉语。《史记·项羽本纪》云：“项梁尝有栎阳逮……”《索隐》云：“逮训及，谓有罪相连及，为栎阳县所逮录。汉世每治狱，皆有逮捕也。”《集解》韦昭云：“谓项梁被栎阳县逮捕。”

为。几个县尉禀报说，项梁在江东各地流窜，多化名乔装商旅之士与民众多方结交。但凡吴中有大举征发徭役事，抑或丧事，项梁等常为乡里亲自操持，事事办得井井有条。人皆云项梁暗中以兵法行事，民众很是拥戴。江东有童谣云："国不国，民不民，旧人来，得我心。"这"旧人"二字，便是经年流窜江东之项氏也。因得人心，各县都是在项氏离开后才察觉踪迹的。再加郡县征发不断，郡卒县卒根本无力追踪此等四海流窜的人物，是故终无所获。

"项氏如此招摇作为，郡县如何不早早禀报？"李斯颇见严厉。

"丞相可查公文，在下禀报不下五七次！"郡守顿时急了。

"书呈何处？"

"右丞相府，御史大夫府。"

"何时呈报？"

"去冬今春，三个月内！"

"好。老夫尽知也。"

李斯不能再追问下去了，国政之乱，他能归咎何人哉！无奈之下，李斯只有殷殷叮嘱郡守县令郡尉县尉们留心查勘随时禀报，如此而已。追赶行营的一路上，那首江东童谣始终轰鸣在李斯耳畔，"国不国，民不民，旧人来，得我心"，这是何等令人心悸的歌声也！曾几何时，一统山河的帝国竟是"国不国"了，万千黔首竟是"民不民"了，备受天下唾弃的六国贵族，竟至于"得我心"了；天下大势如江海洪流，其湍流巨漩竟如斯飞转，可叹乎，可畏乎！如此匪夷所思的人心大逆转，究在何人乎！……

赶到会稽山的皇帝行营时，李斯疲惫极了，郁闷极了。如此重大警讯，本当立即奏明皇帝会商对策。然则，对眼前这个醉心山水忽痴忽精的二世胡亥，说得明白么？赵高若在旁问得一句："施政之权在丞相，如此乱象岂非丞相之罪乎！"李斯又当如何对答？只怕辩解都要大费心神了，君臣同心岂非痴人说梦？思忖良久，李斯还是打消了与胡亥会商政事的想头，只思谋如何在大巡狩之后尽快扭转天下民治了。

在会稽山，二世胡亥兴致勃勃地登临了大禹陵，也依着始皇帝巡狩格局，祭祀了禹帝，遥祭了舜帝，也遥望南海祈祷上天护佑南海秦军。诸事皆同，李斯却看得心头滴血。这个二世胡亥处处都轻薄得像个声色犬马的贵胄公子，祭文念得阴阳怪气突兀起伏，像极了赵高的宦官嗓音；上山只问奇花异草，祭祀只问牺牲薄厚，举凡国政民生绝难进入问答应对。李斯亦步亦趋于后，只觉自己变成了一个贵胄公子的侍奉门客，心头堵得慌。

好容易离开会稽山北上，李斯病了。

一路恍惚北进，胡亥始终没来探视李斯。只有赵高来了两次，说是奉皇帝之命抚慰丞相病体，也是寥寥数语便走了。李斯第一次深深体察到了暮年落寞境况，第一次体察到孤立无援的绝望心境，每每在帷幕之外的辚辚车声中老泪纵横不能自已……到了旧齐滨海，李斯眼见曾经与始皇帝并肩登临的之罘岛，心绪稍见好转，终于被仆人扶着走出了高车。

抵达始皇帝曾经刻石宣政的碣石，二世胡亥忽然兴致大发，也要在父皇刻石旁留一方刻石，也要李斯题写，要原石工雕刻。赵高大是赞同，一口声赞颂此乃皇帝新政盛举，实在该当。一脸病容的李斯大觉腻烦，不知胡亥有何新政可以宣示，然若拒绝，也实在难以出口。思忖一番，李斯遂于当晚写下了两三行文字，次日清晨呈进了行营。胡亥看也没看，便兴冲冲道："好好好！正午刻石大典，大字刻上去，我便站在父皇身旁了！"倒是赵高拿过来看了一番笑道："丞相文辞简约，也好！只是缺了些许后缀言语，可否补上？"李斯勉力笑道："郎中令也是书家，不妨补上，也算合力了。"胡亥立即兴冲冲点头，赵高没有推辞，就势提笔，以李斯嬴德名义补上了两行。李斯也是看也没看，便点头认可了。

于是，碣石的始皇帝刻石旁，立起了如此一方石刻：

皇帝曰：金石刻尽始皇帝所为也。今，袭号而金石刻辞不称始皇帝，其于久远也！如后世为之者，不称成功盛德。丞相臣斯、御史大夫臣德昧死言：臣请具刻诏书刻石，因明白矣。臣昧死请。制曰：可。

李斯以胡亥口吻所拟的刻石文辞之意是：既往金石已经宣示尽了始皇帝大政，今我承袭了皇帝之位，又来刻石，其作为比始皇帝差得太远了；如后世皇帝再来刻石，没有大功大德便更称不上了。后段缀语的意思是：臣李斯嬴德请刻诏书立石，皇帝不允；臣等明白了皇帝谦恭之心，再三固请，皇帝才答应了。前一半刻辞，说的全然事实，李斯之难堪愤懑已经明白无遗地显现出来。后缀辞，则是赵高为二世胡亥遮羞而已。胡亥白痴久矣，自顾玩乐不及其余，任你刻甚也不屑过问。赵高则很明白李斯的心思，且深感威胁，陷害李斯之心由是紧迫。

三月中，行营北上辽东，途经九原大军驻地，胡亥君臣竟无一人提出进入九原犒赏激励守边三十万大军。令李斯不解的是，九原统兵大将王离也没有派特使迎接，除了非召见不可的几个粮秣输送县令，其余各郡县竟没有任何动静，既往争相目睹皇帝出巡的盛况竟成了昨日梦境一般。胡亥赵高似乎不以为然，又似乎对九原大军有着一种隐隐的畏惧。胡亥扑闪着眼白极多的一双大眼，对李斯说的是："赶赴辽东，是要巡视长城龙尾也！父皇巡视陇西，胡亥巡视辽东，头尾相续，何其盛况壮举哉！"竟只字未提九原犒军。

回程途中，李斯深感此事重大，郑重提出进入九原犒军。不料，胡亥吭哧半日还是不能决断。最后，还是赵高居中主张：单独召见王离，免去九原犒军。胡亥立即来神，红着脸一阵嚷嚷："是也是也！朕日理万机，还要尽速赶回咸阳处置政事，有事对王离下诏便是，闹哄哄犒军，拿甚犒来？"李斯隐忍良久，也只有点头了。

年轻的王离来了，没有带马队，也没有带军吏，真正的单人独马来了。胡亥又惊又喜地小宴了王离，却一句也没问为何如此。旁边的赵高也只闪烁着警觉的目光，也是一句话没问。倒是李斯分外坦然，问了军事，也问了民治，还特意叮嘱了王离：颍川郡与陈郡的屯卫戍卒将于夏秋之交抵达渔阳，要王离留意部署。素来刚烈爽直的王离，除了诺诺连声，一个字也没有多说。临行之时，李斯将这位年轻的重兵统帅亲自送出了老远，王离依旧是一句话没说，直到李斯颇显难堪地站住了脚步，王离也一拱手上马去了。李斯第一次深切地感知了，赵高与胡亥所畏惧者，正是此等举足轻重的大军力量。李斯也第一次隐隐后悔了，也许，留下蒙恬大将军的性命，自己的庙堂处境会远远好于目下之危局。甚或，自己若能早日联结王离与九原将士，善待他们，抚慰他们，处境也不至于如此孤立无援……

四月初，大巡狩行营回到了咸阳。

李斯没有料到，一则突兀离奇的决策，眼睁睁粉碎了他的尽速缓征之策。

胡亥兴冲冲提出，要重新大起阿房宫。朝会之上，胡亥的说辞令李斯惊愕万分："先帝在世时多次说起，咸阳朝廷小！故此，才有营造阿房宫事。结局如何？宫室未就，父皇便突兀薨了！朕依丞相之意，阿房宫作罢，民力都聚集骊山了。目下，骊山陵墓业已大毕，朕要大起阿房宫，以遂先帝之宏愿！诸位大臣且想，朕若不复阿房宫，不是明白告知天下臣民，先帝举事太过么？不！先帝圣明，朕要秉承先帝大业，筑起宏大朝廷！有人谏阻朕要起，无人谏阻，朕也要起！"这是胡亥第一次显出狰狞面目说话，面色通红额头渗汗声色俱厉，活似市井之徒输了博戏闹事。所有的大臣都惊愕默然，不知所措了。无奈之下，李斯只有开口了："老臣启奏陛下，方今骊山陵尚未全然竣工，千里直道亦未竣工，两处所占民力已是百余万之巨，非但民力维艰，府库粮秣财货也告紧缩……"

"李斯住口！"胡亥怒喝一声，将帝案拍得山响。

举殿惊愕之际，李斯更是大见难堪。入秦数十年来，这是备受朝野敬重的李斯第一次在朝廷朝会之上被公然指名道姓地呵斥，实在是不可思议的荒诞。李斯一时愤然羞恼面色血红，浑身颤抖着却不知该如何说话……终于，在大臣们的睽睽众目之下，李斯颓然跌倒在身后坐案上昏厥了。

三日后醒来，李斯恍惚得如在梦里，看着守护在榻边的长子李由，竟莫名其妙地问了一句，你是谁也？一脸风尘疲惫的李由骤然大恸，俯身榻前号啕大哭了。在这个年过三十且已经做了郡守的儿子的恸哭中，李斯才渐渐地真正地醒了，两行冷泪悄悄地爬上脸颊，拍了拍儿子的肩头，良久没有一句话。

夜来书房密谈，李由说了朝会之后的情形：重起阿房宫的诏书已经颁行了，还是章邯统领，限期两年完工；内史郡守督导粮秣，赵高统领营造布局谋划；诏书说，要在先帝的阿房宫旧图上大加出新，要将阿房宫建造得远远超过北阪的六国宫殿群。李斯不点头，不摇头，不说话，目光只盯着铜人灯痴痴发怔。李由见父亲如此悲情，再也说不下去了。良久愣怔，李斯蓦然醒悟，方问李由如何能搁置郡政回来？李由说，家老快马传讯，他是星夜兼程赶回来的；自父亲上次在三川郡督政，他便觉察到父亲处境不妙了。李斯问，三川郡情形如何？李由说，若按父亲方略，三川郡乱象自可平息，然目下要建阿房宫，只怕三川郡又要乱了。李斯惊问为何？李由说，昨日又颁新诏书，责关外六郡全力向关中输送粮草，以确保阿房宫民力与新征发的五万材士用度；三川郡距离关中最近，承担数额最大，原本用于救乱的粮秣财货只怕是要全数转送咸阳了。李斯听得心头发紧喉头发哽冷汗涔涔欲哭无泪瑟瑟发抖，直觉一股冰凉的寒气爬上脊梁，一声先帝嘶喊未曾落点，喷出一口鲜血颓然倒地了。

……

整个夏天，卧病的李斯都被一种莫名的恐惧笼罩着。

丞相府侍中仆射每日都来李斯榻前禀报政务，右丞相冯去疾也隔三差五地来转述国政处置情形，听得越多，李斯的心便越发冰凉。阿房宫工程大肆上马，给关中带来了极大的民生恐慌。将近百万的徭役民力与刑徒，每日耗费粮秣之巨惊人，再加所需种种工程材料之采制输送，函谷关内外车马人力黑压压如巨流弥漫，大河渭水航道大小船只满当当帆樯如林。冯去疾说，工程人力加输送人力，无论如何不下三百万，比长平大战倾举国之力输送粮秣还要惊人。当此之时，赵高给二世皇帝的谋划对策是：举凡三百里内所有输送粮秣的徭役民力，都得自带口粮，不得食用输送粮秣，违者立斩不赦！如此诏书一下，输送粮秣的徭役大量逃亡。关外各郡县大感恐慌，郡守县令上书禀报，又立遭严厉处罚，不是罢黜便是下狱，郡县官员们都不敢说话了。更有甚者，专司督责粮草的郡吏县吏们，也开始了史无前例的秘密逃亡，乱象已经开始了……更令李斯冰凉彻骨的是，原本经他征发的用于屯卫咸阳的五万材士，被胡亥下令驻进了皇室苑囿，专一地以射马射狗为训练狩猎之才艺，专一地护卫自己浩浩荡荡地在南山射猎，铺排奢靡令人咋舌。

进入六月时，九原王离飞书禀报朝廷：匈奴人新崛起的头领冒顿，诛杀了自己的父亲头曼单于，自立为新单于，发誓要南下血战为匈奴雪耻！胡亥赵高看了王离上书，都是哈哈哈大笑一通了事。然则，当冯去疾将这件密书念给李斯听时，李斯却实实在在地震惊了。此前，无论蒙恬扶苏如何申说匈奴势力未尽，甚或始皇帝都始终高度警觉，李斯都没有太在意。在李斯看来，秦军两次大反击之后，匈奴再度死灰复燃简直就是痴人说梦。然则，一年来变局迭生，无论何等不可思议的事情都飞快地发生了，李斯再也不敢相信自己的洞察力了。本能地，李斯第一次相信了王离的边报，也庆幸自己征发戍卒屯卫渔阳的对策或许有些许用处。在整个夏天，这是李斯唯一稍许欣慰的一次。李斯不可能预知的是，正是大秦朝廷与政局的突然滑坡转向，促成了匈奴族群内部强悍势力的崛起，促成了原本已经开始向华夏文明靠拢的匈奴和平势力的突然崩溃。在之后近十年的华夏大战乱中，匈奴势力野火般燃烧了大草原，百年之内屡屡大肆进攻中原，对整个华夏文明的生存形成了巨大的威胁。直到百余年后的汉武帝时代，这一威胁才初步消除。

……

在这个乖戾的夏季，天下臣民孜孜以求的二世新政泡沫般飘散了。

李斯的摄政梦想也泡沫般飘散了。

李斯苦思着扭转危局的对策，浑不知一场更大的血腥风暴将立即淹没自己。

第三章 杀戮风暴

一　灭大臣而远骨肉　亘古未闻的政变方略

帝国朝廷的杀戮风暴，源于胡亥对赵高的一次秘密诉说。

自从在那个霜雾弥漫的黎明，写完“制曰可”三个字，胡亥后悔做皇帝了。

虽贵为皇子，胡亥的身心却从来都被自由地放牧着。慈善宽厚的乳母是懵懂的牧人，不涉养育管教的皇室太子傅官署，是这片牧野的竹篱。除了不能随意闯进法度森严的皇城政殿区，胡亥的童稚少年生涯，是没有琐细约束的。胡亥是最小的皇子，不若大哥扶苏，他没有受过太子傅官署的严格教习，没有进入过任何处置政事的场所，没有入过军旅锤炼，也没有襄助过政务。如同大部分皇子公主一样，没有了母亲的教习，没有了始皇帝亲自督令的少年锤炼，胡亥的心一直空旷而荒芜。及至做赵高的学生之时，胡亥心中的欲望之树已经在空旷荒芜的土地上深深扎根了。胡亥的欲望很实在，便是无穷无尽的享乐游玩。胡亥的欲望理由很简单：皇子命当如此，天予不取，反受其咎。修习法令也好，锤炼书法也好，旁观政务也好，应对父皇也好，对于心如蔓草的胡亥，只是使父皇与老师高兴的戏法而已，已经无由在心田植根了。在胡亥的欲望之树上，只蓬勃出了一方色彩妖异的冠盖：游乐以穷所欲，奢靡以穷所愿，此生足矣！不知功业为何物，不知国政为何物，不知权力为何物，更不知宵衣旰食以勤政为何物，要胡亥做皇帝日日理政，无异于下狱之苦难也。

当然，对于做皇帝的苦难，胡亥也有一个认识过程。

胡亥原本以为，那么多人争做皇帝，老师又那么费尽心机地为他谋划那个九级白玉阶上的大座，做皇帝定然是远远强过声色犬马之快乐的天下第一美事了。谁知大大不然，皇帝事事板正，处处受制，言行不能恣意，清晨不能懒睡；夜来还得枯坐书房，翻弄那一座座小山也似的文书，读罢奏章随意写画也不行，非得写“制曰可”不行。夜来想自由自在地折腾皇城女子阅尽人间春色，也还是不行，父皇的规矩在：文书公事不完，不得走出书房。要找几个可意嫔妃陪在书房偷偷享乐，更不行，皇帝书房的监政御史比猎犬的鼻子还灵，一闻到女子的特异气息便抬出先帝法度，总教胡亥大是难堪，不得不教御史从幽暗的书架峡谷中将诱人的美色领走。想来想去，做皇帝想享乐真如登天一般艰难，比做皇子还不如！做皇子时，胡亥尚能时不时觅得一番声色犬马之乐，这做了皇帝几个月，除了原先蔑视自己的兄弟姊妹变为人人怕自己而使胡亥大大得意之外，竟然连一次游乐也没有，博戏没有了，射猎没有了，渔色也没有了，连随意饮酒都不许了，当真岂有此理！

凡此等等，在胡亥看来件件都是天下最苦的差事，如此做皇帝，究竟图个甚来？也就是在如此愁苦之时，胡亥心智大开了，恍然大悟了：天下皆曰父皇积劳而去，原来父皇便是这般苦死的，积劳积劳，诚哉斯言！如此做皇帝，胡亥也注定地要积劳早死了……

反复思谋，忍无可忍的胡亥终于一脸正色地召见了赵高。

“敢问郎中令：皇帝做法，能否依我心思？”胡亥愤愤然了。

“老臣……不明陛下之意。”赵高有些茫然，更多的则是吃惊。

“若不能依我心志，胡亥宁不做皇帝！”胡亥第一次显出了果决。

“陛下心志，究竟若何？”赵高心头顿时怦怦大跳，小心翼翼地问着。

“夫人生居世间，白驹过隙也！”胡亥开始了直抒胸臆的侃侃大论，前所未有地彰显出一种深思熟虑，“胡亥已临天下，何堪如此之劳苦？父皇积劳而薨，胡亥若步后尘，宁非自戕其身乎，宁非自寻死路乎！胡亥自戕，胡亥寻死，宁非毁我大秦宗庙乎！郎中令且说，可是？”胡亥见赵高连连点头，遂更见精神，“唯其如此，胡亥不能不顾死活！胡亥心志：穷耳目之所好也，穷心志之所欲也！如此，既安宗庙，又乐万民，长有天下，且终我年寿。敢问郎中令，其道可乎？”

“可也！不可也！”赵高长吁一声，全力憋住笑意，又憋出一脸愁苦。

“甚话？何难之有哉！”

“老臣之意，长远可也，目下不可也。”

“目下何以不可？”期望又失望，胡亥眼中又弥漫出特有的懵懂。

“陛下所图，贤君明主之志也，昏乱之君不能为也！”赵高先着实地赞颂了胡亥一句。他知道，胡亥只要他的认同，绝不会品咂出其中的揶揄。见胡亥果然一脸欣喜，赵高更加一脸谦恭诚恳，“然则，为陛下享乐心志得以长远施行，老臣不敢避斧钺之诛，敢请陛下留意险难处境，稍稍克制些许时日。”

“我是皇帝了，还有险难？”胡亥更见茫然了。

“皇帝固然天命，然亦非无所不能也。”赵高忧心忡忡地诱导着，“目下朝局险难多生，要害在于两处：一则，沙丘之变，诸皇子公主并一班重臣皆有疑心；皇子公主，皆陛下兄姊也；一班重臣，皆先帝勋臣也。陛下初立，其意怏怏不服，一朝有变岂非大险？”

“也是‘咔嚓’！”胡亥大惊之下，模仿天赋骤然显现。

“咔嚓！对！陛下明察。”赵高手掌在脖颈一抹，脸上却依旧弥漫着谋国谋君的忡忡忧心，“二则，蒙恬下狱未死，蒙毅将兵居外，蒙氏军旅根基尚在，更有冯劫冯去疾等相互为援，彼等岂能不谋宫变乎？老臣战战栗栗，唯恐不终，陛下安得为乐乎！”

“咔嚓之险，该当如何？”胡亥一脸惶急。

“陛下欲老臣直言乎？”

“老师夫子气也！不直言，我何须就教？”胡亥第一次对赵高黑了脸。

“如此，老臣死心为陛下一谋。”赵高辞色肃穆，一字一顿地吐出了内心长久酝酿的谋划，“老臣三谋，可安保陛下尽早穷极人生至乐也！其一，灭大臣而远骨肉，决除享乐之后患。其二，贫者富之，贱者贵之，简拔甘为陛下犬马之人以代大臣。其三，置忠于陛下之亲信者，近之为左右护持，以防肘腋之变。三谋之下，定然长保享乐无极。”见胡亥惊喜愣怔，赵高又慨然抚慰了几句，“如此，则阴德功业归于陛下，劳碌任事归于犬马，害臣除而奸谋塞，长远图之，陛下则可高枕肆志，安乐无穷矣！陛下享乐大计，莫出于此焉！”

“此后，胡亥便可恣意享乐？”

“然也！”

“好！我胡亥便做了这个皇帝！”胡亥惊喜得跳了起来。

“然则，陛下还得忍耐些许时日。”

“些许时日？些许时日究是几多？”胡亥又黑了脸。

“国葬巡狩之后，陛下但任老臣举刀，陛下之乐伊始也。”

“好好好，等便等，左右几个月罢了。”无奈，胡亥点头了。

由胡亥奇异荒诞的享乐诉说引发的赵高密谋，是中国历史上最为狠毒凶险的政变杀戮策略，也是秦帝国灭亡最值得重视的直接原因。在五千年华夏文明史上，没有任何一个时期的政变势力敢于赤裸裸立起“灭大臣而远骨肉”的杀戮法则，只有恶欲无垠的赵高立起了，只有天生白痴的胡亥接纳了。接踵而来的杀戮风暴，比赵高的预先谋划更为酷烈。非但开创大秦帝国的功勋重臣，几乎无一幸免地被杀害被贬黜，连原本只要“疏远”的皇族骨肉，嬴政皇帝的男女子孙，也几乎无一幸免地被杀戮被囚居。在帝国臣民还远远没有从遵奉秦法遵奉诏令的根基中摆脱出来的短短一两年间，酷烈荒诞的全面杀戮，阴狠地掘断了皇皇帝国的政治根基。三公九卿星散泯灭，嬴氏皇族血肉横飞，郡县官吏茫然失措，权力框架轰然崩塌，奸佞宵小充斥庙堂。赵高黑潮彻底淹没了强大的帝国权力体系，以致在接踵而来的仅仅九百人发端的起义浪潮中，举国震荡轰然崩塌……在五千年华夏文明史上，最强大的统一帝国在最短暂的时间里灰飞烟灭，唯此一例也！其荒诞离奇，使人瞠目结舌，其种种根由，虽青史悠悠而无以恢复其本来面目，诚千古之叹也！

二　蒙恬蒙毅血溅两狱　蒙氏勋族大离散

僻处孤寂的阳周与代谷，骤然变成了隐隐动荡之地。

阳周要塞先囚蒙恬，代郡峡谷再囚蒙毅，两事接踵，天下瞠目。

自大将军蒙恬上年八月被关进阳周狱，位于老秦土长城以北的这座小城堡顿时激荡了起来。九原幕府的信使往来如梭，驻守边郡而骤闻消息的将尉们风驰电掣云集阳周探视，阴山大草原的牧民们索性赶着牛群羊群马群轰隆隆而至，已经被禁止归乡而改由长城南下开凿直道的万千徭役们背着包袱提着铁耒，淙淙流水般从各个长城驻屯点汇集奔来了。小小阳周城外，日夜涌动着川流不息的人群。人们自知见不到已经成为囚徒的蒙恬大将军，可还是日夜游荡在阳周城外，燃着熊熊篝火饮着各色老酒，念叨着扶苏念叨着蒙恬咒骂着喧嚷着不肯离去。九月初旬的一日，上郡郡守也带着马队飞驰来了。郡守在城外勒马，召来阳周县令县尉，黑着脸当场下令：阳周城商贾民众一律出城，或卖酒饭或造酒饭，总归是不许一个迢迢赶来的民人军士衣食无着。安置好郊野万千人众，上郡郡守立即入城赶赴那座羁押北疆各郡人犯的牢狱。老狱令分明奉有不许私探要犯的密诏，可还是一句话不说便将郡守带进了幽暗的石门。

“大将军，朝廷发丧！陛下薨了！”郡守进门一喊，颓然倒地。

“岂有此理！何时发丧？”旁边一个戴着褐色皮面具的将军愤然惊愕了。

“今，今晨……”郡守颤巍巍从腰间皮盒中摸出一团白帛。

“我看！”面具将军一把抢过白帛抖开，一眼瞄过也软倒在地了。

“老狱令，将老夫的救心药给将军服下。”

散发布衣的蒙恬坐在幽暗角落的草席上，面对着后山窗洒进来的一片阳光，一座石雕般动也不动，似乎对这惊天动地的消息浑然不觉，只一句话说罢又枯坐不动了。老狱令与郡守一起，手忙脚乱地撬开了这位面具将军的牙关，给其喂下了一颗掰碎了的硕大的黑色药丸。未过片刻，面具将军骤然睁开双眼，一个挺身跃起，赳赳拱手道："大将军再不决断，便将失去最后良机！"

"正是！大将军再不决断，上郡要出大事！"郡守立即奋然跟上。

"王离将军，老郡守，但容老夫一言，可乎？"一阵长长的沉默后，蒙恬低缓沙哑的声音回荡起来。老郡守大是惊讶，这才知道那位面具将军便是九原新统帅王离，愣怔间连忙跟着王离道："在下愿受教！"

"国府发丧，疑云尽去，此事明矣！"蒙恬始终没有回身，一头散乱的白发随着落叶沙沙的苍老声音簌簌抖动着，"这分明是说，朝廷大局业已颠倒，赐死长公子与老夫者，非先帝心志也，乃太子新君所为也。太子者，新君者，必少皇子胡亥无疑……"

"对！上郡受诏，正是少皇子胡亥。"

"陛下，你信人太过，何其失算矣……"蒙恬痛楚地抱着白头，佝偻的腰身抖动着缩成了一团，没有了愤激悲怆，只有绝望而平静的叹息，令人不忍卒睹。良久，蒙恬渐渐坐直了身躯，凝望着窗外那片蓝幽幽的天空，沙沙落叶般的声音又回荡起来，"非老夫不能决断也，定国大势使然也。九原拥兵三十余万，老夫身虽囚系，若欲举兵定国，其势足矣！然则，老夫终不能为者，四则缘由也。其一，陛下已去，陛下无害功臣之心已明，老夫心安矣！其二，长公子已去，纵然倒得胡亥，何人可为二世帝哉！其三，天下安危屏障，尽在九原大军。我等若举兵南下，则北边门户洞开，长城形同虚设，若匈奴趁机大举南下，先帝与我等何颜面对天下矣！其四，蒙氏入秦三世，自我先人及至子孙，积功积信于秦，至今三世矣！老夫若举兵叛秦，必辱及蒙氏三世，罪莫大焉！……"

"大将军……莫非尚寄望于秦二世？"王离困惑又愤懑。

"少皇子胡亥，那是个料么？"老郡守很有些不屑。

"若能兼听共议，或可有望……"

"谁与谁共议？丞相都不说话了！"王离愤然。

"王离将军，身为九原统帅了，何能如此轻躁言事？"蒙恬终于转过身来，一双老眼汪着两眶泪水，“将军袭大父武成侯功臣爵位，今又手执重兵。老夫之后，将军肩负安国大任，须得以大局为重，大义为要，毋以老夫一人蒙冤而动兴兵之念。将军安国，首要处，须得与丞相合力。老夫深信，李斯纵然一时陷于泥污，然终有大政之志，终不忍国乱民乱。只要李斯在丞相位上，必有悔悟之日，其时，将军便是其后援也……若将军与老夫同陷泥沼，九泉之下，老夫何颜面见王翦老哥哥，何颜面见王贲老兄弟哉！”

“大将军！……”王离骤然扑拜在地恸哭失声了。

暮色降临之时，王离与郡守终于沉重地走出了那座狭小的石门狱。依着蒙恬部署，两人会同阳周县令，分别率领属下人马分头劝诫聚集于城外的万千人众。一连三日费尽口舌，黑压压人海才渐渐散了。

王离飞马回了九原，立即修成急书一卷，星夜飞呈咸阳并同时密报丞相李斯，力谏二世赦免并重新起用蒙恬。王离的上书直言不讳：“臣乃少年入军，未经战阵磨炼，虽掌重兵于国门，实不堪大任也！蒙氏三世功臣，三世忠信，于军于民深具资望，实乃大秦北疆之擎天大柱也，朝廷安可自摧栋梁乎！安可自毁长城乎！目下匈奴已渐行重聚于北海草原，南犯中原之心不死，若朝廷不重行起用蒙恬大将军，则天下危难势在必然！臣不能保阴山无虞，不能保九原无虞，恳望陛下再四思之！”

王离的上书自然泥牛入海了。其时李斯正在骊山陵忙得连轴转，况且，置扶苏蒙恬于死地的诏书乃出李斯笔下，李斯如何能对刚刚即位的二世去说赦免并重新起用蒙恬？然王氏势大，王离又年轻刚烈，不能置之不理。于是，李斯对王离虚与周旋，只派一舍人北上告知王离：丞相定会相援将军，谏阻二世，望将军安于军务。王离李斯都没有料到的是，二世胡亥却心有所动了。一则是扶苏已经死了，赵高所说的那种最大威胁已经没有了；二则是王离上书太强硬，胡亥有了新的畏惧。胡亥虽则是个政道白痴，然终究知道，王离大军要咔嚓头颅比匈奴大军咔嚓头颅还要来得快。

赵高知道了王离上书，立即在咸阳以东十余里的兰池宫找到了胡亥。赵高一脸正色，说得很是直接：“老臣禀报陛下，扶苏与蒙氏互为根基，扶苏死而蒙氏存，斩草不除根，必有后患也！当年先帝几次要立陛下为太子，都是蒙毅坚执谏阻，屡次说不可。蒙毅是谁？是扶苏，是蒙恬，岂有他哉！今扶苏已死而蒙恬下狱，原本已经得罪了蒙氏，蒙氏安能不记恨？若陛下再开赦蒙恬，纵虎归山，陛下之头颅安在哉！”

“也是咔嚓？”胡亥蓦然惊愕了。

“必是咔嚓！”

“计将安出？”

“非但不能赦免蒙恬，还要蒙毅下狱。”

“哪，王离又要咔嚓，如何处置？”

“王离后生，若有咔嚓之力，靠住蒙氏做甚？”

“噢——，王离救蒙恬，是因他没有实力咔嚓！可是？”

“陛下明察！”

“好！朕知道了。”胡亥为自己的过人天赋很是矜持地拍案了。

便是如此一番古怪荒诞的对答，二世胡亥的特使马队飞赴陇西。特使是赵高的族弟赵成。赵成以任蒙毅为北边巡军使的诏书，将蒙毅骗到了遥远的代郡，秘密囚禁在代地大峡谷（代谷）关押军中人犯的小小牢狱里。虽则隐秘，消息还是飞快地传遍了边郡，传入了咸阳。始皇帝葬礼尚未结束，二世胡亥便又一次惊愕了。这次，是一个皇族老公子上书，语气竟大有责难。这个皇族公子叫做子婴，是始皇帝一个近支皇族弟，虽是先皇族弟，年岁却比胡亥大了只十多岁。据太子傅官署禀报说，这子婴是先辈皇子中最有正道才具的一个，读书苦，习武也苦，最得先辈皇子们推崇拥戴。胡亥最腻烦人说谁正道有才，一听太子傅丞禀报便黑了脸，仔细一看上书，更是脸色阴沉了。

子婴的上书是帝国暮色的一抹绚烂晚霞，录之如下：

臣闻：故赵王迁杀其良臣李牧而用颜聚，燕王喜阴用荆轲之谋而背秦之约，齐王建杀其故世忠臣而用后胜之议。此三君者，皆各以变古者失其国，亦殃及其身。今蒙氏，秦之大臣谋士也！主欲一旦去之，臣窃以为不可！臣闻：轻虑者不可以治国，独智者不可以存君。诛杀忠臣而立无节行之人，是内使群臣不相信，而外使斗士之意离也！臣窃以为不可！

“岂有此理！”胡亥连连拍案大嚷，“我是轻虑！我是独智！我是诛杀功臣！都是都是，又能如何？偏你小子忘了，我是皇帝！杀蒙氏如何？偏要杀！总有一日，连你小子一伙也杀了！你能如何？咔嚓了胡亥？我先咔嚓了你！……”

在胡亥的连番嚷叫中，一个叫做曲宫的新擢升的御史带着胡亥的密诏与赵高的秘密叮嘱，星夜赶赴代地了。守在代谷的赵成接到密诏密嘱，立即与曲宫一起赶到了代谷牢狱。幽暗的洞窟之中，赵成对蒙毅说了如此一番话：“蒙毅大人，陛下有诏，说丞相李斯举发大人不忠，罪及其宗。凭据嘛，是先帝欲立太子，大人屡屡难之。如今，二世皇帝也不忍公然治罪于大人，赐大人自裁。照实说，较之腰斩于市，这也算大人幸甚了。大人以为如何？”

“赵成，一派胡言骗得老夫？”

蒙毅的目光闪射着宫廷生涯锤炼出的洞察一切奥秘的冰冷肃杀：“老夫少年入宫，追随先帝数十年。知先帝之心者，老夫无愧也！先帝数十年锤炼皇子，然几曾有过立太子之意，更几曾有过立少皇子为太子之意？储君之事，蒙毅何言之敢谏，何虑之敢谋！足下之言羞累先帝之明，大谬也！老夫纵然一死，亦不容假先帝之名，开杀戮之风。昔秦穆公人殉杀三良，罪黜百里奚，被天下呼为‘缪’。秦昭王杀白起，楚平王杀伍奢，吴王夫差杀伍子胥，此四者，皆天下大失也！政谚云：‘用道治者不杀无罪，而罚不加于无辜。’足下若有寸心之良，敢请将蒙毅之说禀明二世皇帝。如此，老夫足矣！”

“只是，大人今日必得一死。”赵成狰狞地笑了。

“蒙毅无罪有功，绝不会自裁承罪。”

“如此，在下只有亲自动手了。”

“好。”蒙毅霍然站起，淡淡一笑道，“老夫身为上卿重臣，纵无从报国，亦当使天下明白：非蒙毅认罪伏法也，蒙毅的头颅，是被昏政之君砍下的。九泉之下，老夫也能挺着腰身去见先帝……”

“好！老夫送你！”

“先帝陛下！你可知错——”

蒙毅呼喊未落，一道邪恶的剑光闪过。

一颗须发灰白的头颅随着激溅的鲜血滚落地面……

蒙毅之死，是帝国暮色巨变中第一次血淋淋人头落地。

在扶苏与蒙氏集团的悲剧命运中，唯独蒙毅没有接受‘赐死’诏书而拒绝自裁。蒙毅，是被公然杀害的。这个少年时期便进入帝国中枢执掌机密的英才，曾对帝国创建立下了许许多多不为人知的功劳，其风骨之刚烈，其奉法之凛然，都使其成为李赵胡阴谋势力最为畏惧的要害人物。蒙毅的意义，在于他是中国历史上具有假设转折点性质的少数人物之一。几乎可以肯定地说，假若蒙毅在最后的大巡狩中不离开始皇帝，便绝不会有李赵胡三人密谋的可能；因为，蒙毅是总领皇帝书房政务的大臣，是皇帝秘密公文的直接掌握者，又是拥戴扶苏的根基重臣，绝不会滞留始皇帝诏书而不发；更有一点，蒙毅还是赵高最仇恨而又最无可奈何的上司，从政治生态的意义上说，蒙毅是赵高的天敌，是此类宫廷阴谋的天敌……当一切都成为遥远的过去时，后人不能不感喟万端，必然乎，偶然乎，人算乎，天算乎！

带着蒙毅的人头，赵成曲宫的马队南下阳周了。

当赵成走进囚室洞窟的时候，蒙恬正在山窗前那片秋日的阳光下呼呼大睡。老狱令轻轻唤醒了蒙恬。蒙恬坐起来看了看酷似赵高的赵成，冷冷一笑道：“老夫明白，鸡犬入庙了。”饶是赵成厚黑成性，也被蒙恬这不屑之词说得面色通红，恼羞厉声道：“蒙恬！你有大罪！你弟蒙毅有大罪！你之死期，便在今日！”蒙恬淡淡笑道：“若是老夫不想死，不说你一个赵某，便是二世皇帝也奈何不得老夫。谓予不信，足下且试试可也。”赵成早已听闻阳周城被游民军士围困多日的消息，心下确实不敢小觑蒙恬，思忖片刻，缓和了神色一拱手道：“在下奉诏行法而已，若将军不嘲讽在下，在下何敢冲撞大将军？方才得罪，尚乞大将军见谅。”蒙恬淡淡道：“足下有话但说。”赵成道：“将军之弟，已发至内史郡羁押勘审。今日在下前来，乃奉陛下诏书，赐死将军，诚得罪也。”

“老夫或可一死，然有一事得足下一诺。”

“将军但说。”

“老夫上书于二世皇帝，足下须得代呈。”

“将军若是复请，在下不敢从命。”

“老夫复请于先帝可也，复请于二世，岂非有眼无珠哉！”

“将军若死，赵成自当代呈上书。”

蒙恬走到幽暗角落的木案前，捧过了一只木匣打开，一方折叠得四棱四正的黄白色羊皮赫然在目。赵成看得一眼，蒙恬推上了匣盖，递给了赵成。蒙恬转身从案上拿过那支铜管狼毫大笔，走到老狱令面前道：“老狱令，这是老夫近年亲手制作的最后一支蒙恬笔，敢请亲交王离将军。”老狱令老泪纵横地接过了大笔，连连点头泣不成声了。蒙恬转身走到木案对面的另一角落，掀起了一方粗布，抱起了那张毕生未曾离身的秦筝，轰然一拨筝弦，长叹一声道：“秦筝秦筝，你便随老夫去也！”双手一举正要摔下，老狱令大喊一声扑过来托住了蒙恬臂膊道：“大将军，秦筝入狱未曾发声，大将军何忍也！”蒙恬蓦然愣怔片刻，慨然笑道：“好！老夫奏得一曲，使秦筝铮铮去也！”“哎。”老狱令哽咽答应一声，转身对外嘶声高喊：“摆香案——！”

洞外庭院一阵急匆匆脚步响过，片刻间一张香案已经摆好。老狱令与一名老狱吏恭敬地抬起了秦筝，走出了囚室，摆好了秦筝。蒙恬肃然更衣，束发，带冠，一身洁净的本色麻布长袍，缓缓地走出囚室，走到了摆在小小庭院当中的秦筝前。午后的秋阳一片明亮，碧蓝的天空分外高远，蒙恬踩着沙沙落叶，举头望了望碧蓝天空中飘过的那片轻柔的白云，平静地坐到了案前。倏地，筝声悲怆地轰鸣起来，蒙恬的苍迈歌声也激荡起来——

秦人兴邦　烨烨雷电
求变图存　克难克险
步步尸骨　寸寸河山

六世雄烈　一法巍然

大矣哉！

追先帝兮挟长剑

陷敌阵兮凯歌还

扫六合兮成一统

创新政兮何粲然

长城如铁兮胡马遁

锐士纵横兮息狼烟

呜呼！

庙堂权变兮良人去

念我苍生兮何处有桑园……

随着激越轰鸣的秦筝，随着苍迈高亢的秦音，狱吏狱卒挤满了小小庭院，哭声与筝声歌声融成了一团，在萧疏的秋风中飘荡到无垠的蓝天无垠的草原……不知何时，蒙恬从容起身，走进了囚室，捧起了案头的一只陶盅。咕的一声响过，蒙恬淡淡地笑了，喃喃自语地笑了："我何罪于天，无罪而死乎！"一阵秋风掠过，沙沙落叶飞旋，蒙恬又笑了："是也，蒙恬当死矣！从临洮至辽东，开万里长城，使万千黔首至今不得归家，蒙恬不当死乎？"淡淡的笑意中，喃喃的自语中，伟岸的身躯一个踉跄，终于轰然倒地了。

……

蒙氏兄弟之死，是秦帝国最大的悲剧之一。

在秦帝国历史上，以王翦王贲父子为轴心的王氏部族，与以蒙恬蒙毅兄弟为轴心的蒙氏部族，是公认的帝国两大功勋部族。若论根基，蒙氏尚强于王氏。蒙氏部族原本齐人，自蒙骜之前的一代（其时蒙骜尚在少年）入秦，历经蒙骜、蒙武而到蒙氏兄弟，三代均为秦国名将重臣，蒙氏子弟遍及军旅官署，且忠正厚重之族风未曾稍减。应该说，正是许许多多如蒙氏如王氏一般的正才望族的稳定蓬勃的延续，才成就了帝国时代的强大实力。而今蒙氏兄弟骤然被一齐赐死，其震荡之烈，其后患之深，是难以想象的。所谓震荡，所谓后患，集中到一点，便是对秦国军心的极大溃散，对秦国军风的迅速瓦解。自王翦王贲父子相继病逝，秦军的传统轴心便聚结在了以统帅蒙恬为旗帜的蒙氏军旅部族之上。蒙恬以天下公认的军旅大功臣而能被赐死，秦军的统帅大旗被无端砍倒，秦军将士之心何能不剧烈浮动？后人常常不解：何以战无不胜的秦军锐士，面对后来暴乱的“揭竿而起”的农民军反而倍感吃力，到了对项羽军作战之时更是一朝溃败，连最精锐的九原大军统帅王离都一战被俘？这里的根本原因，便是自蒙氏被杀后的军心溃散。蒙恬死后，胡亥赵高更是杀戮成风，国家重臣几乎悉数毁灭，军中将士不说多有连坐，便是眼见耳闻接踵连绵的权力杀戮，也必然是战心全失，虎狼之风安在哉！也就是说，作为历史上最为精锐强大的雄师，秦军是被自己朝廷的内乱风暴击溃的；其后期战败原因，并非后来贾谊说得“攻守之势异也”，或者说，攻守之势异也绝不是主要原因。灭秦者，秦也，非六国也。

蒙恬蒙毅之死的直接后果，是整个蒙氏部族的溃散。因蒙氏太过显赫，胡亥赵高李斯均有很大顾忌，故此未能像后来诛杀其余功臣与皇族那样大肆连坐。纵然如此，蒙氏部族还是立即警觉到了巨大的劫难即将降临。蒙氏部族素来缜密智慧之才士辈出，一旦察觉如此巨大的冤情绝无可能洗刷，立即便有了一个秘密动议：举族秘密逃亡。遍及军旅的蒙氏精壮纷纷以各种理由离开防地出走，咸阳的蒙氏两座府邸也迅速地人去府空了。合理的推断，蒙氏逃亡不可能重返海疆，而是南下逃入南海郡的秦军，投奔岭南大军的蒙氏族人。唯其如此，后来的赵佗大军不再北上挽救昏乱暴虐的二世政权，方得有合理的解释。当然，始皇帝当年的秘密预谋也是理由。然在此时，更合乎军心的理由，只能是对二世政权的深恶痛绝……

蒙恬的意义，在于他是中国文明史上的一个突出标志。只有秦帝国的蒙恬大军，在长达千余年的对匈奴作战中真正做到了摧枯拉朽，真正做到了秋风扫落叶，真正做到了苍鹰扑群雀。西汉盐铁会议之文献《盐铁论·伐功》篇云：“蒙公为秦击走匈奴，若鸷鸟之追群雀。匈奴势慑，不敢南面而望十余年。”

历史地看，华夏外患自西周末年申侯联结西部戎狄攻入镐京，迫使周室东迁洛阳开始。自此，魔闸被打开，西北胡患在此后整个春秋战国秦的五百余年历史上，一直严重威胁着华夏文明的生存。秦赵燕西北三国因此而一直是两条战线作战：对内争霸，对外御胡。这一基本外患，直到秦始皇以蒙恬重兵痛击匈奴，并修筑万里长城，才取得重大的阶段性胜利，使华夏文明获得了稳定的强势生存屏障。显然，蒙恬长期经营北边而最终大驱匈奴，对于华夏文明的稳定发展具有极其深远的历史意义。可以肯定地说，若不是蒙恬大军夺取阴山南北的大战胜与万里长城的矗立，其后接踵而来的“楚汉”大乱时期，匈奴族群必将大举南下，华夏文明的生存将陷入无可预料的危境，其后有没有汉王朝有没有汉人，实在都是未知之数。蒙恬作为一代名将，文明屏障之功不可没也！

蒙恬自有其弱点，不若王翦王贲父子那般厚韧坚刚，未能扛鼎救难，诚为憾事也。然则，仅此而已，蒙恬依然不失为华夏文明之功臣。但是，蒙恬的功勋节操在后世的评判却是矛盾而混乱的，甚至可说是离奇的。西汉初中期的国家主流评价，对于蒙恬尚是高度肯定的，紧随汉武帝之后的盐铁会议对蒙恬的评价可谓典型。但是，《盐铁论》之前成书的《史记》作者司马迁，却对蒙恬提出了不可思议的指责。《史记·蒙恬列传》之后的“太史公曰”，对蒙恬的说法是其最长的评论之一，也是最离奇的评论之一，其全文为：

> 太史公曰：吾适北边，自直道归，行观蒙恬所为秦筑长城亭障，堑山堙谷，通直道，固轻百姓力矣！夫秦之初灭诸侯，天下之心未定，痍伤者未瘳；而恬为名将，不以此时强谏，振百姓之急，养老存孤，务修众庶之和；而阿意兴功，此其兄弟遇诛，不亦宜乎？何乃罪地脉哉！

司马迁的评论有四层意思：其一，凡蒙恬所筑北边工程，都是挥霍民力（轻百姓力）的不当作为工程；其二，秦灭诸侯之后，蒙恬该做的事是强谏始皇帝实行与民休息，而蒙恬没有做该做的事；其三，蒙恬做的事相反，奉承上意而大兴一己之功（阿意兴功）；其四，所以，蒙恬兄弟被杀实在是该当的。最后，司马迁还意犹未尽地感喟了一句，死当其宜，蒙恬如何能怪罪地脉哉！

顺便言及，司马迁所记述的“地脉”之论，很不合简单的事实逻辑。战国与帝国时代，阴阳家学说相当盛行，地脉说作为理论，当然是存在的。我们要说的是这件事的乖谬矛盾处。显然，始皇帝君臣决断修长城，若信地脉之说，则必召堪舆家踏勘，若万里长城果然切断地脉，则必然会改道，最终以保持地脉完整为要。此等情形下，长城是否切断地脉以及如何应对等等，蒙恬作为主持工程的统帅，比任何人都早早地清楚了，何能等到死时才猛然想起？若始皇帝君臣不信地脉之说，则根本不会召堪舆家踏勘。此等情形下，天下便不会有长城断地脉之说出现，蒙恬则更不会空穴来风。毕竟，华夏民族的强势生存传统中自古便有“兴亡大事不问卜”的理念，武王伐纣而姜太公踩碎占卜龟甲，乃典型例证也。始皇帝君臣锐意创制，若事事堪舆问卜，大约也就一事无成了。蒙恬作为最与始皇帝同心的重臣之一，无论哪一种情形，都会清楚地知道该不该有长城切断地脉一说，都不会在临死之时突兀地冒出一种想法，觉得自己切断了地脉所以该死。更有一则，阴阳学说流传至今，秦之后的阴阳家却没有一人提出长城断地脉以及断在何处之说，可见，即或就阴阳家理论本身而言，此说也是子虚乌有。太史公所以记载此事，完全可能是六国贵族因人成罪而编造的流言，传之西汉太史公轻信并大发感慨。此说乖谬过甚，不足凭也。

尝读《蒙恬列传》，每每对太史公如此评判史实大觉不可思议。作为历史家，亲临踏勘直道长城之千古工程，竟能毫不思其文明屏障之伟大功效，偏偏一言以蔽之而斥责其“固轻百姓力矣！”其目光之浅，胸襟之狭，令人咋舌。尤令人不可思议者，最终竟能评判蒙恬之死“遇诛不亦宜乎”，无异于说蒙恬该杀。

其用词冰冷离奇，使人毛骨悚然。

不能说司马迁是十足的儒家。然则，司马迁对蒙恬的评论却确实是十足的春秋笔法：维护一家之私道，无视天下之兴亡。当历史需要一个民族为创建并保卫伟大的文明而做出一定牺牲时，司马迁看到的，不是这种牺牲对民族文明的强势生存意义，而是仅仅站在哀怜牺牲的角度，轻飘飘挥洒自己的慈悲，冷冰冰颠倒文明的功罪。虽然，没有必要指责司马迁之论有拥戴秦二世杀戮之嫌疑。但是，司马迁这种心无民族生存大义而仅仅关注残酷牺牲的史论，却实在给中国人的历史观留下了阴暗的种子。这种苍白的仁慈，绝不等同于以承认壮烈牺牲为基础的人道主义情怀。设若我们果真如司马迁之仁慈史论，将一切必要的牺牲都看做挥霍民力，都看做阿意兴功，而终止一切族群自强的追求，猝遇强敌整个民族安能不陷入灭顶之灾？在后来的中国历史上，尤其在近现代百余年的历史上，我们这个民族卖国汉奸辈出，其规模之大令世界瞠目，而其说辞则无不是体恤生命减少牺牲等等共荣论。此等人永远看不见，或有意看不见强敌破国时种族灭绝式的杀戮与无辜牺牲，而只愿意看见自己的民族在自强自立中所付出的正当牺牲，专一地以否定这种正当牺牲为能事，专一地以斥责这种正当牺牲的决策者为能事。此等人的最终结局，则无一不是在大伪悲悯之下，或逃遁自安，或卖国求荣。这是被数千年历史反复证实了的一则古老的真理，近乎教条，然却放之四海而皆准，古今中外，概莫能外。

察其根源，无疑深植于历史之中。

谚云：站着说话不腰疼。信哉斯言！

战国与秦帝国时代的强势生存大仁不仁，司马迁等去之何远矣！

三　杀戮骨肉　根基雄强的嬴氏皇族开始了秘密逃亡

巡狩归来，胡亥要尝试“牧人”之乐了。

在东巡的两个月里，赵高形影不离地跟着胡亥，除了种种必需做出的政事应对，两人经常说起的话题只有一个，如何能使一切怏怏不服者销声匿迹，如何可使胡亥能尽早地恣意享乐。胡亥这次显然是认真动了心思，竟归结出了三则隐忧：大臣不服，官吏尚强，诸公子必与我争。以此三忧，胡亥认真问计于灯下：“蒙氏虽去，三忧尚在，朕安得恣意为乐？郎中令且说，为之奈何？”赵高最知道胡亥，遂诚惶诚恐又万分忠诚道：“如此大局，老臣早早便想说了，只是不敢说。”胡亥惊讶，连问何故？赵高小心翼翼道：“国中大臣，皆累世贵胄，积功劳世以相传久矣！赵高素来卑贱，蒙陛下简拔高职重爵以用事，大臣其实不服，不过貌似听臣用事罢了。如此情形，老臣安能轻言？”胡亥大为慨然，连连摆手高声道：“大臣诸公子对朕尚且不服，对老卿自不服也！老卿不必顾忌，只说如何处置。朕便学学你说的秦昭王，为那个甚？对，范雎！为范雎了结仇怨！”“陛下果能效法秦昭王，老臣甘效犬马之劳也！”赵高涕泪唏嘘，遂再次将“灭大臣而远骨肉”的三谋方略细细作了解说，以为目下正是实施三谋的最佳时机。胡亥又问为何。赵高认真地说出了两则理由：其一，当今之生灭兴亡，不师文而取决于武力，陛下有材士五万，只要敢杀人，不愁大臣不灭诸公子不除；其二，秦人奉公奉法已久，大臣与诸公子素无过从联结，来不及聚相与谋对抗诏令，只能听任宰割。末了，赵高又给胡亥以撩拨抚慰：“除去此等人之后，陛下只要收举其余臣子，贱者贵之，贫者富之，远者近之，则上下皆集为陛下犬马。此秉鞭牧人之术也，陛下安能不品其中之乐乎！”“牧人之术？好好好！”胡亥乐得哈哈大笑，“大臣公子是牲畜，我提着鞭子做牧主，想杀谁杀谁，真乃人间乐事也！早知皇帝有如此之乐，胡亥何愁皇帝难为也！”

那一夜，胡亥是真正地快乐了，赵高是真正地快乐了。

回到咸阳，赵高开始了杀戮谋划。赵高给胡亥提出的铺排是先内后外——先诛杀皇族诸公子以巩固帝位，再灭大臣以整肃朝局。胡亥对赵高既放心又佩服，立即欣然赞同。熟悉国政法令的赵高，之后立即开始了实施。

第一步是“更为法律”。简言之，便是更法，也就是更改法律[1]。对于赵高的更法，《史记》有两种说法：其一，《秦始皇本纪》云：“于

[1] 法律，秦汉语。《史记·李斯列传》：“二世然赵高之言，乃更为法律。”

是二世乃遵用赵高，申法令。”其二，《李斯列传》云：“二世然赵高之言，乃更为法律。”就事情本身而言，其意相同：为了达成灭大臣而诛骨肉的杀戮，以赵高变更法律为开端。这不是赵高奉法，而是精通秦政秦法的赵高很清楚不更法的后果：秦政奉法已成传统，若无法律依据而杀人，各种势力便会顺理成章地聚合反抗，反倒是引火烧身。同时赵高也很清楚，更法不是更改秦法本身，而是更改执法权力。用当代话说，不是更改实体法，而是更改类似程序法的阶段执法权。因为，实体法更改工程庞大，且极易引起争议与反抗，而阶段执法权的转移，则要容易得多。只要执法权在手，能够将对手打成罪犯，则秦法对罪犯刑罚处置之严厉已足够诛灭威胁者了。赵高的做法是：正式以郎中令府名义上书皇帝，一连举发了三位皇子的罪行，请皇帝下诏宗正府依法处置；胡亥则依照预谋，在赵高奏章上批了一行字：“制曰：可。诸公子罪案特异且牵涉连坐，为免宗正府违法袒护皇族，着郎中令府依法勘审治狱。”此诏颁下，赵高的生杀大权便告成立。

帝国创制，秦帝国之中央执法系统为五大机构：其一，廷尉府职司勘审定罪，几类后世法院；其二，御史大夫职司举发监察弹劾等，几类后世检察院；其三，法官署职司宣法，几类后世司法局；其四，内史府职司京师治安捕盗并缉拿罪犯，几类后世公安机构；其五，宗正府执掌对皇族之执法权，是执法机构中最为特异的一个。

据《初学记》引《宋百官春秋》云：所谓宗正，乃周王朝王族执法官，本意为“封建宗盟，始选宗中之长而董正之，谓之宗正。”秦帝国承袭周王朝王族独治之官制，将原本的驷车庶长改名宗正，执掌皇族司法。也就是说，皇族的两大事务分开：宗庙事务归奉常，管理、监察、执法事务归宗正。是故，宗正地位很高，位列九卿重臣。始皇帝之所以如此将皇族司法独立，其基本方面并非基于维护皇族特权传统，恰恰相反，始皇帝是要抑制嬴氏皇族而深恐其余官署执行不力。所谓抑制，当然主要是防止特权泛滥，而不是惧怕或有意贬黜皇族。秦人崛起，有一个很特殊也很实际的因素，这便是嬴氏部族的根基与轴心作用极为强大，远远超过山东六国的王族实力。事实上，嬴氏部族是秦人族群中人口最多实力最强的部族，是凝聚老秦族群的轴心力量。秦之雄强，泰半来自嬴氏部族的雄强血统。要抑制如此一个皇族，确实是一件很难着手的事情。

自秦孝公商鞅变法开始，秦法明确采取了取缔宗室特权的对策，主要有四策：一则，王族子弟不得承袭或自动拥有爵位，同样得与臣民一般从军任官挣自己的功劳；二则，王族园林土地以王室统领，各家族土地不能如同臣民私有；三则，王族功臣由王族土地封赏，不得拥有如同国府功臣那样的独立虚领的郡县封地；四则，王族触法与臣民同罪，由王族执法机构处置。在此法度稳定执行六代之后，嬴氏皇族已经成功融入了与臣民国人一体的奋争潮流之中，英杰功臣辈出而无一动乱政变，也在整个秦人与天下臣民中享有极高的威望。始皇帝建立帝国之时，嬴氏皇族的主体已经早早迁入并散居关中，其男性精壮则已经十之八九进入了军旅；关中皇族除了皇帝嫡系居于皇城，一两代近支旁系居于关中腹地，几乎已经没有了成规模聚居的皇族了。也就是说，嬴氏皇族如同整个老秦人一样，已经随着大军洪流分散到天南海北去了。此时，唯独陇西郡保留了一支为数不多的皇族在驻守根基之地，反倒成了最为集中的实力最强的一支皇族。

胡亥诏书批下的那一日，赵高亢奋得彻夜未眠。

召来赵成阎乐并几位亲信密商之后，赵高本欲小宴犒赏几位犬马大员，可心头躁热得无以安宁，遂吩咐犬马大员们分头行事，而后独自转悠到皇城胡杨林的池畔来了。对于阴狠冷静的赵高而言，血气如此奔涌心头如此躁动，实在是生平第一遭。胡亥的这道诏书，无异于打开了束缚赵高手脚的一切羁绊，也填平了横亘在赵高面前的巨大的权力鸿沟，使他拥有了对皇族与功臣的生杀大权。这是一架巨大的高耸的权力云车，登上这座权力云车将到何处，赵高心下非常清楚。被始皇帝遏制数十年的那颗连赵高自己也以为泯灭了的权力野心，此刻在赵高的心田轰然燃烧起来！杀尽了皇族公子，灭尽了三公九卿，大秦庙堂无疑便是赵高一人之天下！其时，纵然胡亥这个皇帝想匍匐在赵高脚下做一只温顺的猫狗，还得看赵高给不给他做猫狗的资格，毕竟，不杀胡亥这个空头皇帝，赵高便不会登上权力云车的最顶端，头顶上便会始终飘浮着一片乌云。

赵高要撕碎这最后一片乌云，要飞上权力的苍穹，追上始皇帝向他大笑大喊："陛下！你的嬴氏皇族没有了！你的大秦朝廷没有了！老夫赵高做皇帝了！"

初夏的月光下，赵高兀自绕着一棵棵粗大的胡杨树嘿嘿笑着，心头怦怦大跳着，梦游般地蹿着跳着。月亮渐渐升高了，赵高汗淋淋地靠上一棵大树，老泪第一次毫无节制地流淌出来，心头雷霆轰轰然作响。陛下啊陛下，当年的太后赵姬选中小高子做阉奴，割了小高子的人根，小高子认命了，小高子老老实实做了陛下数十年犬马，做得须发都白了。然则陛下可曾知道，小高子没了人根，也便没了人性。小高子终生没有了人性的乐趣，善念也便没有踪迹了。老荀子说，人性本恶。至少，小高子是这样的。冰冷的阉宦天地，浸泡出了小高子的恶欲。谁是好人，谁有浑全日月，谁是浑全男人，小高子都嫉妒得心痛。小高子只有一个心愿，祈盼天下人尽行灭绝，都做了小高子这个阉人的殉葬！今日，上天给了小高子如此良机，小高子岂能无动于衷？陛下啊陛下，小高子要断了你嬴氏人根，不要怪小高子，实在是你自家纰漏太多了。陛下跌宕多年不立太子，分明大病了几次，却又不及早安置身后之事；大巡狩中途发病，陛下还是不早早写好诏书。陛下啊陛下，你以为上天会永远给你机会？你错了！上天的机会都无休止地给陛下一个人，天下还有世事么？陛下啊陛下，这便是老荀子说的，'天行有常，不为尧存，不为桀亡'啊！陛下再如何圣帝皇皇，老天也不能为陛下一个人存在，陛下你说是么？更有错处，陛下还给小高子留下了一个皇子，一个憨实无能的胡亥，让小高子做了胡亥的老师。陛下，小高子只能说，你知人于明，不知人于暗啊！你只知道明处的赵高，明处的李斯，明处的胡亥；你不知道暗处的小高子，不知道暗处的李斯，不知道暗处的胡亥啊！这个暗处，便是小高子的心头荒草，便是李斯的心头荒草，便是胡亥的心头荒草啊！陛下啊陛下，身为至高无上的皇帝，你长于拓功而短于察奸啊。天生陛下事功至伟，拓文明荒漠成亘古绿洲，陛下之功业，小高子是顶礼膜拜的啊！然则，陛下不察奸，这皇皇功业便要如流水般去了。应该说，陛下最蔑视胡亥了。然则，陛下这个无能的儿子，在小高子这里却是稀世珍宝啊！陛下啊陛下，是你给小高子留下了机会，留下了空隙啊！你大巡狩发病时，非但不召蒙恬回咸阳坐镇，反而又派走了蒙毅，你是再三失误啊！最后时刻，陛下身边偏偏只有最靠不住的李斯了，只有没了人根没有了人性的小高子了。陛下信小高子不假，然小高子若因陛下信用小高子而不做恶事，小高子还是小高子么？陛下业已死了，小高子若不紧紧抓住这个时机，上天是会惩罚小高子的。小高子对陛下那个傻痴的儿子说了，'时乎时乎，间不及谋！赢粮跃马，唯恐后时！'你那个傻痴的儿子不知其中意味，陛下你却一定能体察小高子苦心的。天予不取，反受其咎啊！陛下啊陛下，等你明白你要殁了，明白你那口气再也挺不过来了，一切都晚了。陛下，你若够狠，像小高子摔死太后嫪毐那两个私生子一样，早早杀了小高子，或临死时叫小高子殉葬了，甚事也便没了。可你尊奉法度，护持功臣，非但没叫小高子死，还在蒙毅要处死小高子时救下了小高子。陛下啊陛下，你将上天给你的杀死小高子的机会，至少白白错失了两次啊！天欲绝赵高，你却留下了赵高。然则，小高子纵然蒙陛下之恩不死，也不能向善啊，果真向善了，小高子还是小高子么……

几日之后，皇子公主及皇族子弟们人人接到了一件宗正府书令。

宗正书令云："阿房宫开工之后，南山北麓之猎场将一体封围，只供材士营驻屯。为此，今岁秋狩改夏猎，凡我皇族子孙，俱各携本部人马，于四月二十卯时聚集南山北猎场较武行猎，论功行赏，以为二世皇帝大巡狩归来之庆典。"此时的宗正大臣，是灭韩的大将内史腾。内史腾者，内史郡郡守嬴腾也。皇族乃国姓，举凡诏书公文抑或国史，皆呼名不呼姓，是以但凡官职与名直接相连者，大体皆皇族也。此时的嬴腾，已经成为皇族最老迈的一个在国功臣，资望深重，实际上却已经几乎不能理事了。虽则如此，皇子公主们接到宗正府书令，还是纷纷亲往嬴腾府邸询问究竟。二世胡亥即位之后的蹊跷事情太多了，尤其是深孚众望的皇长子扶苏自裁，蒙恬蒙毅又先后被赐死，皇子公主们对这个原本丝毫没有继位迹象的少弟的突兀继位及其作为，一时大惑不解，然拘于国法，又不能无凭据地聚相猜测议论，更不能与大臣们私自会商探询，只有心下怏怏而已了。今逢此令，谁都觉得是一个探询解惑的好时机，于是不约而同地赶赴宗正府，要老宗正当面赐教。

“教府丞来，给后生们说个明白。”须发雪白的嬴腾只有一句话。

宗正丞是一个年逾四十的皇族干员，文武皆通，是老嬴腾特意为自己选定的副手。府丞匆匆走进正厅，瞄一眼满当当皇族子孙，要言不烦地说了夏猎令的由来：郎中令府得少府章邯公文知会，阿房宫至南山间的皇室猎场行将封围，遂请命于皇帝，询问要否另选猎场或中止今岁秋狩；皇帝批曰，今岁秋狩改夏猎，此后另选猎场；故此，郎中令行文宗正府，并一体转来皇帝诏书；宗正府据皇帝诏书而发夏猎令，并无他故。

“以往狩猎，只许十岁以上皇子入围，如何这次连公主都得去？”

“对也，还要携带本部护卫人马，岂非公然违制么？”

“南山猎物早被材士营射杀尽了，何来猎物，狩个甚猎？”

“建造甚个阿房宫！咸阳宫殿连绵，北阪六国宫还空空如也，不够住么？”

“对也！甚都乱改，改得大秦都没个头绪了！”

“只改还好说，还杀人……”

“都给老夫住口！”

眼见皇子公主们的议论疑问由夏猎而及国政，分明是怒气冲冲要收不住口了，老嬴腾不得不厉声喝止了。扶着竹杖站起，老嬴腾气喘吁吁道：“非朝会而私议国政，不知道是触法么？后生小子好懵懂！你等快快，老夫心下舒畅么？都给我闭嘴！老夫说话都听着：满朝大臣还在，大秦铁军还在，嬴氏老皇族还在，谁也翻不到阴沟去！不就是秋狩改夏猎么？去便去！狩猎之后论功行赏，便有老夫宗正府大宴，皇帝便得亲临论功；其时皇帝来了，你等当着皇帝面说话，那叫谏阻！谁敢不听正言，老夫启动陇西老皇族来！”

“老宗正万岁！……”

皇子公主们挨了骂，却一齐扑倒在地哭了。倏忽不到一年，国政骤然大变，扶苏与蒙氏勋族竟能一朝赐死，李斯丞相竟能若无其事，满朝重臣竟无一人铮铮强谏，这些虽无权力爵位然却最是关注国政朝局的始皇帝子孙们，确实察觉到了一种隐隐迫近的劫难，感知到一种森森然的恐惧。而今老宗正如此慷慨直言，非但鼓动皇子们直言强谏，且要启动陇西老皇族廓清朝局，孰能不奋然涕零？

“哭个鸟！像嬴氏子孙么？都给我回去！”老嬴腾奋力跺着竹杖。

皇子公主们哭着笑着纷纷爬了起来。老嬴腾却眯着老眼突兀喊道：“子婴，你不去狩猎，老夫有事。”年已四十余岁的子婴点点头，从一大群先辈皇子中走了出来，兀自拭着一脸泪水。老嬴腾将子婴领进书房，眯缝着一双老眼将子婴上上下下打量了许久，突然黑着脸道：“你给皇帝上过书，谏阻杀蒙氏？”子婴淡淡一点头：“嬴氏子孙，理当尽心而已。”“你不怕大祸临头？”老嬴腾面无表情。子婴依旧淡淡然：“赳赳老秦，共赴国难。惜乎我嬴氏子孙忘记这句老誓了。”老嬴腾一跺竹杖：“好！小子有骨气，老夫没看错。给我听着：当下收拾，连夜去陇西！”子婴大是惊愕：“老宗正，咸阳味道不对，我去陇西做甚？”老嬴腾低声呵斥道：“不对才教你走，对了教你去做甚？记住，老夫没密件，不许回来！”子婴急迫道：“老叔也！到底要我去做甚？”老嬴腾板着脸道：“没甚，替老夫巡视陇西皇族，督导那群兄弟子孙们甭变成了一群懒鹰懒虎！如何，不能派你去么？”子婴略一思忖一拱手道：“也好，子婴奉命！”老嬴腾一点头，竹杖向旁边石墙上咚咚咚三点。那面石墙的角落立即启开了一道小门，府丞捧着一支铜管快步走了出来，将铜管交到了子婴手里。

老嬴腾道：“愣怔甚？这是给陇西大庶长的密件，收拾好了。你的巡视官文在府丞书房，稍待另拿。先说好，老夫只给你六名护卫骑士，你怕么？”子婴一脸肃穆：“老宗正勿忧，子婴不怕。”“你剑术如何？”老嬴腾突兀皱起了眉头。子婴一拱手道：“子婴不敢荒疏，剑术尚可，抵得寻常三两个剑士。”老嬴腾一阵思忖，轻轻摇了摇头，说声你且稍等，转身走进了旁边内室。片刻出来，老嬴腾将一只棕色的牛皮袋递给了子婴道：“打开。”

子婴打开了牛皮袋，却是一件长不过尺的极为精巧的铜板，不禁迷惑道：“如此轻巧物事，能派何用场？”“轻巧？你掂掂看。”随着老嬴腾话音，子婴一手去拿铜板，方一抬手大为惊讶道：“重！长不盈尺，至少四五斤！”老嬴腾指点道：“这是先帝当年赐给老夫的一件密器，名为公输般袖弩。老夫执掌内史，多涉山东间人刺客，先帝故而有此一赐。这件袖弩的用法是，两端固定绑缚在右手小臂之上，甩手出箭，或手臂不动而触动机关发箭，可连发十箭。不难练，却要先熟悉了绑缚在手臂分量举止。来，老夫先给你演练一番。”

“不需老宗正演练，子婴业已明白！”

“噢？”老嬴腾大是惊讶，“试试手看。”

子婴也不说话，先将铜板拿起端详片刻，从棕色皮袋里抽出一撮五六寸长的铜箭镞一支支装进铜板小孔；而后利落地撸起右臂衣袖，左手将铜板固定在右手小臂的内侧，扯出铜板两端带皮扣的皮带迅速绑缚固定；站起身右臂猛然一甩，顿时听得对面剑架方向嘭嘭噗噗连声，细小的箭镞纷纷在剑架书架上飞落。

“好！小子神也！除了准头，甚都好！”老嬴腾由衷嘉许。

“子婴喜好器械，各式弩机尚算通达。”

“好好好，嬴氏有你后生，老夫也算闭得上眼了。”

老嬴腾显出了疲惫而舒心的笑，坐进案中又对子婴殷殷叮嘱了诸多陇西细节，这才叫子婴准备去了。暮色时分，老嬴腾亲自驾车将子婴送出了咸阳西门，眼看着六骑护卫着子婴风驰电掣般西去，这才回到了府邸。

子婴离开咸阳后的第三日，一场巨大的劫难降临了。

这场劫难是以不可思议的荒诞方式进行的。清晨，当皇子公主们各自带着自己的护卫仆从汇集到南山北麓时，谷风习习空山幽静，实在没有郎中令使者所说的那种百兽出没的景象。正在有公主动议中止行猎时，山林峡谷中却传来一阵阵虎啸狼嚎，皇帝材士营派出的围猎尉也立即发出了行猎号角。行猎号令如同军法，一闻号角长鸣，皇子公主们立即依照事先划定的路径分头飞进了丛林山谷。大约小半个时辰后，各个山头纷纷晃动的旗帜，表示没有发现任何大猎物，连狐兔之类的小猎物都很少见，纷纷旗帜请命要中止行猎。皇子公主们此刻才清楚了此前传闻：

这片猎场驻扎着皇帝新征发的五万材士，这些材士奉皇帝之命，专一在南山猎场以射杀行猎为军旅演练并护卫皇帝行猎，大半年间，南山猎场的鸟兽几乎绝迹。今日亲临，果真如此，皇子公主们大为不满，当即纷纷请命中止行猎。

便在此际，突闻山林间虎啸狼嚎又起，各个山头山谷山坡的惊呼声此起彼伏，接踵而来的便是一片片沉闷的喊杀声。堪堪小半个时辰，山谷中杀声正酣，突闻四面山头鼓角齐鸣，最高山头云车上的材士将军随着大纛旗的摆动高声喝令："诸公子假借行猎叛乱！一体拿下！"随着号令，四支马队冲入山谷，片刻间将猎场团团围定。皇子公主们的马队已经拼杀得人人一身血迹，突兀被围，人人怒不可遏地飞马过来找将军论理。

"这不是真虎狼！是人披兽皮假扮的虎狼！"

"这些假虎狼人人藏兵！扑过来杀人！"

"皇子公主已经死伤十几个，究竟谁叛逆！"

"有人陷害皇族！无法无天！"

正在皇子公主们愤激纷扰之际，谷口一阵沉雷般的马蹄声，郎中令丞与郎中令府的五官中郎将[1]阎乐飞马赶到。材士将军指着山谷中一片尸体高声禀报："诸公子作乱，已杀我材士百余人！"阎乐厉声下令："一体拿下！勘审定罪！"皇子公主们看着不知何时已经没有了虎狼皮张的尸体，顿时明白此间罪恶图谋，不禁愤激万分，一声怒喝纷纷喊杀扑来。阎乐高声大喝："只准伤！不准杀！弩箭射腿！"随着阎乐号令，四面马队弩箭齐发，片刻间所有的皇子公主与护卫仆从便齐刷刷被钉在了膝盖深的草丛中。

"拿下皇子公主！护卫仆从就地斩决！"

在阎乐恶狠狠地号令下，所有的皇子公主们的护卫与仆从都被当场杀死，并当即割下了头颅作为平乱报功之凭据。皇子公主们则被硬生生拔出长箭，浑身血人般一个个塞进了囚车。暮色降临时，马队押解着这队囚车抵达了咸阳城外的材士营，在一道山谷里停了下来，而没有解入

[1] 五官中郎将，秦帝国设官，隶属郎中令府，职司皇帝政务并朝会护卫。

北去咸阳五十余里的云阳国狱。

赵高接报，立即实施了另外一个连接行动：以“诸公子联结皇城内官，欲图里应外合作乱”为由，连夜对皇城内的郎中令府属官实施了大逮捕。列位看官留意，这郎中令府原本是皇帝政务系统，由蒙毅执掌，属官大多是久经锤炼的文武功臣。赵高虽突然做了郎中令，对其属官却没有机会大清理，只能擢升阎乐等几个犬马效力而已。今日突然实施逮捕，原本是谋划好的连续对策。于是，一夜之间，郎中令府最为轴心的“三郎官”官署的吏员，与其余各署的精干大员，连续下狱多达数百人。所谓三郎，指的是郎中（亦谓中郎）、侍郎（亦谓外郎）、散郎三署；郎中署职司皇帝全部政务活动之护卫，以中郎将为长官；侍郎署职司朝廷政务活动之礼仪文书等，以大夫为长官；散郎署职司临机政务活动，多为沟通联结皇帝与地方郡县之事。由于郎中令府的属官皆为实际事务，所以没有定员，多至千人少则数百人不等；帝国新创时期始皇帝政务繁剧，郎中令府属官已远超千人。赵高一夜“连逮三郎”，其后果非但是清除了异己，且使蒙毅长期苦心建立起来的有效政务系统宣告崩溃。至此，皇帝的政务系统几近瘫痪，二世胡亥要涉足任何国事，离开赵高都寸步难行了。

肃清了郎中令府，赵高不再担心内官作梗，这才着手了结皇族。

赵高的方法直截了当，清晨带着中郎将阎乐与几个腹心老吏，亲自赶赴材士营关押皇族的谷地，将全部皇子公主皇族子弟押解出秘密洞窟，在谷地开始论刑定罪。及至人犯押到，赵高一个也不问，勘审一关悉数略过，直接下令宣示勘审定罪书。当阎乐念诵着那篇长长的荒诞文告时，气息尚存的皇子公主们无不愤激万分破口大骂，赵高却坐在一方石案前冷冰冰笑着一句话不说。阎乐念诵完毕，赵高又眼睁睁看着一群血乎乎的皇子公主们叫骂怒吼了整整一个时辰。直到皇子公主们怒骂得人人失声，连跳脚的力气都没有了，赵高才从石案前站了起来，嘴角抽搐出一丝狰狞的笑意道：“谋逆大罪，先将诸公子押入南市处刑，公主们观刑可也。”

赵高的“决刑”是：皇族子弟不问，皇子公主一体处死！

短短一年，咸阳商市已经大见萧条了。依旧保持着浓烈的战国遗风的商旅们，眼见“秦国”朝政骤变乱象迭起，纷纷遵从着危邦不可居的古老传统，或明或暗地连绵不绝地东出关中了。更为根本的是，灭六国之前的那种万商云集的咸阳不复存在了。在山东商旅的眼中，秦政秦人是不可思议的：一统华夏坐了天下，国都的老秦人却越来越少了；充斥街市的，倒大多是迁徙到咸阳的六国贵族与连绵不断的工程刑徒，无论原先穷富如何，此刻的贵族与刑徒大体上都变成了生计艰难者，谁也买不起好东西了。盐铁兵器战马等大宗物事，更是禁止交易，如此，市易越来越少，规模越来越小，二世即位大修骊山陵大举国葬，连酒也不能买卖，于是，市场便不可思议地急剧地萎缩了，山东商人们只有悄悄一走了事。如此情势之下，原本便是平民街市的南市，几乎又恢复到初建时的粗朴，只有零落的老秦人与破衣烂衫的歇工刑徒们游荡着，偶有几个衣着稍整者，也是因离家而败落的山东老贵族子弟。

大队囚车进入南市，正在午后落市的时刻。一看偌大阵势，已经零落的游荡人群又乱纷纷聚了过来，渐渐地，商铺主人们也纷纷站在门口张望了。囚车队咣当轰隆地停在了原本用于牲畜交易的空阔场地中央，层层马队立即围成了森森刑场。阎乐站在一辆发令战车上高喊：“诸公子谋逆作乱！奉诏处死南市！国人观刑以戒——！”接着又是几名吏员反复宣呼。终于，人群在热辣辣的午后聚集成了一片，高高低低地站在不同的位置上惊讶地注视着从未见过的公然诛杀皇族。

“谋逆大罪，僇死。”轺车上的赵高显出了一丝冰冷的笑意。

“十二皇子僇死——！”

随着阎乐的狰狞号令，中国历史上最为惨无人道的僇杀之刑开始了。僇者，侮辱也。僇杀者，尽辱其身而后杀死也。这是一种起源于远古战争，且长期保留在游牧部族中的虐杀战俘的恶刑。秦人变法之前，此等僇杀事实上已经大体消失了。秦国变法之后，私斗之风绝迹，各种刑罚俱有法律明载，刑归刑，连带的人身侮辱已经如同人殉一样被严厉禁止。马非百先生的史料辑录著作《秦始皇帝传》，辑录了史书中所有关于秦法死刑的刑名，总共二十六种杀人之刑，唯独没有“僇死”之刑名。僇死，仅仅见于《史记·李斯列传》："公子十二人僇死咸阳市，十公主矺死于杜。"这，仅仅是对残酷事实的记载而已，并非刑名。赵高熟悉秦法，也熟悉秦人历史，此时将这等久已消失的恶杀之法搬出，无疑是早早密谋好的，要给大秦皇族一个最要命的辱没，要寻觅最为变态的杀人快乐。

这场令人发指的辱杀，整整延续了一个多时辰。这些皇族公子们不堪辱身，人人都企图以最快捷残酷的方式了结自己的生命，咬舌者有之，撞剑者有之，撞地者有之，扑击刑桩者有之……然则，已经失去挣扎能力的皇子们最终一个也没能自己了结自己，个个都被扒光了血乎乎的衣裳，一大群事先纠集好的无赖疲民们，尽情地戏弄侮辱着这些曾经是最高贵的而目下已经失去了知觉的躯体……最终，赵高眼见十二个皇子人人被割下了男子人根，这才狞笑着点头了……

僇杀未尽，被押解观刑的十公主人人吐血昏厥了。

次日，赵高又在咸阳东南的杜地[1]，残酷地以矺刑杀戮了十位公主。矺者，裂其肢体而杀也。矺刑乃秦法正刑，见之于《云梦秦简释文三》："甲谋遣乙盗杀人，受分十钱。问：乙高未盈六尺，甲何论？当矺。"显然，这是帝国法官的答问记录，说的是对于教唆身高未过六尺的未成年人杀人者，该当处最严厉的矺刑。赵高以这种对于女性尤为惨烈的刑罚，处死了十位皇族公主，其残忍阴狠亘古罕见！依据史料的不确定记载，始皇帝有二十余子，十余公主，大体三十余名子女。以胡亥年岁评判，此时应该还有十八岁以下的未嫁公主。赵高所杀者，全部包括了未嫁公主无疑，除此之外有无已经出嫁的公主，譬如嫁给李斯几个儿子的公主，已经难以确证。然则，依据这场杀戮的后续牵连，完全有可能涉及了包括出嫁公主在内的绝大部分皇族子女。赵高借着这场杀戮风暴，几乎席卷了整个皇族的财富与生命。《史记·李斯列传》云："(其后)财物入于县官，相连坐者不可胜数。"

在不可胜数的连坐者中，留下了两则惨烈的故事。

公子将闾有兄弟三人，因同出一母，皇城内呼为昆弟三人。将闾昆

---

[1] 杜，秦时城邑，原为古诸侯国，春秋为秦宁公灭，大体在今西安市东南。

弟很可能有所警觉，或因未在咸阳，总归是没有参与南山行猎，故未被当场缉拿同时僇死，而在事后被连坐缉拿下狱，直接囚于皇城内宫。赵高派人以二世皇帝使者之名，往赴内宫，指斥将闾昆弟三人有“不臣”之罪，要立地处死。将闾愤愤然质问何谓不臣之罪？赵高心腹冷冰冰回答，我等只奉诏行事。将闾昆弟绝望，仰天大呼天者三：“天乎！天乎！天乎——！皇族无罪而死，天道何在乎！”昆弟三人遂一起拔剑自杀了。

另一个连坐者是公子高。公子高本欲逃亡，又恐累及举族被杀。绝望之下，公子高欲谋以一己之死掩护族人逃亡。公子高的方式是：上书胡亥，请求为先帝殉葬；在人殉葬礼期间，族人趁乱秘密逃亡。胡亥接书大为高兴，觉得准许皇子殉葬，将是自己这个新皇帝尊奉先帝的惊人之举。然则，胡亥又怕公子高有甚机谋，遂立即宣来赵高会商。胡亥拿出了公子高的上书，很是得意地问：“殉葬先帝，会不会是公子高的急变之策？”赵高笑吟吟道：“目下尔等人人忧死，自顾不暇，如何还有谋变心思，陛下但放宽心也！”胡亥大喜过望，立即批下了“制曰可”三字，并赐钱十万大肆操持殉葬礼，将公子高活葬在了骊山陵一侧。胡亥与赵高未曾预料到的是，在公子高筹划活葬的短短时日里，公子高的族人已经怀着深仇大恨秘密逃亡了。

皇族遭此大肆屠戮，宗正府上下大为震恐。

老嬴腾怒不可遏，立率百余名宗正府护卫甲士冲入皇城，直奔二世寝宫，要逼二世立即退位并诛灭赵高。可是，老嬴腾部伍刚刚进入皇城，便被阎乐的马队包围了。没有任何呼喝喊问，双方立即厮杀起来。历经无数辉煌的咸阳皇城正殿前的车马广场，变成了血腥战场。拼杀半个时辰，护卫甲士们全部战死，老嬴腾绝望愤怒地叫骂着胡亥的名字，一头撞死在了正殿前的蓝田玉雕栏上。赵高阎乐恶狠狠上前，亲自将老嬴腾的尸体剁成了肉酱……之后，宗正府所有官员无论是否皇族，一律被惨烈处死。嬴腾这支较大的皇族，更遭连坐灭族之罪，被全部杀戮。

嬴腾之死，是帝国九卿重臣中第一个被公然诛杀者。

消息传入陇西，守在根基之地的嬴氏部族愤怒了，男女老幼立即聚集起来要杀向咸阳。子婴苦苦阻挡了这次无望的复仇，与陇西族长连夜进入李信的大军营地秘密会商。惜乎李信已经病得奄奄一息了。这位始终煎熬在第一次灭楚之战失败的痛苦中的秦军悍将，早早已经心力交瘁了。李信只挣扎着说了几句话：“陇西皇族，人马不过万余了，万勿自投陷阱，存得人口，或可再起……先帝遗祸过甚，抗争晚矣！晚矣！……”言犹未了，这位曾经做过秦军统帅的最后一个在世大将便溘然长逝了。子婴与族长悲恸欲绝，匆匆安葬了李信，便星夜赶回了陇西皇族城邑。历经三日会商争议，最终，子婴与族长族老们作出了最不得已的决断：目下情势险难，嬴氏部族当务之急是保留根基力量，各家族、部族立即分路逃亡，使二世与赵高鞭长莫及。族长要子婴一起北上阴山草原，子婴拒绝了。子婴说，他要回咸阳保住两个儿子，要秘密聚结残存的皇族后裔设法逃亡……

诛杀始皇帝子孙的血腥风暴，毁灭了嬴氏皇族最轴心的嫡系精英。

在最为看重血统传承的时代，皇族嫡系的几近灭绝是毁灭性的灾难。从此，失却了灵魂与精神支柱的嬴氏皇族的整体力量，开始了悲剧性的溃散。最先逃亡的，是此前的扶苏家族及其追随部族。他们对帝国命运已经绝望，秘密聚结于海滨，远远地遁入了茫茫大海，最终漂泊到了今世称为日本的海岛上。此后，陇西嬴氏消失在茫茫草原。再其后，胡亥被杀，胡亥的残余后裔也遁入大海，逃向了日本。更其后，在帝国烽火中究竟有多少嬴氏皇族后裔逃出了咸阳，抑或有多少嬴氏皇族被杀害，实在是难以得知了。然则，结局是很清楚的，从这时的大溃散开始，在其后的两年之内，这个中国历史上最为伟大的第一皇族在暴乱的飓风中陡然灭绝，连嬴这个姓氏也几乎永久地消失在了华夏大地……

两场灭绝人性的连续杀戮，揭开了帝国最后岁月的血腥大幕。

四　三公九卿尽零落　李斯想哭都没有眼泪了

公然杀戮皇族，极大地震撼了廷尉府。

姚贾冲进丞相府连连怒吼着："禽兽不如！辱秦法过甚！辱廷尉府过甚！天理不容！国法不容！"病情稍见好转的李斯，第一次在自己的政事厅失态了，坐也不是，站也不是，说也不是，不说也不是，只难堪地看着暴怒的姚贾连连吼喝，老脸通红得无地自容。姚贾见李斯在如此情形下还是不出声，突然中止了吼喝，大袖一甩转身便走。李斯连忙抢步上前拦住，急忙一拱手道："贾兄不能走！究竟有何想法，未必不可会商。"姚贾目光闪烁冷冷道："我去九原，你敢去么？"李斯大急道："贾兄慎言！岂能出此下策？"姚贾一脸愤激冷笑道："慎言？慎言只能纵容非法，只能继续杀戮！你这个丞相的职司只是慎言么？姚贾从甘泉宫慎言至今，处处依着你这个丞相的心思做事，结局如何？而今，不经廷尉府勘审而连杀连坐数百皇族，先帝骨血几乎灭绝！还要慎言，大秦便整个殁了！垮了！"

李斯一手捂着胸口一手拉着姚贾衣袖，艰难地跌脚喘息道："此事委实可恶，老夫一个儿媳也，也被连坐杀了，其余三个，也，也自杀了。合府上下，如丧考妣也……贾兄，老夫何尝不痛心哉！"姚贾心下顿时一沉，这才蓦然想起李斯的儿媳们几乎都是公主，也为这刚刚得知的消息大为惊愕——果真如此，李斯岂非已经岌岌可危了！当此情形，李斯再不设谋还能有何等退路？思忖片刻，姚贾正色拱手道："丞相危境若此，敢问对策。朝廷重臣尚在，边地重兵尚在，扭转朝局未必不能！"

"贾兄且入座，容老夫一言可否？"

"愿丞相聚合人心，挽狂澜于既倒。"姚贾怒气稍减，终于入座了。

"贾兄啊，老夫难矣哉！"李斯坐进了对案，长长地叹息了一声，"此等朝局，确得改变。然则，委实不能操之过急。非老夫不欲强为也，情势难以强为也。老夫今日坦言：甘泉宫变，你我已涉足其中；扶苏与蒙氏兄弟之死，你我亦有关涉；新朝之贬黜简拔，你我都曾赞同；赵高更法，你我亦无异议……凡此等等，老夫与贾兄，俱已难以洗刷矣！纵然老夫随贾兄前赴九原，王离果能信服你我乎！纵然老夫联结二冯与杨端和章邯，四人可发之兵充其量不过万余，抵得二世皇帝的五万精锐材士乎！一旦王离犹疑而消息泄露，二冯杨章又无大军可发，你我岂非立见险境？你我一旦身首异处，大秦朝廷便当真无救矣！老夫之难，恳望贾兄体察之……”

“丞相之意，还是长眠窝冬？”姚贾愤愤然插断了。

“不。老夫要弹劾赵高。”

“弹劾？丞相何其可笑也！”

“秦政尚在，为祸者唯赵高一人耳，你我联结重臣一体弹劾……”

“丞相，不觉异想天开么？”

“贾兄何出此言，弹劾者，国法正道也。”

“根基已邪，正道安在哉！”

“贾兄若不欲联署弹劾，老夫只好独自为之了。”

“自寻死路，姚贾不为也。告辞。”

素来尊崇李斯的姚贾黑着脸拂袖而去了。姚贾不同于李斯之处在于根基，在于志向。姚贾出身卑贱的监门老卒之家，入秦为吏得始皇帝力排众议而一力简拔，从邦交大臣而官至九卿之首，维护帝国法治之志由来已久。姚贾之所以长期追随李斯，根本点也正在于认定李斯是法家名士，是始皇帝之外帝国新政法治最重要的创制者，坚信李斯不会使自己亲手创制的千古大政付之流水。李斯排除扶苏排除蒙恬蒙毅，姚贾虽不以为然，但最终还是赞同了，根本原因，也在于姚贾与李斯政见同一，认定扶苏蒙恬的宽政缓征将从根本上瓦解帝国法治。然则，姚贾与李斯交，大政知无不言，却从来不涉及人事人生等额外话题。也就是说，李斯在姚贾面前，始终是一个端严持重的帝国首相，仅此而已。李斯能告知姚贾的，都是姚贾知道了也不足以反目的。李斯不告知姚贾的，则姚贾不可能知晓。姚贾不知道沙丘宫之后深藏于李斯心中的那一片阴暗机密，不知道李斯在始皇帝骤然死去的风雨之夜的作为，不知道李斯与赵高的合谋，不知道李斯伪造了始皇帝赐死扶苏蒙恬的诏书，不知道李斯盛大铺排始皇帝陵墓与葬礼的真实图谋……今日李斯对姚贾所说的不能强为的种种理由，都将姚贾牵涉了进去，似乎姚贾一开始便是李斯的同道合谋；姚贾分明觉察到了李斯说辞的微妙，然也不屑于辩解了。

姚贾的想法很简单：身为国家大臣，一只脚下水，两只脚下水，无甚根本不同；目下危难，需要痛改前非扭转乾坤的胆魄，而不是诿过于人洗刷自己。姚贾久为邦交，对山东六国的官场阴暗的了解比李斯更为透彻。姚贾清醒地知道，此等无视法治的杀戮风暴一旦席卷大秦，刚刚一统天下的帝国便必然地要陷入当年赵国末期的连绵杀戮，其迅速溃灭将势不可免！若此时还对这个胡亥与赵高心存期待，无异于痴人说梦。素来行事果敢的姚贾，以为自己的愤怒果敢也将必然激起李斯同样的愤怒与果敢，甚至，姚贾在心中没有排除李斯早已经有挽回局势的图谋……姚贾没有料到，李斯竟会变得如此萎缩软弱，竟能提出以弹劾之法除去赵高的童稚之说。对于政治，对于人性，姚贾从来是清醒透彻的。当年李斯犹豫于韩非之囚，正是姚贾激发李斯而杀了韩非。姚贾始终认为，认准的事就要果敢去做，果真铸成大错，便须断然悔悟重新再来。在姚贾的人生信念中，没有圣贤之说，没有完人之说，做事不怕沾污带泥不怕错断错处，然必须知错立改。姚贾以为，始皇帝便是此等境界之极致帝王，错失时可以颁下荒诞的逐客令，醒悟时则立即霹雳飓风般回头；身为追随始皇帝一生的重臣，连始皇帝如此可见的长处都未能领悟，才如李斯者岂非不可思议哉！……然则，姚贾终于失望了。李斯终究不是姚贾。姚贾终究不是李斯。强为同道之谋，难矣哉！

当晚，姚贾秘密拜会了已经很是生疏的典客府。

顿弱布衣散发，正在后园石亭下望月纳凉，亭外一个女仆操持煎药，一股浓浓的草药气息弥漫了庭院。见姚贾匆匆而来，顿弱既没起迎也没说话，风灯下苍老的脸上写满了轻蔑与冷漠。姚贾已经无暇顾及，大步走到亭廊下扑拜在地，一开口便哽咽了："顿兄，姚贾来迟也！……"顿弱冷冷一笑道："老夫又没死，足下来迟来早何干？"姚贾一时悲从中来，不禁放声恸哭了："顿兄也，姚贾一步歪斜，铸成大错，悔之晚矣！……公纵然不念姚贾宵小之辈，焉能不念大秦法治乎！焉能不念先帝知遇之恩乎！……"顿弱手中的大扇拍打着亭栏，淡淡揶揄道："爬不上去了，想起法治了，想起先帝了？廷尉大人，果然智慧之士也。"姚贾终于忍不住了，一步爬起愤然戟指骂道："顿弱！姚贾错便错了，认了！可姚贾不敢负法治！不敢负先帝！此心此意何错之有，得你老匹夫如此肆意揉搓！大政剧变，姚贾是脚陷污泥了。可你顿弱如何？你抗争过么？你说过一句话还是做过一件事？姚贾该杀！你老匹夫便该赏么！姚贾认错，姚贾求你，可姚贾也不怕连根烂！左右都死了，怕个鸟来！你老匹夫便抱着药罐子，还是得死！死得并不比姚贾好看！姚贾再求谁，也不会求你这个坐井观天的老蛤蟆了！”姚贾原本邦交利口几追当年张仪，此时愤激难耐肆无忌惮，酣畅淋漓骂得一阵转身便走。

“且慢！”顿弱从幽暗的亭下颤巍巍站了起来。

“名家软骨头，何足与谋哉！”姚贾头也不回硬邦邦甩过来一句。

“姚贾！人鬼难辨，不许老夫试试火候么！”顿弱愤然一喊。

姚贾的身影终于站住了，终于回身了。姚贾步履沉重地向亭下走。顿弱扶着竹杖颤巍巍地向亭外走。月光朦胧的庭院，两个须发一般灰白的老人在相距咫尺处站定了，相互打量着对方，目光交融在一起，良久没有一句话。终于，顿弱轻轻点了点竹杖，转身向那片茂密的柳林走去。姚贾问也没问，便跟着走了。

柳林深处一座石墙石门的小庭院前，顿弱的竹杖点上门侧一方并无异常的石板，石门隆隆开了。朦胧月光被柳林遮挡，小庭院一片漆黑。顿弱却轻松自如地走过了小径，走到了正中大屋的廊下，又点开了一道铁门，进入了同样漆黑的正厅。姚贾自觉又绕过了一道铁石屏风，又过了一道轧轧开启的石门，又下了长长一段阶梯，前面的顿弱才停住了脚步。不知顿弱如何动作，蓦然间灯火亮了，亮光镶嵌在墙壁里，空荡荡的厅堂一片奇特的昏黄，微微清风穿堂而过，清凉空旷得一片萧疏。

“姚兄所求老夫者，此处也。自己看了。”顿弱终于说话了。

“这是黑冰台出令堂么？空空如也！”姚贾惊愕得脸色都白了。

顿弱默默穿过厅堂，来到正面墙下又点开了一处机关，进入了一间宽大的密室。室中一无长物，正面中间石案上一只硕大的香炉，两支粗大的香炷尚未燃尽，青烟袅袅缠绕着供奉在正中的巨大灵牌。一看便知，顿弱是天天来此祭拜始皇帝的。姚贾心下酸热，在灵牌前一拜扑倒，一句话没说便放声恸哭了。顿弱默默地跪坐案侧，手中竹杖向香案一侧一点，香案正中便滑出了一道长函。姚贾骤然止住了哭声，目光紧紧盯住了赫然铺展面前的那方羊皮文书——

> 大秦始皇帝特诏：黑冰台劲旅，本为七国邦交争雄之发端也，留存于天下一统之后，将有乱政乱国之患。着典客顿弱，立即遣散黑冰台剑士，或入军，或入官，或重金还乡；遣散之后，典客府将去向册籍立交皇室府库密存，任何人不得擅自开启。朕后若黑冰台依附权臣作乱，典客顿弱当处灭族之罪！始皇帝三十七年六月

“顿兄，这，这是陛下生前月余之诏书？”

“正是。陛下生前一个月零六天。”

“陛下啊陛下，你有正道之虑，何无固本之谋哉！……”

“姚贾！不得斥责陛下！”顿弱黑着脸呵斥一句。

“陛下，姚贾万分景仰于陛下……”姚贾对着灵牌诏书深深一躬，肃然长跪如面对皇帝直言国策，“然姚贾还是要说，陛下执法家正道过甚，轻法家察奸之术亦过甚也！法家法家，法术势三位一体也！法治天下，术察奸宄，势立君权，三者缺一不可啊！陛下笃信商君法治大道，固然无差。然则，陛下轻韩非察奸之术，却是不该。若非如此，陛下何能在生前一月之时，连遣散黑冰台都部署了，却没有立定太子，却没有立定顾命大臣！陛下，你明彻一世却暗于一时，你在身后留下了何其险恶之一片天地也！……黑冰台固有乱政之患，然安能不是震慑奸宄之利器！陛下恕老臣直言：陛下若将黑冰台留给顿弱姚贾，老臣等若不能为大秦肃清庙堂，甘愿举族领死！然则，陛下却将神兵利器束之高阁，将奸宄不法之徒置于中枢，使邪恶势力无克星之制约，大局终至崩溃矣！……陛下啊陛下，你万千英明，唯有一错，这便是你既没有察觉身边奸宄，更没有留下身后防奸之利器啊！……”

“姚贾，陛下不是神，陛下是人。”顿弱笃笃点着竹杖。

“是，陛下是人，陛下不是神……”姚贾颓然坐倒了。

“贾兄啊，莫再费心了。大秦要殁了，任谁没有回天之力了。”

“不！大秦不会殁了！不会！不会！！”姚贾声嘶力竭地捶着地面。

"贾兄，你我同为邦交大臣几二十年，生灭兴亡，见得还少么？"顿弱扶着竹杖站了起来，颤巍巍地在香案前走动着，苍老的声音弥散出一种哲人的平静冷漠，"六国何以能亡？你我知道得比谁都清楚。都是奸人当道，毁灭栋梁。举凡人间功业，件件都是人才做成也。一个国家，一旦杀戮人才灭绝功臣而走上邪恶之路，还能有救么？从头数数：魏国逼走了吴起、商鞅、张仪、范雎、尉缭，以及诸如贾兄这般不可胜数之布衣大才，这个国家也便像太阳下的冰块一般融化了；韩国正才邪用，将郑国一个绝世水工做了间人，将韩非一个大法家做了废物，最后连个统兵大将都没有了；赵国迁逼走廉颇，杀死李牧，郭开当道而一战灭亡；燕国逼走乐毅，杀死太子丹，虽走辽东亦不免灭亡；楚国杀屈原，杀春申君，困项氏名将，一朝轰然崩溃；齐国废孟尝君，废田单，后胜当道，一仗没打举国降了……只有秦国，聚集了淙淙奔流寻找出路的天下人才，方才灭了六国，一统了华夏……如今，大秦也开始杀戮人才了，也开始灭绝功臣了，这条邪路若能长久，天道安在哉！"

"顿弱！不许你诅咒秦国！！"姚贾疯狂了，须发戟张如雄狮怒吼。

"六国殁了，秦国殁了，七大战国都殁了……"顿弱兀自喃喃着。

"不——"一声怒吼未了一股鲜血激喷而出，姚贾重重地砸在了石板地上。

"姚贾——！"顿弱惊呼一声扑过来要揽起姚贾，却不防自己苍老的病体也跌在了姚贾身上。顿弱久历险境，喘息挣扎着伸出竹杖，用尽力气击向香案一侧的机关……片刻之间，四名精壮仆人匆匆赶来，抬走了昏厥的两位老人。

丞相府接到廷尉府急报时，李斯惊愕得话都说不出来了。

李斯无论如何想不到，精明强韧的姚贾竟能自杀在府邸正堂。当李斯脚步踉跄地走进廷尉府正厅时，眼前的景象如当头雷击，李斯顿时不省人事了……良久被救醒，李斯犹自如同梦魇，愣怔端详着熟悉的廷尉正堂，心如沉浸在三九寒冰之中。

姚贾的自杀，可谓亘古未闻之惨烈。正案上一方羊皮纸血书八个大字：合议奸谋，罪当断舌！羊皮纸血书上，是一副生生用利刃割下来已经淤血凝固的紫酱色舌头。正厅左手大柱上也是血淋淋八个大字：无能赎罪，合当自戕！大柱旁的正梁上，白帛吊着姚贾血糊糊的尸体。最为骇人者，是正厅右手大柱上钉着一张血淋淋的人脸，旁边血书八个大字：无颜先帝，罪当剐面！那幅悬空荡悠的尸体面孔，是一副令人毛骨悚然的森森白骨……

廷尉正[1]断断续续地禀报说，廷尉大人于昨夜五更回府，一直坐在书房，任谁也不能进去；整整一日半夜，廷尉大人没吃没喝没说话。大约四更时分，廷尉大人进了平日勘审人犯的正厅，说要处置罪案，教一班值夜吏员悉数退出。吏员一出，廷尉大人便从里面关死了正厅大门。廷尉正察觉有些异常，下令一名得力干员在外厅守候，自己便去处置几件紧急公文。大约鸡鸣时分，干员隐隐听见正厅内有异常动静，打门不开，立即飞报了府正。及至廷尉正率护卫甲士赶来，强行打开正厅厚重的大门，一切都晚了……

“廷尉家人，如何了？”李斯终于从惊愕悲怆中清醒过来。

“在下不知，府中已经空无一人。”

“廷尉昨夜，从，从何处回来？”李斯避开话头另外一问。

“禀报丞相：廷尉昨夜造访，典客府……”

梦魇般的李斯踉跄地登车，恍惚地进了典客府。偌大的府邸庭院，已经空荡荡没有一个人了。李斯梦游般走进正厅，走进书房，终于在书房正案上看见了一卷铺开的羊皮纸，几行大字晃悠在眼前——

国无正道，顿弱去矣！国之奸宄，李斯祸首也，赵高主凶也，胡亥附逆也，他日若有利器，必取三贼首级以谢天下！

“岂有此理！”李斯一个激灵，梦魇惊醒般大叫一声。

生平第一次，李斯被抬回了丞相府。大病未愈的李斯，又一次病倒了。

---

[1] 秦之廷尉府设置三个主要副手：廷尉正、廷尉左监、廷尉右监；廷尉正总揽日常事务。

姚贾对自己进行了无情的勘审，以最为酷烈的刑罚处置了自己。姚贾断舌、剐面、自缢，三桩酷刑桩桩如利刃刺进李斯心田，活生生是对李斯的勘审刑罚。姚贾追随李斯，尚且自判如此酷刑，李斯该当如何还用说么？身为九卿之首的廷尉，姚贾自然知道大臣意外暴死该如何处置，不可能想不到李斯亲临廷尉府查勘；姚贾留下的血书，不是明明白白地要告知李斯所犯罪行的不可饶恕么？举朝皆知姚贾与李斯同道如一，姚贾如此酷烈地死去，对李斯意味若何，实在是无论怎么估价也不过分的。李斯唯一稍许松心者，姚贾家人族人全部逃遁了。廷尉府的吏员们决然不会去追究此事，御史大夫与其余官署也一定是佯作不知了。短短一年不到，秦法已是形同虚设，有二世皇帝率先坏法杀戮，能指望臣民忠实奉法么？自认法家大才的李斯，能去依法追究姚贾家族逃亡么，能去追究顿弱擅自逃官么？一丝天良未泯，断不能为也。

可以说，姚贾的酷烈自戕已经摧毁了李斯的人事根基，李斯从此失去了最能体察自己、也最有干才最为得力的同道。然则，李斯毕竟还残存着一丝自信与一份尊严：李斯所作所为，毕竟为了维护秦政法治大道不变形，至于奸宄罪孽，毕竟不是李斯亲为，奈何姚贾责李斯过甚哉！但是，顿弱的逃官与留书，则将李斯残存的一丝自信与一份尊严，也冷酷地撕碎了。依据秦法，大臣擅自逃官去职，是要立即严厉追究的。李斯身为丞相，第一个发觉顿弱逃官，却既没有禀报皇帝，也没有部署缉拿；其间根本，除了最后的一丝天良，便是顿弱留下的这件羊皮书。这件留书，李斯是不能交给任何人的：交于胡亥赵高，无异于自套绞索；交于御史大夫府，则无异于公然将“李斯乃天下祸首”这个惊人论断昭示于朝野！

无论哪一种结局，李斯都是不能也无法承受的……

在李斯的心目中，从来没有将朝廷剧变与自己的作为联系起来。也就是说，李斯从来认为，自己的一切作为都是基于维护大政法治不变形而作为的；对胡亥赵高的杀戮罪行，李斯从来没有赞同过，更没有预谋过；至于对扶苏蒙恬之死，李斯虽则有愧，但毕竟是基于政见不同而不得不为也。李斯无论如何没有想到，自己竟会被人认定为奸宄祸首！而且，认定者还是顿弱这般极具声望的重臣。顿弱既有此等评判，安知其余朝臣没有此等评判？安知天下没有此等评判？而果真天下如此看李斯，李斯的万古功业之志岂非付之流水，到头来反成了奸宄不法之亡国祸首？

岂有此理哉！岂有此理哉！

李斯为自己反反复复地辩护着，可无论如何开脱自己，还是不能从顿弱的一击中摆脱出来。人人都知君权决断一切，然顿弱却将胡亥看做附庸；人人都说赵高残忍阴狠，然顿弱却将赵高只看做政变主凶；人人都该知丞相李斯不得已而为之，然顿弱却将李斯看做元凶祸首。顿弱之说不对么？当然不对！一个自信的李斯汹汹然反驳。为何不对？另一个李斯从最幽暗的角落跳了出来，冷冰冰地说，若非你李斯之力，赵高拥立胡亥之阴谋岂能成立？你李斯固非杀戮元凶，然你李斯却是政变成立之关键条件！身为帝国首相，其时你李斯又身在中枢，本是一道不可逾越之正道关口，不越过你这一关，谁能将胡亥这个无能痴儿抬上皇帝宝座？然则，然则，李斯毕竟不是设谋者也，不是动议者也。自信的李斯声嘶力竭，却微弱得连自己也委顿了，也不想再说了……李斯啊李斯，你若不能洗刷自己，便将永远地要被钉在历史的耻辱柱上了……不能，不能！李斯不能是祸首，李斯必须成为原本的正道功臣！李斯要做自己该做的事，不能再听任赵高摆布了……

浑浑噩噩的梦魇里，李斯为自己谋定了最后的对策。

梦魇未消，又一个惊人的消息传进了丞相府。

当府丞一脸惶恐而又嗫嚅难言地走进草药气息弥漫的寝室时，李斯便有了一种不祥的预感。李斯不想问，却也没有摆手让府丞走，灰白的脸色平静而呆滞，似乎已经没有知觉了。府丞犹疑一阵，终于低声道：“禀报丞相，治粟内史郑国，奉常胡毋敬，两人一起，一起死了……”李斯猛然浑身一抖，连坚固的卧榻也咔嚓响动了，脱口而出的问话几乎是本能的：“死在了何处？何人勘验？”语速之快捷，连李斯自己都惊讶了。“在奉常府，廷尉府大员正在勘验尸身……”府丞话音未落，李斯已经翻身坐起，说声备车，人已神奇地从病榻站到了地上。

车马辚辚开进郑国府邸时，廷尉府吏员们正在紧张忙碌地登录着勘验着。李斯的轺车直接驶进了府邸，停在了出事的后园茅亭外的池畔。李斯没有用卫士搀扶，径自扶着竹杖下车了。走进茅亭，李斯还没察看尸身，先匆忙问了一句：“两老有无遗书？”廷尉正答说尚未发现。李斯略微松了口气，一跺竹杖低声道：“教廷尉府人等退下，只你一人与老夫勘验。”廷尉正拱手领命，转身便下令，教廷尉府吏员们到远处池畔待命了。

茅亭里外清静下来，李斯这才仔细地打量起来。这座茅亭下，李斯与胡毋敬不知几多次聚酒慨然议论学问治道。李斯熟悉这片庭院，更熟悉这座茅亭。在一统天下后的大秦朝廷中，只有胡毋敬这个太史令出身的重臣，还能与李斯敞开心扉论学论政，与其余大臣聚议则只有国政事务了。唯其如此，这座奉常府，是李斯被千头万绪之琐细事务浸泡得烦腻时必然的光顾之地。但在这座茅亭下，李斯便能直抒胸臆，慷慨激昂地倾泻自己的政学理念，纵横评点天下学派，坦诚臧否诸子百家人物，会商解答胡毋敬统领帝国文事中的种种疑点，举凡天文地理阴阳史籍博士方士无不涉及。在李斯的心目中，胡毋敬是战国名士群中一个特异的老人，既可治史治学，又可领事为政，堪称兼才人物。因为，胡毋敬的迂阔气息很少，从来没有以被诸多学子奉为圭臬的先王大道谏阻过帝国文明创制。也就是说，在文明创制的诸多争论中，最有可能与博士们一起反对始皇帝与李斯的奉常府，在胡毋敬的统领下，倒实实在在地成了帝国文明创制的根基力量之一。如此一个胡毋敬，老了固然老了，二世即位一年多也多告病卧，几乎是深居简出了。然则，胡毋敬毕竟无甚大病，如何饮一次酒便死了？

两位老臣死得很奇异。两人在亭下石案相对而坐，人各一张草席。石案中间是两鼎两盘，鼎中是炖胡羊，盘中是凉苦菜，两鼎炖羊几乎未动，两盘苦菜却几乎都没有了。胡毋敬面前的铜爵还有七八成犹在，郑国面前的铜爵却空荡荡滴酒皆无。胡毋敬靠着身后亭柱，面前摆着一支尺余匕首，平静的脸上荡漾着一丝神秘莫测的笑意；郑国手扶探水铁尺身体前倾，老眼愤愤然盯着胡毋敬，似乎在争辩何事，似乎在指斥何人。旁边的两只酒桶很是特异，一桶是罕见的韩国酒，一桶却是更为罕见的东胡酒，韩国酒已经空了，东胡酒则刚刚打开……

家老禀报说：郑国大人是昨夜二更初刻来造访的，与奉常大人在书房说话直到四更，一直关闭着书房大门，谁也没能进去，谁也不知道两位大人说了些甚。四更末刻，两位大人出了书房，在月光下游荡到了茅亭。奉常大人吩咐摆酒，并指定了酒菜。家老部署停当，留下一个侍酒老仆，自己便去忙碌了。侍酒老仆禀报说，酒菜摆置完毕，奉常大人吩咐他下去歇息，不要再来了。老仆放心不下，远远隐身在池畔石亭下预备着照料诸事。茅亭下的说话声时起时伏，老仆年老耳背，一句话也没听得清楚。直到五更鸡鸣，茅亭下骤然一阵异常笑声，之后便久久没了动静。直至晨曦初现，老仆终于瞅准了亭下两个身影如石雕般久久不动，这才赶了过来，两位大人已经殁了……

"丞相，似是老来聚酒，无疾而终。"廷尉正谨慎地试探着。

"传唤医官，勘验两爵残酒。"李斯没有理睬廷尉正。

片刻之间，廷尉府的执法医官来到。医官先拿起两爵残酒细嗅片刻，又拿出一枚细亮的银针伸进胡毋敬酒爵，银针立即变成了令人心悸的紫黑色。医官低声道："奉常所饮，有辽东钩吻草毒。"一片寂然之中，医官又拿出一枚银针刺入郑国青紫的下唇，银针渐渐变成了怪异的酱红色。医官低声道："禀报大人，此毒在下不知名称。"默然良久，廷尉正踌躇道："丞相既已查明死因，在下只有……"李斯一跺竹杖道："自然是明白呈报。老夫岂能屈了烈士本心？"一言落点，李斯扶着竹杖径自去了。方出亭外丈许，李斯又蓦然站定转身道："郑国丧事，老夫亲自料理，无须廷尉府官制处置。胡毋敬丧事，亦望廷尉府网开一面，交胡氏族人处置。若能得平民之葬，老夫便代两老谢过廷尉府了。"廷尉正慨然拱手道："丞相但有此心，在下拼得一死，安敢不护勋臣忠正之身哉！"骤闻久违了的慷慨正气之言，李斯心下猛然一阵酸热悸动，浑身凝聚的心力轰然消散，喉头猛然一哽便软倒在地了……

旬日之后，病体支离的李斯，为郑国操持了最为隆重的平民葬礼。

秦法有定：官员无端自杀，一律视为有罪，非但不得享受生前爵位礼遇厚葬，且得追究罪责而后论定。唯其如此，李斯请求廷尉府折冲斡旋，能使胡毋敬与郑国不再被追究罪责，而以平民之身了结丧事。若在帝国常政之下，李斯身为奉法首相，自不会有此等请求；廷尉府身为执法官署，也不会接纳此等违法之说。然则，此时之帝国大政业已面目全非，一切皆狰狞变形，故“违法”之举反倒具有了不同寻常的大义。廷尉正之所以不想追究死因，而以“老来聚酒，无疾而终”呈报处置，是想在乱政之中为功臣争得个最后的厚葬。而已经开始痛悔的李斯，则所想不同：郑国胡毋敬双双同时服毒自杀，无疑是对秦政变形的最大不满，是最深的无奈，其间自然也包括了对李斯的失望与不满。从天下评判与身后声誉而言，郑国胡毋敬自杀，无疑为不堪邪政的正道殉国之举；若仍以功臣厚葬两人，则无异于为胡亥赵高贴金，使其至少落得个“尚能善待功臣之名”，而郑国胡毋敬之以自杀抗争，则可能大大地蒙受曲解。是以，李斯宁可使两人不获厚葬，也要维护两位老功臣的声望。李斯深信，一个太史令出身的胡毋敬，一个绝世水工郑国，谁都不会在乎死后如何处置，而更看重一世的节操，更看重大义的评判。如此处置，至少，李斯那颗破碎的心尚能有些许的慰藉。

李斯所痛心者，自己竟在暮年之期失却了这位最敦厚的老友的信任。

自当年的大决泾水开始，李斯便与郑国结下了深厚的情谊。在长长的岁月里，郑国几乎怀疑包括秦王在内的任何人，而只相信李斯，只敬重李斯。寡言的郑国，只对李斯说心里话。素来少和人交心的李斯，也只对郑国毫无隐瞒。郑国不通政事，李斯不通水务，两人共事却和谐得血汗交融……自甘泉宫之后，郑国与李斯的来往越来越少了。然则，当李斯主持始皇帝葬礼焦头烂额的时候，年迈的郑国依然在垂暮多病之时接受了李斯的恳请，带病出来为始皇陵工程奔波……之后，郑国显然对李斯绝望了。因为，不善交谊的郑国在最后的时刻，没有找李斯饮酒，也没有找李斯说话，而是不可思议地找到了同样不善交谊的胡毋敬了结一生。李斯深信，只要郑国来找自己，便是指着自己的鼻子痛骂，李斯也会一如既往地敬重这位老友，甚或，李斯能改弦更张亦未可知。是的是的，郑国固然没有找自己，可李斯自己也没找过郑国。自认绝无迂阔气息的李斯，自认是郑国保护者的李斯，你为何没有体察到郑国在目下艰难之期的绝望？平心而论，你李斯仅仅是忙碌么？仅仅是没有闲暇么？仅仅是内心深处有愧而畏惧面对老友么？不！你李斯在内心深处，是有一丝蔑视郑国之心的。郑国不通政事，不求权力，不善交人。于是，你李斯便将郑国看做了一个大政无主见之人，自觉不自觉地，你以为郑国任何时候都会是李斯的人马，都会跟定李斯，而绝不会疏远李斯，绝不会对李斯生出贰心……事实果真如此么？非也，非也。郑国已经以不告而永别的方式，宣布了与你李斯的最终分道。李斯啊李斯，你自以为精明得计，实则何其浅陋，何其不通人心也！……

郑国的墓地，李斯选在了泾水瓠口峡谷的一片山坳里。

老秦人没有忘记郑国。尽管葬礼未曾知会任何局外人，泾水两岸的民众还是络绎不绝地赶来了，瓠口峡谷的山坳里摆满了香案牺牲，已经是男丁罕见的老秦人扶老携幼妇孺相搀，黑压压布满了山头。下葬那日，漫山遍野哭声震天，悲怆愤激之情虽始皇帝国丧而未尝得见。李斯眼睁睁看见，两个老石工跌足捶胸恸哭不已，两三个时辰竟哭死了过去，最后与郑国一起合葬了……

那一日，李斯想放声恸哭，老眼中却干涩得没有一滴泪水。当年，李斯是河渠总署，对泾水两岸的老秦人比郑国稔熟许多。可是，整整一日葬礼，竟没有一个老秦人与他说话，连同县乡三老在内的男女老幼，都远远绕开了他这个当年总司民力的河渠总署，避之唯恐不及。送葬之前，李斯为郑国亲自书写了墓石刻文，那是两行揪扯肝肠的文字："天赋神工兮终殉大道，清清泾水兮如许魂灵，故人长逝兮知音安在，刎颈不能兮长太息我伤！"那两行秦篆文字苍老颤抖，力透丝帛，实在是李斯书法中最难得的神品。然则，那个最负盛名的老石工接过李斯的刻文时，脸却冷若冰霜。

最令李斯痛心者，是回到咸阳堪堪三日，便得到了县令禀报：那方石刻上的大字莫名其妙地没有了，被人铲平了。李斯难堪了，李斯恼怒了，愤然带着马队护卫亲自赶到了瓠口，要重新立起碑石，要诛杀敢于擅自铲平丞相手书的不法之徒。然则，当李斯看到墓石上新镌刻的五个大字，不禁倒吸了一口凉气，颓然跌坐在地了。那五个大字是：郑国是郑国！——老秦人民心昭昭，不许李斯与郑国相连，宁非视李斯如国贼哉！暮色之中，李斯独自站在郑国墓前，欲诉无语，欲哭无泪，直觉自己已经堕入了沉沉万丈深渊……

踽踽回到咸阳，李斯连续接到九原王离的三件急书：其一，卫尉杨端和奉诏赶赴阴山，为皇帝五万材士遴选战马，夜来与牧民饮酒大醉，归程中马失前蹄跌入山谷，尸身难觅！其二，辽东大将辛胜巡视长城至渔阳，自投峡谷而死，尸身难觅！其三，太仆马兴奉诏赴雁门郡督导材士营战车打造，于幕府失踪逃亡，大印留在令案，没有任何留书！如上三事，王离称业已上书皇帝，可泥牛入海未见任何批回诏书，请命丞相府处置。

捧着三份急书，李斯双手簌簌颤抖，一句话也说不出来……

李斯再也没有心绪过问国政了，确切地说，是不知如何过问了。当年，李斯的丞相府一旦对政事有断，知会三公九卿府之任何官署，便能立即推行。曾几何时，济济一堂的三公九卿一个一个地没有了，举目朝廷一片萧疏寒凉，任何政令都难以有效推行，更不说雷厉风行了。即或晋见胡亥造访赵高，得到的也只是一件诏书而已，能否落到实处，实在也是难以预料。如此国政，纵然丞相又能奈何？……李斯木然地掰着指头，心中掠过一个熟悉的身影，心头猛然一颤。除了太尉王贲善终之外，虽非三公实同三公的蒙恬首先死了，其后，老冯劫也被罢黜了；老三公之中，唯余李斯冯去疾两个有名无实的丞相了。九卿重臣，几乎悉数覆没：郎中令蒙毅死了，廷尉姚贾死了，宗正老嬴腾死了，奉常胡毋敬死了，治粟内史郑国死了，卫尉杨端和死了，典客顿弱逃隐了，太仆马兴也逃隐了，皇皇九卿，只留下一个少府章邯了……

一种无以言说的孤独淹没了李斯。

一种比绝望更为刺心的冰冷淹没了李斯。

孰能预料，倏忽一年之间，承继始皇帝而再度开拓大秦新政的宏愿已告灰飞烟灭？李斯百思不得其解的是，毁灭皇皇大秦的这个黑洞，为何竟能是自己这个丞相开启的？分明是要再开拓再创制，如何便能变成了沦陷与毁灭？不可思议哉！不可思议哉！闷热的夏日，李斯第一次感到了自己的渺小与苍白，感到了自己才力的匮乏，终日踽踽独行在池畔柳林的小径中思谋着如何了结自己的一生……踽踽之中，流火七月倏忽到了，李斯终于谋定：七月二十二日乃始皇帝周年忌日，在这一日，李斯要在始皇陵前大祭，要在始皇陵前自杀谢罪！想透了，李斯也轻松了。李斯很为自己最终能从无休止的谋身私欲中摆脱出来，而有了一种欣慰之感。只有李斯想定了要自杀以谢天下的时候，李斯才真切地感受到自己内心的真正的渴求：只要能融入那一片灿烂的星云，纵然一死，何其荣幸也！苟活人世而陷入泥沼，李斯的灵魂将永远无以自拔。

然则，李斯又一次没有料到，一场突如其来的弥天风暴不期来临了。

大泽乡的惊雷炸开之时，连同李斯在内的一切人的命运都剧烈地改变了。

第四章 暴乱潮水

一 大泽乡惊雷撼动天下

二世元年五月，河淮大地出现了亘古未闻的天象征候。

灰蒙蒙云团时聚时散，红彤彤太阳时隐时现。似乎是九州四海的云气都向大平原上空汇拢聚集，穹庐寥廓的天际如万马奔腾，却没有一团黑云能遮住苍黄的太阳，一天灰云在出没无定的阳光底色下显出漫无边际的苍白。分明是雷声阵发，却没有一滴雨。分明是乱云疾飞，却没有一丝风。天地间既明亮又幽暗，活生生一个大蒸笼，将整个大平原捂在其中闷热得透不过气来。无垠的麦田黄灿灿弥漫在苍翠的山原河谷之间，有序的村落镶嵌在整肃的驰道林木边际，一切皆如旧日壮美，唯独没有了农忙时令所当有的喧闹沸腾。田间没有农夫，道中没有商旅，村落间没有鸡鸣狗吠，闷热难当中浸出一片清冷萧疏。

两匹快马从驰道飞下，打破了大平原的无尽清冷。在刻有“陈里”两个大字的村口，一个身着黑色官衣的骑士飞身下马，将马缰随意一撇便大步走进了村落西面的小巷。那匹青灰色鬃毛的牝马向身后空鞍的黄马嘶鸣几声，两马便悠闲自在地向村口的小河草地去了。骑士在小巷中走过一座座门户紧闭的庭院，打量着门户前的姓氏刻字，径自来到了小巷尽头。这道干砖堆砌的院墙很是低矮，同样是干砖堆砌的门墙上刻着一个不起眼的“陈”字。骑士目光一亮，叩响了木门。

“敲甚敲甚！门又没关，自家进来！”院内传来愤愤然的声音。

“一个大男子尚能在家，陈胜何其天佑也！”骑士推开了木门。

“周文？”院内精瘦男子停住了手中活计，“你如何能找到这里？”

“穷人都住闾右，门上都刻姓氏，有甚难了？”

“你是县吏官身，俺与你没瓜葛。”陈胜冷冰冰盯着来人。

“陈胜兄，周文为你谋事，你倒与我没瓜葛了？”

“鸟！谋俺谋到渔阳！谋俺去做屯丁！”

“是屯长！陈胜兄当真懵懂，渔阳戍边是我能做得主的事么？”

“有事便说，没事快走。”陈胜依旧冷着黝黑的瘦骨棱棱的脸。

“我只一件事，听不听在你。”叫做周文的县吏也冷冷道，“此次征发尽是闾左贵户子弟，又是两郡徭役合并，我怕你这个屯长难做，想撮合你与吴广结成兄弟之谊。你陈胜若不在乎，周文抬脚便走。”

“你？你与那个吴广相熟？”陈胜惊讶了。

“岂止相熟？你只说，要不要我介绍？”

“要！”陈胜一字吐出，立即一拱手笑道，“周兄见谅，坐了坐了。”

“你老鳏夫一个，没吃没喝坐个甚？要见立马走。”

“走也得带些吃喝，两三百里路哩！”

“不用。知道你会骑马，我多借了一匹马来，只管走。”

“有马？好！好好好，走！”

陈胜一边说话一边进了破旧的正屋，匆匆出来已经换上了一件稍见干净的粗布衣，一手提一只破旧的皮袋笑道：“昨夜俺烙了几张大麦锅盔，来！一人一袋。”周文道：“青黄不接一春了，你老兄还有余粮，能人也！”陈胜呵呵笑道：“你也不闻闻，这是新麦！甚余粮？俺是正经自家割麦自家磨面，一人吃饱全家不饿！”周文惊讶道：“你家地都卖了，你割谁家麦去？盗割可不行，我这县吏要吃连坐哩！”陈胜摇手道：“你老兄放心，俺能盗割么？家家没了丁壮，我给谁家抢割点早熟大麦，谁家不给我两捆麦子？走走走！”两人一边说一边收拾院落关门闭户，片刻间便匆匆出了小巷来到村口。周文一个唿哨，两马从村外小河旁飞来。两人飞身上马飞出了陈里，飞上了驰道，直向东南而去了。

一路奔来，陈胜一句话没有，内心却是翻翻滚滚没个安宁。

这个陈胜，不是寻常农夫。多年前，陈胜因与暗查土地兼并的皇长子扶苏不期而遇，陈家耕田被黑恶世族强行兼并的冤情得以查清，耕田得以原数归还，陈胜也因此与颍川郡及阳城县的官吏们熟识了。少时便有朦胧大志而不甘佣耕的陈胜，在与吏员们的来往中逐渐见识了官府气派，歆慕之余，也逐渐摸索到了自己脚下有可能摆脱世代耕田命运的些许路径。陈胜谋划的这条路径是：先为官府做些催征催粮之类的跑腿杂务，凭着手脚勤快利落肯吃苦，慢慢积得些许劳绩，使县吏们举荐自己做个里正亭长抑或县吏之类的官身人物。在陈胜心目里，这便是自己光宗耀祖的功业之路。陈胜相信，自己一定能够做到。因为，大秦官府比颍川郡曾经的韩国楚国官府强多了，既清明，又公正，只要你辛勤劳作又有干才，官府一定不会埋没你。

陈胜最早认识的这个周文，原本是楚国项燕军中的一个军吏，名号颇怪，谁都记不住。楚国灭亡后，周文流回了陈郡老家。因识文断字，两三年后，周文便被乡老以“贤者”之名，举荐到陈城县府做了田吏。周文勤于政事，颇有劳绩，很快又被升迁到颍川郡的阳城县做了县丞。后来，周文在与陈胜的一次聚酒中颇有醉意，陈胜问周文做过甚官。周文高声大气地说，视日！陈胜问视日是甚官？周文满脸通红地嚷嚷说，知道么！楚军巫术之风甚盛，视日是楚军专设的军吏，职同司马，专一地观望天候云气，为大军行止决断吉凶哩！陈胜大是景仰，纠缠着周文要学这视日之术。周文万般感慨地拍着陈胜肩膀道：“大秦官府公道哩！你学这虚叨叨本事顶个鸟用！兄弟只要实做苦做，何愁没个正经官身也！”也就是从那时起，陈胜看到了脚下的实在路径，将懵懂少壮之时的空言壮语早已经看做痴人说梦了。

然则，便在陈胜勤苦奔波县乡派下的种种事务时，情势却越来越不妙了。官府原本说好的，长城即将竣工，直道也即将竣工，之后便是民力还乡，男乐其畴女修其业。陈胜也将县令这些话风快地传给了各亭各里，满心期盼着即将到来的官身荣耀。因为，县丞周文已经悄悄地告知了陈胜，民力归乡之后县政便要繁杂许多，他可能擢升县令；其时，周文将举荐陈胜出任亭长或县府田吏，合力将阳城治理成大秦法政之楷模！可不到一年，天神一般的始皇帝骤然殁了，天地乾坤眼看着飞快地变得没鼻子没眼一团漆黑了。非但原本说要返乡的民力不能返乡了，还要继续徭役大征发。骊山陵、阿房宫、长城屯卫、北地戍边等等等等一拨接一拨的征发令来了。不到半年，整个阳城的闾右男丁都被征发尽了，贫贱民户再也无丁可征了。陈胜走到哪里催征，都被父老妇孺们骂得不能开口，说陈胜是半个骗子半个官，专一糊弄穷人。周文也大为沮丧，非但擢升县令无望，反倒因征发不力的罪名被贬黜成了最不起眼的县啬夫，由县丞变成了最寻常的县吏，举荐陈胜更是无望了。处处挨骂的陈胜大觉难堪，愤然之下决意不吃这碗跑腿饭了，索性溜回村里混日子了。不料便在此时，阳城县接到郡守最严厉的一道书令：闾右若无男丁，续征闾左男丁，徭役征发不能停止！

历来史家对闾左闾右之说多有错解，认定“闾右”是村中富贵户居住区，“闾左”是村中贫贱户居住区，由此将《史记·陈涉世家》中的“发闾左……九百人”解释为征发贫贱男丁九百人。《史记索隐》，首开此解也。其实不然，秦政秦风崇左，以左为上，以右为下，闾左恰恰是富贵户居住区，闾右恰恰是贫贱户居住区。此间要害，不在“贫富”两字，而在“贵贱”两字。秦政尚功，官民皆同。尚功激发之要，恰恰在于以能够体现的种种外在形式，划分出有功之人与无功之人的种种差别。对于民户，有功获爵获赏者，谓之贵；无功白身无赏者，谓之贱。有爵有赏之民户，庄院可大，房屋可高，出行可乘车马；无爵无赏之民户，则庭院虽可大，然却不得高产（门房高大），上路也只能徒步。如此种种差别，自然也不能混同居住，于是，便有了闾左闾右之分：贵者居住于闾（村）之左方，一般而言便是村东；贱者居住于闾之右方，一般而言便是村西。这里，贱与贵皆是一种官方认定的身份，未必与生计之穷与富必然相连。也就是说，居住闾右的贱户未必家家生计贫困，居住闾左的贵户也未必家家生计富裕。就征发而言，若是从军征发，尤其是骑士征发，则闾左子弟先行征发，因为从军是建功立业之阶梯，是荣耀之途。徭役征发则不同，徭役之劳不计功，甚或带有某种惩罚性质，譬如轻度犯法便要以自带口粮的劳役为惩罚，是故，徭役必先征闾右贱户。当然，不先征闾左徭役，不等于绝不征发闾左一个徭役。通常情况下，是总能给闾左之民户保留一定数量的劳力人力，而不像征发闾右那般有可能将成年男丁征发净尽。

二世胡亥在始皇帝葬礼工程之后，又开阿房宫又开屯卫戍边，业已征尽了天下闾右之民力犹不自觉，竟迫使李斯的丞相府继续征发闾左之民力，实为丧心病狂之举也。这一荒诞政策的真正危险性在于：征发闾左之民，意味着胡亥政权掘断了大秦新政最后的一片庶民根基，将剑锋搭上了自家脖颈。

征发闾左之民，使阳城县令与吏员们陷入了极大的难堪困境。

闾左之征，主要在两难：一则，是叫做屯长的徭役头目难选。闾左子弟几乎家家都是或高或低的爵位门庭，或积功受赏之家，谁也不屑做苦役头目，即或有个屯长名号，也是人人拼命推辞。二则，是闾左子弟难征，凑不够官府所定之数。闻左难征又有三个原因：一是闾左之家多从军，所留耕耘丁壮也已经是少到了不能再少；二是闾左之家皆有爵位，县府吏员不能如同对待闾右贱户那般强征强拉，偶有逃役之家，县府也不能轻易治罪，须得至少上报郡守方能处置；三是闾左之家消息多，早对朝局剧变有了愤懑怨声，为国效力之心几乎是荡然无存了。

如此情势之下，征发闾左之民成了颍川郡最棘手的政事。恰在此时，随二世胡亥大巡狩的丞相李斯来了。李斯定下了两则对策：一是闾左徭役不能空，至少要够千人之数；二是颍川郡与陈郡合并为一屯之征，原本的一郡各千人减为两郡凑千人。李斯走后，两郡守各自召齐了本郡的县令县吏会商举荐，两郡竟没能在闾左可征子弟中定下一个人。最后还是遭贬的周文憋出了一个办法，叫在县府做过帮事的陈胜做屯长。郡守与县令们都听说过这个陈胜，一思谋竟无不欣然赞同。于是，屯长之位终归落到了陈胜头上。

当周文奉县令之命前来宣示书令时，陈胜黑着脸连连大吼："看老子没饭吃么！鸟屯长！俺不做！"周文思忖了一阵，拍着陈胜肩膀低声而又颇显神秘地说："兄弟，我倒看你该去。""如何我该去？你才该去！"陈胜没好气地嚷嚷着。"你莫上火，听我说。"周文低声道，"说实话，我看这天下要出大事！兄弟有贵相，没准这个屯长，正好是你出头之日！"陈胜一时大为惊愕："如何如何，俺有贵相么？咋贵了？"周文道："说你也不明白，你只去。左右在家也是一个人，屯长好赖吃得官粮，没准到边地挣个将军当当，也未可知。至少，这是看得见摸得着的出路。"陈胜不禁大笑："好你个周啬夫！徭役不能入军，俺不知道么？骗俺！不中！俺偏不去！"周文忍不住骂道："你个陈胜有鸟本事！不就有点胆气么？不出门还想找出路，做梦！去不去在你，干我鸟事！我只说明白：目下不去，到头来被县令派人绑了去，连屯长官粮也没了！你自想去！"陈胜嘿嘿干笑着，挠头思谋了半日，终归万般无奈地应允了。

没几日，周文又来知会陈胜：陈郡选定的屯长是阳夏人吴广，两郡守已经议定，陈胜吴广并称屯长，共同主事。陈胜一听来了火气："鸟！两马驾辕有个好么？不中！俺不做这鸟屯长！"这次周文没再劝说陈胜，而是立即赶回县府如实禀报了陈胜发怒拒绝。县令听得又气又笑道："这个陈胜！还说不做屯长，一个徭役头目也要争个正副，倒是会当官！"周文说了陈胜一大片好话，又说了贱户子弟统率贵户子弟的种种难处，县令这才重新禀报了郡守，请求复议屯长事。没过几日便有了消息：两郡守重新会商议定，以陈胜为主事屯长，居正，吴广副之。周文来知会，陈胜又嚷嚷说要县府给屯长配备官衣甲胄，最好能带剑。周文气得大骂陈胜疲（痞）民得寸进尺。陈胜想想将官府也折腾得够受了，便嘿嘿笑着不说话了。周文终究义气，虽则气狠狠走了，却没撂开陈胜不管。今日还来给陈胜引荐吴广做兄弟交，陈胜如何能拒绝？须知，这两郡闾左子弟千人上下，陈胜吴广两个闾右丁壮做屯长，难处本来便多如牛毛，若两人再不同心，如何能有个好？陈胜原本精明过人，又在县府跑腿多年，深知其中利害，故而周文一说立马便走……

陈郡的阳夏地面，多少还有星星点点的妇孺老幼蠕动着。

驰道边的无边麦田一片金黄，灰白色天空下，麦浪中隐隐起伏着一点点黑色包头。当陈胜周文拐下驰道，进入田头小道时，麦浪中飘来一阵嘶哑如泣的女人歌声：

黔首割大麦
田薄不成穗
男儿葬他乡
安得不憔悴
……

游丝般的饮泣呻吟中，麦海中骤然站起一个光膀子黑瘦男丁，一边扯下头上黑布擦拭着汗水，一边遥遥喊道："老嫂子莫唱了，听着伤心！过得片刻我来帮你！"远远地一个黑布衣女子直起了腰身，斑白的两鬓又是汗又是泪地一招手："兄弟不用了……谁家人手都紧……"女人一语未了，抹抹泪水又埋到麦海中去了。黑瘦男子一阵打量，向身后麦田低声道："草姑子，你先拢拢麦捆子，我过去看看石九娘。"一个头不及麦高的女孩子疲惫地应了一声，黑瘦男子便提着一张铁镰刀大步向远处的麦田去了。那个隐没在麦海的女人直起了腰身，手里一撮拔起的大麦还带着湿乎乎的泥土。女人看见男子走来，勉力地笑了笑："大兄弟，回去，老嫂子慢慢拔了。"黑瘦男子摇头道："老嫂子，石大哥修长城殁了，你儿子石九又在咸阳徭役，帮帮你该当的。你手拔麦子咋行？来！这把镰刀你用，我来拔！"说着话黑瘦男子将镰刀往女人手中一塞，自己便弯腰拔起麦来。两鬓斑白的女人掂了掂手中镰刀，抹了抹一脸汗泪哽咽道："家有个男人多好……大兄弟啊，男人死的死了，没死的都被官府征走了，这日子可咋过也……"黑瘦男子一边拔麦子一边高声道："老嫂子，我也要走了。官府疯了，黔首只有陪着跳火坑，老天爷也没办法！"女子惊讶道："你不是刚修完长城回来么！又要走？"黑瘦男子道："那是大将军蒙恬还在，我走得早！没来得及走的，都被弄到直道去了！一样，回到家的还得去！这不，连闾左户都要尽征了，闾右户还能逃脱了？”女人听得一阵愣怔，跌坐在麦田中不能动了……

“老嫂子！镰刀给俺！”一个粗重的声音突然响起。

“你？你是何人？”黑瘦男子惊讶地抬起头来。

“吴广兄弟，俺叫陈胜。不说话，先割麦！”

精干利落的陈胜二话不说，从女子手中拿过长柄镰刀嚓嚓嚓挥舞起来，腰身步态俨然一个娴熟的农家好手。黑瘦汉子蓦然醒悟道：“陈胜？你是这次的屯长陈胜！”陈胜没有回头也没有说话，只奋力舞动着长柄镰刀一步一步结结实实地向麦海深入着。黑瘦汉子稍一打量又蓦然高喊：“周文大哥！拔麦子的是你么？”麦海另一头站起一人，遥遥向黑瘦汉子摆摆手，又隐没到麦海去了。黑瘦汉子重重地咳了一声，也不再说话，猛然弯腰奋力拔麦了……眼看天色渐渐暗了下来，三人终于在麦海中碰头了。呼哧呼哧的粗重喘息中，三人对望一眼，没说一句话一齐撒手跌坐在麦堆上了。

“三个兄弟，手都出血了……”女人过来一脸泪水，“起来，回去，歇着……老嫂子给兄弟们蒸新麦饼！走……”陈胜摆摆手道：“不饿不饿，麦子收了不搬运，天一下雨就白忙活了。吴广兄弟，有车么？没车便背！连你家的一起收拾了！”两手起满血泡的周文也气喘吁吁道：“也是，吴广兄弟要走了，麦田得收拾干净了。”吴广高声道：“不能不能！周文大哥从来没做过粗活，如何能再劳累？回去回去！要做也明日！”陈胜一指灰蒙蒙云天道：“麦田争晌！你看老天成啥样了？随时都会下雨！你去找把镰刀来，你我两人杀麦！周文大哥帮老嫂子做饭送饭，小侄女与大妹子找车找牛拉麦，夜来便叫这片地净净光！”周文大笑道：“陈胜倒会铺排！吴广兄弟，我看就如此了。”吴广奋然站起一拱手道：“好！多谢两位大哥！我去借镰刀叫老婆！”

“周文兄弟，跟老嫂子走！”女人一抹泪水也走了。

蒙蒙夜色下，这片辽阔清冷的麦海中破天荒地有了夜间劳作。两镰杀麦声嚓嚓不断，田头送饭的火把时时摇曳，牛车咣当嘎吱地响动着，给这久无人气的空旷田野平添了一丝鲜活的慰藉。及至天色麻麻亮，灰白的云层团团翻卷在头顶时，两家麦田都是一片干净了。三人并肩踉跄着走出地头时，周文指着灰白翻卷的云团低声说了两句话，教陈胜吴广一起猛然打了个激灵。周文说的是：“云气灰白不散，天下死丧之象！两位兄弟，同心患难最是要紧！”

“陈胜大哥！吴广听你！”

“吴广兄弟！血肉同心！”

四手相握，血水汗水吧嗒吧嗒地滴进了脚下的泥土。

将及六月底，两郡只凑够了九百人的闾左徭役。

虽不足千人，两郡还是接到了太尉府的徭役进发令：“发颍川郡陈郡闾左之民九百人，以陈胜吴广为屯长，谪戍渔阳，限期一月抵达，失期皆斩！”谪(音zhé)者，问责也。谪戍者，惩罚性戍边也。也就是说，这九百人虽是戍边屯卫，却不是从军的士兵，而是从事徭役劳作的入军苦力。唯其如此，两郡守经过会商，议定从颍川郡的阳城县与陈郡的阳夏县各出一名县尉并五名县卒，押解九百闾左徭役赶赴渔阳郡；期限是一个月，若逾期抵达则全部斩首。

依据今日地理位置，渔阳郡治所在今北京市密云与怀柔之间，颍川郡在今河南省郑州市地带，陈郡在今河南省淮阳周口地带。若以稍北的阳城县为出发点北上至渔阳，地图直线距离大体一千公里上下，计以种种实际曲折路程，则大体在三千余里上下。若以稍南的陈城为出发点，则距离无疑超越三千里了。也就是说，这支徒步赶路的徭役队伍，每日至少要走八十余里到百余里，才能在期限内到达渔阳郡。以常人步行速度，每小时大体十里上下，每日至少得走八小时到十余小时，若再加上歇息造饭扎营劳作，以及翻山越岭涉水过险等艰难路段，几乎每日至少得奔波十五六个小时。对于长达两三千里的远途跋涉，这是紧张又紧张的。战国兵法《尉缭子》云：“故凡集兵，千里者旬日，百里者一日，必集敌境，卒聚将至。”一日百里，这是久经训练的军旅行军速度，而且仅限于千里之内才能如此兼程行军；若距离超过千里，则在古代历来视为长途异常行军，通常不会硬性限定时日。秦法之根基是商鞅变法时所创立的法律，其时秦国领土路程至多不过千里上下，以兵法行军要求徭役，民力尚能支撑。而二世胡亥即位后以赵高申法令，“用法益刻深”，竟至对长途跋涉三千里的徭役民力，也以每日百里之速度限期抵达，显然是太过苛刻而不合常理了。

此前，由于陈郡地广路远，闾左徭役集中较慢。颍川郡的陈胜接到郡守书令，于五月中便领着颍川郡的四百余名闾左民力南下，赶赴陈郡的陈城先行等候。临行之时，陈胜找到周文辞行，对官府的这种不就近而就远的做法大为不解，又骂骂咧咧不想做屯长了。周文说，这也是郡守没办法的办法，让四百余人在颍川郡空等十来天，空耗颍川郡府库粮食不说，万一跑了几个人或出了甚意外，岂不是郡署的大麻烦？周文也是沮丧得牢骚满腹，说如今这官府谁还担事，谁担事谁死得快，是我也赶紧将你推出去了事。陈胜只有借着酒意大骂了一通院中老树，万般无奈地走了。

三五日间赶到了陈城，陈郡民力尚在聚集。陈胜吴广密商一阵，每日便拉着两个因押解重任而被称为“将尉”的县尉去小酒肆盘桓，饮些淡酒，嚼些自家随身带来的山果面饼，没话找话地说着，左右要结交得两个将尉热络起来。这是陈胜的主意。陈胜说，几千里路限期赶到，牛马都能累得半道趴下，何况是人？闾左子弟素来轻蔑我等闾右民户，再不交好这两个将尉，你我就是老鼠钻进风囊两头受气。诚实厚重的吴广赞同了，且立即拿出了自家的五六十枚半两钱，与陈胜一起凑了百钱之数。几日下来，两个将尉觉得陈胜吴广很是对路，竟轮流提着一袋子半两钱，邀两个屯长到陈城的大酒肆吃喝了两次，痛饮了一番。及至进发令颁下时，四个人已经是相互称兄道弟了。自然，两个将尉都是大哥，陈胜吴广只能是小兄弟。

不料，进发令一宣，九百多人立时嚷嚷得鼎沸。

一个月期限太紧，根本赶不到，不是分明杀人么？全部愤愤然地嚷叫，都脱不开这几句话。陈胜还没开口，阳城将尉吼喝起来：“嚷嚷甚！都给我闭嘴！听我说！”待人群渐渐安静下来，阳城将尉高声道：“郡守已经请准了太尉府：期限不能改！路径自家选！到渔阳有两条路：一条渡河北上，经河内北上，过邯郸郡、巨鹿郡、广阳郡，最后抵达渔阳郡！一条路向东南下去，经泗水郡，再北上过薛郡、济北郡，从齐燕大道进入渔阳郡！选哪条？自家说！”将尉话音落点，林下营地立即乱纷纷嚷叫起来，各说各理纷纭难辨。吴广见状，跳上土台高声道：“都莫嚷嚷！听屯长说话！”闾左徭役们这才想起还有两个闾右屯长，一时闹哄哄嘲笑起来：“还屯长哩！屯长知道渔阳郡在南边还是北边？泗水郡在东面还是西面？啊！”陈胜不禁腾地蹿起一股心火，却压住了火气跳上土台高声道：“诸位！陈胜既是屯长，便得为众人做主！路要自家走。俺说得对，大家便听！俺说得不对，大家便不听！如此鸡飞狗跳，能选定路径么！”几句话喊罢，营地中竟出奇地安静了下来。显然，闾左徭役们都没有料到，一个闾右贱户还能说出如此理直气壮的一番话来。

“俺说！”陈胜的声音昂昂回荡，“北上路近，然却没有直通大道。一路山高水险，走得艰难，还免不了跌打损伤死人。看似近，实则远！走东南再北上，看似远得许多，却有中原驰道、楚齐驰道、齐燕驰道三条大路！运气要好，中间还可趁便坐坐船歇歇脚，其实是近！最大的好处是，免得死伤性命！诸位说，哪条道好？”

“东南道好——！”林下齐声一吼，没有一个人异议。

“两将尉如何？”陈胜一拱手请命。

“娘的！这乱口汹汹竟教兄弟一席话摆平了，中！”阳夏将尉大是赞赏。

“都说好，我还说甚？明日上路！”阳城将尉大手一挥定点了。

后世看来，这支徭役部伍的行进路线，是一个很少为人觉察的历史奥秘。奥秘所在者，出事之前的行进路线与原本所去之目标，全然南辕北辙也。《史记·陈涉世家》是直然连接：“二世元年七月，发闾左谪戍渔阳，九百人屯大泽乡。”此后便是叙述起事经过，根本没有说明何以北上渔阳却到了东南泗水郡的蕲县大泽乡，何以如此南辕北辙？于是，后世有了诸多的猜想、剖析与解密。最富于想象力的一种说法是：这是一支秦军的叛逆部伍，根本不是徭役民力，是着意背离目标而远走东南发动叛乱的。就实而论，《史记》没有交代原因，应该是没有将此当做一个问题。因为，秦代交通干道的分布，在百余年之后的司马迁时期还是很清楚的。最大的实际可能是：除非大军作战需要，徭役商旅等民力北上都走这条很成熟的平坦大道；民众很熟悉，官方也很熟悉，无须特意说明。

六月底，这支九百人的屯卒部伍踏上了东南大道。

上路之日天低云暗，灰白色的云莫名其妙地渐渐变黑了。吴广与周文相熟，知道些许云气征候迹象，悄悄对陈胜说："黑云为哀色，老天不妙，很可能有大雨。"陈胜昂昂道："就是下刀子也得走，想它弄啥来，走！走一步说一步！"说罢便前后忙碌照应去了。也是刚刚上路，屯卒人众体力尚在，一连五日，日日准定百里稍有超出。依如此走法，一个月抵达渔阳该当不是大事。

孰料，第六日正午刚刚进入泗水郡的蕲县地面，一天黑云便刷啦啦下起了小雨。陈胜一算计，六日已经走了六百余里，依着路道规矩，也该露营一半日让大家挑挑血泡缓缓神气吃吃热乎饭了。陈胜拉着吴广对两将尉一说，两将尉也说能行。于是陈胜下令，在蕲县城东北三十余里的一座大村庄外的一片树林里扎营，埋锅造饭，歇息半日一夜，明早赶紧上路。疲惫的屯卒们大是欢欣，一口声夸赞陈胜是个好屯长，会带兵。绵绵密密的细雨中，九百屯卒一片忙碌，在避风避雨的土坡下扎了营地，捡拾枯枝干柴埋锅造饭烧热水，人人忙得汗水淋漓。及至暮色降临，屯卒们人人都用分得的一瓢热水搓洗过了腿脚，菜饭也已经煮熟了。屯卒们每人分得一大碗热乎乎的菜饭团，呼噜噜吃光喝净，整个营地便扯起了雷鸣般的鼾声……

"快起来！大闷雨！还死猪睡！"

当屯卒们在一脸汗水雨水的陈胜的吼叫中醒来时，人人都惊愕得脸色变白了。大雨瓢泼般激打着树林，那声音叫人头皮发麻，林中一片亮汪汪的哗哗流水，地势稍低的帐篷都泡进了水里。大雨可劲下着，天上却没有一声雷鸣。显然是老天郁积多日，下起了令人生畏的大闷雨。

"愣怔个鸟！快！拔营！转到林外山头去！"

在陈胜吴广的一连串吼叫中，将尉与十名县卒也从唯一的一顶牛皮军帐中钻出来了。一看情势，两将尉二话没说便喊了声对，下令县卒们立即转营。屯卒们见将尉也是如此主张，再不怀疑陈胜，立即一片乱纷纷喊声手忙脚乱地拆帐收拾随带衣物熟食，蹚泥蹚水地跑向树林外的一座山头。吴广站在山头向天上打量片刻，对陈胜高声道："天雨不会住！这里还不行！要靠近村里，找没人住的空房落脚！"陈胜立即点头，一手抹着脸上雨水一手指着山下远处嘶声大喊道："吴广说得对！跟俺来！到乡亭去！"屯卒们已经信服了这个屯长，陈胜一拔脚，屯卒们便呼啦啦一片跟着去了。两名将尉打量了一阵地势，也带着县卒们跟来了。

"果然！大泽乡亭！"吴广指着一柱石刻大喊着。

"进去！"陈胜大喊，"不许乱来！听号令！"

雨幕之中的这片庭院，显然是这个名叫大泽乡的乡亭了。杂沓蜂拥而来的人群塞满了廊下，空荡荡的大庭院顿时喧嚣起来。一个白发苍苍腰身佝偻的老人，从庭院角落的一间小屋走了出来，惊讶地打量着这黑压压冒出来的人群。吴广看见了老人，连忙上前拱手说明了情由。老人喃喃道："怪道也，我说目下都没男子了，哪里来这一大群精壮？"吴广问："这庭院可否住下？"老人说："这是大泽乡亭的官署，都空了一年了，想住几日住几日。"吴广问："这乡署为何比寻常乡署大？"老人说："大泽乡是蕲县大乡，大泽乡与大泽亭合署，故而叫做大泽乡亭，比寻常乡署大许多了。"吴广问："亭长在么？"老人说："亭长乡长，都领着乡卒们带徭役工程去了。亭长一拨在咸阳阿房宫，乡长一拨在九原直道哩。只剩我这个老卒看守乡亭了。"吴广将老人领到陈胜面前时，将尉县卒们也恰恰赶到，吴广将老人所说的诸般情形一说，陈胜与将尉连声说好，一致决断便住在这里等候放晴上路。

陈胜吴广立即察看了所有房屋，立即派定了住所：将尉与十名县卒，住了三间最好的房子；其余屯卒打乱县制，以年岁与是否有病分派住处：年长体弱者住正房大屋，年轻力壮者住牛棚马圈仓储房等；陈胜吴广两人，住进了一间与看守老卒一样的低矮石屋。如此分派，众人无一人不满，欣然服从之余，立即忙乱地收拾随身物事，纷纷走进了指定所在。大约过午时分，一切都在茫茫雨幕中安定了下来。

不料，大雨连绵不停了。一连旬日，黑云翻卷的天空都是沉沉雨幕，无边无际地笼罩大地，似乎要淹没了可恶的人间。日日大雨滂沱，山原迷茫。乡亭内外皆水深及膝。雨水积成了无数大河小河，遍野白茫茫一片。大庭院的屯卒们，最初因劳碌奔波暂歇而带来的轻松笑语早没有了，每日都聚集在廊下阴郁地望着天空，渐渐地一句话都没有了。年轻的后生们则纷纷赤脚蹚进水中，望着雨雾弥漫的天空，木呆呆不知所以。两名将尉与县卒们也没辙了，每日只唉声叹气地阴沉着脸不说话。两将尉随带的酒囊早空了，只好每日摇晃着空空的酒囊骂天骂地。谁都不敢说破的一个事实是：一个月的路程已经耽搁了十日，便是天气立即放晴上路，只怕插翅也飞不到渔阳了！若到不了渔阳，八月初无论走到哪里，都会被全部就地斩首！

陈胜的脸越来越黑了。这一日，陈胜将吴广拉到了乡亭外一座空旷的不知祭祀何人的祠堂。幽暗的祠堂中，陈胜良久没说话，吴广也良久没说话。最后，还是陈胜开口了："吴广兄弟，你我终是要死了！"吴广闷闷地答了一句："大哥是屯长，没个主张？"陈胜嘶声道："俺不说，说了也白说。"吴广道："你不说，咋知道白说？"陈胜气狠狠道："狗日的老天！分明教人死！逃亡是死，到渔阳也是死！左右非死不可，只有等死！"吴广目光一闪道："若不想等死，咋办？"陈胜一拳砸上了空荡荡的香案："死便死！怕他啥来！等死不如撞死！弄件大事出来！"

"大事，甚大事？"

"死国！"

"死国……为国去死？"

"鸟！反了，立国！死于立国大计，强于伸头等死！"

"大哥真是敢想，赤手空拳便想立国。"吴广丝毫没有惊讶。

"王侯将相，宁有种乎！"

"倒也是。"吴广思谋道，"反得有个由头，否则谁跟你反？"

"天下苦秦久矣！"陈胜显然有所思谋，望着屋外茫茫雨幕，话语罕见的利落，"人心苦秦，想反者绝非你我。俺听说二世胡亥本来便不该做皇帝，他是少子！该做皇帝的，是公子扶苏！扶苏与蒙公守边，大驱匈奴，又主张宽政，大有人望。二世杀扶苏，百姓很少有人知道，许多人还以为扶苏依然在世。俺等就以拥扶苏称帝为名，反了它！"

"拥立扶苏，好！只是……我等目下身处楚地，似得有个楚人旗号。"

"这个俺也想了！"陈胜奋然搓着双手，"楚国便是项燕！项燕是楚国名将，曾大胜秦军。楚人多念项燕，有说项燕死了，有说项燕跑了。俺等便打他旗号！"

"好！这两面大旗好！"吴广奋然拍掌，又谨慎低声道，"不过，一定要细。教这九百人齐心反国，要一步步来。"

"那是！你我得仔细盘算！"

雨幕潇潇，两人直到天黑方回到乡亭。

次日天刚亮，陈胜来到将尉房，要将尉领他去蕲县城办粮。两个将尉睡得昏沉沉未醒，好容易被陈胜高声唤醒，一听说大雨出门立即黑了脸。陈胜说炊卒营已经没米谷下锅了，再不办粮便得一齐挨饿。阳城将尉便从腰间摸出太尉府的令牌扔了过来道："你是屯长，令牌上刻着名字，自个儿去了。"说罢倒头便睡。陈胜高声说，那俺与吴广一起去了。阳城将尉哼了一声。陈胜便大步匆匆出门了。

这屯卒徭役上路，不若军旅之行有辎重营随带粮草。徭役征发是一拨一拨数百上千人不等，若各带牛马车辆运粮上路，显然是于官于民皆不堪重负的。帝国徭役多发，法令严厉，遂在天下通令施行徭役官粮法以方便征发民力。所谓徭役官粮，专指出郡的远途徭役由所过县府从官仓拨粮，其后由郡县官署间相互统一结算，再落实到徭役者本人来年补交粮赋。因屯卒是戍边劳役，是故比寻常的工程徭役稍有宽待，官府全部负担路途粮谷，每人每日斤两堪堪能吃得八成饱罢了。连日大雨，屯卒营在城父县背的粮食，只吃菜煮饭也已经吃光了，只得冒着大雨办粮了。所谓办粮，便是或将尉或屯长持太尉府的屯卒征发令牌，在县城官府划拨粮谷，而后自家随身背走；一县所供粮谷，以徭役在本县内路程长短而定，中原之县大体是一至三日的口粮。今日冒雨办粮，陈胜吴广召齐了所有精壮四百余人上路，必得在明日天亮前背回粮谷，否则难保没有人逃亡。

大泽乡距蕲县城三十里上下，虽是乡亭大道，奈何也已经泥水汪洋。屯卒们拖泥带水整整走了半日，这才抵达县城。及至办完粮谷，每人背起半麻袋数十斤粮谷往回赶，已经是天色暮黑了。陈胜情急，要去县府请得百十支火把上路。吴广摇头道，大雨天火把有用么？不行，还是天亮再走。万般无奈，陈胜便带着几百人在城门洞内的小街屋檐下窝了一夜，天亮连忙匆匆回程。走走歇歇，好容易在午后时分看见了那片乡亭庭院。

此时乱云浮游，天光稍见亮色，刷刷大雨也转雨丝蒙蒙。押后的吴广正到大泽里村边，却见一个红衣人头戴竹皮冠，身背黑包袱，赤脚从村中趟水走出，长声吟唱着："云游九州四海，预卜足下人生——"吴广忍不住骂道："吃撑了你个混子！还卜人生，死人能卜活么！走开走开！"红衣人却站在当道悠然一笑："死活死活，死本可活，活本可死，非我卜也，足下命也。"吴广心中一动停住了脚步，待最后几个屯卒从身边走过，正色低声道："先生果能卜命？"红衣人道："占卜者，窥视天机也。能不能，在天意。"吴广道："好。你且随我到那座祠堂去。哎，我没钱了。"红衣人笑道："世间行卜，有为钱者，有为人者，有为事者，有为变者。人皆为钱，岂有生生不息之人世？你纵有钱，我也没处用去，说它何来也。"吴广知此人不是混世之人，便先行蹚着泥水进了祠堂，反身来接时，红衣人也已经趟着泥水到了廊下。

"足下是卜事？"

"你如何知道？"

"命悬一线，何须道哉！"

幽暗的祠堂中一个对答，吴广更觉出此人不同寻常，遂不再说话，只静静看着红衣人铺排物事。红衣人跪坐于香案前，打开包袱铺到青砖地面，从一黄布小包中拿出一把细长发亮的茎秆往中间一摆，拱手道："请壮士起卦。"吴广神色肃然地走到祠门，向上天深深一躬，回身跪坐于红衣人对面，将一支茎秆郑重地拨到了一边。红衣人悠然道："太极已定，当开天地之分。"说着，随手将剩下的四十九根蓍草分做两堆，分握于左右手；一摇左手说声天，一摇右手说声地，左手又从右手中抽出一支草茎，夹在左手小指与无名指之间，悠然道："此乃人也。"然后，方士放下右手中的草茎，用右手数左手中的草茎，每四根一数，口中悠然念道，“此乃四季。”最后余下四根草茎，夹在无名指与中指之间，悠然道，“此乃闰月也。”手中草茎一阵组合，红衣人喃喃念道，“此乃第一变。”遂在大青砖上用一支木炭粗粗地画了一道中间断裂的纹线。吴广大体知道，那叫爻线，六爻画出，便是一卦了。果然，红衣人喃喃念完六次之后，青砖面上画出了一排粗大的断裂纹线。

“这是……”吴广专注地看看卦象，又看看卜者。

“壮士，此乃震卦之象。”

“敢请先生拆解。”

红衣人一根草茎指着卦象道：“震卦之总卦象，乃天地反复，雷电交合，人间震荡之象也。此象之意，预兆壮士将与人携手，欲图一件超凡大事。”

“果然如此，吉凶如何？”吴广心头骤然翻滚起来。

“卦辞彖曰：震往来厉，危行也。其事在中，大无丧也。壮士所图，大险之事也，然最终必能成功。此谓，虽凶无咎，震行无眚。”

“又险，又能成？……”

“震卦深不可测，卦象有借鬼神之力而后成之意，请壮士留心。”

“先生器局不凡，能否留下姓名，日后在下或可于先生张目。”

“我乃旧韩人，姓张。足下知我姓氏足矣，告辞了。”

红衣人走进了霏霏细雨，蹚进了没膝泥水。吴广愣怔地站在廊下凝望红衣背影片刻，又猛然大步蹚进了泥水。红衣人回身悠然一笑：“壮士还有事么？”吴广一拱手道：“敢问先生，若有人想成天下大事，何等名号可用？”此话原本问得唐突，内中玄机只有吴广明白。吴广难忍一问，原没指望红衣人回答，只朦胧觉得该有如此一问，否则心下不安。不料红衣人却站住了，似乎丝毫没觉得意外，只仰面望天，任雨水浇到脸上。良久，红衣人吐出了两个字一句话：“张，楚。楚地楚人，张大楚国也。”吴广愣怔间，红衣人已经哗啦哗啦去了。

回到乡亭营地，吴广与陈胜就着昏黄的烛光，喁喁低语直到四更。吴广说了红衣人的占卜话语，陈胜也是惊喜莫名。两人依着各自所知道的全部消息与听来的全部知识，精心竭力地谋划着有可能最见功效的法式，决意要以鬼神之力撬动这九百人了。

次日天色如故，乱雨冷风使人浑然不觉是七月流火之季。虽说昨夜吃了一顿热和饱饭，屯卒们还是纷纷挤到了屋檐下望天叹气，渐渐地，有人开始哭泣了。正在此时，庭院外有人突然惊叫起来："快来看！天上下鱼了！天上下鱼，快来看也！"廊下吴广一边大喊着胡说，一边冲出了大庭院。吴广素与屯卒们交好，这一跑一带，百无聊赖又郁闷之极的屯卒们一哄而出，纷纷攘攘地一齐冲到了乡亭大门外。门外一人头戴斗笠身披蓑衣，显见是当地大泽乡人。此人身旁的车道沟已经积成了一片雨水池塘，水中游动着一条大鱼，金红色鳞光闪动，似乎在惊惶地挣扎。斗笠人操着楚语高声比画着："晓得无？怪也！我正趟路，大鱼嗖！啪！从天上掉进了水里！大泽乡水面，没有过此等金红怪鱼！"一屯卒大喊："分明天鱼也！开个水道，放它游到河里去！"众人立即纷纷呼应："对对对！天鱼！放了天鱼！"有人正要跳下水刨开池塘，吴广大喊一声不对，又连连喊道："天降大鱼，定有天意！我等月余不见荤腥，上天赐我等炖鱼汤！拿回去炖了！"屯卒们立即又是一片呼应："屯右说得对！天予不取，反受其咎！炖鱼汤！"更有人大喊着："对也！没准这天鱼肉永世吃不完！我等不用挨饿了！"在屯卒们的哄笑中，吴广对斗笠人道："兄弟见得天鱼，给你两个半两钱如何？"斗笠人连连摇手道："莫莫莫！你等外乡客，天鱼降在你等营地，便是你等之天意！我是地主，如何能要钱了？"说罢一拱手，蹚着泥水去了。于是，那个要刨池塘的屯卒连忙捞起了天鱼抱在了怀里，被众人哄笑着簇拥着回到了庭院。

"庄贾杀鱼！"一进庭院，吴广喊了一嗓子。

"来也——！"一个系着粗布围腰的年轻炊卒提着一把菜刀跑了来，兴冲冲看着已经在陶盆中游动的红鳞大鱼，抓耳挠腮道，"只是这鱼，咋个杀法耶？"众人一片哄笑中，一个屯卒过来高声道，"来来来，我杀！我家住水边，常杀鱼哩！"叫做庄贾的炊卒连连摇头大嚷："不行不行！全营就两把菜刀，炊兵不能交人用。""闷种你！"那个屯卒笑骂着伸手夺过菜刀，"都快死的人了，还记着律令，蠢不蠢！"边说边从陶盆中抓起大鱼，"看好了，鱼从这里杀……"切开鱼腹，那个屯卒突然一怔，

“哎！不对也！”

“看！鱼腹有红线！”

眼见鱼腹软肉中一丝红线，屯卒们惊讶了，没人说话了。杀鱼屯卒一咬牙，菜刀一用力便将鱼腹剖开，却见一团红色在鱼腹中蠕动着大是怪异。杀鱼屯卒小心翼翼地伸手一挖，不禁一声惊诧：“怪也！鱼腹红绫！”屯卒们大是惊愕，有人便大喊：“屯右快来看，鱼腹红绫！”吴广从廊下大步过来挤入人圈，惊讶道：“愣怔啥！快扯开！”杀鱼屯卒抓住红绫一角啪的一抖，三方黑块蓦然一闪。

“曲里拐弯！天书也！”

“不！是字！”

“对！三个官字！小篆！”识字者连连大喊。

“认得么？啥字？”吴广满脸惊疑。

“陈，胜，王……这，这是……”识字屯卒一脸狐疑。

“陈胜王？陈胜，不是屯长么？”有人低声嘟囔了。

“没错！陈胜王！”有人惊讶失声。

“陈胜王？陈胜王！陈胜王？陈胜王……”惊疑迅速在人群荡开了。

“兄弟们慎言！”吴广正色道，“虽说天鱼天意，也不能害了屯长！”

“对！谁也不许乱说！”炊卒庄贾恍然惊醒。

“不乱说，不乱说。”屯卒们纷纷点头。

“好。一切如常。庄贾炖鱼汤。”吴广做了最后叮嘱，屯卒们兴奋莫名地散了。

这天鱼天书之事原本并非人人知晓，可随着午饭的人人一碗看不见鱼的藿菜鱼汤，便迅速弥漫了每一间大大小小的石屋砖屋。屯卒们坐在密匝匝的地铺上，相互讲述着刚刚发生在清晨的神异，越传越神了。及至天色将黑，“陈胜王”三个字已经成了屯卒们认定的天启，一种骚动不安的气氛开始蔓延了。除了两名将尉与十名县卒，“陈胜王”已经成了屯卒们公开的秘密。黑幽幽的初夜，又下起了弥漫天地的大雨。雨声中，每间石屋的屯卒们都头碰头地聚相议论着，没有一个人睡觉了。天鱼天书的出现，意外地在屯卒们绝望的心田抛下了一个火星，原本死心一片的悲怆绝望，变成了聚相议论种种出路的纷纷密谋。三更时分，激烈的窃窃私议依然在无边的雨幕中延续着。距离将尉住房最远的马圈里，五十多个年轻屯卒尤其激烈，吵吵声与刷刷雨声融会成一片。突然，一个阳城口音惊呼道："都莫说话！快听！弄啥声！"

"大楚兴！陈胜王！大楚兴！陈胜王……"

黑幽幽夜幕雨幕中，传来尖厉的鸣叫，似人非人，一遍又一遍地响着，令人毛骨悚然。一个屯卒大着胆子蹑手蹑脚走到马圈门口，刚刚向外一张望便是一个屁股蹲儿跌倒在地："我的娘也！亭，亭门外啥光？蓝幽幽！……"几个人立即一起拥到马圈口，立即纷纷惊呼起来："狐眼！狐子精！""对！狐鸣！""狐作人语！天下要变！""对对对！没错！狐精在破祠堂门口！"纷纷攘攘中，屯卒们几乎一窝蜂拥出了马圈。立即，其余石屋砖房的屯卒们也纷纷拥了出来，雨幕中的大庭院挤满了赤脚光脊梁的沉寂人群。无边雨声之中，那尖利怪异的声音又随着蓝幽幽的闪烁飘了过来，一声又一声在人们心头悸动着："大楚兴！陈胜王！大楚兴！陈胜王！"

"天也！"不知谁惊呼了一声，满庭院屯卒们忽然不约而同地呼啦啦跪倒了。

"弟兄们，跟陈胜走，没错！"吴广在人群中低声喊着。

"对！跟陈胜走！"

"跟陈胜走！争个活路！"众人的低声呼应迅速蔓延开来。

一阵低沉的骚乱之中，陈胜光膀子赤脚跑来了，刚进人群问了声弄啥来，已被屯卒们轰然包围了……自这一夜起，这座大泽乡亭始终没有安宁，黑幽幽的一间间房屋中酝酿着一种越来越浓烈的躁动。三日之后，眼看已经到了七月二十，陈胜吴广又带着四百余屯丁去蕲县办粮了。夜半蹚着泥泞雨水归来，绝望的消息立即传遍了乡亭屯卒：蕲县官府已经奉命不再供粮，教九百屯卒听候官府处置！吴广私下传开的消息是：因了天雨，泗水郡官兵凑不够数不能决刑，天一放晴，官府便要调集官兵来斩首我等了！屯卒们连日密议密谋，人人都有了拼死之心，夜来消息一传开，业已断粮的乡亭营立即炸开了。陈胜吴广四处劝说，才死死压住了骚乱。天色将明之时，陈胜吴广与各县屯卒头目秘密聚议，终于商定出一个秘密对策并立即悄悄传了开去。屯卒们终于压住了满心愤激，忐忑不安地开始在等待中收拾自家的随身物事了……

天方放亮，庭院传来了吴广与将尉的争吵声。

“鸟个吴广！再乱说老子打死你！”阳城将尉举着酒囊醉醺醺大叫。

“我等凑钱给你买酒！你只会骂人么！”

“你天天说逃亡！老子不杀了你！”

“又冷又饿！不逃耗着等死么！我等今日要个说法！”

“反了你！来人！拿起吴广！”阳城将尉大喝了一声。

县卒们还没出来，屯卒们呼啦啦拥了过来一片喊声：“对！不放人就逃！”闻声赶来的阳夏将尉举着酒囊大喊：“陈胜！教他们回去！犯法么！”远处站着的陈胜冷冷道：“你放人，俺便教兄弟们回去。”吴广愤然大叫：“回屋等死么！不饿死也要斩首！你等官人还有人心么！”阳夏将尉大怒，吼喝一声大胆，猛然一马鞭抽来。吴广不躲不闪，一鞭抽得脸上鲜血激溅滚倒在地。吴广愤激跳起大叫：“我偏要逃！要逃！”阳夏将尉连抽数鞭，红眼珠暴凸连连吼叫：“你是阳夏人！你他娘跑了教老子死么！我先教你死！”说话间将尉扔掉皮鞭，长剑锵然拔出！屯卒们惊呼之际，吴广一跃而起，飞身抓住了阳夏将尉手腕。将尉空腹饮酒本来晕乎乏力，手臂一软，长剑已到了吴广手中。旁边陈胜大吼一声杀，立即扑向了旁边的阳城将尉。吴广一剑将阳夏将尉刺倒，又向阳城将尉扑来。阳城将尉正在惊愕失色呼喝县卒之际，猛然被陈胜凌空扑倒，又被赶来的吴广一剑洞穿了胸口。陈胜跃起大吼一声：“杀县卒！”立即操起一把门边铁耒冲进了县卒屋。县卒们日久大意，方才出门没带长矛，此刻在将尉方才号令下刚刚冲进屋来取兵；不防陈胜与屯卒们已经蜂拥而入，各色木棍铁耒菜刀一齐打砸，县卒们当即乱纷纷闷哼着倒地了。一阵混打吼喝，县卒全被杀死在小屋中。吴广带血的长剑一举，高呼：“祠前聚集！陈胜王举事了！”屯卒们呼啸一声，纷纷捡起县卒的长矛冲出了石屋……

片刻之间，破旧的祠堂前拥满了黑压压人群。屯卒们愤激惶恐，人人身背包袱，有人手握着木棍竹竿铁耒菜刀等种种可手之物，绝大多数则是赤手空拳地张望着。十支长矛与陈胜吴广的两口长剑，在茫茫人群中分外夺目。人群堪堪聚集，廊下吴广举起血剑一声高呼："弟兄们！陈胜王说话！"

"陈胜王说话——！"屯卒们一口声高呼。

陈胜一步跳上门前台阶，举起长剑高声道："弟兄们！俺等大雨误期，已经全部是死人了！即或这次各自逃亡不死，还是要服徭役！还是苦死边地！但凡戍边，有几个活着回来！原本说大秦一统，俺等有好日子！谁料苦役不休，俺等庶民还是受苦送死！弄啥来！壮士不死则已，死则举大名！叫天下都知道俺等！王侯将相，宁有种乎！"

"不死！举事——！"雨幕中一片怒吼。

吴广举剑大吼："天命陈胜王！拼死反暴秦！"

"天命陈胜王！拼死反暴秦！"

"陈胜王万岁——！"雨幕中震天撼地。

"今日斩木制兵！明日举事！"陈胜全力吼出了第一道号令。

立即，屯卒们在茫茫雨幕中忙碌了起来，从乡亭仓储中搜集出仅存的些许工具奔向了空荡荡杳无人迹的原野，扳倒了大树，折断了树干，削光了树皮，削尖了杆头，做成一支支木矛。也有屯卒拥向一片片竹林，折断了竹竿，削尖了杆头，做成了一支支竹矛。炊卒庄贾的两口菜刀忙得不亦乐乎，大汗淋漓手掌流血，仍在削着一支又一支竹竿。更有一群屯卒砸碎大石，磨制出石刀石斧绑上木棍，呼喝着胡乱砍杀。住在马圈的年轻屯卒们，则闹哄哄拆掉了马厩，将马厩的木椽一根根砍开，打磨成了各色棍棒。陈胜吴广与各县头目则聚在一起，秘密筹划着举事方式……

次日清晨，大雨骤然住了，天色渐渐亮了。

当屯卒们又一次聚集在祠前时，所有的人都袒露着右臂，弥漫出一片绝望的悲壮。祠前一根高高木杆上绑缚着一面黄布拼成的血字大旗，"张楚"两个字粗大笨拙地舒卷着。廊下的陈胜吴广穿着从两名将尉身上剥下来的带血甲胄，显得狞厉而森然。看看要冲破云层的太阳，陈胜大喊了一声："今日举兵！祭旗立誓！"旁边吴广大吼一声："斩两将尉首级！祭我张楚大旗！”立即有四名屯卒将两具将尉尸体抬来，陈胜吴广一齐上前，各自一剑将二人头颅割下，大步摆到了旗下的石案上。二人向石案跪倒，一拱手同声高诵：“苍天在上！陈胜吴广等九百戍卒举事大泽乡！倒秦暴政，张大楚国！若有二心，天诛地灭！”两人念一句，屯卒们吼一句，轰轰然震天撼地。祭旗一毕，吴广站起身向陈胜一拱手昂昂然高声：“举事首战！天命陈胜王发令！”

“追随陈胜王！”屯卒们一片吼声。

“好！”陈胜举剑指天高声道，“天光已出，天助我也！目下俺等还是腹中空空，要吃饱才能打仗！要吃饱，第一仗打大泽乡，搜尽各里仓房存粮兵器！只要先拿下乡亭十几个仓储，俺等人人吃饱，日后死了也是饱死鬼，不是饿死鬼！走——！”

“攻大泽乡！做饱死鬼——！”人众一声呐喊，光着膀子拥向了四周村庄。

后世史书所谓“攻大泽乡”，实际是拥入各“里”（行政村）抢掠里库的少量存粮与器物，以为初步武装而已，并非真实打仗。其时淮北泗水郡相对富庶，人口稠密，大泽乡之类的大乡，大体当有十个上下的“里”。在徭役多发的秦末，村中精壮十之八九不在，九百人席卷十数个村庄是非常容易的。天尚未黑，最初的攻杀劫掠已全部完成了，掠得的粮谷米酒器物衣物等乱糟糟堆成了一座小山。当夜，九百人在大泽乡亭外大举篝火造饭，大吃大喝一顿又呼呼大睡了一夜。次日天明，陈胜吴广立即率领着这支因绝望而轻松起来的乱军，奋力卷向了蕲县城。

屯卒们乱纷纷吼叫着，蹚着泥水遍野拥向蕲县。当日午后时分，当大片黑压压屯卒漫卷到城下时，不明所以的蕲县城门的十几个县卒们连城门也没来得及关闭，棍棒人群已冲进了城里。片时之后，县署被占了，县令被杀了，小小县城大乱了。暮色时分，一杆无比粗糙的“张楚”大黄旗插上了蕲县箭楼，陈胜王的欢呼淹没了这座小小城邑。

三日之后，这支已经尽数劫掠了蕲县财货府库与屯集旧兵器老库的徭役农民，有了十几辆破旧战车，有了几百支铜戈，人马已经壮大到千余人。陈胜吴广会商决断：立即沿着通向中原的驰道攻占沿途县城，攻到哪里算哪里，左右得有个立足之地。于是，徭役军立即乱哄哄开拔，先攻与蕲县最近的铚县。其时暴乱初发，天下郡县全无戒心，县令县卒多为征发奔忙，根本想不到会有如此一股猛烈的飓风卷来，几乎每一座县城都是听任乱军潮水般漫卷进城。几乎不到十天，农民军便先后“攻”下了淮北的铚县、酂县、苦县、柘县、谯县五座县城，雪球迅速滚大到了六七百辆老旧战车，千余骑战马及数千士卒。陈胜吴广大为振奋，立即向淮北最大的陈城进发。

如同曾经的几座城池一样，乱军迅速攻占了陈郡首府陈城。陈郡既是吴广的故里，又与陈胜故里颍川郡相邻，更是当年楚国的末期都城之一。为此，陈胜吴广一番会商，遂在陈城驻扎下来，并接纳了纷纷赶来投奔的一群文吏儒生的谋划，在陈城正式称王，公开打出了“张楚”的国号。

陈胜立国称王，是七月暴乱之后又一声撼天动地的惊雷。

以当时情势，短短月余之间，这支九百人的徭役屯卒，在面临斩首的绝望时刻揭竿而起斩木为兵，以必死之心谋求活路，走上了为盗暴乱之途。如此不可想象的大叛乱，在执法严厉的帝国竟没有受到任何惩罚，且乱军如入无人之境，竟能在数十日内立国称王。这在笃信秦法与帝国强大威势的臣民心目中，已经荒诞得不可思议了。正是惊愕于这种荒诞与不可思议，始皇帝时代奠定的强盛帝国的威权，第一次显出了巨大的缺陷与脆弱。这一事实，既摧毁了恪守着最后职责的臣民的信念，又激发出六国复辟势力与潜在的野心家以及种种绝望民众的强烈效法欲望。尤其是陈胜不可思议地飞速地立国称王，其对天下的震撼，远远大于最初的暴乱。首开暴乱之路，未必具有激发诱惑之力，毕竟，暴乱极有可能被加倍地惩罚。然则，暴乱而不受惩罚，且立即取得了巨大的成功。一个佣耕匹夫一举成为诸侯王，这种激发与诱惑之力是不可想象的。后世史家云“旬日之间，天下响应”，虽是显然地夸大，然在消息传递缓慢的农耕时代，其后两月之间各种暴乱弥漫天下，却也实在是史无前例的。正是在陈胜称王之后的九月十月，几乎所有的潜在反秦势力都举事了，后来的种种旗号都在两个月之内全部打出。其间直接原因，无疑是陈胜称王立国的激发诱惑之力。

这次被后人称为“第一次农民大起义”的事变，在中国历史上有着极为深远的意义。这看似偶然的一点火星，像一道惊雷闪电掠过华夏大地，像一个火星打上浇满猛火油的柴山，轰然引发了各种潜在势力的大爆发，生成了亘古未见的秦末大混战风暴。在这场历史性的大混战中，陈胜吴广的农民军既是发端者，又是最初的主流；虽然迅速被后来出动的帝国官军与六国复辟势力的外攻内蚀夹击吞没，然却具有不可磨灭的历史价值。这一历史价值在于：中国农民第一次以暴力的方式表达生存要求，第一次以破坏性力量推动了政权更迭的改朝换代，从而在本质上成为华夏文明重构的一种隐蔽的建设性与破坏性兼具的力量。

二　芒砀山逃亡者在刘邦率领下起事了

陈胜暴乱的消息迅速传开，所在地泗水郡最为震荡不安。

第一个闻声而起的，是早已逃亡隐匿在芒砀山的一群流窜罪犯。

这是泗水郡沛县[1]的一支徭役，一年前赶赴咸阳为骊山陵服役，路经芒砀山而多有逃亡，大约二三十人随着领役头目留了下来，在山中狩猎流窜。这个头目是沛县泗水亭的亭长，名叫刘邦，后来大名赫赫的汉高祖。刘邦的亭长生涯与逃亡生涯，被后来的太史公抹上了许许多多的神秘印记，左股七十二黑子、老父田头相贵、芒砀山斩蛇、赤帝白帝之争、东南天子气、吕氏女云气说等等等等不一而足。此等说法大多都是后来的必要的附会，姑妄听之而已。究其实，刘邦的这段亡命生涯是很苦的，是惶惶不可终日的。百余人赶赴徭役而中途逃散大部，身为亭长的刘邦非但不报官府，且放任逃亡，又纠结余者流窜山林；依据秦法，这是比陈胜吴广等的“失期”更为严重的罪行，灭族几乎是无疑的。应

[1]　沛县，今山东省微山湖以西地带。

该说，刘邦的绝路比陈胜吴广等更甚。然则，在大约一年的时日里，刘邦却没有选择发难起事，自甘悄悄做了事实上的流盗，并未公然对抗官府。此间真实原因大体有三：一是刘邦官身重罪，深恐公然举事累及整个族人；二是刘邦有小吏阅历，看不准的事，没成算的事，都不会第一个去做；三是芒砀山临近乡土，流窜狩猎的同时，再结好当地富户，尚有活路。凡此等等原因，刘邦一伙在芒砀山流窜了至少大半年，虽说也聚结了百人上下的山民，还算活得下去，然毕竟是流盗生涯，个个变得黝黑精瘦竹竿一般，整日为谋得肚皮一饱而过着野人一般的日月。

大约在八月末最艰难的时分，刘邦们正在为刚刚过去的雨灾山洪忙碌，更为即将到来的冬日雪天煎熬时，县城赶来了一个屠户要见刘邦。这个屠户叫做樊哙，也是刘邦小吏生涯的结交之一。樊哙是受刘邦两个老友县吏萧何曹参的委托，特意来找寻刘邦。樊哙告知刘邦一个惊人的消息：滞留在蕲县大泽乡的徭役举事了，已经攻占了五座县城，目下已经攻占陈郡立国称王！

“陈胜称王了？立国了？”刘邦惊愕得一双眼睛都立直了。

“千真万确！假话猪挨一刀！”屠户樊哙急色了。

“娘的！这大秦真成了豆渣饭？”刘邦搓着倏忽变得汗淋淋的双手。

“刘大哥，还有好事！”

“快说！”

樊哙带来了一则更实际的秘密消息：萧何曹参两个县吏说动了县令，也想举事反秦；萧曹二人劝说县令，沛县子弟官府不熟，难以激发，最好将逃亡在外的刘邦一群人召回一起举事；届时人多势众，沛县民众便不敢不跟着反秦。县令欣然赞同，萧曹两人便派了樊哙来召刘邦回去共图大举。

“好！举旗称王，大丈夫当如是也！”刘邦哈哈大笑。

当日，刘邦立即召集起百数十个流亡者，慷慨激昂而又嬉笑怒骂地说了一通：“诸位兄弟！这是樊哙兄弟！他从县城带来消息，说目下已经有人反秦了，陈胜九百人连下五座县城，还占了陈郡，称王了！立国了！人家吃得饱，穿得暖，有得马骑，有得战车！我等兄弟如何？黑不溜秋干瘦，饿得人干屎打着胯骨响！再不反，人家把稠的捞干了，我等兄弟连稀汤也没的喝了！刘季没有多的话，反了好吃好喝！不反忍饥挨饿！都说反不反？我刘季只等兄弟们一句话！”

“反！反！反！”山石上一片乱纷纷叫嚷。

“好！连夜上路，回沛县！”

如此这般，刘邦率领着这百十号流盗急匆匆出山了。次日暮色时分，这群流盗赶到了沛县城外。然则，分明说好的事却生出了意外。沛县城楼上见刘邦人群黑压压赶来，一阵牛角号响起，城门竟隆隆关闭了。刘邦见状情知有变，不禁气得跳脚大骂，思忖一阵又怕是县令诱他出山捕拿的诡计，不禁便想立即返回芒砀山。樊哙却嚷嚷说不怕不怕，城里也就几十个县卒，想拿人也没力气，不妨我先进城问问萧曹出了何事？刘大哥尽可在城外起火吃喝，等到明日再说！刘邦一想也是，便吩咐樊哙小心，而后便下令架起篝火烧烤随带的囤积猎物，吃着喝着骂着等了起来。不想夜半时分，萧何曹参樊哙三人竟买通门吏逃出了县城，找到了刘邦。萧曹二人一阵诉说，刘邦才知道了事情原委。

原来，樊哙走后沛县令又后悔了，说刘邦一身痞气不像正人，又有一帮流盗相助，不能共事反秦。萧曹两人都说县令出尔反尔，恐生民变。县令大为不悦，阴沉着脸半日无话。今日萧何从交好的县尉口中得知，县令有秘密诛杀萧曹两人的谋划。两人正在设法逃城出走投奔芒砀山，不想刘邦便回来了。萧曹之意，城内人心浮动，只要施以胁迫，沛县城很可能不攻自破。三人密商一阵，萧何立即用随身白帛写就了一篇文字。

“城上听了！刘邦有书给沛县父老！”

四更时分，刘邦在城下大喊一声，将绑着白帛的长箭射上了城头。

城头县尉接到箭书，却没有禀报县令，而是立即传给了惶惶不安的几名族老。这白帛上写的是：“沛县父老留意，天下苦秦久矣！今诸侯并起，泗水郡即将大乱！沛县令不欲举事，必召乱军屠沛之大祸！沛县父老若能同心诛杀县令响应诸侯，而后选子弟贤者而立，则家室完好！否则，父子族人俱遭屠戮，万事无为也！”族老们一看之下大是惊慌不安，立即召各族人众秘密会商，片刻间便议定了自保举事对策。天色蒙蒙亮时，城内民众与十几名县卒各持棍棒菜刀一齐蜂拥攻入县府，拿住县令立即杀了。天色大亮时，沛县城门便隆隆打开了。

刘邦人群堂而皇之地进入了沛县城。当日，刘邦立即郑重召来城内族老们议事。族老们一致推举刘邦为沛县令，护持沛县生计。刘邦笑道："目下这县令，是杀头的差使也！我看萧曹两位选一个出来做了。"萧何当即说自己胆识俱无，成不得大事。曹参也说自己只知杀人断狱，没领县大才。樊哙不耐嚷嚷道："让个鸟！刘大哥来劲！刘大哥县令！"一白发族老也再度拱手道："老夫素闻刘季命相大贵。君为县令，沛县亦能托君之福以保平安，莫辞让也！"萧何众人一齐拱手齐声："敢请刘亭长就任县令！"刘邦一阵大笑道："好好好！刘邦就做了这个鸟县令！官府大军来了，刘邦第一个挨刀！"众人不禁一阵笑声，齐喊了一声："见过刘县令！"于是，大秦郡县便有了第一个未经官府任命的流盗县令。

三日后，县城车马场举行了粗朴隆重的起兵大典。

依萧曹谋划，县令名号尽管对刘邦与民众而言，已经是大官了，然要举事天下，县令名号却显太小，故此，刘邦当称沛公以对天下。公者，春秋战国大诸侯之君号也。刘邦称沛公，便有了会同诸侯之意。尽管此时尚未真正地诸侯并起，然作为张势之名，尽快将自己列为一路诸侯，不失为刘邦一群大局见识也。这个起兵大典，实际便是拥立沛公杀出沛县的大典。大典祭祀两个人神，其一是百战百胜而一统华夏的黄帝，其二是称为"五兵战神"的蚩尤。其意在昭示沛公既有黄帝之威德，又有蚩尤战神之战力。县城车马场遍插五色旗帜，中央高杆上垂挂一面大纛旗，红底黑字大书一个"沛"字。大旗下一面牛皮大鼓，广场四周拥满了棍棒兵刃混杂的布衣民众。

清晨卯时，几支牛角号向天吹动，呜呜声悠长沉重地弥漫开来。萧何手举长剑，宣诵了沛公名号。刘邦头戴自家制作的竹皮冠，在黄帝蚩尤两祭案前憋着劲正色高声念完了几句简短的祭祀文告："黄帝天帝，蚩尤战神，昊天有灵，伏惟告之：刘邦起兵，诛灭暴秦，与民康乐！祈黄帝蚩尤诸神，护佑刘邦终成大势，护佑我沛县子弟战无不克！"在全场民众的呐喊中，萧何举剑宣布了最后一道天启仪式——兽血溅鼓。

与陈胜吴广一样，萧何曹参与刘邦也密谋出了天意激发之道。萧何有心，依据刘邦芒砀山斩杀白蛇的传闻，附会了一则刘邦为赤帝子的说法，要在此次大典中名正言顺地抬将出来激发追随者。司礼的萧何宣完程式，便有十几名兵卒抬来了狗鹿猪三头活牲，站在了那面牛皮大鼓下。屠户樊哙赤膊持刀大步上前，左臂挟起活狗右手一刀捅向狗颈，狗血便直喷皮鼓；掷掉狗尸挟起活鹿又一刀，一股鹿血又激溅大鼓。此时活猪尖叫不已，樊哙左手拎起猪耳，猪身凌空嚎叫中右手猛捅一刀，猪血顿时飞溅鼓面。顷刻之间，牛皮鼓面鲜血横流，红亮异常。

“沛公赤帝子也！血红正色！”萧何举剑高呼。

“沛公万岁！赤帝子万岁！”全场乱纷纷呐喊起来。

大典之后，刘邦萧曹樊哙等率领着在沛县纠集的两三千民众，向北攻占了胡陵、方与两座县城，攻杀丰县县城时却意外地遇到了抵抗，一时攻占不能。于是刘邦觉得还当再看看时势，暂时滞留在丰县不动了。刘邦们不知道的是，此时的暴乱潮水已经铺天盖地翻涌起来了。

三　江东老世族打出了真正的复辟旗号

陈胜举事而王的消息风传开来，所有的逃亡者都躁动了。

第一支起而响应的独立力量，是连窜九江郡的一群逃亡刑徒，首领叫做黥布。两三年前，在骊山激发刑徒暴乱的黥布，在暴乱惨败后率残余追随者逃入深山，又继续向南流窜，最后在九江郡的大江湖泊水域中滞留下来，以渔猎隐身为盗了。当陈胜举事称王的消息传入九江郡，秉性暴烈机敏的黥布立即看到了切实的出路。黥布觉得自己的力量太小，立即请见当地号为“番君”的土人头领，力劝其举事反秦。番君正为二世胡亥的种种征发烦恼不堪，立即赞同了黥布之说，举族追随黥布反秦自立，并当即将自己的女儿嫁给了黥布。于是，黥布的刑徒山民军很快聚集到了数千人，立即开出水域向北攻占了一座叫做清波的县城，而后继续北上，加入了秋冬季的天下大混战。就实而论，黥布军是反秦势力中第一支以刑徒与山民为轴心的穷苦阶层力量。

前期举事的另一支独立力量，是巨野泽的一群流盗，首领叫做彭越。

这个彭越虽是水域流盗，人却颇有机变，屡次逃过了始皇帝时期的官府捕拿。及至各方势力蜂起，巨野泽周边的另一群流盗后生纷纷前来鼓动彭越举事效之。彭越却说："此时两龙方斗，且等候时日再说。"看了几个月，到得次年春季，天下大乱之势已成，流盗后生们又来鼓动彭越，并说愿意推举彭越为巨野泽头领举事。彭越很是轻蔑地笑道："我纵举事，也不会与你等为伍也。"流盗后生却连番纠缠，非要拥立彭越举事不可。彭越假作无奈，终究答应了，与流盗后生们约定明日太阳升起时在一个中间地会合举事，迟到者斩。次日天亮，彭越率自家群盗准时赶到，那群流盗后生却有十几个人来迟半个时辰，最后一个迟到者竟一直到正午方来。彭越发怒了，正色道："老夫被你等强立举事，你等竟不重然诺，多人迟到！今日不说如约皆杀，至少杀最后一个！"说罢下令立即杀了最后来也是最骄横的那个流盗，将其首级摆上了祭坛，以为举事祭旗之牺牲。流盗后生们大为惊恐，立即纷纷跪倒，说要死心追随彭越。于是，彭越当日举事，立即向巨野泽群盗发出了聚结反秦号令，旬日之间便聚集了千余名流散盗寇。之后，彭越立即南下泗水郡，加入了天下混战。就实而论，彭越军是反秦势力中第一支真正的流散聚结的盗寇军，不同于任何一支反秦势力。

反秦最为激切的，是隐藏山海之间的六国老世族。

始皇帝后期，历经几次大规模的严厉震慑，六国世族的老一代已经遭到了毁灭性重创。六国王族望族之主要支系，几乎被悉数迁入关中，死伤者有之，老病者有之，劳役者有之，总归是已经丧失了反秦举事的能力与号召力。然则，六国世族的后裔们与少数望族子弟，却逃亡江海弥散山林，一直在隐忍密谋，一直在寻求出路。及至大泽乡暴乱的消息传开，弥散的六国世族后裔们立即不约而同地秘密赶到了江东地面。这是因为，在六国世族们的圈子里，一直流传着一个秘密消息：楚国名将项燕的嫡系后裔一直藏匿在江东，且从来没有中止过秘密联结各方！

八月中的一个暗夜，六国世族后裔们终于聚结了。

震泽[1]东山岛的一个山洞里，燃着各式火把，大石与空地间或坐或立，满当当尽是风尘仆仆的精瘦人干。中间一方大石上静坐着一个神色冷峻的中年人，身边挺立着一个身形威猛的后生，其余人则三三两两地低声议论着，神秘又惶恐。突然，洞口传来一声通报："张良先生到——！"如同一声令下，洞中人纷纷起立向前迎来。火把光亮中，一个身形瘦长身着方士红袍面有微微细须的中年人大步走进，向冷峻的中年人与众人一拱手："韩国张良，见过项公，见过诸位！"众人纷纷拱手做礼，人人惊喜不已。被称作项公的冷峻中年人一拱手道："先生，此乃项梁隐居吴中的最后隐秘所在，不到万不得已，绝不启用。今日大事，项梁做东聚结诸位。先生安抵，人物大体齐备，便可议事了。""项公所言大是。"张良道，"只是诸位各自隐身多年，面目生疏，宜先自报来路，项公好多方照应也。"项梁笑道："先生大才，果然缜密。好！诸位，敢请先自报来路。"

"在下乃韩国张良，随行三人。"后到者第一个开口。

"魏国张耳等六人！"

"魏国陈余等六人！"

"魏国魏豹等三人！"

"赵国武臣等八人！"

"齐国田儋等五人！"

"齐国田荣等六人！"

"齐国田横等五人！"

"燕国韩广等三人！"

"楚国项羽等十三人！"那名威猛青年声如洪钟。

项梁向众人一拱手道："此乃我侄也，诸公见笑。我意，还当先听先生消息高论。"众人一拱手齐声道："项公明断，愿闻先生高论！"随即各人纷纷坐在了大石上。张良站在中间空地上，向场中环拱一周高声

[1] 震泽，今日太湖，其时水域面积远远大于后世。

道："诸位，复兴六国之大时机到也！张良此来，便是向诸位报知喜讯，敢请六国世族后裔一体出山！……"张良话音未落，在一片喊好声中便有人喜极昏厥了，立即便有人掐着人中施救，山洞中一片惊喜骚乱。项梁摆了摆手道："诸位少安毋躁，请先生细说了。"山洞中便渐渐安静了下来。

"目下大势，秦政酷暴，民不聊生，天下已是乱象丛生！"张良慷慨激昂道，"二世胡亥即位，非但不与民休息，反而大兴征发，用法益深刻，天下臣民怨声载道！陈胜吴广大泽乡举事月余，咸阳竟无大军可派。此间意味何在？大秦国府空虚了，军力耗尽了，没有反击平盗之力了！当此之时，我等群起响应，必成大事！张良念及六国复兴大计，故星夜匆匆而来。敢请诸位在故地反秦自立，灭其暴秦，复辟六国！"

"诛灭暴秦，复辟六国！"山洞里一片激切吼声。

项梁冷静地摆摆手："如何着手？谁有成算？"

田横霍然站起："陈胜贱民，只能给我等开路！复辟六国，要靠自己！"

"不尽然！"张耳高声道，"目下可借贱民之力，先走第一步。"

"无论如何得赶快动手！不能教秦二世缓过劲来！"陈余喊着。

"杀光秦人！六国复仇！"项羽大声吼着。

"还是要有实在对策，目下我等力量毕竟不足。"韩广平静地插了一句。

项梁向张良一拱手："敢问先生有何谋划？"

"张良尚无大计，愿闻项公谋划。"

众人齐声道："对！敢请项公定夺！"

"好。老夫说说。"项梁颇显平静地一拱手道，"目下大势，必得举事反秦，不举事，不足以道复辟大计，此乃铁定也！然则，如何举事？如何复辟？乃事之要害也。项梁之策有三，诸位可因人因国而异，思忖实施之。其一，故国有人众根基者，可潜回故国，直然聚众举事。其二，钱财广博者，可招兵买马，举事复国。其三，无根无财者，可直然投奔陈胜军中，借力得国！"

“借力得国？如何借力？”武臣高声问了一句。

“项公良谋也！”张良大笑一阵道，“诸位，陈胜军目下正在乌合之际，急需人才领军打仗！诸位都是文武全才，一旦投奔陈胜，顿成拥兵数千数万之大将也。其时请命发兵拓地，必能顺势打回故国！一回故土，陈胜能管得诸位么？”

“万岁项公——！”

“好对策！吃这陈胜去！”

山洞中真正地狂热了。人人都陡然看到了复辟故国的实在出路，更看到了自己趁势崛起的可能，每个人的勃勃野心都被激发点燃了。毕竟，这些六国世族后裔大多不是旧时六国王族，连王族支系都极少；复辟六国的大业对他们而言，完全可以不是旧时王族的复辟，而只是国号的恢复；更大的可能，则是他们自己自立为王裂一方土地做一方诸侯。如此皇皇复辟之路，简直比原样复辟六国还要诱人，谁能不心头怦然大动？……

夜色朦胧中，串串人影从山洞闪出，消失于小岛，消失于水面。六国旧贵族借农民暴乱的大潮，从僵死中复苏了。他们以深刻的仇恨心理，以阴暗的投机意识，纷纷加入了布衣农军的反秦行列，使寻求生计的反秦农军成为鱼龙混杂的乌合之众，徭役苦难者反抗大旗很快被复辟的恶潮所淹没了，历史的车轮在变形扭曲中步履维艰地咣当嘎吱地行进着，沉重得不忍卒睹。

六国世族震泽大会后，项氏立即开始了各种秘密部署。

几年前，项梁还是一个被始皇帝官府缉拿的逃犯。然自从重新逃回江东故地，项梁已经完全改变了方略，不再试图谋划暗杀复仇之类的惹眼事体，而是隐姓埋名置买田产在吴中住了下来，扎扎实实地暗结人力。项氏作为楚国后期大族，有两处封地，正封在淮北项地，次封在江东吴中。淮北故地过于靠近中原，不利隐身，为此，项梁将隐身之地选择在了会稽郡的吴中老封地。项梁曾是楚军的年轻大将，流窜天下数年，对天下大势已经清醒了许多：只要始皇帝这一代君臣在，任谁也莫想颠倒乾坤做复辟梦。身为亡国世族后裔，只能等待时机。当然，说项梁的等待忍耐有一种预料，毋宁说这种等待忍耐全然是无奈之举绝望之举。在项梁逃亡的岁月里，始皇帝的反复辟法令排山倒海强势异常，信人奋士的皇长子扶苏又是天下公认的储君，谁也看不到秦政崩溃的迹象。从事复辟密谋的六国世族及其后裔，惶惶不可终日地忙于流窜逃命，唯一能做的便是散布几则流言或时而策动一次暗杀，如此而已。当此之时，项梁算是六国世族中罕见的清醒者，眼见此等行径无异于飞蛾扑火，便立即收敛坐待。项梁不若韩国张良，一味地痴心于暗杀始皇帝，一味地四海流窜散布流言。项梁曾身为统兵大将，对兵家机变与天下大局有一定的见识，一旦碰壁立即明白了其中根本：杀几个仇人杀一个皇帝，非但于事无补，反而逼得自己四海流窜随时都有丧生可能，结果只能是适得其反；而坐待时机积蓄力量，则是一种更为长远的方略，一旦时机来临，便能立即大举起事。果然终生没有时机，天亡我也，也只能认了。这便是始皇帝后期历经逃亡之后的项梁，忍得下，坐得住。

项梁没有料到，这个梦寐以求的时机来得如此之快。

上年九月，骤然传来始皇帝暴死于沙丘而少皇子胡亥即位的消息，项梁亢奋得几乎要跳了起来。上天非但教始皇帝暴死了，还教少皇子胡亥做了二世皇帝，这不是上天分明教大秦灭亡么？项梁曾在关中秘密流窜过两三年，既知道扶苏，也知道胡亥，一闻二世是那个胡亥，立即奋然拍案："天意亡秦也！此时不出，更待何时！"紧接着，扶苏死了，蒙恬蒙毅死了，皇子公主也被杀光了，凡此等等消息传来，项梁每每都是心头大动。

几乎没有任何犹豫，项梁立即开始了一连串启动部署。

首先，项梁立即部署亲信族人将自己的真实身份在老封地的民众中散布出去，使那些至今仍在怀念项燕父子的江东人士知道：项燕的后人还在，而且就在吴中！其次，项梁部署自己的侄子项羽立即开始秘密聚结江东子弟，结成缓急可用的一支实际力量。同时，项梁自己也开始与官府来往，没过三两个月，便与县令郡守成了无话不说的官民交谊。在会稽郡徭役征发最烈的时候，郡守县令叫苦不迭，苦于无法对上。项梁给会稽郡守与吴中县令说出了一个对策：每遇征发，在期限最后一日，向上禀报如数完成；再过旬日，立即向上禀报徭役于途中逃亡；如此应对，必可免祸。郡守县令试了一次，果然如是，除了被严词申饬一通，竟没有罢黜问罪。郡守县令惊喜莫名，立即宴请了项梁，连连问何能如此？项梁答说：“徭役逃亡为盗，举凡郡县皆有。此，天下人人皆知之秘密也。秦法纵然严苛，安能尽罢天下秦官哉！”由此，郡守县令食髓知味接连效法，不想竟有了神奇之效，既保住了官爵，又赢得了民心。郡守县令由是对这个吴中布衣大是敬佩，几次要举荐项梁做郡丞，项梁都婉拒了。很快地，郡守县令也从民众流言中知道了这个布衣之士就是楚国名将的儿子项梁。奇怪的是，郡守非但没有缉拿项梁，反而愈发地将项梁当做了座上宾，几乎是每有大事必先问项梁而后断。至此，项梁已经明白：郡县离心，天下乱象已成，时机已经到了。

此时，项羽在项氏老封地聚结江东子弟事，也已经大见眉目了。

项梁的侄儿项羽，一个大大的怪异人物。自少时起，这个项羽便显出一种常人不能体察的才具断裂：厌恶读书，酷好兵事。项羽之厌恶读书，并非寻常的压根拒绝，而是浅尝之后立即罢手。项梁督其认字学书，项羽说：“学书，只要能记住名姓便行了，再学没用。”项梁督其学剑，项羽则说：“剑器一人敌，没劲道，不足学。”项梁沉着脸问：“你这小子，究竟想学何等本事？”项羽说：“学万人敌！”项梁大是惊诧，开始教项羽修习兵法典籍。不料项羽还是浅尝辄止，大略念了几本便丢开了，留下的一句话是：“兵法诡计，胜敌不武，何如长兵大戟！”

项梁尚算知人，明白此等秉性之人教任何学问也学不进去，注定一个赳赳雄武的将军而已。无奈之下，通晓兵器的项梁秘密寻觅到一个神奇铁工，可着项羽力道，打造了一件当时极为罕见的兵器，索性号为“万人敌”。那是一支长约两丈的连体精铁大矛，矛头宽约一尺长约三尺，顶端锋锐如箭镞，几若后世之枪，却又比枪长大许多，几若一柄特大铁铲，又比铁铲锋锐许多；矛身不是战国重甲步卒长矛的木杆，而是与矛头铸成一体的胳膊粗细的一根精铁；矛尾也是一支短矛，长约一尺，酷似异形短剑。这件罕见的兵器，以当时秦制度量衡，大体当在二百斤左右，寻常人莫说舞动，扛起来走路也大觉碍手吃力。唯独项羽一见这件兵器大为惊喜，一边将神铁异矛舞动得风声呼啸，一边奋然大吼："神兵神兵！真万人敌也！"

就实说，项羽之兵器，《史记》并无明载。然"万人敌"之说，有一个明确逻辑，项羽所持非长兵器莫属，且此等"力拔山兮气盖世"之神异人物，又绝非寻常长兵器所能遂心。须得说明的是，长兵器存在于春秋车战，战车将士通常是一长戈一弓箭两种兵器。及至战国，随着车战的隐迹，骑兵方兴未艾，骑士几乎一律采用了短兵即各种剑器。即或骑兵将领，也未见使用长兵器者。其实两丈余的长矛长戈等，只在步兵阵战中使用，骑士不可能使用。也就是说，项羽作为骑士将军，以异常的长兵器作战，在秦末时代可以说是独一无二的创制。此后马上将军之长兵器纷纷涌现，应当是效法项羽不差。

项羽聚结吴中子弟的方式很奇特，真正的以力服人。

其时天下乱象日见深刻，逃亡徭役为流盗已不鲜见，各地民众无不生出自保之心。江东民众素知项氏大名，遂纷纷接纳项氏族人联结，后生们投奔项氏习武以防不测。项梁自是欣然接纳，立即辟出了一座庄园，专一供项羽等人操练武事。一次，一大群江东子弟在庄园林下习武，项羽指着水池畔一只半截埋在地下的大鼎高声问："诸位兄弟们说，这只古鼎几多重？"众后生凑到池畔打量，一人高声道："龙且说，此鼎当有千数百斤！"项羽大步走到鼎前正色道："拔起此鼎，要多少力气？"一个人高声道："钟离昧说，此鼎久埋地下，拔鼎至少要万斤之力！""好！谁能拔鼎，立赏百金！"项羽高声一问，后生子弟们顿时亢奋起来，一片喧嚷声中，十余人上前围住鼎身，或抓鼎耳或抱鼎身一起用力摇动，古鼎却纹丝不动。项羽大喊一声全上，百数人立即相互抱腰接力，连成了一个大大的人花。项羽挥手大喊："一二三！"全体大吼一声："起——！"半截埋在地下的大鼎还是纹丝不动，后生们一鼓而泄松手散劲，不禁齐刷刷瘫坐在地上了。"兄弟们起来，看我拔鼎！"项羽大笑了。"天！一人能拔鼎？"后生们纷纷起身一片惊呼。"拔鼎难么？"项羽一笑，随即蹲下马步两手抓紧鼎耳，闭目运气间大吼一声起，刹那间地皮飞裂，一阵烟尘笼罩中轰然一声，三五尺高的大鼎拔地而出，巍巍然高高举起在头顶。“万岁！公子天神也！”后生们顿时慑服了，高呼着跪倒了一大片。

从这次拔鼎开始，项羽的威名风一般传遍了江东，秘密投奔项氏的老封地后生越来越多了。项梁思忖一番，遂在人迹罕至的震泽荒岛上搭建了一片秘密营地，又用小船秘密运去了一些粮米衣物，便让项羽等人专门在岛上操练，不奉召不许出岛。六国世族震泽大会后，项梁召回了项羽。项梁觉得，必须立即举事了。

恰在此时，会稽郡守密邀项梁会商大事。

项梁心下清楚何谓大事，立即带着项羽去了。一路之上，项梁对项羽做了种种叮嘱，将种种可能的变化应对都谋划好了。次日赶到郡守府，守候在正厅廊下的家老却说，只能项梁一个人进去。项羽脸色顿时黑了。项梁却淡淡一笑：“此乃老夫之子，让他在廊下等候便是。”项梁随即将自己的长剑递给了赤手空拳的项羽，随家老进了厅堂。

在隐秘的书房里，郡守低声说出了密邀项梁的本意：“老夫明告项公，天下已经大乱矣！江西皆反，此乃天意亡秦之时也。当此大乱，先举制人，后举则为人所制。为此，老夫欲举兵反秦，欲请项公与桓楚为将，项公必能共襄大举也！”项梁点头道：“桓楚素称江东名士，实可为公之左膀右臂也。只是，桓楚因杀人逃亡震泽之中，公可有其踪迹消息？”郡守连连摇头。项梁思忖片刻，似乎刚刚想起来一般道：“我侄项羽与桓楚素来交好，他或知桓楚去处。”郡守惊喜道：“项羽来了么？快问问了。”项梁道：“后生未曾到过会稽城，我便带他来长长阅历。他在外面等候。我去问问。”项梁出门，片刻间回来道：“项羽知道。我未向藏匿之地。公可亲自问明。”郡守一点头，当即高声吩咐门外家老唤进项羽。

“项羽参见郡守大人！”

“好！如此威猛，战将之才也！”郡守褒奖一句便问道，“项羽啊，你与桓楚交好，说明白他在何处，老夫派人将他找回，有大事……”项梁突然冷冷插断：“可行了！”瞬息之间，拱手低头的项羽突兀大喝一声，手中长剑一捅，郡守来不及出声便被项羽一剑挑在了空中，长剑穿胸而过，立时没了气息。项羽将尸身摔落地面，长剑一挥便将郡守的人头提在了手中。项梁霍然起身，从郡守腰间解下印盒绶带利落地挂在身上，对项羽高声道：“人头给我，你来开路，若有阻挡，务必杀怕官兵！”两人方出书房，便闻庭院呼喝喧嚷，显然是家老召来了府中郡卒与吏员。

项羽酷好搏杀而一直无由一试身手，今日得叔父果决号令分外亢奋，大吼一声若雷鸣，两手抄起厅中青铜书案飓风般卷了出来。这青铜书案不比任何兵器，三大块厚铜板连铸一体，既长大又沉重，寻常间总得三两人抬搬，可在项羽手里却如同木板一般轻捷。冲到廊下骤遇一群长矛郡卒蜂拥而来，项羽奋然怒喝，舞动青铜大案迎面打下又接连一个横扫，声势直如排山倒海，郡卒的短剑长矛与尸体顿时一片翻飞，青铜大案呼啸打砸，顷刻间郡卒百数十人便黑压压红乎乎铺满了庭院。随后跟来的吏员仆役们大是惊骇，乱纷纷跪倒一片竟没有一个人说得出一句话来。项梁方到廊下，事先联结好的几个郡吏与几个县令已经带着一群人赶了进来，立即齐刷刷一呼：“拥戴项公举事！”

项梁左手官印右手人头，奋然大呼：“复辟楚国！杀官反秦！”

“复辟楚国！杀官反秦！”庭院一片吼喝。

当夜，震泽岛江东子弟已经如约赶来，大片火把各式兵器涌动在郡守府前的车马场。项梁宣布了起事反秦，并当场做出了成军部署：以江东子弟兵为轴心，以吴中豪杰若干人各为校尉斥候司马将吏，以项羽为副将军，项梁自任将军，编成了一支楚军。项梁明白乱军初成须得人心服之，部署罢了激昂高声道：“凡我反秦人众，有一人自感才具未得任用者，均可直找项梁说话！一样，若有一人办事不力才不堪任，项梁必依法度说话！前日一家举丧，老夫曾派一人前去主理，丧事办得很乱。此后，这个人不能再用了！”项梁这一番部署与申明，使随同起事的官吏士卒大是景仰，一口声拥戴项梁先做会稽郡守，先明占江东这个大郡。项梁欣然接纳，立即打出了会稽郡守的旗号。如此未出旬日，项梁旗下已经聚集了八千人马，号为八千江东子弟兵。

项梁颇具机谋，深知草草成军之众不堪一击，是故严厉斥责了项羽等急于西进渡江攻占郡县的主张，一边下令项羽认真操练军马，一边派精干能才逐个“徇县”。徇者，不动干戈而收服也，几类后世招安收编之说。项梁之所以徇县，是料定人心惶惶各县官府均举棋不定，只要给各县官吏一定好处，收服会稽郡不难，果能如此，目下这支草成军马便有了坚实的根基。两三个月下来，果然各县十之八九皆服，均或多或少带来了当地精壮入军，项梁军的实力大大地充实了起来。与此同时，项梁也亲自开始训练军马，以当年战胜秦军的精锐楚军为楷模，一个冬天大体练成了一支拉得出去且颇具战力的反秦军旅。在当时的反秦势力中，唯有这支“楚军”具有真正一战的相对实力，远远强于其余各路草创军马。

次年春天，陈胜军在秦军反击下大败几次，天下反秦势力大有退潮之势。当此之时，陈胜军的谋士，广陵人召平正在广陵为陈胜游说，力图“徇”了广陵。不料事情未成，便传来了陈胜再次大败与秦军东来的消息。召平颇是机敏，立即渡江找到了项梁，假称奉陈胜王之命结盟而来，说陈胜王拜项梁为“楚王上柱国”，请项梁军立即向西渡江引兵击秦。项梁无暇审度其中虚实，只真切体察到时机已到，否则秦军灭了陈胜军则天下反秦势力顿时没有了呼应。于是，项梁军于正月末立即渡江西进，杀向了中原战场。

这是公元前209年秋天与次年春天的江东故事。

至此，各种反秦势力悉数登场，在中原大地展开了酷烈的连绵大战。在所有的反秦势力中，项氏的江东力量具有最鲜明的根基与特色。这个根基，是楚国老世族，是明白无二的复辟目标与复仇之心。这个特色，是军政实力最为强大，统帅、将才、士兵，皆从六国根基中生出，具有令行禁止的真正军旅之风。唯其如此，这支大军一开进广袤的战场，立即便成了反秦主力军，并在中期阶段完全取得了反秦最终政治目标的主导权。这是后话。

四　背叛迭起　六国老世族鼓起了复辟恶潮

楚地大乱之时，最先暴起的陈胜军已经乱得没了头绪。

短短两个月之间，陈胜军洪水一般淹没了淮北地带，在陈郡称王立国了。这种令人瞠目的速度与气势，极大激发了不堪征发的天下民众。一个八月，中原民众大股大股地流入陈郡汇入农军，陈胜军的总兵力不可思议地急速膨胀到了数十万之众，连统兵的吴广也说不准究竟有多少人马了。不独人力猛增，各方隐身的能士也纷纷来投。军旅出身者有周文、周市、秦嘉、田臧、吕臣、邓宗、蔡赐、李归、董绁、朱鸡石、郑布、丁疾、陈畔、伍徐、邓说、宋留、张贺等，文吏出身者有召平、公孙庆、朱房、胡武、房君、秦博士叔孙通、孔子八世孙孔鲋等大拨六国旧吏与流窜儒生。另外一批投奔者则是六国望族后裔，有张耳、陈余、魏豹、魏咎、韩广、武臣、赵歇等。一时间，陈胜军大有军力壮盛人才济济的蓬勃气象。

当此之时，包括陈胜吴广在内的所有张楚君臣，都是急不可待地高喊立即灭秦，几乎没有一个人能像江东项梁那样沉住气谋划根基。当然，同是躁动，各个圈子的初衷与归宿皆大不相同。陈胜吴广等举事头领，是在两个月的巨大战果面前眩晕了，料定帝国已经是不堪一击的泥雕而已，迅速占领咸阳而由陈胜做张楚皇帝，全然是唾手可得的。一班六国旧将则自感憋屈太久，急于建功立业，急于率兵占领一方至少做个郡守县令，耐不得在草创的张楚朝廷做个大呼隆的将士吏员。一群六国旧吏与儒生博士，则急于在灭秦之后恢复封建诸侯，自家好在天子庙堂或各个诸侯国做丞相大臣。投奔张楚的六国世族后裔则更明确，力图尽快求得一将之职，率领一部人马杀向故国复辟旧政。如此等等人同此心，心不同理，立即酿成了一片轰轰然的灭秦声浪。

于是，陈胜称王之后，张楚政权立即做出了大举灭秦的总决断。

由谋士将吏们大呼隆酿出的总方略是：兵分多路，一举平定天下！陈胜立即拍案决断了，也立即做出了具体部署：第一路，以吴广为假王，代陈胜总督各军，并亲率五万人马进兵荥阳占据中原；第二路，以武臣张耳陈余为将，率军五万北向赵燕之地进兵，一举平定北方；第三路，以周市为将，率兵三万进兵旧魏之地，一举占据陈郡北面所有郡县，使张楚朝廷安如泰山；第四路，以周文为将，率主力大军正面进兵函谷关灭秦。

张楚的部署，只遗漏了齐楚两地。此非疏忽遗忘，而是对大势的不同评判。陈胜军发端于旧楚之地，且已占领了当时旧楚最富庶的淮北地带，立即向荒僻的岭南江东伸展，一者是鞭长莫及，二者是得不偿失，三者不是灭秦急务。是以，陈胜等不再将楚地作为重心，而将楚国旧地看做已经占据了的既定胜利。旧齐国则是另一番情形：八月震泽的六国世族聚会后，齐国王族远支的田儋、田横已经抢先举事，拥立田儋为齐王。这是六国老世族打出的第一个复辟王号，实力声势虽远不如此时陈胜的“张楚王”，然对六国老世族却是极大的激发诱惑。此时，张楚君臣们各图着灭秦、扩张、复辟三件事，没有一方主张立即处置王号并立这种权力乱象，几乎可说是无暇理会田儋称王。

进入九月，四路大军浩荡进兵。中原大地烟尘蔽天，各色旗帜各式战车各式兵器各式甲胄与各式牛马布衣交相混杂，铺陈出亘古未见的草创大军的怪异气象。谁也没有料到的是，进兵一月之间，各战场情势便发生了急转直下的逆转，草创的张楚朝廷立即开始了大崩溃。

第一个遭受痛击的，是进兵灭秦的周文大军。周文军向西进发之时，兵力已达数十万之众，潮水般涌来，函谷关几乎是不攻自破。一路进兵秦东，经重镇下邽、旧都栎阳，竟都没有秦军主力应战。周文大为得意，决意先在骊山东面的戏地驻扎下来，歇兵旬日同时烧毁始皇陵以震撼天下，而后再进兵咸阳一举灭秦。在此时的周文看来，关中素来是秦人根本，关中无兵可发，灭秦显然是指日可待了。周文也知道，二世胡亥有屯卫咸阳的五万材士，然则区区五万人马此时已经根本不在周文眼里了。周文所专注谋划者，便是要在攻占咸阳之前做一件快意天下的壮举——焚烧掘毁始皇陵！在楚人的记忆里，秦昭王时的白起攻楚而焚烧楚国夷陵，是一宗奇耻大辱。而今楚军灭秦，始皇陵皇皇在前，岂能不付之一炬哉！周文没有料到的是，在他尚未动手之际，一片死寂的大秦朝廷突发奇兵——由多年不打仗的九卿大臣少府章邯，将二十余万工程刑徒编成了一支大军前来应战了。

“刑徒成军，章邯岂非送死哉！”

周文哈哈大笑，似乎看到了自己一举成为灭秦名将的皇皇功业。

章邯大名，曾身为项燕军视日的周文自然是晓得的。在灭楚两战中章邯正在当年，其强兵器械弓弩营的巨大威力，曾使天下大军谈章色变。然则，章邯已老，秦政已乱，刑徒又远非九原秦军精锐之师，周文何惧哉！如此盘算之中，周文很具古风地给章邯送去了一封战书，约定三日后决战骊山之东。章邯在战书上只批了一句话：“可。卜吏等死而已。”周文一看这七个大字便红了脸，章邯公然呼他这个将兵数十万的统帅为“卜吏”，分明是蔑视他曾经的视日吏身份，更有甚者说他是等死而已，竟全然没将他周文认真待之。周文大怒之余，还是多少有些忐忑，便特意细心地察看了天际云气征候。是日，秦军营地上空盘旋着一团红云，状如丹蛇，蛇后大片昏红色云气弥漫。依据占候法则，这是“大战败将”之云气相。周文最终断定：秦军必败，章邯必为楚军俘获。此心一定，周文大喜过望，聚集众将部署道：“我军败秦，云气征候已有预兆，诸位只奋然杀敌便是！部伍行次：战车在前，步卒随后，飞骑两翼。但闻战鼓，一举杀出，我必大胜！”

如此部署，周文也是不得已耳。农军轰然聚合，既无严酷操练，又无精良兵器，只是将所占城池府库中的老旧战车老旧矛戈悉数整出，大体仿效春秋车战之法，一辆战车带百数十步卒。号为飞骑的将近八万骑兵，也是从未经过演练更未经过战阵搏杀，马匹多是农家马或所占官府的运输马，骑士多为农夫会骑马之人，根本不可能训练骑术与马上战法。如此部署，所能起到的全部作用，便是战车、步卒、骑兵都知道了自己的作战位置。至于打法，只能是一体冲杀，若要演变梯次，只怕连自己人都要相互纠缠了。周文虽自知楚军情形，但对秦之刑徒军情形更是低估。周文确信，一支由罪犯徭役与奴隶子弟编成的大军，无论如何不可能强于气势高涨的张楚农民军，楚军的胜局是必然的，天定的。

这一日，两方大军如约列阵会聚了。

关中大地阴云密布，秋禾收尽，平野苍茫。两支大军在渭水南岸摆开了战场。背靠骊山陵的是章邯的黑色兵团，两翼各五万铁甲骑兵，中央主力是十万重甲步卒摆成的整肃方阵。方阵中央“章”字大旗下，白发章邯怀抱着令旗金剑一脸冷漠。与秦军相距一箭之遥的东边原野上，是周文的难以确知数目的数十万大军。这支大军服色旗帜各异，战车、骑兵、步兵三大块汪洋无边人声喧嚷，人人都惊讶好奇地指着鸦雀无声的秦军大阵纷纷议论着。中央一排旧式战车上，“周”字大纛旗下是手持长戈身披斗篷的周文。列阵一毕，周文催动战车直驶阵前，遥遥戟指高声道：“章邯老将军！你若降了张楚，不失封侯之位！若执意一战，本帅将一举灭秦，其时玉石俱焚也！”章邯冷冷高声道：“周文，你一个占卜小吏也敢统兵战阵之间？作速回去告知陈胜，早早归乡耕田。否则，老夫今日教你知道，甚叫尸横遍野。”周文不禁大怒，长戈向后一招，大喊一声杀，骤然之间鼓声动地，张楚军呼喝喊杀漫无边际地淹没过来……

章邯手中令旗向下一劈，军前大鼓长号齐鸣。两翼骑兵在杀声中如两片乌云卷过原野，向张楚大军包抄砍杀过来。中央大阵则踏着战鼓节奏，前举黑色铁盾，恍若一片刷刷移动的黑森森树林，直向张楚大军中锲了进来。与此同时，秦军阵后万箭齐发，骤雨般扑向张楚军。两军相遇轰然相撞之时，张楚大军立即大显乱象。战车一辆辆跌翻，车后士卒蜂拥自相纠缠，大呼小叫相互践踏，面对肃杀压来的军阵惊慌得全然没了章法。两翼骑兵有自己落马者有中箭落马者有相互碰撞翻倒者，未进敌阵便倒下了一大半，冲杀不能四野弥漫的自家人潮堵住了退路，变成了一团肉墙任秦军步卒方阵砍杀推进。短短半个时辰，及至秦军黑色铁骑兵冲杀进张楚军漫无边际的汪洋人海，张楚军终于轰然崩溃了……辽阔的原野上，张楚军四处弥散奔逃着。周文的战车也跌翻了。周文夺了一匹战马，在一队骑士保护下拼命东逃了。

一口气逃出函谷关，周文收罗残军在曹阳[1]驻屯下来。喘息稍定，

[1] 曹阳，秦县，今河南三门峡地带，灵宝县东。

周文不敢大意了，立即飞书禀报陈城的张楚王陈胜与进兵荥阳的假王吴广请命定夺。孰料陈胜朝廷根本不相信如此大败是自家战力不济，反而号令周文余部驻屯河内，寻机再度灭秦。如此月余之后，章邯秦军大举出关追击，周文残军再次大败。逃至渑池，又遇秦军紧追不舍，这支张楚大军终于被彻底击溃。周文实在无颜再逃，遂在最后的战阵中自杀了……周文的主力大军惨遭灭顶之灾，是张楚军的第一次大败。然则，这次巨大的主力失败，并未使陈胜政权清醒，各地的混乱大战仍然在灭秦声浪中延续着。事实是，直至陈胜本人死于战场，张楚政权的攻势方略都没有丝毫改变。

张楚军的第二次致命损失，是吴广的遇害与吴广大军的溃灭。

吴广以“假王”名号进兵荥阳并总督各部，一开始便节节艰难。荥阳属三川郡，郡守是丞相李斯的长子李由。基于父亲在朝局中的艰危情势，李由不能再丢城失地而累及家族，遂亲率郡卒县卒编成的守军死守荥阳。吴广军久攻荥阳不下，又遇周文军迭次大败，面临章邯秦军与李由军的内外夹击，情势顿时陷入了进退两难的困境。无奈之下，吴广只有请命退兵。然则，此时的陈胜已经被张楚朝廷的一群无能宵小臣下哄弄得全然没了决断力，非但不赞同吴广退兵，反倒派出使臣督战，说是诸侯联军攻秦，战必胜之。吴广素爱士卒，实在不忍士兵们硬打这种分明无望的攻城战，便屯兵不动了。但是，吴广身处鱼龙混杂的草创政权，根本无法制约部下那群野心勃勃且各有“通天”路径的将军，其最后的灾难几乎是无可避免地发生了。

将军田臧与陈胜的特使朱房，密谋了这场杀害统帅的行径。

田臧对密谋者们昂昂说出的主张是：“周文军已破，章邯秦军旦暮必至。我部久围荥阳不能下，章邯秦军杀来，必遭大败！张楚军中，我部最为精锐。目下最好的方略是：以少部兵力围荥阳，以精兵迎击章邯，方可脱困。惜乎假王骄横，不听陈王军令，更不听我等谋划，若不诛杀假王，大事必败，谁也没有功业！”这群原本便各有勃勃野心的将军们，立即被说动了。便在当夜，田臧六名将军冲进幕府，声称奉陈王之命问罪吴广。吴广正与书吏会商对陈胜上书，方问得一句田臧何事么，便被田臧突兀一剑刺倒。吴广中剑倒地大骂，又被六人抢上前来一顿刺砍。吴广终于倒在血泊之中，圆睁着双目毙命了。田臧抓起案上之书狠狠撕碎，又从将案上捧起大印高声道："诸位，田臧暂摄兵权！以待王命！"随从五将齐声应命。田臧立即割下吴广头颅，让朱房带回陈城。

吴广遇害，给张楚政权带来的真正损失，与其说是失去了这支相对最具战力的草创大军，毋宁说是使这个农民集团失去了唯一一个在此时尚能保持清醒的首领，使陈胜成为孤绝的农民之王，几乎是以最快的速度走向了最终的失败。

事实是，此时的陈胜已经昏昏不知所以了，尽管痛心于吴广被杀，却下了一道最为昏聩的王命：拜田臧为张楚令尹，行上将兵权进兵灭秦。田臧一群人顿时雄心勃勃，留下将军李归部围困荥阳，田臧亲率主力大军赶赴敖仓迎击秦军。孰料章邯秦军威势不减，一战击杀田臧，击溃了颇具战力的吴广旧部。章邯军再进荥阳，再度击杀李归，一举击溃围困荥阳的吴广旧部。至此，由吴广统率的这支最具战力的张楚主力军宣告溃散。此后，章邯军横扫中原，接连击溃张楚的邓说军、伍徐军，大举进逼张楚都城所在的陈郡。

陈胜惶急，立即下书各自领兵"徇地"的六国世族将军回援。

陈胜根本没有料到，派出去的六国将军旧吏们早已经争先恐后地自立了，谁也不认他这个张楚陈王了。头年三个月内，便有三方背叛了复辟了：第一个背叛张楚而自立旧王号的，是派向北方的武臣；该部一进入邯郸，武臣立即自立为赵王，打起了赵国独立反秦的旗号。第二个背叛张楚，又再叛赵王武臣而自立旧王号的，是武臣派往燕国徇地的韩广；该部一进入蓟城，韩广立即自立为燕王，打出了燕国独立反秦的旗号。第三个背叛张楚自立的，是将军周市；该部借周文大军与吴广大军进兵关中与河外之时，进入旧魏地面，尚未攻下一座城池，便先拥立了老世族魏咎为魏王，打出了魏国独立反秦的旗号。次年春季，又有第四个背叛张楚的复辟者，是南下楚地的秦嘉。该部原本奉陈胜王命徇地，也就是收服尚未正式反秦的城邑。不料秦嘉也是野心勃勃，立即背叛了张楚，拥立了一个楚国老世族景驹为楚王，正式打出了楚国旗号。之后，又发生了第五次乱局，这次是背叛者又遭背叛的换马复辟：赵王武臣被背叛的部将李良所杀，张耳陈余又杀了李良，重新拥立赵歇为赵王，张陈两人自任丞相。

也就是说，到了章邯大军逼近陈郡之时，几乎所有的六国世族都背叛了陈胜王，楚、齐、燕、赵、魏五国全部复辟了王号。此时，这些六国老世族的后裔们已经完全忘记了自家慷慨激昂宣示的反暴秦使命，没有施行一次任何形式的反秦作战，而只是全力以赴地以复辟旧王号为最大急务。他们抛弃了一切道义，既不惜背叛给了他们反秦军力的陈胜政权，又不惜背叛自己的进兵统帅，同样不惜背叛故国的传统王族，甚或不惜背叛同时进兵的故交同盟者，全然是以复辟旧国旗号为名目，全力图谋着自己的王侯大梦。当此之时，种种野心大泛滥，相互背叛，唯求称王，纷纭大乱汇聚恶变成了一股无可遏制的复辟狂潮。在这片弥漫天下的复辟狂潮中，除了陈胜的张楚力量仍然秉持着反秦作战的轴心使命，其余所有的举事者都陷入了争夺地盘争夺王号争夺权力的漩涡之中。这种亘古罕见的大乱象，激发了各种潜在势力以暴兵形式争夺利益。其中，楚国的势力旗号最多，有陈胜的张楚，有秦嘉景驹的景楚，有项梁的项楚，有刘邦的刘楚，有黥布的山楚，有彭越的盗楚。总归是，此时之天下，始皇帝平定六国之后的一统大文明气象已经荡然无存了。在烽烟四起的大乱大争中，没有任何一方势力再听从陈胜这个草创王的号令了。

五　陈胜死而张楚亡　农民反秦浪潮迅速溃散了

陈胜的眩晕，一进入陈郡便开始了。

轰轰然称王立国，陈胜立即被热辣辣的归附浪潮淹没了。秉性粗朴坦荡的陈胜纵然见过些许世面，也还是在终日不绝于耳的既表效忠又表大义的宏阔言辞包围中无所适从了。其时，包括吴广在内的所有初期举事者，都成了职司一方的忙碌得团团转的大小将军，人人陷入功业已成的亢奋之中，既不清楚自家管辖的事务政务该如何处置，更不明白该如何向陈胜王建言。以这些农夫子弟们的忖度，陈胜天命而王，自有上天护佑，一切听陈胜王便是，根本用不着自家想甚军国大事。实际情形是，除了那个炊卒庄贾执意留下给陈胜王驾车，陈胜身边没有一个造反老兄弟了，更没有一个堪称清醒的与谋者。一切骤然拥来的新奇人物新奇事端，事实上都要靠陈胜自己拿出决断。立国建政编成大军任命官吏等大事，尤其要靠陈胜一人决断。

凡此等等任何一件事，对于陈胜都是太过生疏的大政难题。坦荡粗朴的陈胜本能地使出了农夫听天由命的招数：诚以待人，听能人主张。朝政大事，陈胜任用了四个能人主事：朱房为中正，胡武为司过，并领政事，并主司群臣；孔子八世孙孔鲋为博士，主大政方略问对；逃秦博士叔孙通为典仪大臣，执掌礼仪邦交。朱房、胡武，是与周文一般的六国旧吏，能于细务，长于权谋，独无大政胸襟。但是，在粗识大字的陈胜眼里，能将一件件公事处理得快捷利落，已经是神乎其神的大才了，何求之有哉！叔孙通与孔鲋则大同小异，一般的儒家做派，不屑做事，不耐繁剧，终日只大言侃侃。朴实厚道的陈胜发自本心地以为，既然是王国大政，便必得要有这等辄出玄妙言辞的学问人物，否则便没有王者气象了。四人之下，号称“百官”的二三十名官员就位了。初次朝会，叔孙通导引百官实施了朝见君王的礼仪，陈胜眼看阶下一大群旧时贵胄对自己匍匐拜倒，高兴得又是一声感叹：“王侯将相，宁有种乎！”朱房胡武立即领着群臣高呼万岁，陈胜呵呵呵笑得不亦乐乎了。

其时，草创的张楚政权，上下皆呼立即实施灭秦大战。陈胜原本便是绝望反秦而举事，对立即灭秦自是义无反顾。然对于灭秦之后，该在天下如何建政，陈胜却一点主意也没有。此时，方任博士的孔鲋郑重请见陈胜，要陈胜早日明定大局方略。这是陈胜第一次以王者之身与大臣问对，很感新鲜，竭力做出很敬贤士的谦恭。

“博士对俺说说，除了反秦，还能有啥大局方略？”

“如何反秦？如何建政？此谓大局方略也。”孔鲋一如既往的矜持声调回荡在空阔的厅堂，“秦虽一天下而帝，然终因未行封建大道而乱亡。

今我王若欲号令天下，必得推行封建，方得为三代天子也！不行封建，秦不能灭，我王亦无以王天下。”

“博士说说，啥叫封建大道？”

“封建大道者，分封诸侯以拱卫天子也。”

“哪，俺还没做天子，咋行封建大道？”

“我王虽无天子名号，已有天子之实也。”孔鲋侃侃道，“方今六国老世族纷纷来投，实则已公认我王为天下共主也。当此之时，我王方略当分两步：其一，灭秦之时借重六国世族，许其恢复六国诸侯王号，如此人人争先灭秦，大事可为也！其二，灭秦之后，于六国之外再行分封诸侯数十百个，则各方得其所哉，天下大安矣！”

“数十百个诸侯，天下还不被撕成了碎片？”陈胜惊讶了。

“非也。”孔鲋悠然摇头，“周室分封诸侯千又八百，社稷延续几八百年，何曾碎裂矣！秦一天下，废封建，十三年而大乱，于今已成真正碎裂。封建之悠长，一统之短命，由此可见矣，我王何疑之有哉！”

“照此说来，俺也得封博士一个诸侯了？”陈胜很狡黠地笑了。

“王言如丝，其出如纶。老臣拜谢了！”孔鲋立即拜倒在地叩头不止，“王若分封孔氏，鲁国之地足矣！老臣何敢他求也！”

“且慢且慢！你说那王言如丝，后边啥来？”

“王言如丝，其出如纶。”孔鲋满脸通红地解说着，“此乃《尚书》君道之训也，是说天子说话纵然细微，传之天下也高如山岳，不可更改。”

“博士是说，俺说的那句话不能收回？”陈胜又是一笑。

“理当如此也！”孔鲋理直气壮大是激昂。

“就是说，俺一句话，便给了你三两个郡？”

“老臣无敢他求。”

“若有他求，不是整个中原么？不是整个天下么？”

“我王何能如此诛心，老臣忠心来投……”

“啥叫儒家，俺陈胜今日是明白了！”陈胜大笑着径自去了。

虽然如此，陈胜还是照旧敬重这个老儒，只不过觉得这个终日王道仁政的正宗大儒远非原本所想象的那般正道罢了。孔鲋也照旧一脸肃穆地整日追随着陈胜，该说照样说，丝毫没有难堪之情，更无不臣之心。很快地，粗朴的陈胜便忙得忘记了这场方略应对，连孔鲋建言的准许六国老世族复辟王号的事也忘记了。倒非陈胜有远大目光而有意搁置封建诸侯，而是陈胜本能地觉得，暴秦未灭便各争地盘，未免太不顾脸面了，要学也得学始皇帝，先灭了六国再说建政，当下分封诸侯未免让天下人笑话。此后，陈胜便抱定了一个主意，政事只说兵马粮草，不着边际的大道方略一律不说。如此一来，朱房胡武两大臣便实际执掌了中枢决策，博士们很快便黯然失色了。没过三个月，叔孙通先借着徇地之机投奔了项梁势力，一去不复返了。叔孙通临行之前，对曾经一起在大秦庙堂共事的孔鲋说了一句话："竖子不足成事耳！文通君慎之。"孔鲋虽是儒家，却是秉性执一，很是轻蔑这个遇事便拔腿开溜的儒生博士，始终没有离开陈胜，直到最后死于章邯破陈的乱军之中。

陈胜的另一大滋扰，是来自故里的佣耕乡邻。

称王的第二个月，由郡守府草草改制的陈城王宫，便络绎不绝地天天有阳城乡人到来。乡人们破衣烂衫风尘仆仆地呼喝而来，遭宫门甲士拦阻，立即一片声愤愤喧嚷："咋咋咋！俺找陈胜！不中么？叫陈胜出来！俺穷兄弟到了！"门吏一呵斥，农人们便齐声大喊："苟富贵，毋相忘！陈胜忘记自家说的话了么！"一边又纷纷高声数落着陈胜当年与自家的交谊，听得护卫门吏大是惊愕，却依然不敢贸然通报。

第一拨老友们赶到的那一日，恰逢陈胜从军营巡视归来。王车刚到通向宫门的街口，几个茫然守候在路口的故交一口声呼喊着围了过来。陈胜很是高兴，立即下车叫两个老人上了王车，其余几个人坐了后面的战车，轰隆隆一起进宫了。随后的孔鲋很是不悦，独自乘车从另路走了。

陈胜车抵宫门，立即又是一阵欢呼喧闹，另一群喧嚷等候的故里乡邻又围了上来。陈胜同样兴冲冲地接纳了。毕竟，陈胜来不及衣锦荣归，乡邻老友们来了，也还是很觉荣耀的一件事。依着乡里习俗，陈胜一面派驾车的庄贾下令王厨预备酒宴，一面亲自带着乡邻老友们观看了自己的宫室。那沉沉庭院，那森森林木，那摇摇帐幔，那皇皇寝宫，那彩衣炫目的侍女，那声若怪枭的内侍，以及那种种生平未见的新奇物事，都让佣耕乡邻们瞠目结舌，啧啧赞叹欣羡不已，直觉自己恍然到了天宫。

“夥颐！涉之为王，沈沈者！”

这是《史记·陈涉世家》用当时语音记载下来的乡人感慨。这句话，《史记·索隐》解释为：“楚人谓多为夥，颐为助声辞……惊而伟之，故称夥颐也。”若以此说，这句话很有些不明所以。依中原地域语音之演变，颍川郡一度属于楚国北部，民众语言未必一定是楚音。即或以楚语待之，“夥”字在战国秦汉的楚音中，可能读作“伙”音，然其真意倒极可能是“火”字。果然如此，则这句感慨万端的口语，很可能是如此一种实际说法：“陈胜火啦！做了王，好日子像这大院子，深得长远哩！”此话被司马迁转换为书面语，便成了：“夥颐！涉之为王，沈沈者！”紧跟其后，司马迁还有一句说明：“楚人谓多为夥，故天下传之，夥涉为王，由陈涉始。”这句话值得注意的是，司马迁说了一个秦汉之世的流行语，“夥涉为王”。这个“夥”，显然是佣耕者之意，也就是口语的“夥计”。见诸口语，这句话的实际说法是“夥计为王”。司马迁说，这句话所以流行，是从陈涉乡邻的感慨发端的。果然如此，这个“夥”又是夥计之夥，而非“多”字之意。显然，太史公自家多有矛盾，后人闲来自可究诘。

那一日，陈胜与乡邻们一起大醉在自家的正殿里了。自此，乡邻故人越来越多，许多人陈胜连名字也叫不上了。乡邻故人们有求财者，有求官者，未曾满足前一律都在王宫后园专辟的庭院里成群住着，整日大呼小叫地嚷嚷着陈胜的种种往事，陈胜有脚臭啦，陈胜喜好葱蒜啦，陈胜只尝过一个女人啦，等等等等不一而足。宫门吏悄悄将此等话语报于司过胡武。胡武立即找到了陈胜，说：“这班人愚昧无知，妄言过甚。我王若不处罚，将轻我王之威也！”陈胜当时只笑了笑，倒也没上心。

孔鲋的一次专门求见，改变了陈胜的想法。

孔鲋说的是：“我王欲成大器，必得树威仪、行法度、推仁重礼。此等大道，必得自我王宫中开始。”陈胜惊问宫中何事，孔鲋正色道：“我王乡客愚昧无知，轻浮嬉闹，使我王大失尊严，徒引六国老世族笑耳！我王天纵之才，此等庶人贱民，不可与之为伍也。先祖孔子云：唯小人与女子为难养也，近之则不逊，远之则怨。此之谓也。今乡客故旧充斥王宫，大言我王当年种种不堪，实与小人无异。不除此等小人，四海贤士不敢来投也！”

孔鲋这番道理，使陈胜大吃了一惊，不得不硬着心肠接纳了。毕竟，弄得贤士能才不敢再来，陈胜是无论如何无法容忍的。于是，陈胜将所有住在王宫的乡邻故人，都交给了司过胡武处置。胡武没过两日，便杀了十多个平日嚷嚷最多的乡人，剩下的故交乡邻大为惊恐，悉数连夜逃跑了。从此，颍川郡的故里乡人再也没有人来找陈胜了，也再没有人投奔陈胜的张楚军了。

《史记索隐》还引了《孔丛子》中的一则故事：陈胜称王后，父兄妻儿赶来投奔，陈胜却将他们与众乡人一体对待，并没有如王族贵戚一般大富大贵地安置。于是，父兄妻子恼怒了，狠狠说了一句话："怙强而傲长者，不能久焉！”之后不辞而别了。此事疑点太多，不足为信。然足以说明，陈胜苛待故交之绝情事迹，已经在当时传播得纷纷扬扬，儒生与六国复辟者趁势胡诌向陈胜大泼脏水，使陈胜的天下口碑不期然变成了一个苛刻绝情的小人，使追随者离心离德。

陈胜出身真正的佣耕农夫，没有丝毫的大政阅历，也不具天赋的判断力。杀戮驱赶乡邻故交之后，又将种种大事悉数交朱房胡武两人处置，以图张楚朝廷有整肃气象。朱胡两人大是得势，以领政大臣之身督察开往各方徇地的军马。举凡不厚待朱胡的将军官吏，朱胡立即缉拿问罪。厚重正直者若有不服，朱胡便效法当年六国权臣，立即当场刑杀或罢黜，根本不禀报陈胜，也不经任何官吏勘审。将军们有直接找陈胜诉冤者，陈胜则一律视为不敬王事，直愣愣为朱胡撑腰。如此几个月过去，再也没有人找陈胜诉说了，连假王吴广也无法与陈胜直言了。

兵困荥阳之时，吴广有过一次入国请命。

吴广风尘仆仆而来，却被甲士们挡在了宫门之外。吴广大怒，高喝一声："我要见陈胜！谁敢阻拦立杀不赦！”呼叫吵嚷之中，胡武出来长长地宣呼了一声："假王吴广，还都晋见——！”而后殿中隐隐一声："吴广进来。”甲士与宫门吏才放吴广进殿了。走上大殿，气呼呼的吴广尚未说话，朱房便冷冷问了一句："吴广未奉王命，何敢擅自还国？”跟进来的胡武立即道："吴广不呼张楚国号，而直呼陈王之名，此乃恃功傲上，当罢黜假王之号！"孔鲋也立即附和道："吴广非礼，大违王道，当有惩戒。"吴广大为惊讶，看看高高在上的陈胜一句话不说大有听任朱胡孔问罪之意，不禁愤然高声道："秦军有备，周文吃重，荥阳不下，还摆得甚个朝廷阵仗！再摆下去，我等这群乌合之军，必得被秦军吞灭！"朱房高声斥责道："吴广无礼！身为假王，一座荥阳不能攻克，做了第一个败军之将，还敢擅自还国搅闹，当依法论罪！"吴广看了看陈胜，陈胜还是没有说话。吴广顿时气愤得面色铁青，一转身便大步出殿了。朱房下令殿口甲士阻拦。吴广暴喝一声："谁敢！老子杀他血流成河！"陈胜这才摆了摆手，放吴广去了。此后，至吴广被杀害于荥阳，这两个起事首领终未能有一次真正的会面。就实而论，陈胜的变化，陈胜与吴广的疏远，是这支揭竿而起的暴乱农军走向灭亡的开始，也是农民力量在反秦势力中淡出的开始。

当各地称王的消息接踵传来时，陈胜愤怒了。

那一日，陈胜暴怒而起拍案大吼："王王王！都称王！不灭秦，称个鸟王！没有俺陈胜，称个鸟王！俺大军与秦军苦战，这班龟孙子却背地里捅刀子！投奔俺时，反秦喊得山响！俺给了他人马，却都他娘反了！不打秦军，都自顾称王，还是个人么！都是禽兽豺狼！都是猪狗不如！这些翻脸不认人的猪狗王，都给老子一个个杀了！"

这一次，所有的大臣都没有人说话了。陈胜固然骂得粗俗，可句句都是要害，大臣们都是当时力主起用六国世族者，谁都怕陈胜一怒而当场杀人，便没有一个人出头了。良久死寂，见陈胜并无暴怒杀人之意，迂阔执拗的孔鲋说话了。孔鲋说："我王明察。老臣以为，秦灭六国，与天下积怨极深。今六国诸侯后裔纷纷自立，复国王号，多路拥兵，对反秦大业只有利无害；再说，六国虽自立为王，却没有一家反我张楚，我王何怒之有哉！事已至此，我王若能承认六国王号，督其进兵灭秦，张楚依旧是天下反秦盟主，岂非大功耶？灭秦之后，我王王天下，六国王诸侯，无碍我王天子帝业，王何乐而不为也！老臣之说，王当三思而行，慎之慎之。"

憋闷了半日，陈胜还是接纳了孔鲋对策。

陈胜不知道，除了如此就坡下驴，他还能如何。

于是，张楚朝廷发出了一道道分封王书，一个个承认了诸侯王号，同时督促其发兵攻秦。然则，两月过去，诸侯王没有一家发兵攻秦，种种背叛与杀戮争夺的消息依旧连绵不断。陈胜的心冰凉了，一种比大泽乡时更为绝望的心绪终日弥漫在心头，使他有了一种最直接的预感：他这个坚持反秦作战的张楚王，最终将被六国世族像狗一样地抛弃，自己将注定要孤绝地死去，没有谁会来救他。陈胜只是没有料到，这一日比他预想的来得更为快捷。入冬第一场小雪之后，章邯秦军便排山倒海般压来了。

其时，拱卫陈城的只有张贺一军。张贺军连带民力辎重，全数人马不过十万。面对章邯的近三十万器械精良的刑徒军，实在有些单薄。然则，张贺这个出身六国旧吏的中年将军却没有丝毫的畏惧，铁定心肠要与秦军死战。陈胜原本已经绝望，全然没料到这个张贺尚能为张楚拼死一战，一时大为振作，立即亲率以吕臣为将军的王室万余护军开到了张贺营地，决意与张贺军一起与章邯秦军作最后决战。

腊月中的一日，这支张楚军与章邯秦军终于对阵了。

陈城郊野一片苍黄，衣甲杂乱兵器杂乱的张楚军蔓延得无边无际，声势气象比整肃无声的秦军黑森林还要壮阔许多。张贺军同样是战车带步卒，骑兵两翼展开。所不同者，今日战阵中央的“张楚”大纛旗下，排列着一个方阵，士卒全部头戴青帽且部伍大为整齐，这便是有“苍头军”名号的陈胜王护军。方阵中央的陈字大旗下，一辆驷马青铜战车粲然生光，战车上矗立着一身铜甲大红斗篷手持长戈的陈胜。王车驭手，便是四个月前举事时的那个精悍的菜刀炊卒庄贾。风吹马鸣之间，庄贾回头低声问：“张楚王，若战事不利，回陈城不回？”陈胜低声怒喝道：“死战在即！乱说杀你小子！”庄贾惶恐低头，一声不吭了。

未几，双方战阵列就。陈胜向战车旁一司马下令：“给张贺说，先劝劝章邯老小子！他要死硬，俺便猛攻猛杀！”片刻之间，统兵大将张贺出马阵前，遥遥高声道：“章邯老将军听了！秦政苛暴，必不长久。你若能归降张楚，我王封你诸侯王号！你若不识大局，叫你全军覆没！”对面章邯苍老的大笑声随风飘来：“陈胜张贺何其蠢也！秦政近年固有错失，然也比你等盗寇大乱强出许多！老夫倒是劝尔等立即归降大秦，老夫拼着性命，也力保你两人免去灭族之罪，只一人伏法便了！”

“张楚兄弟们，杀光秦军！杀——！”

张贺大怒，举起长戈连连大吼，战车隆隆驱动，张楚军便潮水般漫向秦军大阵。与此同时，陈胜亲率的吕臣苍头军也是喊杀如潮，从正面中央直陷敌阵。对面秦军大阵前，章邯对副将司马欣与董翳一声间断叮嘱，令旗向下一劈，阵前战鼓长号齐鸣，秦军立即排山倒海般发动了。章邯对两位副将的叮嘱是：司马欣董翳率两翼飞骑冲杀陈胜苍头军，自己亲率主力迎击张贺军。如此部署之下，秦军两支铁骑立即飞出，从前方掠过自己的步卒重甲方阵，率先杀向陈胜苍头军。铁骑浪潮一过，重甲步兵方阵立即进发，整肃脚步如沉雷动地，铁甲闪亮长矛如林，黑森森压向遍野潮涌的张楚军。

两军相遇，张楚军未经片刻激战搏杀，立即被分割开来。张贺的中军护卫马队，也被冲得七零八落。张贺驾着战车左冲右突，力图向未被分割的后续主力靠拢。不意一阵箭雨飞来，张贺连中数箭，扑倒在了战车上。张贺挣扎挺身，四野遥望，大喊一声：“陈王！张贺不能事楚了！”遂拔出腰间长剑，猛然刺入了腹中……

陈胜亲率的苍头军骑兵居多，战马兵器也比张贺军精良，再加吕臣异常剽悍，又有陈胜王亲上战阵，士气战心极盛，快速勇猛的特点便大见挥洒，一时竟与铁骑纠缠起来。然则，未过半个时辰，相邻张贺军大肆溃退的败象便弥漫开来，苍头军眼看便要陷入四面合围之中。吕臣眼看张贺大旗已经倒下，立即率主力马队护卫着陈胜战车死命突围。陈胜高喊一声：“向南入楚！不回陈城！”吕臣马队便飓风般杀出战阵，向南飞驰逃亡了……章邯见陈胜苍头军战力尚在，立即下令司马欣率三万铁骑尾追直下，务必黏住陈胜等待主力一举歼灭。此时，章邯更为关注的是尽快占领陈城，便立即亲率主力进入了张楚的这座仅仅占据了四个多月的都城。毕竟，向天下宣告张楚灭亡的最实际战绩，便是占领陈城，章邯不能有稍许轻忽。暮色时分，秦军主力开进了陈城，城头的张楚旗帜悉数被拔除，“秦”字大旗又高高飞扬了。从陈胜丧失陈城开始，这座楚国旧都便失去了战国时期在政治经济与军事上的战略重镇意义，在岁月演变中渐渐变成了一座中原之地的寻常城邑。

陈胜在苍头军护卫下一路向南，逃到汝阴才驻屯了下来。

淮北之地陈胜熟悉得多。这汝阴城是淮北要塞之一，东北连接城父要塞，东面连接蕲县要塞，正是当年项燕楚军与李信王翦秦军两次血战的大战场。对于陈胜而言，四个多月前从蕲县大泽乡举事，一路向西向北杀来，三处要塞都是曾经一阵风掠过的地方，虽未久驻，地形却也熟悉。之所以南下汝阴，一则因为淮北有张楚的秦嘉部，二则因为江东有举事尚未出动的项梁军，至于靠向何方，只是一个抉择评判而已。然驻屯汝阴没几日，陈胜便莫名懊恼起来了。流散各部迟迟不见消息，吕臣残军力量单薄，章邯秦军又大举南下。无奈，陈胜只好向东北再退，在已经举事的城父驻屯下来，决意在此收拢残军及流散力量，与秦军展开周旋。

进城父三五日之后，中正大臣朱房在夜半时分匆匆赶来了。

朱房正在淮南督察徇地，是从当阳君黥布的驻地闻讯赶来的。陈胜见这个领政大臣星夜勤王，心下大是感奋，一见朱房便慷慨感喟道：“中正大忠臣也！来了好！只要俺陈胜不死，你朱房永世都是俺的中正！”朱房唏嘘叹息了一番诸般艰难，草草吃了喝了，陈胜便说起了正事，向朱房讨教该向何处扎根。朱房一脸忧色地说起了楚地大局：项梁军最强，人家是独立举事，不从张楚号令，不能去；秦嘉已经拥立景驹为楚王，大有贰心，也不能去；黥布彭越两部是刑徒流盗军，自身尚在乱窜无定，更不是立足之地；刘邦的沛县军也遭遇阻力，有意投奔秦嘉落脚，也无法成为张楚立足地；至于周市、雍齿等部，更是忙于为魏王拓地，早已疏远了张楚，同样也不能为援。陈胜大皱眉头道：“中正说到最后，一处都不能去，那便只有死抗秦军一条路了？”朱房道：“秦军势大，若能抗住，我王何有今日？”陈胜不耐道：“你究竟要想如何？说话！总得有个出路也！”朱房思忖片刻，低声道：“臣闻，将士有人欲归降秦军。我王知否？”陈胜猛然一个激灵，目光冷森森道：“谁要归降秦军？谁？可是中正大人自己？”朱房起身深深一躬道：“陈王明察，英雄顺时而起也。目下张楚大势已去，今非昔比。若要保得富贵，只有归降秦军……”“呸！鸟！”陈胜怒骂一句打断朱房，一脚蹬翻了木案，一纵身站起厉声喝道，“朱房！陈胜今日才看清，你是个十足小人！要降秦，你自家去，俺不拦！可要俺陈胜降秦，永世不能！”

朱房原本以为陈胜粗莽农夫而已，素来对自己言听计从，说降是水到渠成，毕竟陈胜也是图谋王侯富贵的。不料未曾说完，陈胜便暴怒起来。朱房大是惶恐，生怕陈胜当下杀了自己，连忙拭着额头冷汗恭敬道：“臣之寸心，为我王谋也。王既不降，臣自当追随我王抗秦到底，何敢擅自降秦？臣之本心，大丈夫能屈能伸……”

“俺不会屈！只会伸！”陈胜又是一声怒吼，大踏步走了。

回到临时寝室，王车驭手庄贾给陈胜打来了一盆热热的洗脚水。陈胜泡着脚，犹自一脸怒色。庄贾禀报说，吕臣将军去筹划粮草了，又小心翼翼地问明日该向何处？陈胜冷冰冰道：“庄贾，莫非你也想降了秦军？”庄贾连忙跪地道：“启禀陈王！庄贾不降秦！庄贾追随陈王死战！”陈胜慨然一叹道：“庄贾啊，你为我驾车快半年了。你是闾左子弟，想降官府，就去好了。俺陈胜，不指望任何人了……”庄贾连连叩头：“不！庄贾一生富贵，都在大王一身，庄贾不走！”“小子真有如此骨气，也好！”陈胜猛力拍着旁边的木榻围栏，“张楚未必就此殁了，陈胜未必就此蹬腿！只要跟着俺，保你有得富贵。还是俺那句老话：王侯将相，宁有种乎！”

这一夜，陈胜不能成眠，提着口长剑一直在庭院转悠。直到此时，陈胜也没有想明白这半年究竟是咋个过来的，直觉做梦一般。大泽乡举事，分明是绝望之举，分明是不成之事，可非但成了，还轰隆隆撼天动地做了陈胜王；立国称王分明是大得人心的盛事，分明是已经成了的事，可非但败了，还哗啦啦败得一夜之间又成了流寇。世间事，当真不可思议也！想不明白，陈胜索性不想了，想也白费精神。陈胜只明白要把准一点：做一件事便要做到底，成也好败也好那是天意。既已反秦，当然要反到底，若反个半截不反了，那还叫人么？如此一想，陈胜倒是顿时轻松了许多，决意大睡一觉养好精神，明日立即着手收拾流散各部，亲自率兵上阵与秦军死战到底。

一声五更鸡鸣，陈胜疲惫地打了一个长长的哈欠，走向了林下那座隐秘的寝屋。虽是霜重雾浓寒风飕飕，庄贾还是一身甲胄挺着长戈，赳赳侍立在寝室门口。大步走来的陈胜蓦然两眼热泪，猛力拍了拍庄贾肩头，一句话没说便进了寝室，放倒了自己，打起了雷鸣般的鼾声……

霜雾弥漫的黎明，雷鸣般的鼾声永远地熄灭了。

那颗高傲的头颅，已经血淋淋地离开了英雄的躯体。

东方刚刚发白，一支马队急急驰出了汝阴东门，飞向了秦军大营。当秦军大将司马欣看见那颗血糊糊的头颅时，长剑直指朱房庄贾，冷冷道："你等说他是盗王陈胜，老夫如何信得？"朱房庄贾抢着说了许多凭据，也抢着说了杀陈胜的经过，更抢着说自家在其中的种种功劳，指天画地发誓这是陈胜首级无疑。司马欣终于冷冷点头，思忖着道："好。陈胜尸身头颅一体运到陈城幕府，报老将军派特使押回咸阳勘验。证实之后，再说赏功。目下，你两人得率归降人马，一道到陈城听候章老将军发落。"朱房庄贾原本满心以为能立即高车驷马进入咸阳享受富贵日月，不想还得留在这战场之地，不禁大失所望，欲待请求，一见司马欣那冷森森眼神，又无论如何不敢说话了，只得沮丧地随着秦军进了汝阴，又做了归降农军的头目，到陈城听候发落去了。

陈胜军破身亡，章邯大军立即转战淮南，将陈城交给了两校秦军与由朱房庄贾率领的归降军留守。大约旬日之后，张楚将军吕臣率苍头军与黥布的刑徒山民军联手，一起猛攻南来秦军，在一个叫做清波的地方第一次战败了秦军的两支孤立人马。之后，吕臣的苍头军猛扑陈城，竟日激战，一举攻破城池收复了陈城，俘获了朱房庄贾。

那一夜，所有残存的苍头军将士都汇集在了陈王车马场，火把人声如潮，万众齐声怒喝为陈胜王复仇。吕臣恶狠狠下令，每人咬下两贼一块肉，活活咬死叛贼！于是，在吕臣第一口咬下朱房半只耳朵后，苍头军将士们蜂拥上前，人人一口狠狠咬下。未过半个时辰，朱房庄贾的躯体便消失得干干净净了……

以《史记》之说，陈胜之死当在举事本年(公元前209年)的腊月，或曰次年正月。以后世史家考证，已经明确为次年春季，即公元前208年春。陈胜死后数年，西汉刘邦将陈胜埋葬在了砀山，谥号为隐王，并派定十户人家为陈胜守陵，至汉武帝之时依旧。

陈胜之死，实际上结束了农民军的反秦浪潮，带来了秦末总格局的又一次大变：无论是六国老世族的复辟势力，还是种种分散举事的流盗势力，都立即直接面临秦军的摧毁性连续追杀，不得不走向前台，不得不开始重新聚合。秦末全面战争，从此进入了一个复辟势力与秦帝国正面对抗的时期。尽管这个时期很是短暂，然却是整个华夏文明大转折的特定轴心，须得特别留意。

六　弥散的反秦势力聚合生成了新的复辟轴心

各种消息迭次传来，项梁立即感到了扑面而来的危难。

还在陈胜气势正盛之时，项梁便有一种预感：这支轰轰然的草头大军长不了。项梁根本不会去听那些流言天意，项梁看的是事实。一伙迫于生存绝望的农夫，要扳倒强盛一统的大秦，却又浑然不知战阵艰难大政奥秘，只知道轰隆隆铺天盖地大张势，连一方立足之地也没经营好便四面出动，能有个好么？曾与秦军血战数年的项梁深深地明白，以秦之将才军力，任何一个大将率领任何一支秦军，都将横扫天下乌合之众。陈胜即或有大军百万，同样是不堪一击，张楚之灭亡迟早而已。对于陈胜的粗朴童稚，项梁深为轻蔑。六国世族投奔张楚而同声主张分兵灭秦，这原本是项梁为了支开那班纠缠江东而又其心各异的世族后裔，不得已喊出来的一个粗浅方略，对于陈胜，这是个太过明显的陷阱圈套。是故，项梁心下根本没抱希望。不成想，陈胜非但看不透这个粗浅圈套，还喜滋滋给各个世族立即凑集军马，使老世族后裔们在短短两个月内纷纷杀回了故国，纷纷复辟了王号，又纷纷翻脸不认陈胜了。分明是人家出卖自己，自己还帮着人家数钱，如此一个陈胜能不败么？不败还有天理么？轻蔑归轻蔑，嘲笑归嘲笑，项梁却深知陈胜的用处。有陈胜这个草头农夫王皇皇然支撑在那里，秦军便不会对分散的反秦势力构成威胁，尤其不会对正在聚积力量的六国世族形成存亡重压。毕竟，秦军兵力有限，不可能同时多路四处作战。项梁预料，陈胜至不济也能撑持一年两年，其时无论陈胜军是生是灭，项梁的江东精锐都将杀向中原逐鹿天下。项梁没有料到，这个张楚败亡得如此快捷利落，数十万大军竟连败如山倒，夏日举事冬日便告轰然消散，其灭亡之神速连当年山东六国也望尘莫及。这座大山轰然一倒，章邯的秦军一定是立即杀奔淮南，江东之地立即便是大险！唯其如此，那个召平一说陈胜大败出逃，项梁立即发兵渡江向西，欲图阻截秦军，给陈胜残部一个喘息之机。可项梁万万没有料到，陈胜竟死在自己最亲信的大臣与车夫手里……

骤闻陈胜已死，项梁立即驻军东阳[1]郊野不动了。

这座东阳城，在东海郡的西南部，南距长江百余里，北距淮水数十里，也算得江淮之间的一处兵家要地。当然，项梁驻军东阳，也未必全然看重地理，毕竟不是在此地与秦军作战。项梁驻屯此地，一则是大势不能继续西进了，必须立定根基准备即将到来的真正苦战；二则这东阳县恰恰已经举兵起事，项梁很想联结甚或收服这股军马以共同抗击秦军，至少缓急可为相互援手。联结东阳，项梁派出了刚刚投奔自己的一个奇人范增。

范增，九江郡居巢人氏，此时年已七十，须发雪白矍铄健旺，一身布衣谈吐洒脱，恍若上古之太公望。项梁曾闻此人素来居家不出，专一揣摩兵略奇计，只是从来没有见过。向西渡江刚刚接到陈胜身死消息，这个范增风尘仆仆来了。项梁素来轻蔑迂阔儒生，然却很是敬重真正的奇才，立即停下军务，与这个范增整整畅谈了一夜。

此前，陈胜的博士大臣叔孙通曾来投奔项梁，说陈胜没有气象必不

---

[1] 东阳，秦县，治所在今安徽天长西北地带。

成事，要留在项梁处共举大事。项梁恭谨诚恳地宴请了叔孙通，说了目下江东的种种艰难，最后用一辆最好的青铜轺车再加百金，将叔孙通送到已经举事称王的齐国田氏那里去了。项羽对此很是不解，事后高声嚷嚷道：“叔父整日说江东尚缺谋划之才，何能将如此一个名士大才拱手送人？”项梁正色道：“你若以为，赫赫大名高谈阔论者便是名士大才，终得误了大事！真名士，真人才，不是此等终日出不了一个正经主意，却整天板着脸好为人师的老夫子。而是求真务实，言必决事之人。陈胜之败，滥尊儒生也是一恶。战国以来，哪一个奇谋智能之士是儒家儒生了？此等人目下江东养不起，莫如拱手送客。”

那夜，范增对大局的评判是：陈胜之败，事属必然，无须再论。此后倒秦大局，必得六国世族同心支撑。六国之中，以楚国对秦仇恨最深，根源是楚国自楚怀王起一直结好于秦，而秦屡屡欺侮楚国，终至灭亡楚国。楚人至今犹念楚怀王，恨秦囚居楚怀王致死。故此，反秦必以楚人为主力。范增最大的礼物，是给项梁带来了一则最具激发诱惑力的流言。这是楚国大阴阳家楚南公的一则言辞：“楚虽三户，亡秦必楚！”项梁向来注重实务，不大喜好此等流言，听罢只是淡淡一笑。范增正色道：“将军不知，此言堪敌十万大军耳！”项梁惊讶不解。范增慷慨道：“此言作预言，自是无可无不可，不必当真。然则，此言若作誓言，则激发之力无可限量！十万大军，只怕老夫少说也。”项梁恍然大悟，当即起身向范增肃然一躬，求教日后大计方略。

“倒秦大计，首在立起楚怀王之后，打出楚国王室嫡系旗号！”

“楚怀王之后，到何处寻觅？”项梁大是为难了。

“茫茫江海，何愁无一人之后哉！”范增拍案大笑。

项梁又一次恍然大悟了。这个老范增果然奇计，果能物色得一个无名少年做楚王而打出楚怀王名号，既好掌控，又能使各方流散势力纷纷聚合于正宗的楚国旗号之下，何乐而不为哉！相比于范增对策，其余五国老世族后裔那种纷纷自家称王的急色之举，便立即显得浅陋之极了。诚如范增所言，“将军世世楚将，而不自家称王，何等襟怀也！楚怀王旗号一出，天下蜂起之将，必得争附将军耳！”

项梁后来得知，范增收服东阳军也是以攻心战奏效的，由是更奇范增。

这东阳举事的首领，原本是东阳县县丞，名叫陈婴，为人诚信厚重，素来被人敬为长者。陈胜举事后江淮大乱，东阳县一个豪侠少年聚合一班人杀了县令，要找一个有人望者领头举事。接连找了几个人，都不能服众。于是经族老们举荐，一致公推陈婴为头领。陈婴大为惶恐，多次辞谢不能，竟被乱纷纷人众强拉出去拥上了头领坐案。消息传开，邻县与县中民众纷纷投奔，旬日间竟聚合了两万余人。

原先那班豪侠后生，立即拉起了一支数千人的苍头军，要拥立陈婴称王。盖苍头军者，战国多有，言其一律头戴皂巾也。当年魏国的信陵君练兵，便是士兵一律苍头皂巾。故《战国策》云："魏有苍头二十万。"因陈胜的护卫军吕臣部也是清一色苍头，也冠以"苍头军"名号，且在陈胜死后两次战胜秦军而威名大震，所以举事反秦者纷纷效法，只要自认精锐，便打出苍头军名号。后生们新起苍头军，自认精锐无比，立即急于拥戴陈婴称王，欲图早早给自家头上定个将军名号。

范增进入东阳，正逢陈婴举棋不定之际。范增已经一路察访了陈婴为人，没有找陈婴正面苦劝，却郑重拜谒了陈婴母亲，大礼相见并叙谈良久。当夜，陈母唤来了陈婴，感慨唏嘘地说出了一番话："儿啊，自我为你家妇人，未尝听说陈家出过一个贵人。目下，你暴得大名，还要称王，何其不祥也！为娘之意，不若归属大族名门，事成了，封侯拜将足矣！事不成，逃亡也方便多也！不要做世人都想的王，陈胜倒是做了王，还不是死得更快？我本庶民小吏之家，娘也没指望你这一世能有大名大贵也！"陈婴反复思忖，终觉老母说得在理，于是打消了称王念头，召集众人商议出路。陈婴说："目下，江东项梁部已经开到了东阳驻屯。项氏世世楚国名将，若要成得大事，非项氏为将不成。我等若能投奔项氏，必能亡秦也！"一班豪侠后生想想有理，便一口声赞同了。于是，范增尚未出面，陈婴便率军投奔了项梁。

没过月余，章邯大军南下风声日紧，已经举事的江淮之间的小股反秦势力纷纷投奔项梁部。最大的两股是黥布军与一个被呼为蒲将军的首领率领的流盗军。至此，项梁人马已经达到了六七万之众。项梁与范增商议，立即北渡淮水，进兵到下邳驻扎了下来。这是范增谋划的方略：章邯军既然南下，我当避其锋芒北上，相机与魏赵燕齐诸侯军联兵，不得已尚可一战，不能在淮南等秦军来攻。

项梁没有料到，北上的第一个大敌不是秦军，而是同举复辟王号的同路者。

项梁大军进驻下邳，立即引来了“景楚”势力的警觉。这个景楚，便是原本属于陈胜张楚国的秦嘉部势力。这个秦嘉，原本是一个东海郡小吏，广陵人。秦嘉上年投奔了张楚，九月末奉陈胜王命率一部军马南下徇地。然则不出一个月，秦嘉便找到了一个楚国老世族景氏的后裔景驹，立景驹做了楚王，自己则将相兼领执掌实权。秦嘉的根基之地便是泗水重镇彭城。下邳彭城，同为泗水名城。下邳在东，在泗水下游；彭城在西，在泗水上游，两城相距百里左右。项梁数万人马部伍整肃地进驻下邳，在陈胜大军溃散后可谓声势显赫。秦嘉立即亲率景楚全部六万余人马，驻屯于彭城东边三十余里的河谷地带，其意至为明显：预防项梁图谋吞并景楚。

“景楚军马出动，项公机会来矣！”

一得秦嘉军消息，范增立即向项梁道贺了。项梁问其故，范增道：“倒秦必得诸侯合力，合力必得盟主立威。项公若欲为天下反秦盟主，请以诛灭张楚叛军始也。”项梁思忖片刻，悟到了范增真意，立即在幕府聚集了各方大将，慷慨激昂地宣示了要讨伐秦嘉。项梁的愤然言辞是：“彭城秦嘉，天下负义之徒也！陈王首事反秦，为诸侯并起开道，也为秦嘉发端根本。然陈王战败，未闻秦嘉何在！秦嘉不救难陈王，是张楚叛逆！秦嘉自立景驹为楚王，又是楚国叛逆！如此叛逆不臣者，反秦诸侯之祸根也，必得除之而后快！”诸将一片咒骂轰然拥戴，项梁立即下令进兵彭城。

两军在彭城郊野接战。景楚军人数虽与项梁军不相上下，然秦嘉却徒有野心而一无战阵之才，立国数月未曾认真打过一仗。猝与这支以江东劲旅为轴心的大军接战，秦嘉全然不知如何部署，大呼隆漫山遍野杀来，不消半个时辰便告大败溃退。向北逃到薛郡的胡陵，秦嘉退无可退，率残军回身，拼死与随后追杀不歇的项梁大军再战。一日之间，景楚军全部溃散降项，秦嘉被项羽杀于乱军之中。那个楚王景驹落荒逃向大梁，也被项梁军追上杀了。此战之后，项梁收编了秦嘉军余部，实力又有壮大，便在胡陵驻屯下来整肃部伍粮草，准备与尾追而来的章邯秦军作战了。

一战而灭声势甚大的秦嘉景楚军，项梁部声威大震。各方流散势力纷纷来投，有陈胜张楚军的流散部将吕臣、朱鸡石、馀樊君等残军余部，有不堪复辟非正统王室的六国老世族子弟的星散人马，也有原本独立的流盗反秦势力。已经各称王号的赵、燕、齐、魏四国新诸侯也迫于秦军压力，纷纷派出特使与项梁联结，声称要结成反秦盟约。一时间，小小胡陵俨然成了天下反秦势力聚结的轴心，确如范增所言：“楚地蜂起之将，皆争相附君耳！”其中为项梁所看重者，独有沛公刘邦。所以如此，并非刘邦兵强马壮，而是刘邦本人及其几个追随者所具有的器局见识大大不同于寻常流盗。

那日，司马禀报说沛公刘邦来拜，项梁原本并未在意。

刘邦只带了百余人的一支马队前来，并非投奔项梁，而是要向项梁借几千兵马攻克丰城。项梁与刘邦素来无交，却也听说了这个自号沛公的人物的种种传闻。若就出身而言，贵胄感很强的项梁，是很轻蔑这个小小亭长的。然就举事后不停顿作战拓地且能与秦军对阵而言，项梁又是很看重这个沛公的。洗尘军宴上，刘邦谈吐举止虽不自觉带有几分痞气，但却挥洒大度谈笑自若，全无拘谨猥琐之态。刘邦坦诚地叙说了自己的窘境：上年曾攻占了胡陵、方与两城，又被秦嘉夺了去；后来与秦军小战一场，攻下了砀县，收编了五六千人马，又拿下了小城下邑；今岁欲攻占丰城为根基，却连攻不下，故此来向项公借兵数千。刘邦说得明白，项公的兵马可由项公派出部将统领，只要与他联手攻克丰城，项公兵马立刻归还。

“沛公欲以丰城为根基，其后何图？”旁边范增笑问一句。

“其后，刘邦欲奉楚王正统，立起楚国旗号，与秦死力周旋！”

“何谓楚王正统？”

“楚怀王之后，堪为楚国王族正统也！”

“沛公何有此念？”项梁心下很有些惊讶。

“刘季以为，陈胜也好，秦嘉也好，虽则都打楚国旗号，然都是不足以聚结激发楚人。根本缘由，便是楚国旗号不正，没有聚结激发之力。‘楚虽三户，亡秦必楚！’楚南公这句话原本便是因楚怀王仇恨而出，若不尊楚怀王后裔为正宗楚王，只顾自家称王，舍弃正道自甘邪道，岂能成得大事！”

“敢问沛公几多人马？”范增突然插了一句。

“目下不到两万，大多步卒。”

“两万人马，便想拥立正宗楚王？”范增冷冷一笑。

“大事不在人马多少，只在能否想到。人马多者不想做，又能如何？”

“沛公，老夫原本亦有此意！”项梁突兀拍案，“我等联手拥立楚王如何？”

“项公偌大势力，不，不想自立为楚王？”刘邦惊讶了。

“有天下见识者，不独沛公也！”项梁大笑了。

“沛公似已有了楚王人选？”范增目光闪烁。

“楚怀王之孙芈心，刘邦访查到了。”

“目下何处？”范增立即追问一句。

“听说在一处山坳牧羊，尚不知详情也。”刘邦淡淡笑了。

“果真如此，天意也！”

项梁拍案一叹，当即拍案决断，拨给刘邦五千人马，派出十名五大夫爵位的将军统领，襄助刘邦夺取丰城。刘邦亦慨然允诺，攻占丰城后立即送来楚怀王之孙，两方共同拥立正宗楚王。刘邦走后，项梁立即派出一名司马领着几名精干斥候，乔装混入刘邦部探察实情。其后，消息接踵而来：刘邦的左膀右臂是萧何张良，萧何主政，张良主谋。韩国老世族子弟张良是去冬追随刘邦的，举楚怀王之后为楚王的方略，正是张良所谋划。这个张良，在上年八月的震泽聚会后回到了旧韩之地，聚结了百余名旧韩老世族的少年子弟，却不打任何旗号，只是寻觅可投奔的大势力。去冬时节，张良到了泗水郡，欲投已经拥立景驹的秦嘉部，不想在道中与刘邦人马相遇，两人攀谈半日，张良便追随了刘邦，名号是厩将。张良多次以《太公兵法》论说大势，刘邦每次都能恍然领悟，每每采纳其策。张良多次说与他人，他人皆混沌不解，张良感喟说："沛公殆(近于)天授也！"为此，张良与这个刘邦交谊甚佳，不肯离去。

"这个张良，如何不来江东与老夫共图大业？"

项梁明白了刘邦的人才底细，一团疑云不期浮上心头。张良虽则年轻，在六国老世族圈子里却因博浪沙刺杀秦始皇帝而大大有名，很得各方看重，然此人却从来没有依附任何一方。在项梁眼里，张良是个有些神秘又颇为孤傲执拗的贵胄公子，更是个孜孜醉心于复辟韩国的狂悖人物。项梁料定，此等人其所以不依附任何一方，必定是图谋在韩国称王无疑，谁想拉他做自家势力都是白费心思。故此，项梁从来将张良看做田儋田横武臣韩广一类人物，从来没有想到过以张良为谋士。倏忽大半年过去，纷乱举事之中，唯独韩国张良没有大张旗鼓举事，也唯独韩国尚未有人称王。项梁原本以为，这是张良在等待最佳时机，不想与陈胜的农夫们一起虚张声势。项梁无论如何想不到，张良直到天下大乱三个月后，也才只聚结了百余名贵胄子弟游荡，还四处寻觅可投奔的主人，声势苍白得叫人不可思议。按说，以张良的刺秦声望，在中原三晋拉起数万人马当不是难事。何以张良只凑合了一帮贵胄少年瞎转悠？以张良对天下老世族的熟悉，要投主家也该是江东项梁才是，为何先欲秦嘉后随刘邦？秦嘉不说了，好赖还是个拥立了景楚王的一方诸侯。可这刘邦，一个小小亭长，一身痞子气息，区区万余人马，所赖者本人机变挥洒一些罢了，张良何能追随如此这般一个人物？

项梁百思不得其解，这日与范增叙谈，专一就教张良之事。

"此等事原不足奇也！"范增听罢项梁一番叙说，淡淡笑道，"项公所知昔年之张良，与今日觅主之张良，已非一人也。老夫尝闻：博浪沙行刺始皇帝后，张良躲避缉拿，曾隐匿形迹，隐游至下邳。其间，张良恭谨侍奉一个世外高人黄石公，遂得此公赠与《太公兵法》。此后，张良精心揣摩，常习诵读之，遂成善谋之士也。善谋者寡断。昔年勃勃于复辟称王之张良，世已无存矣！究其变化之由，张良不举事，不复辟，不称王，非无其心也，唯知其命也。譬如老夫，也可聚起千数百人举事反秦，然终不为者，知善谋者不成事也，岂有他哉！”

“善谋者不成事？未尝闻也！”项梁惊讶了。

“项公明察。”范增还是淡淡一笑，“天下虽乱，然秦依然有强势根基，非流散千沙所能灭之也。终须善谋之能士，遇合善决之雄才，方可周旋天下成得大事。人言，心无二用。善出奇谋者，多无实施之能也。善主实务者，多无奇谋才思也。故善谋之士，必得遇合善决之主，而后可成大业也。张良既言刘邦天授，此人必善决之主也。日后，此人必公之大敌也。”

“善谋之士，善决之主，孰难？”

“各有其难。善谋在才，善决在天。”

“善决在天，何谓也？”

“决断之能，既在洞察辨识，更在品性心志。性柔弱者无断，此之谓也。是故，善决之雄才，既须天赋悟性，否则不能迅捷辨识纷纭之说。更须天赋坚刚，否则必为俗人众议所动。故，善决在天。陈胜败如山倒，正在无断也，正在从众也。商鞅有言，大事不赖众谋。一语中的也。”

“先生与张良，孰有高下？”项梁忽然笑了。

“果真善谋之士，素无高下之别。”老范增一脸肃然，“世人所谓高下者，奇谋成败与否也。然谋之成败，在断不在谋。故，无谋小败，无断大败。譬如老夫谋立楚怀王之后，张良亦谋立楚怀王之后。刘邦听之当即实施，业已在月余之内访查出楚怀王之孙。项公听之，则直到日前刘邦来拜方有决断。此间之别，在老夫张良乎？在项公刘邦乎？”

第一次，项梁大大地脸红了。项梁素来桀骜不驯，轻蔑那些出身卑微的布衣小吏，更轻蔑那些粗俗不堪的农夫，若非大乱之时迫不得已，项梁是根本不屑与这些人坐在一起说话的。然则，老范增一个简单的事实，却使他与刘邦这个小小亭长立见高下之分，项梁很觉得有些难堪。但项梁毕竟是项梁，血战亡国流窜多年的血泪阅历使他至少明白一个简单的道理：奇才名士是没有阿谀逢迎的，不听其言只能招致惨败。是故，项梁虽然脸红得猪肝一般，还是起身离案，向老范增深深一躬："项梁谨受教。"

当夜，项梁设置了隆重而又简朴的小宴，请来范增尊为座上大宾。项梁郑重其事地教侄儿项羽向老范增行了拜师礼，且向项羽明白言道："子事先生，非但以师礼也，更以子礼，以先生为亚父也。自今而后，先生为项楚之管仲，子必旦暮受其教诲也。子若懈怠，吾必重罚。"项羽恭谨地行了大礼，范增也坦然接受了项羽的大礼，三人饮酒会商诸事直到三更方散。从此，老范增融入了项氏势力轴心，成了项梁项羽两代主事者唯一的奇谋运筹之士。

三日后，章邯之秦军前部北来。依照前日与范增会商，项梁派出了新近投奔的陈胜军余部两员大将朱鸡石、馀樊君率部先行阻截秦军，而没有派出自己的江东主力。老范增说，这是"借力整肃"之策，既可试探秦之刑徒军战力，又可试探张楚余部战力。若张楚余部战事不力，更可借机整肃大军聚结战力。果然，两军开出百里外迎战秦军，当即大败：馀樊君当场战死，朱鸡石率残部逃到胡陵不敢回归复命。项梁大怒，当即率一军向北进入薛郡，围住胡陵依军法杀了朱鸡石，重新收编了张楚军的流散余部。

之后，项梁又纳范增的"别攻"奇谋：立即派出项羽亲率江东主力一万，轻兵飞骑长途奔袭章邯秦军的中原粮草基地襄城。此时，项梁军主力在东海郡的下邳屯驻，襄城[1]则远在颍川郡的南部，两地相距千余里，孤军深入无疑具有极大的冒险性。老范增的说法是："方今诸侯战心弥散，唯一能鼓起士气之法，便在显示我军战力。若能以奇兵突袭秦军后援，则无论战果大小，必有奇效也！"项羽战心浓烈，立即请命以轻兵飞骑奔袭。项梁反复思忖，也只有项羽之威猛可保此战至少不败，便在一番叮嘱之后派出了项羽飞骑。

项羽飞骑没有走泗水郡陈郡之路西去，因为这是章邯军迎面而来的路径。项羽走了一条几乎没有秦军防守的路径：北上取道巨野泽畔的齐

---

[1] 襄城，秦县，大体在今河南省许昌市西南地带。

魏驰道，向西南直扑襄城。此时，章邯大军全力追杀楚地反秦义军，颍川郡的后援城邑只有数千人马防守，襄城全城军民也不过三万余人。猝遇流盗来攻，又闻楚人复仇，襄城军民拼死抵御，项羽军竟五七日不能下城。项羽暴跳雷吼，亲执万人敌与一硕大盾牌飞步登上一架特制云梯，硬生生在箭雨礌石中爬上城头，雷鸣般吼叫着跳进垛口，从城头直杀到城下再杀到城门打开城门，一路杀得血流成河尸横绊脚。飞骑入城，项羽想也没想便狠狠吼了一声："屠城！全城人众赶入护城河坑杀！一个不留！"于是，这支楚军飞骑四散驱赶全城剩余人口，两万余男女老幼全数被赶下护城河淹死，而后再填以砖石泥土彻底坑杀。

项羽之残暴酷烈，乃中国历史第一人。《史记》载，短短数年，项羽共有六次大屠杀并纵火大掠。这是项羽第一次屠城坑杀暴行，也是中国历史上第一次坑杀全城平民的暴行，其酷暴狠毒令人发指。大约仅仅两个月后，项羽与刘邦一起攻占城阳，再次"屠之"，这是史料明确记载的项羽第二次屠城。仅仅一年多后，项羽第三次大屠杀，活活坑杀秦军降卒二十余万。其后仅仅数月，项羽入关"引兵西屠咸阳，杀秦降王子婴，烧去秦宫室，火三月不灭，收其货宝妇女而东。"这是史有明载的项羽第四次大屠杀大劫掠大焚烧，也是中国历史上规模最大毁灭性最强的一次大屠杀，开后世暴乱焚烧都城之罪恶先例。即位霸王后，项羽又有第五次大屠杀齐地平民，坑杀齐王田荣之降卒，同时大烧大劫掠，逼反了已经战败投降的诸侯齐。最后一次外黄大屠杀，因一个少年挺身而出，说项羽此等作为不利于"下城下地"，竟使项羽放弃了已经开始动手的大屠杀。六次大规模屠杀劫掠之外，项羽还残忍地恢复了战国烹杀恶风，又杀楚怀王，杀已经投降的秦王子婴，宗宗暴行尽开旷古暴行之先例。

当时，不幸成为"楚怀王"的少年芈心对项羽的种种恶魔行径始终心有余悸，对大臣将军们忧心忡忡而又咬牙切齿地说："项羽为人，剽悍猾贼！项羽尝攻襄城，襄城无遗类，皆坑之！诸所过之处，无不残灭！"剽者，抢劫之强盗也；悍者，凶暴蛮横也；猾也，狡诈乱世也；贼者，虐害天下也，邪恶不走正道也。少年楚怀王的这四个字，最为简约深刻地勾出了项羽的恶品恶行。也许这个聪明的少年楚王当时根本没有料到，因了他这番评价，项羽对他恨之入骨。此后两三年，这个少年便被项羽以“义帝”名目架空，之后又被项羽毫不留情地杀害了。少年楚怀王能如此评判，足见项羽的酷烈杀戮已经恶名昭著于天下，内外皆不齿了。后来的关中秦人之所以拥戴刘邦，骂项羽“沐猴而冠”，正在于项羽这种“诸所过之处无不残灭”的暴行已经完全失去了民心。

太史公曾对项羽的种种凶暴大为不解，在《项羽本纪》后惊疑有人说项羽重瞳，乃舜帝之后裔，大是感慨云：“羽岂舜帝苗裔邪？何兴之暴也！”《索隐述赞》最后亦定性云：“嗟彼盖代，卒为凶竖！”很是嗟叹他这个力能盖世者，竟成了不可思议的凶恶之徒！也就是说，项羽之凶恶为患，在西汉之世尚有清醒认知。不料世事无定，如此一个恶欲横流冥顽不化的剽悍猾贼，宋明伊始竟有人殷殷崇拜其为英雄，惋惜者有之，赞颂者有之，以致颂扬其“英雄气概”的作品竟能广为流播，诚不知后世我族良知安在哉！是非安在哉！

项羽归来后，刘邦也送来了那个楚怀王的子孙。

项梁立即与刘邦共同拥立了这个少年芈心为楚王，名号索性称了楚怀王，以聚结激发楚人思楚仇秦之心。公然宣示的说法，自然是“从民所望也”。新楚定都在盱眙城[1]。之后，项梁与范增谋划出了人事铺排方略：拜陈婴为楚国上柱国，封五县之地，与楚怀王一起以盱眙为都城，实则以陈婴为辅助楚怀王庙堂的主事大臣；项梁自号武信君，统率楚军灭秦；范增项羽等皆加不甚显赫之爵号，然执掌兵政实权。对于刘邦，项梁纳范增之谋，以两则理由冷落之，以免其扩张实力：一则理由是，项刘共同拥立楚王，刘邦非项梁部属，项梁无由任命刘邦事权政权；再则理由是，刘邦之沛公名号，原本已是诸侯名号，尚高于项梁的“君”号，故无以再高爵位。如此，刘邦还是原先那班人马，还是原先那般称号，没有丝毫变化。

庆贺大宴上，项梁借着酒意慷慨说了如前种种理由，深表了一番歉意。刘邦哈哈大笑道：“武信君何出此言也！刘季一个小小亭长，芒砀山

[1] 盱眙，秦县，大体在今江苏省盱眙县东北地带。

没死足矣，要那高爵鸟用来！”项梁也大笑一阵，低声向刘邦提出了一个会商事项：他欲亲会张良，会商在韩国拥立韩王，以使山东六国全数复辟，大张反秦声势。项梁说：“此天下大局也，无张良无以立韩王，盼沛公许张良一会老夫。”刘邦还是那种浑然不觉的大笑：“武信君此言过也！连刘季都是武信君的部属，何况张良哉！”说罢立即转身一阵寻觅，不知从宴席哪个角落拉来了张良高声道，“武信君，先生交给你了，刘季没事了。”转身大笑着与人拼酒痛饮去了。

项梁也不问张良任何行踪之事，只恭谨求教韩国立何人为王妥当？张良说韩国王族公子横阳君韩成尚在，立韩王最为得宜。项梁正色道：“若立公子韩成为韩王，敢请先生任事韩国丞相，为六国诸侯立定中原根基。”张良一拱手笑道：“良助立韩王可也，助韩王徇地可也，唯不能做韩国丞相也。”项梁故作惊讶，问其因由何在？张良笑道：“我已追随沛公，甚是相得，再无图谋伸展之心也。”项梁默然片刻，喟然一叹道：“先生反秦之志，何其弥散如此之快矣！”张良淡淡道：“反秦大业，良不敢背离也。唯反秦之道，良非从前也。武信君见谅。”至此，项梁终于明白，老范增所言不差，今日张良已经不是当年张良了。

丢开心中一片狐疑，项梁反而轻松了，宴席间立即与刘邦范增张良项羽等会商，决意派出一部人马拥立公子韩成为韩王，张良以原任申徒之名，襄助韩王收服韩地。次日，楚怀王以盟主之名下了王书，张良带千余人马立即开赴韩国去了。旬日之后，韩王立于颍川郡，收服了几座小城，便在中原地带开始“游兵”了。

韩国立王，原本已经复辟王号的齐、燕、魏、赵四方大感奋然，立即派出特使纷纷赶赴盱眙来会项梁。此时所谓六国诸侯，除项梁部尚可一战外，其余五国王室军马尽皆乌合之众，根本不敢对秦军正面一战，一心图谋将这杆反秦大旗赶紧搁到楚国肩上，自己好有避战喘息之机。于是，用不着反复磋商，几乎是一口声地共同拥立楚怀王为天下反秦盟主，一口声宣示悉听楚王武信君号令。各方流盗军马也纷纷依附，拥戴之论众口一词。项梁与范增会商，则以为当此各方低迷之际，正是楚军大出的最佳时机。为此，项楚丝毫没有推辞，楚怀王坐上了天下反秦盟主的高座，项梁则坦然执掌了联军统帅的大旗，开始筹划以楚军为主力的反秦战事。至此，天下反秦势力在松散宽泛的陈胜张楚势力灭亡后重新聚合了，六国复辟势力成为新的反秦轴心。

七　项梁战死定陶　复辟恶潮骤然颓势

反秦盟约草草达成之际，章邯秦军已经开始攻势作战了。

第一个危机，是魏军紧急求援。项羽部攻占襄城并坑杀屠城，对中原郡县震骇极大。章邯的主力秦军立即回师河外，决意先行灭却中原三晋之复辟军。其时的三晋之中，魏军居于中原腹心地带，几次图谋攻占敖仓，非但对章邯秦军的粮草辎重是一个极大的威胁，更是对整个帝国生计的极大威胁。反秦盟约达成之后，诸侯自觉声威大震，魏军便开始筹划奇袭敖仓，欲图占据这座粮草枢纽。

始皇帝统一六国后，建造了十二座大型仓廪囤积天下粮草，并制定了专门法令——《仓律》实施治理，仓情分外整肃。这十二仓是：内史郡的霸上仓、内史郡的栎阳仓、内史郡的咸阳仓、三川郡的敖仓、砀郡的陈留仓、琅邪郡的琅邪仓、胶东郡的黄仓、临淄郡的腄仓、九原郡的北河仓、蜀郡的成都仓、南阳郡的宛仓、东郡的督道仓。十二仓中以敖仓规模最大，堪称秦帝国的国家粮食中心。敖仓建于敖山之上。北临大河，南临鸿沟，东西有驰道通过，堪称水陆便捷。敖仓城中人口以粮工粮吏为主，几乎没有寻常庶民。时当天下大乱，魏军果能夺得敖仓，形同掐断大秦血脉食道，显然将大壮反秦声势。章邯身为九卿之一的少府，深知敖仓得失关乎根本，自然重兵进逼魏军。

此时所谓魏国者，占据了几个中原小城池的数万军马而已。章邯大军刚刚开回三川郡，便接到郡守李由急报：魏军集结于临济城外[1]，图

[1]　临济，秦县，大体在今河南省开封东北地带。

谋西进敖仓。章邯得报，立即率主力大军扑向临济。魏军主将周市一面部署迎击秦军，一面向项梁与临近的齐军紧急求救。项梁得报，当即派出了将军项它率五万军马驰援。齐王田儋亲自率将军田巴与数万人马，西来驰援临济。然则尚未抵达临济，章邯秦军已经大败周市魏军，并在战场击杀周市，包围了临济小城。魏王咎万般无奈，派出特使与章邯约降，提出只要秦军不效法项羽屠城坑杀魏人，魏王愿立即降秦。章邯慨然允诺了。约成之后，秦军进城之际，魏王咎却已经“自烧杀”了。所谓自烧杀，是将猛火油泼在自家身上，点火自焚了。

时已暮色。章邯留下一部善后临济，立即亲率一支铁骑衔枚裹蹄星夜东进，要一举灭却齐楚援军。齐楚两军完全没料到章邯秦军如此神速秘密，营地被攻破之时尚在一片懵懂之中。齐军大肆溃散，章邯一举击杀了齐王田儋并部将田巴。楚军项它部骑兵稍多，死命冲杀，残部逃回了盱眙。中原之战，章邯秦军连续大破魏齐两军，并逼杀两位复辟诸侯王，中原大势立即缓和了下来。

如此惨痛败绩，使刚刚结成的诸侯反秦盟约面临急迫的存亡危机。

项梁立召范增项羽秘密会商。项梁一脸肃然道：“当此之时，存亡迫在眉睫，我楚军若不能战胜秦军，则天下反秦之势必将瓦解！我等大业亦将烟消云散！为此，自今日起，江东精锐全部出战，老夫亲自统军，与章邯秦军决一死战！”项羽愤愤然大吼：“江东八千子弟兵交我！不杀得秦军血流成河，项羽便不是万人敌！”范增却平静地说：“战则必战，然不能急于求战而乱了阵脚。老夫预料，秦军大破魏齐之后，中原诸侯弥散，章邯必引兵东来平定齐地。其时，秦军分兵徇地，楚军则可聚合精锐专攻秦军一部。如此，可望连续战胜秦军，亦可大振诸侯士气也。”项梁欣然拍案接纳，三人当即商定了种种分兵聚合部署，而后紧急调集兵马预备大战。

在此方略之下，项梁楚军在此后三两个月里五次战胜秦军。《史记·项羽本纪》对这五战用了两个“大破”，一个“屠之”，一个“西破”，一个“再破”，可以视作两次大胜，两次小胜，一次屠城。这五战分别是：

第一战，东阿大破秦军。章邯秦军东来，果然如范增所料分兵徇地。此时的徇地，也就是秦军重新收服被暴乱军马攻占的城邑。章邯以为齐王田儋新死，齐地乱军必人心惶惶，故此兵分两路徇地下城，一路自己统军进兵巨野泽以南的亢父地带，一路由司马欣统军进兵济水西岸的济西地带。项梁得报，立即将楚军分为虚实两路：新近聚合的军马为虚路，向南作出救援亢父的声势，以蛊惑秦军；楚军主力为实路，由项羽与龙且两将统兵，联结齐军残余田荣部，直扑东阿秦军。是战，司马欣秦军大败溃散，死伤不详，楚军称为"大破秦军于东阿"。这一战的连带影响是，齐楚赵三大复辟势力大起龃龉。因由是：齐军田荣因攻秦有功，立即回师废黜了新立的齐王田假，拥立战死的齐王田儋的长子田市为齐王。田假逃亡到了项梁的楚地。田假的丞相田角，则逃亡到了赵地，投奔了原先已经逃赵的胞弟田间。楚军破东阿秦军之后，项梁几次催促齐军联兵追击，于是田荣提出条件：楚杀田假，赵杀田角田间，齐军再发兵。项梁大为恼怒，回书说："田假原本与国（盟约）之王，穷途从我，不忍杀之！"田荣亦回书曰："田儋战死之王，举国新丧，不忍出兵！"于是，三大复辟势力便僵持住了。

第二战，攻克城阳，再次屠城。司马欣秦军战败，溃散一部逃向巨野泽以西的城阳。项梁下令项羽军追杀城阳秦军，刘邦军为援手。项羽军攻克城阳，再次施行屠城，全部杀光了城内军民。这便是史料明载的项羽第二次大屠杀。若以军力计算，此战连小胜也说不上，唯一的声威便是恐怖的"屠之"。

第三战，西破濮阳东。楚军继续向西，进逼东郡郡署所在的濮阳，在濮阳以东猝遇司马欣秦军的另一流散部，当即包围聚歼，号为"西破秦军濮阳东"。之后，一部突围秦军进入濮阳，与东郡守军合力抵抗，楚军未能攻占濮阳。

第四战，项羽刘邦军大破秦军于雍丘，逼杀三川郡守李由。城阳屠城后，项羽刘邦军南下猛攻定陶。孰料定陶军民一闻项羽屠城兵到，人人恐惧失色，合力拼死守城。项羽猛攻旬日不能下，气得屡屡暴跳如雷。刘邦劝说几次，要项羽不要滞留一城之下，当以西进为要务。项羽这才不得已悻悻撤军。西进至雍丘，项羽军立即攻城。这雍丘乃砀郡与三川郡相邻处的要塞重镇，三川郡守李由得报，立即率领万余军马来救。项羽听得丞相李斯的长子郡守率兵前来，当即将攻城交给了刘邦军，亲率江东主力迎战李由。一场大战搏杀，李由的郡兵不敌大败，李由这个一心效忠帝国的郡守在战场自杀了。此战，楚军号为“大破”，主要战果便是杀了李由这个屡屡为中原救急的著名的郡守。之后，项羽回兵猛攻外黄[1]，又逢外黄军民死守，还是没有攻下。

第五战，项梁军再破秦军于定陶。项羽刘邦军西进之时，项梁亲率楚军主力后续推进。抵达定陶城下，项梁得知项羽刘邦攻定陶不下而去，对定陶秦军大为恼恨，当即屯兵城外开始猛攻。定陶军民经前次激战之后伤亡众多，当此大乱，郡县官署多有瘫痪，兵器粮草又无及时接济，旬日抵抗之后终告失守了。攻克定陶，便是楚军宣示的“再破秦军”。

当此之时，又有项羽刘邦军大破秦军杀李由的消息传来。项梁大为振奋，大宴将士，拍案大笑道：“人云秦军壮盛，不过如此耳耳！再有三月，老夫当进兵咸阳，为天下灭秦诛暴也！”谋士宋义小心翼翼劝阻说：“臣尝闻：战胜而将骄卒惰者败。今我军士卒已经些许怠惰，而秦军却正在谋划复仇。今日情势，臣为君担心也。”旁边范增听得明白，宋义虽未公然说明我军将骄，然却恰恰更显其本意在此。项梁一听宋义如此说法，大觉扫兴，黑着脸一拍酒案，径自转身去了。范增见如此情势，也就不说话了。

次日，宋义接到项梁军令：立即启程，赶赴齐国催促田荣发兵。宋义踽踽上路，半道却遇上了恰恰要去见项梁的齐国使者。这个使者是齐国的高陵君田显，素与宋义相熟。宋义遂问：“公欲见武信君乎？”田显老气横秋地答：“然也。”宋义摇头道：“要我说，武信君必败。公可徐徐行之，或可免得一死。公若走得快了，可能有大祸也。”田显听从了宋义之说，便一路走走停停了。

且不说楚军有识之士的清醒劝阻，只以当时的实际情形论，项梁的

[1] 外黄，秦县，大体在今河南省兰考县以北地带。

骄惰都是毫无道理的。楚军虽五败秦军，然除却东阿一战之外，始终未与章邯的主力秦军对阵，声势虽则由守转攻，战果却实实在在没有多少，若以两次屠城的恶果说，连民心也惶惶不敢归附，其实际优势尚有很大距离。以项梁的毕生血战阅历，此时的轻敌骄惰实在是一个难解的历史异数。若使项梁始终如前清醒，能够重用范增，能够遏制项羽，岂有后来之刘邦哉！历史很可能又当重写了。然则，异数归异数，实际的进程是无可更改的。项梁的骄兵轻敌，很快便招致了极大的恶果。

章邯得知项梁楚军情形，立即秘密调集九原王离大军的五万精锐铁骑南下，自己则亲率全部二十万刑徒主力大军向定陶进发。旬日不到，秦军已经云集于定陶郊野。项梁大为振奋，非但不退，且激昂宣示于众将："秦军二十余万，楚军也是二十余万，两军相逢勇者胜！我大楚军要一战灭却秦军主力，长驱直入咸阳！"之后立即向章邯幕府下了战书，约定三日后决战。楚军将士嗷嗷吼叫一片，人人以为战胜秦军全然不是一件难事。章邯却不批战书，只对楚军来使冷冷丢下两句话："六国复辟竖子，老夫不屑与之书文来往，如约会战便是。"范增得闻军使禀报，立即提醒项梁，一要防备秦军夜袭，二要立刻调驻屯外黄的项羽刘邦军回援。项梁大笑道："秦军已成惶惶之势，安得有夜战之心哉！外黄军镇抚中原，不需回援。先生拭目以待，三日后我必大破秦军也！"

这次，范增失算了。章邯秦军根本没有夜袭偷营。两日如常过去，项梁与楚军将士们更以为秦军不过如此，战胜之心愈发见于形色。第三日清晨，两军在定陶郊野摆开了广阔的战场。项梁乘一辆战车亲自出阵劝降章邯，章邯马上冷冷笑道："项梁竖子，老夫当年在灭楚大战中没能杀你，今日也算不迟。项氏不是自恃江东主力么，老夫倒想见识一番。"项梁大怒，立下将令发动攻杀。

此时的楚军，除了项羽率领的八千江东子弟兵清一色飞骑外，其余依然是步卒居多。项梁的江东主力五万余，也是只有万余轻骑，余皆步卒战车。所以呼为主力，较之其余诸侯的乌合之众，兵器相对精良，战心战力较强而已，尚算不得久经战阵之师。楚军发动冲杀，也是老战法：所有骑兵两翼展开，中央战车统带步卒进逼秦军中央。章邯秦军的应敌战法却是异常：两翼步军方阵与弓弩大营抵住楚军两翼骑兵，中央战场飞出五万九原铁骑直捣楚军核心寻战项梁的江东主力。实际而论，便是秦军全部刑徒军二十万不动，只轻松应对楚军的三五万轻骑兵，只以五万九原铁骑对杀楚军十五六万主力步军。这是章邯震慑楚军的有意部署，是要教项梁明白知道：只要是真正的秦军主力，击杀三倍于我之敌也是游刃有余！

"秦军骑兵只有五万！一战灭杀——！"

项梁久经战阵，一看秦军旗帜便知兵力几多，立即从中央云车大吼下令。秦军铁骑飓风般卷来，堪堪一箭之地，立即分成了千骑一旅的数十支黑色洪流，从四面八方生生插入楚军大阵，飓风般分割绞杀，顿时与楚军搅成了大大小小数不清的战团漩涡。自恃五败秦军勇猛无敌的楚军，一经接战便大为惊骇。秦军铁骑的流动组合长剑砍杀如惊雷闪电如行云流水，楚军战车纷纷翻倒，步卒团团不知所以之时已经是尸横绊脚了。楚军这才真正见识了秦军铁骑锐士的凌厉攻杀，一时人人惊慌部伍大乱，顿饭之间便被冲击得七零八落……项梁大怒，从云车飞下亲驾一辆战车，统率五千中军精锐向中央漩涡杀来。以项梁战阵阅历，混战将溃之际，只要统帅亲率精锐奋勇冲杀，便能聚合败军扭转士气挽回颓势。毕竟，楚军人数远过秦军铁骑三倍余，不当是一触即溃。然则，项梁亲自冲杀之际，九原铁骑倏忽演变，立即从纷乱漩涡中神奇地聚合飞出了一支万人军团，排山倒海般迎面压来，竟硬生生从纷纭战团中独将项梁五千人马切割开来四面攻杀。平野冲杀之战，即或步骑两军战力相等，若无壁垒阵法辅助，步军也不能战胜骑兵。此刻项梁楚军一无凭借，唯拼搏杀，况乎又是人数劣势，何能当得搏杀匈奴如鸷走雀的秦军九原铁骑。未及片刻，项梁的五千军马便所剩无几了……

"天亡我也——！"

眼见苍茫原野中楚军战旗已无可寻觅，黑色洪流仍在翻卷奔腾，孤立战车一身鲜血的项梁悲怆地大吼一声，拔出长剑自刎了……

项梁战死而楚军大败溃散，是秦末混战的第二个转折点。其直接影响是，诸侯复辟势力士气大衰。素来自恃天下无敌的项羽，在外黄接到定陶大败的消息，震恐莫名不知所以了。刘邦则连武信君名号也不提了，只冷冷对项羽说了一句话：“今项梁军破，士卒都吓破胆了。”之后便闭嘴了。暴烈的项羽这次没有逞强复仇，而是显出了楚怀王所说的“猾贼”一面，悄悄地引兵东去了。当此之时，秦帝国面临着一个重新整肃河山的大好机会。

然则，这一扭转乾坤的巨大机遇，却被大咸阳最后的血色吞没了。